邂逅《かいこう》の森

熊谷達也

文藝春秋

邂逅《かいこう》の森　目次

装丁　坂川栄治＋田中久子（坂川事務所）
装画　柳澤暁子
撮影　谷岡康則

邂逅《かいこう》の森

第一章　寒マタギ

一

獣《けもの》を殺す旅だった。

大正三年の冬、松橋富治《まつはしとみじ》は、年明け間もない山形県の月山《がっさん》麓、肘折《ひじおり》温泉から深く入り込んだ山中で獲物を追っていた。

連なる山塊は、見渡す限りの雪また雪。目につくものといえば、葉を落として風雪に耐えているブナの木々くらいのもの。蠢《うごめ》く生き物を拒絶しているように見えるこの世界にも、やがて時が来れば、雪解けとともに春がやってくるとは、とうてい信じられない光景である。

しかし、この山にも、よくよく目を凝らして岩の忍耐を持って見つめれば、深緑の季節とまったく変わらぬ数の獣がいる。その中には、地中で息をひそめ、採食を断つことによって生き残りの戦略を獲得した獣がいる。一方では、人間には食えないものを消化する胃を備え、幾度も反芻《はんすう》しながら飲み下して命を繋ぐ獣もいる。

「アオ、いだぞうっ」

昼にさしかかったころ、富治が身を置く狩猟組、善之助《ぜんのすけ》組の頭領《スカリ》を務める鈴木《すずき》善次郎《ぜんじろう》が、沢をひとつ挟んだ岩場に、一頭のアオシシ――ニホンカモシカ――を見つけた。

アオシシがいる岩場の周囲は急峻《きゅうしゅん》な崖になっていた。いかに雪山に慣れている富治らといえども、そう簡単に接近できないだろうことは、善次郎に促されてもう一人の仲間、柴田《しばた》万吉《まんきち》と一緒に目を向けた時からわかった。ふだんなら見送り、別の獲物を探していたところだ。

だが、ここ肘折温泉のマタギ小屋に到着してからすぐ、猟場《クラ》としている山々が猛烈に吹雪きはじめて、猟に出られない日が三日も続いた。ようやく天候が回復した初日である。どうしても今日中に最初の獲物が欲しかった。

額を寄せて相談した富治たちは、失敗を覚悟のうえで試してみることにした。

話が決まれば動きは早い。三人のマタギは、ほとんど言葉を交わすことなく、自分たちが立っていた尾根《ナガネ》を風下、沢の上流側に向かって移動しはじめた。

アオシシがいる岩場から死角になる位置で一度沢筋に下り、新雪に腰まで埋まりながら再び対岸の斜面にとりつく。まともには獲物に近づかない。接近する人間に危険を覚え、尾根を越えられてしまっては追跡が困難になる。登りだけは、どう頑張っても四つ足にはかなわない。

アオシシが逃げる前に岩場の上に位置する尾根筋に回り込み、上から谷底に向かって追い落として仕留める。それがアオシシ狩りの基本である。クマの場合、人に追われれば斜面の上へと逃げるのが常だが、アオシシは必ずといってよいほど、下へ下へと逃げていく。雪中の下りであれば、人間でも追いすがることが可能だ。巻きにかかる最初の位置さえ間違えなければ、アオシシといえども容易には脱出できない吹き溜まりか、雪の下に隠れている沢の窪《くぼ》みへと追い落とせる。

とはいえ、三日間降り続いた新雪には、さすがに難儀した。

体中が汗ばみ、湯気を立てて目当ての位置に到着した時には、最初にアオシシを発見してから、

一時間近くが経っていた。

それでもアオシシは、同じ岩棚から一歩も動かずにいた。今いる場所が最も安全であることを知っているからだ。しかし、それであきらめていたのでは、マタギ稼業は務まらない。

雪もつかない絶壁の岩場を覗《のぞ》きこんでいた善次郎が、「おめえが鳴《ナ》れ」と万吉に言い、次いで富治に「おめえが叩《タダ》げ」と指示をした。

顔には出さずに、富治は胸中で安堵の息を漏らした。自分に勢子《セコ》の役が回ってこなかったからだ。岩棚からアオシシを追い出すためには、目も眩《くら》むような岩場伝いに接近しなければならず、一歩間違えれば奈落の底へ転落する。

今年で数えの二十五になった富治よりも、万吉のほうが五歳ばかり年上だった。通常ならば年少の自分が勢子をやるのだが、あまりに険しい地形を見て、善次郎は配置を逆にしたのだろう。

それは万吉も承知のうえで、嫌な顔ひとつせずに、編笠《アマブタ》の下でにやりと口の端を吊りあげてみせた。頭領《スカリ》の命令には絶対服従ということもあるが、三人の中では岩場を歩く技術が最も優れているとの自負が、万吉にはあるのだ。

凍りついた岩棚を目指して下りはじめた万吉を残し、富治は善次郎と一緒に、岩場が途切れてブナ林へと変わる境界へと急いだ。

善次郎に「此処《こご》から叩げ」と言われた場所で、富治は腰に挿していた長さ三尺あまりの小長柄《コナガイ》を手にし、雪の斜面を五間ばかり下りて足場を固めた。右手を見やると、さらに二十間ばかり先の見通しが利く位置に足場を定め、準備はできたかと、善次郎が合図を送ってよこした。

白い稜線の上、真っ青な空を背景に、ゆったりと構えている善次郎の立ち姿を目にした富治は、ムカイマッテとして申し分ない位置だと、あらためて頭領の技量に感心した。あの位置であれば、岩場から逃げ出してくるアオシシをいち早く目にして指示を出すことができようし、そのまま駆

け下りて挟み撃ちにすることもできる。

単に鉄砲が上手いだけではマタギの頭領は務まらない。獲物の位置と周囲の地形、猟師の数、そして天候までをも考慮に入れ、その場に合った最も効率のよい人の配置と狩りの方法を瞬時に判断してこその頭領《スカリ》である。

富治の準備が整ったと見るや、善次郎は声を張りあげて、見えない位置にいる万吉に指示を飛ばした。

「勢子っ、鳴れえぁっ！」

一拍の間を置き、谷を巻いて万吉の声が山々にこだましはじめた。

「ほーいっ、ほぉーりゃ、ほれやっ！」

「ほーいっ、ほれっ！」

とても一人で鳴っているとは思えない威勢のよさだ。これではどんなに図太いアオシシといえども、安全であるはずの岩棚を捨てて逃げ出してくるに違いない。

目を凝らしながら待ち構えていると、善次郎の「アオ、来《クラマツ》た！　もっと鳴れっ」の声が背中を飛び越え、谷を隔てた向かいの峰にぶつかった。

いよいよだ。

小長柄《コナガイ》を握り締めて待つことわずか、変わらず続く万吉の鳴り声の合間に、善次郎の声が割り込んだ。

「いいがっ、あど五間だ——そりゃ、出《カデハ》たぞうっ！」

次の瞬間、富治の左手側、十間ほど下で、ばふっとばかりに雪の煙が舞いあがった。その中から白い塊となって飛び出してきたアオシシが、周囲の雪を道連れにしながら、雪崩となって駆けてゆく。

「ほーりゃ、ほれっ」

自ら声をあげ、雪から足を引き抜いた富治は、すぐさま獲物の追い落としにかかった。

富治が張りついていた雪面は、優に四十度はあろうかという急斜面だった。こんな崖と言ったほうが相応《ふさわ》しい雪面を、人間がまともに駆け下りることは不可能である。転げ落ちないためには、体ごと滑っていくしかない。

五歩だけ走り、勢いがついたところで両足をほぼ揃え、毛足袋《ケタビ》に装着した金《カネ》カンジキの爪を雪にひっかけないよう、踵《かかと》側に体重をかけて斜面を滑りはじめた。あわせて雪面に突き立てた小長柄で体を支えるとともに、微妙に制動をかけて、まっ逆さまの滑落を防ぐ。

雪煙をあげて滑走しつつ、ちらりと右手の背後に目を向ける。

このまま逃がしてしまうことはないと判断したのだろう。善次郎もアオシシを追って滑りだしていた。

──負げるってが！

狩人の血が騒いだ。先に追い着き、なんとしても一撃で仕留めてやる。

ほとんど尻がつくまでに身を低くし、富治はさらに速度を上げた。

逃げていくアオシシとの距離が、見る見るうちに縮まった。と思いきや、雪の下に隠れていた灌木《かんぼく》に足がからまった。その反動で、寝かせていた上体がふわりと浮き、もんどりうって頭から落下した。二度、三度と転がりながらも、必死になって小長柄を雪に突き刺し、体の回転を止める。

天地がわからなくなってもがいていた富治の襟首を、善次郎のがっしりした手が鷲づかみにした。雪の中から引き起こし、「馬鹿《ばが》たれ、このっ」と叱責の言葉をぶつけただけで、目にもとまらぬ速さで距離が開いたアオシシを追っていく。

──畜生《つくしよう》め！

声には出さずに自分を罵倒し、富治は善次郎の背中を追った。

振り向かずに善次郎が叫んだ。

「俺が前《めえ》ば塞《ふさ》ぐでやっ、そのまま追《ぼ》って叩げ！」

あくまでもこちらに手柄を立てさせようとしてくれる善次郎の意気に、富治は素直に感謝した。

途中から右手のブナ林に逸《そ》れ、アオシシの先へと回り込んでいく善次郎を横目で見つつ、先ほどよりは慎重に雪面を下りはじめた。

沢に落ちるのを嫌ったアオシシが、二十間ほど先で進路を変えた。その行く手からは、善次郎の鳴り声が「ほーい、ほれやっ」と聞こえてくる。

数秒間立ち竦《すく》んだアオシシは、耳を立て、黒い鼻をひくひくさせて周囲を窺《うかが》ったあと、唯一《ゆいいつ》残された逃げ道、沢筋へと向かって駆けだした。それがアオシシの命運が尽きた瞬間だった。

富治が追い着いたとき、アオシシは、嵌《は》まってしまった深い吹き溜まりからどうにかして脱出しようと、雪の粉を蹴立ててもがいていた。ここまで埋もれてしまうと、頭の位置が高い人間のほうが有利になる。

雪を掻き分け、獲物に接近しながら、富治は両手で小長柄を握り直した。

イタヤ材を削りだして作った小長柄には、さまざまな使い道がある。杖の代わりにしたり、へら状になった部分で雪洞を掘ったりするのにも重宝する。しかし、それらの用途はあくまでも代用でしかない。本来の使用目的はヘラマタギの猟具、すなわち、アオシシ狩りのときにアオシシを撲殺するための道具なのである。

軍用払い下げの村田銃がマタギに行き渡るようになった今なお、アオシシ狩りでは小長柄を使ってヘラマタギをすることが多い。殴り殺せばすむ相手に、貴重な弾を使う必要はないということがひとつ。そしてもうひとつ、寒マタギの季節は、表層雪崩《ワシ》の時期に重なるということがある。

むやみに鉄砲を撃てば、上層に積もったばかりの新雪が音もなく剝《は》がれ、雪崩除けの呪《まじな》いを唱える暇もなく、あっという間に呑み込まれてしまう危険がある。今日の猟でも、アオシシを追い出しにかかる前から、鉄砲は絶対に使うなと善次郎に釘を刺されていた。

退路を断たれたアオシシに、富治はゆっくりと接近した。

人に追われ、逃げ場を失ったアオシシは、最後の生き残りをかけて頭を下げ、いよいよとなると角で突いてこようとする。だが、しょせんは草食獣の悲しさ、その気になった人間の敵ではない。富治が追い詰めたアオシシも、これ以上の逃走は不可能だと観念したのだろう。半ば雪に埋もれながら、頭を下げて唯一の武器である角を向けてきた。

十分に近づき、肩の上に小長柄を構える。

威嚇《いかく》の姿勢をとりながらも、目の前のアオシシは生き延びることをあきらめたと、富治にはわかった。

頭を下げたアオシシの、目と鼻面の間に狙いを定めて、振りかぶっていた小長柄をひと息に打ちおろした。

鼻梁《びりょう》が叩き割られる鈍い音とともに、じんっという痺《しび》れが柄を通して伝わってきた。目を見開いたままのアオシシが、あっけなく雪の中に倒れ伏す。

首尾よく一撃で倒せたと満足し、ほっと力を抜いて、ブナの林から姿を現した善次郎に顔を向けた。

獲物を仕留めたことを仲間に知らせる勝負声《ショウブゴエ》を出そうとした時、視界の端で殴り倒したばかりの獲物が動いた。目を向け直すと、もがきながらもどうにか立ちあがったアオシシが、富治の傍《そば》から離れようと、必死になって足を動かしていた。

瀕死のアオシシは、目頭の下にある眼下腺《メクソコブ》から盛んに涙を流していた。実際には縄張りを示す

ために樹木にこすりつける分泌液なのだが、どうしても大量の涙を零《こぼ》して泣いているように見えてしまう。

富治は、己の腕の未熟さに舌打ちした。

射手《ブッパ》としての鉄砲の腕には自信があるのだが、ヘラマタギはどちらかというと苦手だった。小長柄《コナガイ》を打ちおろす瞬間、力を緩めてしまう癖が抜けないのである。

以前、善次郎から言われたことがあった。

——富治よ、おめえな、ほんとうに獣ば憐れむ気持ちがあるならよ、鉄砲だろうと槍《タテ》だろうと小長柄だろうとな、最初の一発で仕留めてやんねばわがんね。余計《よげい》に苦しませではだめだ。それが獣に対する礼儀というもんだべしゃ——。

わかってはいるのだが、言うは易く行うは難しである。

いつになったら俺は、最初からためらいなく小長柄を振りおろせるようになるのだろうと首を振りつつ、無防備になったアオシシに再び歩み寄る。

頭上高く小長柄を掲げ、今度こそ渾身《こんしん》の力を込めて脳天に叩きつけた。そのまま崩れ落ちたアオシシは、後足を痙攣《けいれん》させて幾度か雪を蹴ったのち、ぴくりとも動かなくなった。

傍らに跪《ひざまず》き、完全に事切れているのを確認してから立ちあがる。

息を大きく吸いこみ、腹の底から声を絞り出した。

「勝負《ショウブ》！」

それを耳にした善次郎が、あらためて「勝負！　勝負っ！」と声をあげた。

クマやアオシシを仕留めたときに発する勝負声が、いつから秋田マタギの間で使われるようになったのかはわからない。村の頭領《スカリ》たちに訊いても同様で、あまりにしつこく尋ねて「そんたなことは勘ぐるものでねえ」とたしなめられたこともある。巻き狩りのとき、配置についていた全

員に猟の終わりを知らせるための合図には違いないと思うのだが、それにしてもなぜ「勝負」なのかは未《いま》だに疑問だ。

だがしかし、自分の手で獲物を仕留め、最初に勝負声をあげる際の爽快感は格別だった。

一撃で殺し損ねた負い目は微《かす》かに残っていたものの、善次郎と万吉がやってきて、「まずはお手柄おめでとう」と声をかけられた時には、今年の出稼ぎ猟に臨《のぞ》む前にあった不安は消えていた。

二

五日ほど前、富治が胸中に不安を抱えたまま村を発つことになったのには、無理なからぬ理由があった。いつもは五人で組んでいた旅マタギ、すなわち出稼ぎ猟を、今年は三人でこなさなければならなくなったのである。

大日本帝国憲法が発布された翌年、明治二十三年の晩秋に、富治は秋田県北秋田郡荒瀬《あらせ》村の中でも、最も奥まった集落のひとつ打当《うっとう》において、松橋富左衛門《とみざえもん》とテル夫婦の末子として生を受けた。

逆子だったためにひどい難産で、あきらめた産婆が赤子のほうは見捨てようかと思案したとたんに自力で這《は》い出してきた、と本当かどうかわからないことを、子どものころにはさんざん聞かされた。

それだけおまえには生命力があるのだと誉められているように聞こえることもあれば、いてもいなくてもどっちでもよかったのだと聞こえることもあり、複雑な心境を抱えて子ども時代をすごした。

やがて富治は、同じ村に生まれたほとんどの男がそうであるように、気づいてみるとマタギに

なっていた。いや、なろうとしてなったわけではなく、ごく自然にマタギとなっていた。さらに言えば、マタギにしかなりようがなかったとするのが正しいだろう。

能代《のしろ》において日本海に注ぐ米代《よねしろ》川の支流、阿仁《あに》川は、源流を目指して遡《さかのぼ》っていくと、やがて比立内《ひたちない》川と打当川の二本に分岐する。このうち打当川が幾つもの沢となって山々の懐《ふところ》に消えていくどん詰まりにあるのが、打当の集落である。全戸数が二十数戸の小集落なのだが、家の数以上にマタギがいるという、ある意味特殊な集落でもあった。

そのような状況をもたらした原因は何かとなると、第一に耕作地の不足ということが挙げられる。沢筋のわずかな平坦地以外は、水田を拓こうにも可能な土地が存在しないのだ。山襞《やまひだ》にへばりつく猫の額ほどの耕地に棚田や段々畑を作り、あるいは焼畑《きりかえばた》をするのが精一杯であり、自家消費以上の収量をあげられる農家などできようがない。

そこにまた、明治政府によって公布された地租改正条例が追い討ちをかけた。これにより、農民は土地の所有権と土地売買の自由を手に入れたと言えば聞こえはいいが、阿仁の村々にはいっそうの貧困、もっと正確には貧富の格差がもたらされることになった。土地の所有と引き換えに課せられた税金が納められず、わずかな農地をも手放して小作農に転ずるしかない者が続出したのだ。

事実、富治の家でも、祖父の代でいったんは手にした田畑のほとんどを、父の代になる前に失っていた。

近代の貨幣経済の発達の中で生活が立ち行かなくなり、通常なら離村する者が増えてやがては廃村、という運命が待っていたとしてもおかしくない打当の集落を救ったのは、山だった。連綿と続く昔から、山の恵みが村を救い、マタギを育ててきたのである。

春にはゼンマイをはじめとしたさまざまな山菜が、夏にはイワナやヤマメ、サクラマスといっ

た川魚が、そして秋にはマイタケを中心とした茸類が豊富にとれた。

といっても、これだけであれば、山間部の村においては特別のことではない。せいぜい、飢え死にしないための方策のひとつ、といったところだ。

打当の集落において、生きるために必要な現金収入をもたらしてくれたものは、山に棲《す》む獣たちだった。

夏場を中心に小作農、あるいは杣夫《そまふ》として働く男たちは、初雪が舞うころになると、冬場の猟を前にして誰もがそわそわしはじめる。その冬の猟で一家の明暗が決まることを、身に染みて経験しているからだ。

マタギの獲物は多岐にわたる。獲れるものは何でも獲る。

オコジョやノウサギをはじめ、バンドリ――ムササビ――やテン、タヌキやアナグマ、さらにはサルも獲物になった。特に富治の成長に歩調を合わせるように相次いで起きた、日清、日露の二度にわたる戦争が軍用毛皮の需要を高め、マタギたちが獲った毛皮は、貴重な現金収入をもたらした。

その中で、最も大きな収入源となるのは、クマとアオシシだ。

クマの場合は、なんといっても「熊の胆《い》」が高く売れる。クマの胆嚢《たんのう》を乾燥させて作る熊の胆は、腹病《や》みをはじめとした胃腸病、さらには産後の婦人病にまで、ほとんどあらゆる病気の万能薬として昔から珍重されてきた。「熊の胆一匁《もんめ》、金《きん》一匁」という言葉があるほど高価なもので、米と交換する場合には、熊の胆の一匁が二俵にもなる。

一頭のクマからは、乾燥後の完成品として平均して七、八匁、大きいものとなれば二十匁もの熊の胆が獲れる。そして敷物として人気のある毛皮も商品になるのであるから、一冬に一頭のクマを仕留めれば、それだけで数家族が冬を越すことができるほどだ。

クマに劣らず、アオシシも貴重な商品だった。むしろ、熊の胆があまりに高価でふつうの人々の手に入らない分、アオシシの肉と毛皮はクマ以上に需要があった。およそ獲物になる獣のうち、アオシシの肉ほど美味いものはない。さらに毛皮が素晴らしい。敷物にはそれほど適していないものの、水分をよく弾《はじ》き、保温性に優れるアオシシの毛皮は、防寒具としてこれに勝るものはない。実際、マタギたちも、冬山に入るときの装束にはクマではなくアオシシの毛皮を愛用している。

したがって、打当の里に生まれた男の子は、よほど不向きだと自分で思わない限り、一家の生計を助けるため、やがては自立して生活をするために、優れたマタギになることを夢見て育つ。これは打当に限らず、近隣の比立内や根子《ねっこ》といった、いわゆるマタギ集落には共通していることであった。

ところがここで、山の恵みに寄りかかって安穏《あんのん》とばかりもしていられない事実が、厳然として目前にある。これだけの数のマタギが狭い阿仁の山里に暮らしているということは、猟場《クラ》をめぐってのせめぎ合いが常に存在していることを意味していた。

古くには、猟師どうしの直接のぶつかり合いもあったらしい。しかし今は、各集落に数名ずついる頭領《スカリ》を中心に作られた狩猟組が、おのおの猟場を定め、互いに不可侵の紳士協定を結ぶ形になっており、刃傷沙汰に及ぶことはない。

だが、猟師の数に対する猟場の不足という根本的な問題が解決するわけでもない。そのため、外の地域に獲物を求めて遠征するマタギたちが、自然発生的に生まれた。それが旅マタギ、あるいはデアイマタギや渡りマタギとも呼ばれる、出稼ぎ猟を生業《なりわい》とする猟師である。

旅マタギの起源がいつまで遡れるのか、村の長老たちに聞いても定かではないが、言われているよりは最近なのではないかと、富治は思っていた。少なくとも江戸時代よりも前に遡ることは

ないのではないか。

　というのも、生きていたころの祖父もマタギ仕事をしてはいたが、自身が旅マタギをしたとは一度も聞いたことがなかった。村の中でも、ごく少数の者が旅に出ていたとだけ、耳にした記憶がある。

　いずれにしても、ひとつだけ言えるのは、昔も今も、旅に出て出稼ぎ猟をしなければ暮らせない者が旅マタギをしているということだ。

　かくいう富治の家も、父の代から出稼ぎ猟で生計を支えるようになり、富治自身が初めて旅マタギに臨んだのは十六歳の冬だった。

　それ以来、間に三年間の兵役を挟みはしたが、鈴木善次郎を頭領として、父の富左衛門、六つ年上の長兄富雄《とみお》、そして柴田万吉の五名で、山形の肘折温泉を拠点とし、毎年一月から二月いっぱいの厳冬期に行われる寒マタギを、旅マタギとしてすごしてきた。

　ところが、年明けを目前にして、富治の家で立て続けに事件が起きた。

　最初の事件は、兄の富雄の身に降りかかった。

　村の若い衆には、雪のない時期、青森県との県境にある八森方面へ杣夫として出稼ぎに行く者も多かったが、富雄もその一人であった。そこで事故に遭い、右足を骨折するという大怪我を負ってしまったのである。山仕事がほぼ終了し、三日もすれば村に帰ってこられる矢先の出来事だった。幸い命に別状はなかったものの、この冬の猟はあきらめなければならなかった。

　おそらく、それに対する危惧があったのだろう。年の瀬にさしかかり、クマたちが越冬穴に入ったころを見計らって、父の富左衛門が穴グマを獲りに単身で山に入った。

　どうやら、秋のうちから密かに目星をつけていたクマ穴があったらしい。猟師によってもいろいろだが、昔気質《かたぎ》の富左衛門は、自分で見つけたクマ穴の位置は息子たちにも教えない頑固者だ

った。そして当然のことながら、一人で獲れば、獲ったクマはすべて自分のものとなる。

ずいぶん前になるが、富治がまだ旅マタギに出ていなかったころ、三歳上の姉トキエが、風邪をこじらせて死にかけたことがあった。そのとき、町の病院へ入院させるための費用を捻出したのが、父が獲ってきた穴グマだった。つまり富左衛門は、何かの時に備えていつでも一頭は穴グマが獲れるよう、常日ごろからクマ穴を探していたわけである。

だから今回も、五人の中では鉄砲の腕が最もよい富雄の不参加により、場合によっては思うに任せない猟になることや、留守の間の万一のことも考え、旅マタギに出かける前に一頭仕留めておこうとしたに違いなかった。さらには、年が明けた春に嫁入りが決まっているトキエに、十分な嫁入り道具を持たせたいということもあったのだろう。

それが裏目に出た。

富雄のように怪我を負ったわけではない。一晩だけ狩小屋《ケド》に泊まって家を空けた富左衛門は、翌日の昼には傷ひとつなく帰ってきた。ばかりか、思惑通りに冬ごもり中のクマを一発で仕留めもした。だが、仕留めた相手が悪かった。

根ダカス、つまりブナの古木の根元に口を開けた空洞に潜んでいたクマが「ミナグロ」だったのだ。

さまざまな掟《おきて》や禁忌があるマタギの世界には、獲ってはならないとされている動物が幾つかある。そのひとつが、月の輪がまったくない、全身が真っ黒のツキノワグマ、ミナグロだった。

ミナグロは、山の神様の使いであり、化身でもある。もし間違えて獲ってしまったら、獲ったクマのすべてを山の神様に供えて祈りを捧げ、赦《ゆる》しを請わなければならない。さらにそれだけではなく、そのマタギは「タテを収める」必要がある。その後はいっさいのマタギ仕事をやめなければならないのだ。

青ざめた顔で家に戻ってきた富左衛門は、神棚に向けて手を合わせたあと、テルとトキエを勝手に下がらせ、二人の息子を囲炉裏の前に呼んだ。

右足の添え木がまだ取れていない兄に手を貸して居間に入ると、板の間の上には、富左衛門が使っている村田銃と熊槍《タテ》、そして小長柄《コナガイ》が並べられていた。

何ごとだろうと訝《いぶか》る兄弟に、父は静かに言った。

――ミナグロば撃ってしまった。すたがら俺は、今日限りでマタギばやめることにする。あどはおめ達《だづ》二人に任《まが》せるすけ、宜《よろ》すぐ頼んだぞ――。

仰天するしかなかった。五十になったばかりで、少なくともあと十年はマタギ仕事を続けられる親父である。ミナグロを撃ったという話にはさすがにうろたえたが、黙っていれば誰にもわからないはずだと、なんとかして思いとどまらせようとした。

無駄な説得だった。それればかりかひどく叱られさえした。山の神様はすべてお見通しであり、一緒になって隠そうとしたらおまえたちにも罰が下り、一家は没落するしかないと言うのだ。もはや父の決意を翻《ひるがえ》させるのは不可能であったし、富雄も富治も、考えるほどにミナグロの祟《たた》りが恐ろしくなってきた。

このようなわけで、富治は父と兄を欠いたまま今年の旅マタギに臨むことになった。それはまた、当面の一家の生活を、自分がすべて背負い込むことをも意味していた。これで不安を覚えないわけがない。

しかし、最初の獲物を自分の手で仕留めたことにより、必死になって頑張ればなんとかなりそうだという手応えを、今の富治は感じていた。

三

「――イッサイ、ニサイノシシ、ウマノケノカズ、タタカセタマエ、ヤマノカミ、アビラウンケンソワカ――」

北の方角に頭を向けてアオシシを横たえ、小長柄《コナガイ》を南側の雪面に立てた中、善次郎が唱える解体《ケボカイ》の呪文が、しんと静まり返った雪山に吸い込まれていく。

すべてのマタギが最も神妙な面持ちで佇《たたず》むひと時である。

クマやアオシシを獲った際に頭領《スカリ》が唱える呪文を初めて山中で耳にした時、当時十四歳だった富治は、なんともいえない思いに囚われ、危うく涙を零しそうになったことを、今でもはっきりと覚えている。

初マタギをした春のことだった。

マタギの里に生まれた少年の例に漏れず、初マタギで山に入る前から、川で魚を捕まえたり、罠をかけてノウサギを獲ったり、あるいは兄に頼みこんで鉄砲を借り、ヤマドリを撃ってみたりと、自分なりにマタギになるための鍛錬をしていたつもりだった。

振り返ってみると子どもの浅知恵というしかないが、初マタギで大手柄を立て、大人たちから一目置かれる自分の姿を思い浮かべて、その日を待ち焦がれていた。

見聞きすることと、現実との間には雲泥の差がある。あまりに当たり前のことを、富治は初マタギで思い知らされることになった。

旅の寒マタギを終え、いつものように春グマ猟をするために父や兄が帰ってきた。四月の下旬から五月上旬にかけて冬ごもりから出てきたばかりのクマは、毛皮も上質で、何よりも熊の胆が

太っている。それを巻き狩りで仕留めるのだ。

ひとつだけ、富治には気が重いことがあった。数日間、狩小屋《ケド》に寝泊まりしてクマを追うのであるが、山入りの前には必ず水垢離《みずごり》をとって身を清めなければならない。四月下旬とはいえ、まだ雪深い山中のこと、氷をかぶるのと一緒である。しかも、山言葉を使うべきところをうっかり里言葉で喋《しゃべ》ってしまったり、道具類を肩に担いでしまったり、あるいは小屋の囲炉裏に掛かる自在鉤《じざいかぎ》の鼻を頭領に向けてしまったりと、山での掟を破ってしまったら、その度に垢離をとらなければならないのだ。

勢い、富治は無口になり、ひとつも失敗してはならじと、びんびんに神経を張りつめて初めての山入りに臨んだ。

いつ「垢離とって来《こ》っ」と命令されるかとびくびくしながらも、初日の登山《ノボリヤマ》は無事にすみそうな気配だった。

やがて晩飯を終え、最年少の小マタギである富治が片付けをすませて下座に戻ると、善次郎が厳しい顔つきで、「富治、おめえサンゾグダマリば覚《おべ》ぇでだが」と訊いてきた。

——サンゾグダマリ?

そんな言葉は一度も聞いたことがない。周りを見回すと、皆が善次郎と同じように難しい顔をして、うんうんと頷《うなず》いている。

よほど大事なことなのだろう。当てずっぽうで答えて間違ってはまずいと、富治は恐る恐る首を振った。すると善次郎は「なんだや、そいづば知《す》らねばマタギにはなれねど」と富治を睨《にら》み、「教ぇで欲すいが?」とつけ加えた。

うんうんと、今度は縦に首を振る。

善次郎が命じた。

「だば、着物《カッパ》ば脱いで垢離とって来《こ》っ。ええが、よしと言うまで入《へぇ》ってはわがんねど」

頭領《スカリ》の命令は絶対だ。

跳ね起きるようにして素っ裸になり、富治は桶を手にして月明かりだけの表へと飛び出した。裸足の足裏が雪を踏んだ瞬間、全身の毛穴が縮んで肌がいっせいに粟立った。

なんで兄貴は山入り前にサンゾグダマリを教えてくれなかったのか。富雄を恨みながらも、言われたとおり沢に下り、「ダイカワニハダイシンジン、ショウカワニハショウシンジン――」と水垢離の唱え言葉を口にしながら、水をかぶった。

ほんとうに死ぬかと思った。身を刺すようなとか、手が切れるようなとか、そんな形容さえ消し飛んでしまうほど、雪の中を流れる沢水は凶暴な冷たさだった。

ようやく垢離をとり終え、ぶるぶると震えて戸を叩くと、中からは「まだだ」の返事。

仕方なく両手で体を抱きしめ、足を踏みながら待ち続けるが、いっこうに「よし」の声がかからない。

鳴りだした歯が止まらなくなったところで、もういいかと怖々《おずおず》尋ねてみたが、今度も「まだだめだ」の声。

何度か同様のやりとりを繰り返しているうちに、意識が遠のきかけた。寒いのかどうかさえもわからなくなり、このまま俺は凍え死ぬのかと、見あげた月が三つに見えたとき、「よしっ、もう小屋《ケド》さ入《へぇ》ってええど」の声がかかった。

朦朧《もうろう》となり倒れ込むようにして小屋に入った富治に、善次郎は「裸で外《そど》さいるのは如何《なじょ》な塩梅《あんべぇ》だった」と尋ねた。

「死ぬくれぇ、酷《ひど》がった――」

歯の根が合わない口で、それでも覚えたての山言葉を使ってなんとか答えた。

善次郎が、そして一同が、声は出さずにニヤニヤ笑っている。

次の善次郎の言葉を聞いて、富治は唖然とした。

「そんだ、それがサンゾグダマリだ」

なんのことはない。初マタギを迎える手荒な儀式だったのである。

こうして臨んだ翌日の巻き狩りは、これまた最悪だった。あわよくば手柄をなどという自分の考えが、いかに浅はかなものだったか……。

当然、初マタギでは勢子《セコ》をすることになる。幾度も幾度も勢子をやり、山々の地形や沢の位置を体で覚え、クマの動きを読めるまでにならなければ、いくら鉄砲の腕がよくとも射手《マチッパ》はさせてもらえない。それにはなんの不満もなかったのだが、勢子すらまともに務まらなかった。

威勢よく鳴り声をあげ、隠れ家から飛び出してきたクマを間違いなく射手の位置まで追い立てる、いわば追跡者としての勇壮な自分の姿を、出猟前にはおぼろげに描いていた。事実、若い時に勢子の技量に長《た》けていなければ、よい射手には、ましてや頭領には絶対になれないと、先輩マタギからさんざん聞かされていた。

そうして勇み挑んだ巻き狩りだったのだが、何がなんだかわからないでいるうちに、狩りが終わってしまった。

一度もクマの姿を見ることなどなかった。谷間に響くムカイマッテの声を耳にしても、どう動いたらよいのか皆目わからなかった。

何度となく足を滑らせて雪と泥にまみれ、しまいには自分がどこにいるのかも判別できなくなって、あまりの情けなさに泣きべそをかきそうになったとき、見当をつけていたのとは全然違う方角でパーンという銃声が響き、やがて一の射手《ブッパ》を務める父、富左衛門の勝負声《ショウブゴエ》が聞こえてきた。

仕留めた現場に最後に辿り着いたのも、やはり富治だった。見当外れの方向にクマを追おうと

していたのだからあたりまえだ。

六尺以上の雄グマを取り囲んで、仲間たちが待っていた。

結局なんの役にも立てなかったと、がっくり肩を落としている富治に、善次郎が穏やかな笑顔を浮かべて言った。

「初マタギ、お手柄でありすた」

猟場《クラ》の全体が見渡せるムカイマッテの位置についていた頭領《スカリ》である。富治がまったく的外れな動きをしているのも目にしていたはずだ。なのに、善次郎の口から出てきたのは、小マタギに対する労《ねぎら》いだった。

一転して神妙な顔になり、解体《ケボカイ》の唱えごとをはじめた善次郎を見ているうちに、何かが心に染みてきた。理屈や言葉で表せるものではなかった。強《し》いて言えば、山人《やまんど》として暮らすことの素晴らしさ、マタギとして生きることへの覚悟が、十四歳の少年の体にはじめて根付こうとした瞬間だったのかもしれない。

だから富治は、善次郎の唱えごとを聞く度に、必ずこの時のことを思いだすようにしている。ひと時の厳粛な時間の中で、己を省み、獲物を授けてくれた山の神様に感謝を捧げることを決しておろそかにしてはならない、と思っている。

「――アビラウンケンソワカ、アビラウンケンソワカ――」

アオシシ用の唱えごとを終えた善次郎は、「んでは」と言って腰を屈め、よく使い込まれた小《コヨ》刀《リ》を手にして、皮裁《カワタチ》をはじめた。

万吉と一緒に手伝いながら、慣れた手つきで皮裁していく善次郎の手元を目で追う。ただ闇雲に剝げばよいというものではなく、商品になる毛皮をとるのであるから、どこにどう小刀の刃を入れていくかが重要だ。特に敷物用となる毛皮の場合は、広げたときにたるみが出ないように考

慮しないと、使い物にならなくなる。

皮を剝がれたアオシシは、腹を割《さ》いて内臓を抜き出したあとで四肢が切断された。ばらされた四肢をあらためて肋骨《ザル》の内部に収めてから麻袋に入れて万吉が担いだ。

毛皮は丸めて善次郎が背負う。初猟で獲れた最初のアオシシの毛皮と肉は、昔からマタギ宿と狩小屋《ケド》を提供してもらっている温泉宿「村上屋」の主人に、手土産として持参することになっていた。春から秋にかけ山菜をたらふく食っているアオシシの肉はさほどでもないのだが、寒中でヒバの裏芽などを食べているこの時期の肉は実に美味く、どこへ持っていっても喜ばれる。

残った内臓は、別の麻袋に入れて富治が背負った。これは自分たちの食料にする分だ。腸の内容物をしごき出したあと、ぶつ切りにして煮込んだヨドミ汁は、クルミやクロモジの香りがして美味なうえ、脂が乗っていて体が温まる。これを食い続けて寒マタギを終えた直後には、水垢離をしても寒く感じないほどである。残った内臓は塩漬けにして雪のなかに埋めておけばいい。

富治たち三人は、一度小屋に立ち寄ってから肘折温泉まで下山し、村上屋へと向かった。急いだかいがあり、到着した時にはまだ日暮れ前で、湯けむりが立ち昇る温泉街を歩く時間があった。

四

マタギ宿といっても、場所により、あるいは旅マタギに出かける狩猟組により、形はさまざまである。

多くは、出稼ぎ先の猟場に近い豪農の家をマタギ宿と定めるのが一般的だ。すなわち、地元の有力者の後ろ盾のもとに狩りをすることになる。

旅マタギをする狩猟組の頭領《スカリ》は、年の瀬になると、いつごろそちらに到着するので、猟場にある狩小屋《ケド》に米と味噌を運んでおいてくれと、マタギ宿を提供してくれる相手に手紙を出しておき、猟に入るのである。

このような旅マタギが本格的にはじまったのは江戸時代中期以降と思われるが、初期のころには、地元の人間との間に摩擦も生じたらしい。ある意味、国境を越えた密猟の性格もあったからだ。その状態のままでは決して隆盛を迎えることはなかっただろうが、やがて両者の利害が一致した。いつの時点でと時期は特定できないにせよ、マタギたちがもたらす獣の肉や毛皮、熊の胆、あるいは狩猟の技術が旅先で歓迎され、需要を喚起することになっていったのである。

阿仁の里で狩猟組間の猟場が線引きされているのと同様、旅先においても、ある程度の縄張りというものは存在した。富治が仲間とともに通っている肘折温泉を中心とした猟場は、善次郎が、やはり頭領として旅マタギをしていた自分の父から引き継いだものだ。

善次郎が若いころ、まだ鉄道がなかった時代は、直接肘折を目指したのではなく、道程のところどころにマタギ宿、あるいは狩小屋があり、奥羽山脈の峰伝いに猟をしながら南下してきたという。

富治が旅マタギに加わりはじめる前年、明治三十八年に奥羽線が全線開通した。これに伴い、善次郎の狩猟組は、直接肘折温泉に向かうようになった。獲物が豊富だということに加え、古くからの湯治場のため、アオシシの肉の需要が十分にあった。さらに、関東や近畿から訪れる毛皮商との接触が容易だったこともあり、比較的高値で毛皮を売ることができたからである。

父や兄からは、おまえはほんとうに厳しい時代の旅マタギは経験していない、と何かにつけ揶《や》揄《ゆ》される。小屋掛けしながら徒歩で冬の峰々を越えるのがどれほど辛いことだったか、おまえには想像もつかないだろうと。

確かにそうだと思う。鉄道を利用できるようになった今でも決して楽ではない。まずは打当から奥羽線の鷹ノ巣駅まで、およそ十五里の道のりを、徒歩と馬橇《ばそり》で阿仁街道伝いに北上する。そこから六時間あまり列車に揺られ、横手で列車を乗り換えてからさらに三時間をかけて新庄に到着する。新庄からは再び馬橇と徒歩での七里ののちに、ようやく肘折温泉に辿り着くのだが、山中にある狩小屋までの険しい数里を、今度は完全に徒歩だけでこなさなければならない。どんなに急いでも丸二日はかかる道程だ。

これを親父たちはすべて徒歩で、しかも開けた街道沿いではなく、峰伝いに狩りをしながらというのだから、安易な想像を寄せつけないほどの苦労があっただろう。そういう時代の旅マタギも経験してみたかったという思いもないではないが、やはり、自分の時代には鉄道が利用できるようになってよかったというのが本音だった。

毎冬、旅マタギの前後に、それぞれ一泊ずつ泊まって浸かる肘折の湯を、富治は楽しみにしていた。

南東に葉山《はやま》、南西に月山の二つの名峰を望み、カルデラにすっぽりと包まれている肘折温泉の歴史は古い。

言い伝えによると、開湯は九世紀の初頭にまで遡る。なんでも、豊後《ぶんご》の国（大分県）から来た源翁という老人が山中で迷い途方にくれていると、後光を背負った老僧に出会ったそうだ。老僧は道案内をしてくれたあと、「私は地蔵権現である」と正体を明かし、「かつて崖から落ちて肘を折り苦しんでいる時に、この近くの沢に湧き出る温泉に浸かったところ、たちまち傷が治った」と教えてくれたのが起源だという。

なんだか出来すぎの話に聞こえないでもないが、雪の中にひっそりと佇む湯治場は、富治にひと時の平穏を与えてくれる。

「お山参《めい》りのころはどんなだべなあ」

手拭いを手に共同浴場に向かいながら、隣の万吉が呟《つぶや》いた。

「行者さんで忙《がちゃめぐ》しいごってぁ、今どは全然違うっつけ」

富治が答えると、万吉は「そのころ、一回《ひとぎやり》来てみてえもんだ」と感慨深げに声を漏らした。

「んだな」と同意し、自分で訪れることはないであろう夏の肘折温泉を、富治は想像しようとした。

雪の季節は長期逗留の湯治客だけがちらほらと目につくだけの温泉街も、夏場は大変な賑《にぎ》わいになるのだと、村上屋の仲居さんから聞いていた。湯殿山《ゆどのさん》詣での参拝客でどの宿も軒先が溢れかえり、朝市や土産物屋の前は人が鈴なりになるらしい。

肘折温泉は、出羽三山の奥の院とされる湯殿山へ向かう古くからの中継地点になっていた。幾本もの登り口があるなかで、奥羽山脈の東、太平洋側から訪れる参詣者のほとんどは、ここで一泊して旅の疲れを癒《いや》し、白装束に着替えてから、まずは月山の頂を目指して山を登る。温泉街の南端で銅山《どうざん》川を渡り、三角山という小さな円錐形の山裾から登りはじめ、赤砂山から念仏ヶ原と経由して山頂に至る六里ほどの行程である。早立ちでもたっぷり一日はかかるなかなか手強《てごわ》い山道だ。

月山山頂の山小屋に泊まって翌朝の御来光を拝み、月光坂の急な斜面を下って目的の湯殿山に着いた行者たちは、「語るなかれ、聞くなかれ」と戒められ、芭蕉の句にも詠まれた御神体岩に手を合わせたのちに、鶴岡へと抜けてそれぞれの故郷へ帰ってゆく。

そのように、夏場であれば白装束が列をなす稜線も、今は雪の白さで凍てつき、参詣者ばかりか修験者《しゅげんしゃ》すらも寄せつけない。雪解け前のその峰々を、やがて二人の仲間と一緒に越えることになろうとは、この時点での富治は想像もしていなかった。

村上屋の内湯を使わせてもらえるのは頭領《スカリ》の善次郎だけだったので、万吉と二人で共同浴場まで歩いてきたのだが、そこで奇妙な男に出会った。

長湯が苦手な万吉が先にあがってからも、富治は手足を伸ばしてお湯の感触を楽しんでいた。しばらくは風呂にも入れない生活が続くのだから、今日だけは心ゆくまで湯に浸かっていたかった。

さすがにのぼせてきて、湯船の縁に腰をおろして足だけ入れていると、同じように隣に尻を落ち着けた見知らぬ男が、富治に声をかけてきた。

「お兄さん、もしかしたら猟師さんですかね」

歳は富治よりも二つ、三つほど上といったところだろうか。

ほっそりとした優男《やさおとこ》ふうの顔と、つるりとした色白の体つきから、山仕事をしている者ではないとわかった。なにより、耳にした言葉が土地のものとは違っている。だが、それ以上のことはなんとも推測しがたかった。顔色はよく、どこも悪そうには見えないので、ただの湯治客でもなさそうだ。

「はあ、まんず――」

言葉を濁して警戒している富治に、男はいっそう笑みを大きくして頷きかけた。

「いや、これは名も名乗らずに失礼しました。別に怪しい者ではないですからご安心を。私は、富山の大丸屋に世話になっております沢田喜三郎《さわだきさぶろう》と申します。ちょうどこの冬の商いを終えて故郷《くに》に帰る途中でしてね。ここの湯はいいと仕事仲間に聞いたもので、ちょっと贅沢をして足を延ばしてみたのですが、いや、なかなかどうして、噂どおりのいいお湯ですな」

「つうことは、トウジンさんすか？」

「そう、そのとおりです」

富治が尋ねた「トウジンさん」とは、一般に言う「売薬さん」、つまり越中富山の薬売りを指す、東北一帯での呼び名である。

愛想のよい流暢な言葉遣いがどこからくるものか、それで納得できた。

「で、お兄さんはどちらからおいでで」

「秋田のほうから」

「ほう、では、お兄さんは阿仁のマタギ衆ですか」

「んだす」

「やはりそうでしたか。なかなかいい体をしていらっしゃるし、目の光が鋭くておいでなものですからもしやと思いましたが、当たっていましたか」

こちらの体を眺め回している視線がなんだか気色悪い。富治は頭に載せていた手拭いをとって、それとなく自分の前を隠した。

まったく気にする様子もなく、自分の手拭いは頭に置いたまま、薬売りの喜三郎は興味深げに尋ねてきた。

「この時期の猟となると、やはりあれ、カモシカですか」

「んだす」

「なるほど、肉はカモシカが一番美味いといいますからね。ところで、マタギ衆といえばなんといってもクマですけど、えー、お兄さん――」

「松橋富治だす」

「松橋さんは、このあたりでクマは獲らないのですか」

「そら獲るけんども、ここらの山では獲ってねえです」

「どのへんで？」

「ここでやるのは寒マタギつうて、二月いっぱいまでのアオシシだけです。あとは故郷《くに》さ帰《けえ》ってから、春マタギでクマば獲るのっしゃ」

無理をして相手の言葉に合わせようとするせいか、言葉がごっちゃになって自分でもなんだか可笑《おか》しい。軍隊にいた間に、標準語はまあまあ喋れるようになっていたはずなのだが、すっかり元に戻っている。

「熊の胆はどうされているんですか」

その問いで、はあそうか、と富治は胸の中で頷いた。富山の薬売りにとって、熊の胆は貴重な仕入れ品だ。うまく富治から手に入れることができないかと考えて、声をかけてきたに違いない。

「自分らで使う分をとったあとは、まあ、売りにも出すけんど」

「自分で行商はなさらないのですか」

「そうしてる人だもあるにはあるけんど、俺《おら》は売り歩いてはねえです」

「そうですか——なにね、もうお察しでしょうが、もしかまわなければ、私にも熊の胆を仕入れさせていただけないかと思ってお尋ねしてみたのです。しかし、阿仁となるとさすがにね、そう簡単に足を延ばせるところでもないですからね——なるほど、そうですか——」

独り言を呟くように言ったあと、しばらくしてから「このところ、阿仁のクマはどうなんですか、たくさん獲れます？」と喜三郎が訊く。

「まあ、昔よりは減っているども、それでも少しは」

「いや、実はですね、商いであちこち回っているといろいろなことを耳にするのですが、そこの月山を越えたあたりから山形と新潟の県境、大鳥界隈《おおとりかいわい》の山中には、かなりの数のクマが棲んでいるらしいですよ。なんでも五十貫目を超える大物もいるらしいとか。猟師さんの数もそう多くは

ないということですし、もしあのへんでも猟をするのであれば、私の故郷からもだいぶ近いですしね。いい値をつけさせていただけるのですが、やはりそこまでは足は延ばしませんかな」

「俺は頭領《スカリ》でねえですから、なんとも語《かだ》れねえです。んでも、やっぱり無理だと思います。春には故郷さ帰《けえ》んねばならねえし」

「そうですか、残念ですねえ。でもまあ、もし機会があるようでしたら、ぜひ教えてください、すぐに飛んでいきますから」

「教えるって、何処《どご》さ」

そんな機会などないだろうと思いながらも尋ねると、喜三郎は手のひらにすくったお湯で顔をごしごし擦《こす》りながら答えた。

「私の住所を書いたものをお泊まりの宿に届けておきますよ。松橋さんは、今日はどちらにお泊まりですか」

「村上屋だす、んでも、明日の朝早くには山入りだべしゃ」

「それは大変ですね、では、今夜中にはお宿のほうへ届けますので。ね、忘れないでくださいよ、その時には。そうそう、これでもけっこう顔が利きますから、猟をする際のお宿も紹介できますので」

「はあ――すかす」

約束などできないと言おうとしたのだが、喜三郎は先を聞かずに白い尻を富治に向けてざぶざぶと湯船に分け入り、こちらの存在を忘れたかのように、上機嫌で何かの流行《はや》り歌を唸りだした。

なんだか妙な薬売りだと首を傾《かし》げつつ、富治はあがり湯をかぶりはじめた。

五

同じ日に二度も「お兄さん」と声をかけられるとは思わなかった。

湯から出て、薄暗くなりかけた路地伝いに村上屋へ戻る途中だった。

肘折の温泉街は、銅山川の川岸に二十軒ばかり萱葺《かやぶ》き屋根の宿が密集し、こぢんまりとしてはいるが、いかにも湯治場らしい風情を醸《かも》し出している。温泉街の真ん中を通る折れ曲がった路地には、宿と並んで何軒かの土産物屋があり、夏場は毎日のように朝市も開かれるという。

冬のこの季節、かきいれどきの賑わいなど想像もできないくらいに静まり返っているが、それでもほとんどの土産物屋は暗くなるまで店を開けている。日用雑貨や自炊用の食料品を求めに訪れる湯治客のためだ。

そんな土産物屋のひとつを通りかかったところで、娘から声をかけられた。

「そこのお兄さん、こけし買っていかんかね」

店じまい間際で閑散としている軒先に佇んで富治に声をかけてきた娘は、土産物の売り子というよりも、女郎屋の娼妓《しょうぎ》のように見えた。

富治にそう思わせたのは、まずは娘の年齢だった。この温泉街の売り子といえば、たいていは年寄りか年配の女性、あるいは奉公に出されている十代の娘がふつうなのだが、どう見ても二十六、七のころあいに映った。何年も肘折に通っていて、たいていの者とは顔見知りになっているのだが、一度も見たことがない娘だった。

もっとも、それだけならば、最近この店に嫁いできた若女将か、とでも納得するところだ。しかし、所帯を持っている女が身につけている落ち着きというか、違う見方をすれば、嫁ぎ先で背

負わざるを得なくなった錘《おもり》というものが、まったく感じられない。そのかわり、発情期の牝鹿が発するような、物憂げではあるが野性じみた色香を、女は体中から漂わせていた。

顔のつくりはというと、不器量とは言わないまでも、ごく月並みである。

だが、肌の色が信じられないほどに白かった。富治が暮らす秋田においても、街場に行けば色の白い女はいくらでもいるが、ここまで肌が透き通った女は見たことがない。

だから真っ先に頭に浮かんだのは、二十歳になった夏に一度だけ村の仲間と仙台に出かけたとき、東北随一と名高い小田原遊廓で見た、妓楼《ぎろう》の娼妓たちだった。張見世《はりみせ》の格子の奥に並ぶ、肌を白く塗った女たちに重なる気だるい空気が、雪に埋もれた土産物屋で客を引く売り子の周りにはあった。昼には土産を売りながら、夜には春をひさいでいる女なのではあるまいか……。

「お兄さんどこから来たんね。肘折は初めてかいの」

娘が尋ねた。あたりまえの客寄せの言葉にもかかわらず、なぜか粘《ねば》りつくものを感じてしまう。足を止めはしたものの、返事をせずに突っ立っていると、娘は富治の答えを待たずに、こけしをひとつ、手にとった。

「お兄さん、肘折こけしは知ってるかいね。どうね、いい色合いでしょう。ひとつ買っていかんかね」

こけしを包みこむようにして持つ指先と、いちいち「お兄さん」と前置きをして微笑む口許が、妙に艶《なま》めかしい。たすきをかけて和服を絞ってはいるが、袖から覗く白い腕が、かえってよけいなことを想像させてしまう。腕だけでなく、着物の裾をまくりあげたら、どんなにか白い太腿が現れるのだろうと、無意識のうちに唾を飲みこんでいた。

熱い湯に浸かってすっかり萎《しお》れきっていた陰茎が、褌《ふんどし》の内側で膨張しはじめる感触を覚え、富治は慌てて娘から目を逸らした。

そのまま踵《きびす》を返し、「どうしたんね、お兄さん」という娘の声を背中に聞きながら、逃げるようにして店先を離れた。

富治とて二十代半ばの男である。違った場面で声をかけられたのであれば、臆せず受け答えをしただろう。もし、娘が想像したとおりの女であり、懐に銭があれば、喜んで体を買っていたかもしれない。

だが、今のこの状況では具合が悪かった。というより、絶対にまずいことであった。自身が、寒マタギで山入りをしている身だったからである。

マタギが猟のために山入りする際、守らなければならない掟や禁忌には、女に関するものもある。たとえば、山入り中には、女の話や色話をしてはならない。なぜなら山の神様は女の神様、しかもひどい醜女《しこめ》なので、マタギたちの女の話に嫉妬して獲物を授けなくなる。そればかりか、場合によっては、空を荒れさせたり、雪崩を起こすことまでしてのける。実際、うっかり猥談《わいだん》などしようものなら、すぐに垢離《こり》をとらなければならない掟になっているのだ。女房持ちのマタギの場合、出猟前の数日間は寝床を別にしているくらいである。

そのくせ、山の神様は好色なのだという。

富治がまだ小マタギのころ、それでひどい目にあったことがある。春グマを獲りはじめて二年目のことだ。

その年は春の山入り後、なかなか思うようにクマが獲れなかった。二日で四度巻いたのだが、いずれのクマも逃がしてしまっていた。

寝泊まりしていた狩小屋《ケド》で、誰かが「最近クライドリばやめでしまったがらでねえのが」と呟いた。なるほどそうかもしれないと、先輩マタギたちが顔を見合わせて頷いた。なんのことだろうと富治が首を傾げていると、皆の視線が自分に注がれているのに気づいた。

悪い予感がよぎった。前の年、初マタギでさんざんな目にあったサンゾクダマリの儀式を思いだしたからだ。

予感は当たった。ただし今度は、寒いのではなく熱いほうで。

頭領《スカリ》から、着物を脱いで裸になれと言われた。そこまでは前と同じだったが、そこから先が違っていた。

次に何を言われるのかと待っていると、皆の前で陰茎を勃起させろと、真面目な顔で命じられた。冗談かと思ったのだが一同の顔はどれも真剣だ。そんなに真剣に見つめられて、しかもむさくるしい男だらけの中では、立てろと言われても立つわけがない。

どうしたものかと、ほとほと弱りきった。すると、こともあろうに、皆でよってたかって富治の陰部を擦りはじめた。

まだ十代の若さである。体は素直に反応した。うれしくはないものの気持ちよくはなり、包皮が剝《む》けた陰茎が天井を向いてそそり立った。

そのままにして立っていろと言われ、隠すに隠せず困っていると、今度は燃えさしをくくりつけた麻紐を、陰茎の根元に結わえつけられてしまった。何がなんだかわからなくて恥ずかしく、そのうえ、燃えさしからあがる火と煙で熱いわ、煙いわ、傍から見たらひどく滑稽な姿には違いないのだが、股間の下で燃えさしをぶらぶらさせながら、苦しみ悶《もだ》えているしかなかった。

そこに「よしっ」の頭領の声がかかり、車座になっていた一同が「オホホ」と女のような声色で笑って手を打ち、クライドリなる儀式からようやく解放された。

着物を着てから尋ねてみると、今の様子を見た好色な山の神様はきっと喜んだはずだから、明日は必ず猟があると真顔《まがお》で言うではないか。なんでも昔は、初マタギの者は全員がこの儀式の餌《え》食《じき》になっていたのだという。

果たして翌日の猟では、二頭のクマがいっぺんで獲れてしまった。

あの時、本当にクライドリが効いたのかどうかは、今もって疑問だ。だが、理屈には合わないようなことが、山の中ではしょっちゅう起こるのも事実だった。

だから富治は、売り子から声をかけられ、妖しげな色気に自分が欲情を覚えてしまったことでうろたえたのである。

マタギに伝わるさまざまな掟や禁忌を、どこまで信じたらよいのかは、正直なところわからない。文明開化も久しいこの時代、単なる迷信にすぎないのではとも思うのだが、あえて禁を破ってみる勇気はなかった。むしろ、これは水垢離をとっておいたほうがよいだろうか、とまで考えた。

だが、せっかく温まった体を冷水にさらすのは気が進まなかった。

女の体に触れたわけでもないし、向こうが一方的に喋っていただけだ。こちらからどうこうしようとしたわけではないので大丈夫だろう。自分に言い聞かせ、富治はそそくさと宿へ向かって歩を進めた。

六

肘折温泉を拠点とし、富治たちが寒マタギに入ってから、ほぼふた月が経っていた。

狩小屋《ケド》に運びあげておいた米と味噌を使いきり、再び温泉街へと下りてきたこの日は、ふつうであれば出稼ぎでの寒マタギが終わりを迎え、毛皮や肉を売って得た金を分配している時期だった。

だがこの日、村上屋の一室で炭火鉢を囲んで車座になっている三人の男の顔は、いずれも暗く

沈んでいた。

今回のアオシシ猟が思うに任せなかったのである。

幸先がよいと心が弾んだのは、最初のアオシシを富治が仕留めた時だけだった。いつもの年なら、二カ月間にわたる猟で少なくとも十頭以上はものにしていた。ところが終わってみれば、わずかに四頭と猿が数匹。十日に一頭もアオシシが獲れないという体《てい》たらくだった。

確かに、今回の猟では富左衛門と富雄の二人を欠いていたということはある。だが、クマの巻き狩りとは違ってアオシシの場合、各自の負担は大きくなっても、三人いればなんとかこなすことができる。実際に、発見したアオシシの八割がたは逃がさずに仕留めていた。

つまり、アオシシそのものが容易に見つからなかったのである。まるでこの周辺の山からアオシシがいっせいに消えてしまったような塩梅だった。これでは、わざわざ旅マタギをする意味がない。

鉄道が通ってから、真っ直ぐに肘折に向かうようになった最大の理由は、この近辺にはまだまだアオシシが棲んでいたからに他ならない。富治がマタギ仕事をはじめたころには、阿仁の山々では、アオシシの姿がほとんど見られないまでになっていた。おそらく獲りすぎてしまったのだろう。それと同じことが、この山にも起きつつあるのだろうか……。

それにしても、富治が思いだす限り、旅マタギでのこんな不猟は今まで一度もなかった。これほど獲れないのはさすがにはじめてだと、善次郎もしきりに首を傾げた。何か、これだという本当の理由が隠れているに違いない。

――やはりあの女のせいで……。

土産物屋の娘の顔を思い浮かべた富治は、暗澹《あんたん》たる思いに捉われた。

腕の未熟さによる不猟であるなら、原因を他に求めようとはしない。だが、獲物そのものがい

ないといったような、人にはどうすることもできない状況を前にして、マタギたちは、何かの理由があって山の神様が獲物を授けてくれないのだと解釈する。そうしないことには落ち着かないのだ。

なんでだべと、善次郎も万吉も、難しい顔をして、しきりに首をひねり続けている。

たぶん俺のせいだとは、富治はどうしても口に出せなかった。このころには、あの娘に欲情を覚えてしまったことで不猟になったのだと半ば本気で思ってはいたが、いまさらそんなことは言えないし、白状したからといって時間を巻き戻すことは不可能だ。

「やっぱす、あれでねえべが――」と万吉が富治を見た。

内心ぎくりとする。風呂からの帰りに、どこからか見られていたのではあるまいか。だったらそうだとあの時言ってくれれば、俺だって覚悟はついて、ちゃんと水垢離をとっていただろうに……。

言いにくそうに万吉がつづけた。

「――富治のお父《ど》が、ほれ、ミナグロば撃ってしまったべしゃ。やっぱす、そいづが悪がったんでねえべが」

一瞬肩すかしを食った気分になったが、なるほどそれは一理あると、次の瞬間には頷いていた。誰しも、自分以外に原因を求められるのであれば、それに越したことはないというのが人情だ。

「なに語《かだ》る。富治のお父は、きちんとタテば収めだんだど」

善次郎が眉を寄せる。言われてみればそれもそうだ。

「だども、相手はミナグロだごってぁ、そんだけでは足りねえのがも」

うーんと腕組みをしてしまった善次郎が、しばらくしてから二度、三度と頷いた。

「確《たす》かにな、おめの言う通りがもわがんね。それ以外には説明《せつめい》がつかねしな。富治、おめえもそ

う思うが」

「たぶん、そんだど俺も思う——」

親父が聞いていたらどういう顔をするだろうと思いながらも、富治は同意していた。何が本当なのかはかえってわからなくなったが、善次郎もそうだと考えるのなら、そういうことにしてしまったほうが、気が楽だ。

しかし、不猟の原因については一段落ついたといっても、それで当面の問題が解決するわけではなかった。たった四頭のアオシシでは、それぞれの一家が十分に食っていけるだけの金にはならない。

あまつさえ、去年の夏から秋にかけて、阿仁の村々はひどい冷害に遭っていた。大事な収穫期の秋冷により、米の取れ高が例年の三割にも満たないという大凶作に見舞われたのである。そのため、いつもは里マタギだけをしている連中の間でも、今年だけは旅マタギに出る者があったくらいだ。

どうしたものかと思案しているうちに、富治はふと、二月前に外湯で会った、喜三郎という薬売りのことを思いだした。

山形と新潟の県境、大鳥界隈の山中にはクマがうじゃうじゃいると言っていたはず。アオシシが思うように獲れないのであれば、クマを狙ってみてはどうか。喜三郎に話を通すかは別問題として、これからそちらに向かえば、まだ冬ごもり中の穴グマが獲れるかもしれない。雪深い時期に、慣れない山中でクマ穴を探すのは大変だが、それだけたくさんクマがいるというのであれば、二、三頭ぐらいは獲れてもいい。春グマを巻き狩りで獲るのではないから、現地で勢子《セコ》を集める必要もない。そろそろ熊の胆も太っているころあいだし、三人だけで獲れば、それだけ分け前も大きい。そう、三頭などと贅沢なことは言わず、二頭も仕留めれば、来年の猟期がやってくるま

うもの。

で、十分食いつないでいける。それに、山越えの道中、運よくアオシシが獲れれば一石二鳥とい

考えれば考えるほど名案に思えてきた。どのみちこのまま帰っても、高い列車賃を払わなければならないだけで懐は膨らまない。新庄から鷹巣《たかのす》までの帰路、二円もの運賃がかかるのだ。米一俵がおよそ五円だから、ばかにできない金額である。

これはやはり試してみる価値があるのではないかと、富治は真剣に考えだした。

「先たから、何考《なぬ》えでっけ」

突然黙りこくってしまった富治に、万吉が訝しげに尋ねてきた。

「いや、実は――」

火鉢に擦り寄り、そんな必要は全然ないのだが、まるで内密の相談をするかのように、声をひそめて喜三郎から聞いた話をしはじめた。

説明を聞き終えるや、若い万吉はすぐに乗り気になった。善次郎も腕組みをして何やら考え込んでいる。一考の余地はあると検討しているに違いない。

三人の頭の中で、今回の不猟とミナグロとの因果関係は、既にどこかに追いやられていた。それはそれ、これはこれ。信心深いマタギではあるが、こういう部分は案外合理的というか、ご都合主義なのである。

ただし、頭領《スカリ》である善次郎は、諸手を挙げて賛成というわけにはいかないようだった。

しばらくして、善次郎は、相変わらず難しい顔をしたまま腕組みは解かずに、ぼそりと呟いた。

「博打《ばくち》だな、そいづは」

意味はわかる。猟を続けるためには、少ない手持ちの中から、もう一度米や味噌を調達しなければならない。それで見込みどおりクマが獲れればいいが、空振りに終わってしまったら、博打

ですってしまうのと一緒だ。

「それに万吉と富治、おめ達《だづ》は月山の山越えをしたことねえべ。雪の吹ぎがだはぁ、半端でねえど。おめ達にとっては、あばかがりするようなもんだべしゃ」

あばかがりというのは、たとえば、幼い子どもが、勝ち目がないのに大人に向かっていくさまを言う。

おそらく善次郎は、経験不足の二人を連れて月山を越えることに不安を覚え、やめておいたほうが無難だと諭《さと》したのだろうが、それが逆に、若い富治と万吉の闘争心に火をつけた。

「親父《おや》っさん、俺だって、だてに旅マタギばしてきたわけでねえ」

「んだ、行ぐがらには覚悟はできてんのっしゃ、意地張《えじくされ》だげで語《かだ》ってんでねぁし」

富治と万吉は口々に言った。

打当マタギの、しかも旅マタギとしての自負があった。

同じマタギでも、旅マタギこそが本物のマタギであるという自信が二人にはある。裏返せば、里マタギだけでは食っていけず、否応なしに旅マタギに出ざるを得ないというのが実態なのだが、だからこそ、たった四頭のアオシシだけで故郷《くに》へ帰るなど、恥ずかしくてできやしない。富治の家では、タテを収めてしまった父と、出猟したくてもできない兄が、気をもみながら自分の帰りを待っているのだからなおさらだった。

ついに善次郎が根負けした。

「わがった。んだら本物の旅マタギがどんなものだが、おめ達さも教ぇでやる。考えでみれば、これもいい機会だべ。そのかわり、絶対《じえってえ》弱音ば吐《は》いだらわがんねど」

望むところだ、と善次郎の目を見ながら、富治と万吉は力強く頷いた。

その夜、床に入ってもなかなか寝つけなかった富治は、部屋を脱け出して表へと出てみた。

静まり返った村を横切り、月山の頂が見える高台まで歩いた。

じっと佇み、冷たい月明かりにくっきりと浮かぶ月山を見あげるうちに、稜線の向こうに流れ星が一筋尾を引いた。

体が震えた。

冷気にさらされた震えではなく、体の芯から湧き立つ武者震いだった。

第二章　穴グマ猟

一

「だめだ、少し戻るど」

前を行く善次郎が立ちどまり、眉間《みけん》の皺《しわ》を深くした。

「戻るって、何故《なすて》」

首を傾げて、富治は訊いた。

「間《ま》違《づげ》えねえ、しばらぐすたら山ば荒れる。ここではあ、しのぐのに難儀する。穴ば掘ってる暇もねえべ。せば、さっきの岩穴でやりすごすべし」

善次郎の言葉に西の空を仰ぎ見る。

筋雲が流れる青空の下、月山が白く輝く巨大な塊となって迫っていた。麓《ふもと》から見あげればたおやかな稜線を描く山塊も、ここまで接近すると、暴力的ともいえる威容を見せて立ちはだかっている。

早朝、まだ薄暗いうちに村上屋を発った富治らは、深い雪中の行軍にもかかわらず、順調に行

程をこなしていた。

かなりの時間歩き続けているが、目立った疲労はなかった。

体がすっかり山に馴染《なじ》んでいた。

毎年、寒マタギをはじめてからの数日間は、さすがに体に応える。だが、十日もすれば、いつの間にか気づかぬうちに、体が山に順応する。不思議なもので、毎日あれだけ激しく動いているというのに、食事の量が、里にいる時よりも少なくてすむようになってくる。あわせて、自分の感覚が日毎に鋭くなっていくのがわかる。それまで聞こえなかった音が聞き取れ、視力も増して、何より獲物の気配に敏感になる。そうして少しずつ、人間が獣に近づいていくのかもしれない。

とはいえ、今の富治たちは、決して楽な道程を行っているのではなかった。

肘折から登りつめる月山の東側の斜面《ヒラ》は、浸食を受けた断崖がいたるところで落ちこむ西側斜面とは違い、比較的緩やかな形状をなしている。だが、それと引きかえに、冬の季節風がもたらす多量の積雪に覆われ、夏でも溶けない万年雪が張りつく地帯でもある。並みの者では、幾日かけようとも登攀《とうはん》そのものが不可能だろう。

いや、そもそもこの厳冬期に月山越えを試みる者など、はじめからいやしない。春、夏、秋と、三度の峰入修行に駆け回る羽黒修験の山伏さえも、この季節だけは近寄ることが叶《かな》わぬ拒絶の山である。

あえてそこを行くのは、善次郎と万吉、そして富治の三名が、阿仁が出自の旅マタギだからという以外に、何の理由もない。

ここまで厳しい冬山はマタギだけのものだ。

山で生き抜く力がはるかに長《た》けた獣をも、この時だけは、人間の意志が凌駕《りょうが》する。毛皮を持たず、生身のままでは一日たりとも生き延びられない存在だからこそ、裏を返せば為せる業《わざ》。動物

としての己の弱さを骨の髄まで知っているマタギたちが、唯一、獣の王者になれる瞬間でもある。
もっとも、金《カネ》カンジキと爪カンジキを使い分け、凍てついた雪面を、あるいは膝上まで潜ってしまう雪中を、一歩一歩寡黙《かもく》に歩む富治たちは、そんな理屈めいたことはひとつも考えていない。行く手を遮る障壁《さえぎ》にいかにして食らいつくか、全神経を研ぎ澄ますのに精一杯なだけだ。

人は、歩いた数だけ山を知る。

山のことは山に教われ、獣のことは獣に学べ。それがマタギの鉄則である。

だから富治は、善次郎の言葉を耳にして、一見して穏やかに見える空に、自分には捉えられない異変を頭領《スカリ》が感じ取ったのだと、素直に理解した。

富治たちがいるのは、念仏ヶ原という、夏になれば一面にお花畑が広がる湿地性の高原からしばらく進み、三百メートルほどの高低差を一気に登って、ほぼ一直線に月山山頂に向かう尾根《ナガネ》のとば口だった。

標高はおよそ千四百メートル。千メートル内外までは延々と広がっていたブナ林がダケカンバの森に変わり、それさえも消えて、今足下にあるのはハイマツの灌木《かんぼく》帯のはずだが、ほとんどが雪に覆われ、風を遮るものは皆無に近い。

だがそれは、いよいよ頂上が近くなった印でもあり、マタギの足なら、カンジキを履いていても二時間もあれば辿り着ける距離だ。

若いころ、幾度かこの峰越えを経験している善次郎の話では、山頂には月山神社の社殿の他にも山小屋があり、掘り出して一夜を明かすことは十分に可能であるという。

この場に善次郎がおらず、富治と万吉だけであれば、手が届くほどに迫った山頂を目指して、しゃにむに登り続けていただろう。

そして、おそらく死んでいた。

善次郎の指示で数百メートルほど後戻りし、岩穴に避難して三十分もしないうちに、どおーっという音とともに山が震えはじめたのである。

山で吹雪かれ、雪洞を掘って難を逃れた経験は富治にもある。しかしそれは、アオシシ狩りの最中のことであって、周囲には頼りになる森がいつの時でも存在した。森の中であれば、大木の根元の雪を掘り下げ、刈り取ってきた芝を敷けるし、火も熾《おこ》せる。余裕があれば手近な雑木で簡単な仮小屋をこしらえることも可能だ。

だが、強烈に吹雪きはじめたこの場所には、かろうじて三人が潜りこめる広さの岩穴以外、身を守るものは何もない。薪《まき》になるものも手に入らず、命を繋ぎとめるものは、身につけたアオシシの毛皮《キカワ》と自らの体温のみだ。

それがどんなに心細く、生きた心地がしないものか、富治は、そしておそらく万吉も、生まれてはじめて知ることになった。

吹雪きはじめたと思ったとたん、山はひと息に暗くなった。

陽はまだ沈んでいないはずなのにこれだけ暗い吹雪に襲われるとは、何かが狂っているとしか思えない恐ろしさだった。

せめてもの救いは、山が荒れた場合に備えて善次郎が目星をつけていた岩穴が、びょうびょうと吹きすさぶ烈風に対して、風下に口を開けているということ。入り口を塞ぐために積みあげた雪の壁で、風の直撃だけは免《まぬか》れている。

暗闇の中、ぎょっとするほど近くで万吉の声がした。

「親父《おや》っさん、何故《なして》吹雪ぐってわがったのしゃ」

岩穴の奥のほうから善次郎が言う。

「何故って語《かだ》ってもな、俺にも理屈では説明できねえ。だども、強《し》いてあげれば、吹いでだ風が、

いっときぴたりと止《や》んですまったすべ。あいな時は、いぎなり吹雪ぎはじめる場合《ばええ》が多いのっさ。んでも、だがらど言って必ずそうなるとは限らねえすな。これもやっぱり経験だべしゃ」

「いづまで吹雪ぐんだべ」

「そんなごたあ、山の神様が決めることだ。俺達《おらだづ》が心配《すんぺえ》すてもはじまらねえのっしゃ。なに、ここで動がねば死《サジトル》ぬことはねえ。気長に待つべし」

やけにのんびりした善次郎の言葉だったが、それが富治を勇気づけた。

そう、じっと待つことが、マタギ仕事の一部でもある。

若いマタギには短気な者も多い。クマと向き合うのが生業《なりわい》であるのだから、豪気の者でなければ務まらないのは事実である。だが、おうおうにして短気と豪気は表裏一体だ。そして、短気な部分だけが突出してしまう者は、決してよい射手《ブッパ》にはなれない。

射手のことをマチッパとも言うが、まさに言いえて妙だと、自分が巻き狩りで射手《マチツパ》を務めるようになってから、富治は身に染みてわかった。

一度配置についた射手《マチツパ》は、勢子《セコ》がクマを追い上げてくるまで、ひとところで息を潜め、身じろぎひとつせず、気配を消して、ひたすら待ち続けなければならない。その間、一時間や二時間はざらで、三時間以上じっとしていることもある。少しでも物音を立てれば、敏感に察知したクマはこちらの裏をかいて姿を晦《くら》ましてしまう。

実際、たったひとつの咳払いで、三時間待ち続けていた大グマを取り逃がしてしまったこともあった。

――自然《すぜん》さ抗《あらが》ってはだめなのっしゃ。

さんざ善次郎から聞かされている言葉である。

――人間《ぬんげん》の欲というものは、やっかいなもんでな。欲を消せば抗うこともしなくなる。

善次郎はそうも言う。

聞くたびに、そうなのだろうなと得心する。自然というものは、山というものは、抗ってどうなるものではないと思う。山の獣は、人間の欲望で獲るものではなく、山の神様から授けられるものだとわかっているつもりだ。

だが富治は、自分がどれだけそれを体でわかっているか、心もとなくもある。それが証拠に、「さあ、寝られる時に寝ておくど」と言うや、善次郎が軽い鼾《いびき》をかいて寝てしまったのに比べ、いくら眠ろうとしても、岩肌から伝わってくる底冷えに目が冴えるばかりだった。あたりまえのことではあるが、頭でわかることと、体で知ることとは、まったくの別物なのだ。

それでも時間が経つうちに、少しずつうつらうつらとしはじめた。

むろん、熟睡できるわけではない。毛皮《キカワ》を通してさえ沁みてくる冷気が、完全に眠りに落ちる寸前、意識を覚醒へと引き戻す。

おぼろげな夢が現れては消える繰り返しの中、ひとつの顔が、意識の表層をしつこく撫《な》でた。父でも母でも、あるいは兄でも姉でもない、文枝《ふみえ》というひとりの女の顔だった。

——何故《なすて》、こげな時にあいづの顔が……。

靄《もや》がかかった頭で富治は思った。思いながらも、阿仁の里に帰ったら、家族の次に真っ先に会いに行こうと心に決めた。

半開きの唇から漏れる文枝の喘《あえ》ぎ声が、岩穴の外で唸る風に重なり、耳の奥に蘇《よみがえ》る。はじめは無意識に動いていた自分の手が、気づくと、固く勃起した陰茎を、褌《ふんどし》の内側でしっかりと握り締めていた。

文枝の顔を思い浮かべながら、せっせと手首を動かす。

「うっ」

喉の奥で声が漏れた。
手のひらの中で二度、三度と陰茎が痙攣《けいれん》した。
射精の快感に身を委《ゆだ》ねたことで、富治はようやく浅い眠りに就くことができた。

二

打当の集落から谷に沿って二里半ほど下り、打当川が阿仁川へと合流するあたりに比立内の集落がある。谷が尽きる位置にある打当と比べ、ささやかではあるが平地が開けた土地で、荒瀬村でも大きな部類の集落だ。

この比立内で、古くは肝煎《きもいり》をしていた、長兵衛《ちょうべえ》という屋号を持つ地主のひとり娘が、片岡《かたおか》文枝だった。

ただし、富治がはじめて文枝に目を止めた時、名前ばかりか、長兵衛の家の娘だとも、自分より五つ年下だということも知らなかった。

去年の初夏、焼畑《きりかえばた》を行う少し前、一回目の田の草取りがはじまるころだった。

この時期、阿仁のあちこちの沢筋では、「アメ流し」という毒流し漁が行われる。サンショウやサワグルミの根元の部分の皮を、灰汁《あく》で煮てから筵《むしろ》に包んで足で踏む。そうして絞り出した汁が「アメ」である。

これをゆっくり川に流し込んでやると、水中の魚が痺れて浮き上がってくる。ヤマメやウグイ、イワナにアユ、さらにはサクラマスまでが、白い腹を見せて面白いくらいにプカリプカリと浮いてくる。そこを手づかみで、あるいは網やヤスを用いて一網打尽にしてやるのだ。もちろん、捕った魚を食べても問題はない。

獣の猟がない夏場、多くのマタギたちは様々な方法で川漁もするが、このアメ流しに限っては、漁というよりは村をあげての一大行事といったほうが正確だろう。日が決まると触れが出て、村の者は待ってましたとばかり、皆でアメ流しに繰り出していく。

この時、若い者は男も女も、できるだけめかしこんで漁に向かう。女が丹念に化粧までして魚を捕りに行くというのは奇妙に聞こえるかもしれないが、これにはちゃんとした訳があった。

正式な決まりごとなど何もないが、アメ流しは嫁探しの場でもあるのだ。

着飾った若い娘が着物の裾をはしょって白い太腿を見せ、嬉々《きき》として魚を捕まえている姿は、独身の男にとってはこたえられないものだった。それをまた娘たちも心得ており、前かがみになって丸みが強調された尻を、妙に艶《なま》めかしくくねらしたりするのだからたまらない。中には、魚を捕るのに夢中になったふりをして、目前にある娘の尻や内股に手を伸ばすふてぶてしい奴もいたりする。

さすがに富治はそこまではしなかったが、アメ流しは一年のうちで最も楽しみにしている行事には違いなかった。

ところで、富治の同級に忠助《ただすけ》という男がいた。打当での狩猟組は違っていたが、同い年ということもあり、幼いころから一緒に遊んできた悪童仲間である。これがまた無類の女好きで、近隣の集落の娘や後家さんには、ひとり残らず夜這いをかけたと豪語してはばからないつわものだった。

ふだんは気のいい奴なのだが、いったん若い衆で飲めば、あそこの誰はどうだったとか、あいつは下つきであの娘は上つき、下の毛が一番濃いのは誰で薄いのは誰だとか、ほんとうだろうかと思うようなことを得々として喋るのには閉口する。

富治とて、十七歳ではじめて夜這いを経験してから幾度か場数は踏んでいた。しかし、一昨年の夏、アメ流しの直後にひどい目に遭ってからは、ぴたりとやめていた。

打当と比立内の間にある戸鳥内《とりない》という集落で行われたアメ流しに紛れ込んだ時のことだ。前から目をつけていた娘とうまく話が進み、「今夜行ぐがら」「いがすよ」という運びになった。首尾よく娘の家に忍びこんだまではよかった。ところが、本人だとばかり思っていた相手が、その家の主《あるじ》の女房、つまり目的の娘の母親だった。亭主が近所に飲みに行って留守にしていたので、明かりがない中、うっかり相手を取り違えてしまったのだ。

娘の母親も自分の亭主だと勘違いしたのか、夜這いと知っててそうしたのかは定かでないが、富治に対してすんなり体を開いた。

なんだか変だ、これはもしや娘のおっ母《かあ》かと途中で気づきはしたものの、中途半端なままやめるわけにもいかず、腰を動かし続けた。もう少しで果てそうだというところで、見計らったように亭主が帰ってきた。提灯《ちょうちん》をかざして自分の女房の上に若い男が重なっているのを見るや、戸口に立てかけてあった鉞《まさかり》を手にしたのである。

着物と褌を手に、素っ裸のまま縁側から飛び降り、真っ暗な夜道を富治は逃げに逃げた。顔を見られなかったので正体がばれずにすんだとはいえ、以来、その家の娘と道で行き会うたびにバツの悪い思いをしている。

夜這いの相手を間違えるとはよく聞く話だったが、人を笑わすための作り話だろうと、その時までは思っていた。

これを忠助に話すと、俺も追いかけられたことが二度あると頷いたあとで、そこがまた楽しくてやめられねえんだと言い放った。まったくもって、何をか言わんやである。

ともあれ、そういう奴だから、どこの集落でいつアメ流しがあるといった情報には耳ざとい。「明日《あすた》、比立内のアメ流しだどや、一緒に行べぇ《あ》」といつものように誘われた。

前年の夏のことがあったので、最初はあまり乗り気ではなかったが、これといって断る理由も

なかったし、誘われるうちに、そろそろいいか、という気にもなってきた。というわけで、わざわざ二時間近くかけて比立内の里に下りたのだった。

富治と忠助が着いた時、すでにアメ流しははじまっており、村人たちが歓声をあげて魚を追っていた。この状態なら、他所《よそ》の集落の者が一人二人紛《まぎ》れ込んでも、誰も咎《とが》めだてはしない。

そこで富治は、ひとりの娘に目を奪われた。

陸軍から払い下げてもらった軍服のズボンを捲《まく》りあげて沢に入り、小さな淵のところで、痺れから醒めかけた大物のサクラマスを摑《つか》んだ時のことだ。

同じマスに手を伸ばした別の誰かと、額どうしがぶつかった。

「痛《いで》っ」と言って顔をあげたすぐそばに、おでこをさすっている若い娘の顔があった。見た瞬間、アメの毒が回ってしまったみたいに体が痺れた。

しばらく言葉が出てこなかった。

息が詰まるほどに器量のよい娘に、富治には見えた。しもぶくれの耳から顎にかけての色白の頰が、思わず指でつねるか、ぱくりと嚙んでしまいたくなるほど、ふっくらと可愛らしかった。

それ以上、何がどうと説明するのは難しい。文字通りの一目惚れというしかなかった。

「あ、あの、ぶつかってすまって悪《わり》がった。こ、こいづ、あんださけっから、いがったら貰ってきゃんせ」

気づくと富治は、しどろもどろになりながら、手にしたサクラマスを娘の手に押しつけていた。

娘がドングリのような丸い目を見開いた。次いで白い歯がこぼれ、「ほんとにいいの？」と首をかしげた。

「なも、気にするこたぁ、ねぁし」

言って富治は、ばしゃばしゃと水面を蹴立て、淵から沢の流れへと出た。

そこで振り向くと、たすきを回して着物の袖を絞り、腕に二尺あまりのサクラマスを抱えた娘が、にこにこしながら富治に向かってお辞儀をした。

軽く手を振ってみせ、ゆっくりと川原にあがった。ほんとうはもっと娘と話をしたかったのだが、自分のあまりの狼狽《ろうばい》ぶりにうろたえ、他にどうしようもなかった。

後ろから背中を小突かれた。

忠助だった。

「なに、にやにやしてっけな」

「滅茶苦茶《めじごじ》、可愛《めんこ》い娘《あね》ちゃがいだ」

「何処《どご》さ」

「あそごさいるべ、マスば持《たんがい》でっている、あの娘ちゃ」

富治が示した先に視線を送った忠助の顔がしかめ面になる。

「なんだ、文枝でねえが。だめだ、あいづは」

「何故《なすて》？」

「知ゃねのが？　あいづは長兵衛だえの娘だど」

聞いて驚いた。さらに、冷たい手で頬を撫でられた気がした。

長兵衛といえば、富治が父と一緒に小作で世話になっている地主の家だ。ひとり娘がいることは知っていたが、今まで直接目にしたことはなかった。

「俺ぁ、初《はず》めで見だや」

訳知り顔で忠助が言う。

「箱《はご》入りなのしゃ。お父《ど》っつぁんが、此処《こご》らの若《わげ》ぁ者ば近づげねえんだ。人前さもめったに出さねえって話だど」

「んだら、何故《なすて》今日はアメ流しさ出はってんだ」

「はて――」

そこまでは忠助にもわからないらしい。

富治はさりげなく尋ねてみた。

「おめえ――あるのが？」

「何《なぬ》が」

「夜這いば、かげだことが」

「冗談言《へろけ》うな。見《め》っけらったらどうなっと思ってんのや。文枝のお父っつぁんに殺されてすまうべぁ」

忠助がぶるぶると首を振る。

「んだが――」

そう呟きながらも、じいっと文枝の姿を見ている富治に、「まさかおめえ――」と忠助が訊いた。

「――あいづさ夜這いかげるべって考えでんでねえべな」

文枝に視線を張りつけたまま、富治は頷いた。

「忠助、おめえ、助《す》ける気はねえが」

正気なのかという呆《あき》れ顔で、忠助が富治を見つめた。

富治とて、文枝が長兵衛の娘だということを教えられなければ、すぐにも夜這いを、などとは考えなかっただろう。祖父が所持していたわずかばかりの田んぼを借金のかたとして奪ったのが、他ならぬ長兵衛の家だったのである。小作に甘んじている今、表立っては口にしないが、根深いところでの恨みは、富治の代になっても消えていない。

愛《いと》しさと憎さは、対極のようでいて実は同じところから生まれるのだと、この時、富治は悟った。片方からもう一方へと、いともたやすく反転するものだということも。

ろくに言葉も交わしていない娘に心を奪われてしまった自分が、不思議でならなかった。そして、どんなにか親から大事にされているだろう彼女に夜這いをかけ、半ば手込めにするように交わることを想像すると、いてもたってもいられないほど下半身が疼《うず》いた。長兵衛に対する恨みというよりは、何も知らずに文枝に心惹《ひ》かれてしまった自分に、腹が立って仕方がなかったのかもしれない。

どう考えても、今の俺はまともではないと思った。そうは思ったが、一度火がついた衝動は簡単に消せるものではなかった。

三

文枝をはじめて目にしてから三日後の夜、願ってもない好機が訪れた。

地主たちの寄り合いが、阿仁銅山《あにどうざん》村の阿仁合《あにあい》にある旅館で持たれ、文枝の親父が一晩家を空けるという話を、忠助が聞いてきた。比立内にも旅館はあるのだが、わざわざ阿仁合まで出かけるのは、会合のあとで女郎屋に繰り出すためである。

荒瀬村の北に接する阿仁銅山村は、その名が示す通り、佐竹藩の時代から銅山の村として栄えてきた。今なお近世とほとんど変わらぬ生活を強いられている荒瀬村とは違い、銅山事務所を皮切りにいち早く電灯も点《つ》いたし、電話も開通した。何から何まで文明を先取りしていたのである。たとえば、置き薬だけではどうにもならない急病人が荒瀬村で出た時は、阿仁合の診療所まで病人を運ぶのが常だった。

そして、血の気の多い鉱夫が集まる村のこと、表立っては人の口にのぼらないものの、山奥に似つかわしくない女郎屋まであった。垢抜けない田舎の廓《くるわ》に違いはないが、荒瀬村の者で足繁く通えるということは、陰口を叩かれながらも、村の有力者である証しでもある。

こんなめったにない機会を見逃す手はなかったし、それ以上に、親父が娼婦を抱いている同じ夜、その娘を自分のものにするという皮肉に、富治はえも言われぬ興奮を覚えていた。

いつもと逆で、腰が引けているのはむしろ忠助のほうだった。

「ほんとにやるのが」

「なに、おめえは見張ってくれでるだけでいいがらしゃ。たまには逆でもいいべや」

今まで忠助の夜這いにつき合わされ、見張り役をしたことが幾度かあった。それがために、強く言えば断り切れないことはわかっていた。文枝の親父が不在とはいえ、やはり、ひとりで忍びこむのは怖かった。

「そうは語《かだ》っても――」

「いいがら、早々《ちゃっちゃ》ど行《あ》べ」

半ば引きずるようにして、富治は忠助を伴い、提灯を手に比立内へと向かった。

闇に紛れ、長兵衛の屋敷を前にした時には、忠助も腹が据わったらしく、こっちだと囁いて庭の植木の間を抜け、縁側の前まで富治を誘導した。小学校を卒業したあとで二年ほど、忠助は長兵衛の家に下働きに出されていたので、屋敷の様子をよく知っていたのだ。今でも時おり、秋田の問屋へ使いを頼まれるらしい。無理やり忠助を引っ張ってきたのにはそれもあった。

「んだら、頼むど」

富治は、履物を忠助に預けて縁側に上がった。夏場のこの時期、天気がよい夜に雨戸を閉める家などめったにない。

足音を忍ばせて障子を開け、座敷の気配を窺う。忠助の話では、三つ続きになっている座敷を横切り、最も奥にある納戸の隣が文枝の部屋だという。狭い家で雑魚寝《ざこね》状態の富治には、信じられないほどの屋敷の広さだ。

無人の座敷には、青畳の香りがむせそうになるほど強く漂っていた。畳一枚さえない家が多いというのに、この贅沢ぶりには驚きを通り越して腹が立ってくる。

忍び猟でクマを追う時と同じように息を潜め、無音で座敷の奥まで進む。

納戸の戸をそっと開けたところで富治の手がとまった。

納戸のくせに物が置かれているわけではなく、がらんとしていて、廊下といってもいいくらいだ。それにも驚いたが、入って左手、文枝の部屋に違いない戸の隙間から漏れる明かりに、一瞬ぎくりとした。

時刻は深夜である。こんな真夜中まで起きているとはどういうことか。

しばらく迷った。

とりあえず部屋を覗いてみることにした。

――なんだ……。

一寸ほどの隙間から内部を覗いた富治は、胸中で呟きを漏らした。

燭台《しょくだい》に立てられたロウソクが鏡台の上で灯り、炎の周りを蛾が飛んでいた。薄明かりのもと、床に就いている文枝の姿が目に入ってきた。どうやらロウソクを消さずに寝てしまったらしい。

明かりを点けたまま寝てしまうなどという贅沢は、富治の家では考えられないことだった。もしかしたら、消し忘れたわけではなく、いつもこうして休んでいるのかもしれない。そう思い当たると、何がなんでもこいつを、という気になった。

文枝の寝姿が、さらに富治を奮い立たせた。

たぶん暑苦しいのだろう。上掛けはかけていなかった。ばかりか、彼女が着ている寝巻きの裾が脚の付け根近くまでたくし上がり、ぽってりした二本の太腿が、ロウソクの明かりに揺らめいている。

見ているだけで、痛いほどに勃起してきた。

ともすれば荒くなりそうな息を呑みこみ、音を立てないように気をつけながら戸を引いた。

寝所の内側にするりと体を滑りこませ、開けた戸をぴたりと閉め直す。

そろそろと布団の傍《そば》まで這い寄った。

富治の侵入に気づく様子もなく、文枝は、あられもない寝姿を、まったくの無防備で晒《さら》している。

三日前に陽光の下で見たのと同じ、しもぶくれのほっぺたのなかで、軽く開かれた唇の間から、大きめの前歯と濡れた舌先が覗いている。

なぜだか、ためらいが生じた。

直前までは、体に覆いかぶさるや口を押さえ、無理やりにでも貫いてやるつもりだった。それが、あどけない寝顔を見ているうちに、自分がひどく極悪な人間になったような気がしてきた。

かといって、体のほうは正直に反応したままで、何もせずに退散することも考えられない。明かりが点いている部屋での夜這いなどしたことがなかった。だからためらいが頭をもたげたのだと考え、ロウソクを消しに動こうとした。

その時、ふいに文枝の瞼《まぶた》が開き、富治の顔をまともに見あげた。

体が硬直した。動くに動けず、相手の口を塞ぐこともできない。

文枝の口から悲鳴が迸《ほとばし》る。そう思って逃げ出そうとした。

が、予想に反して、彼女の口から悲鳴があがることはなかった。

「誰？」とひとこと言ったあとで「あっ」と小さく漏らし、「アメ流しの時の――」と呟いた。

「んだ、俺ぁ、打当の松橋富治だ。夜這いさ来たのしゃ、ええがやっても」

なぜ、わざわざそんなことを口走ったのかはわからない。あの時いやだと言われたらおとなしく帰っただろうかと、あとになって考え込んだほどである。

が、またしても予想に反した言葉が返ってきた。

「お願い――明かりを――消してください」

驚いて文枝の瞳を覗きこんだ。

富治を見つめ返す文枝の目が、やがて静かに閉じられた。

燭台まで這い寄り、息を吹きかけて炎を消した。

暗闇の中、手探りで文枝の傍らに戻ると、右の手のひらが太腿に触れた。

一瞬緊張した文枝の股から、ゆっくりと力が抜けていく。

膝の内側から上のほうへと右手を這わせ、左手で探り当てた乳房にしゃぶりつく。

吐息と一緒に文枝が小さな呻《うめ》きを漏らした。

――箱入り娘だなんて嘘だべさ。

忠助の言葉を思いだしながら、富治は文枝の体に覆いかぶさった。

富治が、忠助の言ったことが間違いではなかったと知ったのは、翌日になってからだった。

誰にも見咎められずに自分の家に戻り、翌朝起きてみると、交わったあとで身につけた褌が、文枝の血で赤茶色に染まっていたのである。月のものかと最初は思ったが、どうもそうではなさそうだった。

文枝があっさりと自分を受け入れたのは、彼女が生娘《きむすめ》などではなく、夜這いをされた経験もあるからだろうと思い、むしろほっとしていた。だが、こうなってみると、逆に落ち着かなくなった。

あの時、なぜ文枝は騒ぎ立てなかったのだろう。日ごとに疑問が深まるばかりで、ついには確かめずにはいられなくなった。

といっても、夜這い以外で一度も出入りしたことがない長兵衛の家に、小作の倅《せがれ》がのこのこ出かけていくこともできない。そこで富治は、再び忠助に頼むことにした。ころあいを見て、比立内の隣の集落、幸屋渡《こうやわたり》にある神社の境内に、文枝を呼び出してもらうことにしたのだ。

「おめえもずいぶん、ずらりしたもんだなや。文枝のお父《ど》が、おっかなぐねえのがや」

呆れ顔をした忠助に、富治は手を合わせた。「頼む、どうすても文枝さ会って訊ぎでえごどがあんだ」

「仕方《すかだ》ねぁ、ええが、こいづが最後だど」

渋面を作りながらも、何を訊きたいのだとは尋ねずに、最後には引き受けてくれた。

首尾よく夜這いを果たしたと満足して放っておけばすむところ、ここまでして文枝に会いたいのは、胸に巣くった疑問の解消が目的というより、もはや引き返すことができないところまで心惹かれていたからだった。もっともこの時点では、自分の本当の気持ちに、富治はまだ気づいていなかった。

それを思い知ったのは、うら寂しい神社の境内に、不安げな顔であたりの様子を窺いながら、彼女が姿を見せた瞬間だった。

正直なところ、文枝が来るとは思っていなかった。考えてみれば当然だ。何の約束もなしに突然寝床に侵入し、自分の処女を奪っていった相手である。呼び出されたからといって会いに行く義理はない。

ところがこうしてやって来た文枝を見て、富治は深い罪悪感に身が裂かれそうになった。同時に、今まで体を重ねたどの女にも覚えなかった愛しさで胸がいっぱいになった。

「此方《こっつ》だ」

隠れていた社《やしろ》の陰から手招きすると、気づいた文枝が、もう一度周囲を見回してから小走りに駆け寄ってきた。

ふっくらとした頰から喉もと、さらに着物に包まれた体の線へと視線を移すや、文枝の裸体の感触を生々しく思いだした。同時に、彼女が流した破瓜《はか》の血が瞼の裏側に鮮明に蘇り、心臓を鷲摑みにされたように胸が痛んだ。

尋ねるつもりでいたことなど、きれいさっぱり消し飛んでいた。あの夜の自分の行為に許しを請うことしか考えられなくなった。

文枝を前にした富治は、がばりとばかりに草むらの上で膝を折り、両手をついて土下座した。

「堪忍《かんにん》してけろ、おめえが生娘《きむすめ》だとは知らずに、夜這いばすてしまったのしゃ。アメ流しの時のおめえが、あんまり可愛《めんこ》くて、つい——」

まともな言い訳になっていないと思いつつも、ひたすら地面に額をこすりつける。そうする他に、この場でできることが思いつかなかった。

ふいに文枝が腰を屈める気配がした。

顔をあげると、文枝は言った。

「立派なサクラマスをありがとね」

「は?」

わけがわからず相手を見つめる。

「少し、話をしてもいい?」

返事を待たずに、文枝は地べたに腰をおろした。

「あ、ああ——」

富治は、狐につままれた思いで文枝の言葉に耳を傾けはじめた。

都会の女以上に訛《なまり》がない文枝の声は、耳に心地よく響いた。土地の汚い言葉は使うなと父親にしつけられ、幼いころに菩提寺の住職に習って標準語を身につけたのだという。

聞いてみると、富治の想像以上に、文枝は両親から溺愛され、大切に育てられてきたことがわかった。子どものうちはよかったが、年ごろになってからは、それが重荷で息苦しくなってきたとも、当の文枝は語った。

最も悩んでいたのが、誰も自分のところに夜這いに来てくれず、数え二十歳になっても男を知らないことだったという。

年ごろの娘たちが集まると、時には、男や夜這いの話題になったりする。会話に加われずに仲間外れの気分になるだけならまだしも、自分には女としての魅力がないのだろうかと、ずいぶん前から真剣に悩んでいたらしい。

それを聞いた富治は、おまえの親父が怖くて誰も手を出さないのだとは言えず、あまりに可愛いからかえって男たちは躊躇《ちゅうちょ》してしまうんだと取り繕った。

真に受けたのか、文枝は恥ずかしそうに頰を赤らめた。その仕草がなんとも可愛らしい。

「アメ流しの日、父さんが鷹巣に用事があって留守だったの――」そう文枝は続けた。

子どものころは許されていたアメ流しへの参加を、なぜか初潮を迎えてからは禁じられていた。思い切って、いちばん親しくしている女友達に訊いてみると、アメ流しの折りに密かに約束を交わし、男が夜這いに来ることが多いと知った。その話で、父親が自分によけいな虫を寄せつけまいとしていたのだとわかり、今までになかったほど強く、父に対する反発の気持ちが芽生えた。

そこで、父親の留守をいいことにこっそりアメ流しへ出かけて、男に声をかけられるのを待っていたのだという。

文枝の女友達がどういう喋り方をしたのかは知らないが、それはちょっと真に受けすぎだと富治は思った。たまたまそういう場合もあろうが、アメ流しそのものは、別に夜這いのためにあるわけではない。

間違いを正そうとした富治は、しかしできなかった。文枝の瞳があまりに真剣で、切なげだったのだ。

「せっかくお気に入りの着物を着て出かけたのに、誰も声をかけてくれなくて泣きたい気分になっていたの。もうやめにして帰ろうかと思っていた。だって、最後までいて誰からも誘われなかったら、あまりに惨《みじ》めでしょ」

富治と額が鉢合わせになったのは、ちょうどそんな時だった。

もしかしたら、と期待したのだが、相手は名前も名乗らずにサクラマスを押しつけ、逃げるようにして沢から上がってしまった。男が途中で振り返ったとき、精一杯の笑顔を向けてみたが、戻ってきてくれず、ひどくがっかりして家に帰った。

やっぱりわたしは女としての魅力に欠けるのか。そんな思いでいたあの晩、自分に覆いかぶさるようにしている富治の顔を見た時、怖さよりも嬉しさがこみあげてきたの、と言って、文枝は言葉を切った。

富治は、ここまで聞いた文枝の話に、ひどく歪《ゆが》んだものを感じた。深みに嵌《は》まるのはまずいぞとも思った。だが、彼女が抱えているものを滅茶苦茶にしたくなるほど、好きになってしまったのも事実だった。壊れやすいガラス細工を、愛でるあまりに破壊したくなる衝動とも言うべきか……。

なぜこれほどまでに、文枝に対する気持ちが二転三転と大きく揺れ動くのか、自分でも不可解だった。

束の間の葛藤の末、やめておけという声に、かまうものかという囁きが勝った。

ぞんざいな口調で富治は訊いた。

「俺どやって、痛《いで》がったがえ？」

一瞬びっくりした表情になった文枝が、みるみる真っ赤になった。

「なあ、如何《なじょ》だった」

さらに問うと、文枝は下唇を嚙んでこくりと頷いた。

「なんも、二度目は痛ぐねえ。気持ぢいぐしてやる」

目をみはっている文枝の手首を、乱暴に引き寄せた。そのまま草むらの上に押し倒し、乳房を揉《も》みながら口を吸う。

文枝の唇から、抗いの言葉が出るかわりに、甘い吐息が吐き出された。

四

一晩荒れたあとで、嘘のように空は晴れた。

潜んでいた岩穴から抜け出し、朝陽に輝く月山の頂を見あげた。

凍結した水蒸気が、ゆったりとした気流に遊ばれてきらきらと舞っている。

吸い込むたびに鼻の穴でぱりぱり音を立てる空気が、むしろ心地よい。

「さあ、んだら行ぐど。このぶんなら、今日中に田麦俣《たむぎまた》さ下りられるべ」

跪《ひざまず》いて金《カネ》カンジキを装着している富治と万吉に、善次郎が声をかけた。

善次郎の話では、月山から湯殿山へと下り、さらに鶴岡へと向かう途中、最初に出てくる集落が田麦俣とのこと。夏場には湯殿山詣での参拝客が利用する宿場になるが、今の季節は雪に埋も

れ、阿仁の里とほとんど変わらぬ風景の村だという。今夜は、昔、幾度か利用したことがある梅屋という宿に泊まれるはずだ、と善次郎はつけ加えた。頼めば、マタギ宿として使わせてくれるだろうとも。

獲れたクマを丸ごと阿仁まで持ち帰るわけにはいかないから、どこかで換金する必要がある。田麦俣であれば、今回の猟場《クラ》とする大鳥界隈の山中にも近く、鶴岡にもすぐに下りられるので、位置的には好都合だという。実際、十五年ほど前まで善次郎が月山越えの旅マタギをしていた時、梅屋をマタギ宿として使わせてもらったとのことだった。

カンジキを装着し終え、足を踏みしめて具合を確かめていると、にやにや笑いを浮かべて寄ってきた万吉が、富治の耳元で囁いた。

「おめえ、股ぐらが汚《やばち》くて、気色悪《うじゃます》いべ」

「なも――」のあとの言葉が続かない。

どうやら、文枝の顔を思い浮かべながら自慰に耽《ふけ》っていたのを気づかれたらしい。確かに言われた通り、干からびた精液が陰毛にこびりついていて気色悪い。

うろたえている富治の肩をぽんと叩いて、万吉が真面目な顔をした。

「なも、恥《しょ》すがんな。こんたげ晴れだのも、おめえの男根《サタテ》ば見て、山の神様が喜んだんだべぁし」

「んだべがな」

「んだあ、実はな、俺も我慢できねぐなって、自分のば弄回《ちょしま》したんだ」

今度は笑いながら、万吉は自分の股間を擦ってみせた。

つられて頬を弛《ゆる》めた富治は、自分といい、万吉といい、ああいう場面で射精したくなるのはなぜなんだろうと首をひねった。

人間という動物は、命が危険にさらされると性欲が高まるのだろうか。もしかしたら、自分が死んでも子孫を残したいという悪あがきなのかもしれない。してみると、クマのほうがよっぽど利口だ。クマという獣は、食い物が乏しい年回りのときには、子どもを産まない。交尾はするのだろうが、そんな時の雌グマは、年を越しても母グマになることはないのである。

ということは、と富治はさらに考えた。結局、いちばん間抜けな動物は、人間の男なのではなかろうか。交尾期も持たず、子どもが育つかどうかも考えずに、自分の種《たね》だけはせっせと蒔《ま》きたがる。なるほど、いそいそと女郎屋に通ったり、夜這いをしたりするのはそういうことか……。

ははあそうかと、世紀の大発見をしたような気分になり、妙に感心してしまった自分が、なんだか可笑しかった。

「二人して何《なぬ》すてる。早々《ちゃっちゃ》ど行《あ》べでぁ」

善次郎が促した。

「ええが、雪庇《マブ》にだげは気ぃつけろよ」

「おうさ」

互いに目配せしあい、富治と万吉は善次郎のあとに続いた。

言われるまでもなく、足下には細心の注意を払う。

こうして冬山を歩く際、表層雪崩《ワシ》の次に危険なのは、尾根《ノガネ》の風下に張り出した雪庇に乗ってしまうことだった。

気づいた時は手遅れだ。戻る間もなく、ストンと足下が抜けてしまう。雪庇が成長するくらいの場所だから、崩れた下には何もない。よほど運がよくない限り、落ちた体は途中で止まらず、周囲の雪を道連れにして、凍った岩肌をどこまでも滑落していく。やがて樹木に引っかかるか、斜面《ヒラ》が緩くなるかして止まった時には、ボロ雑巾のようになった無残な遺体が転がっていること

になる。

富治が知る限りでも、阿仁の山中で、二人のマタギが雪庇を踏み抜いて死んでいた。

緊張が途切れず、腹も減っていたが、気分は爽快だった。

時おり懐《ふところ》から炒り豆を取り出し、ポリポリ齧《かじ》りながら足を運ぶ。

標高があがり、山頂が近づくにつれ、むしろ歩きやすくなってきた。

比較的傾斜が緩くなってきたのに加え、風を遮る背が高い樹木がないため、寒風に晒された雪面は硬く締まっていた。しかも、昨夜の吹雪はどこに行ったかと首を傾げたくなる好天ときている。毛足袋《ケタビ》につけた金《カネ》カンジキの爪が気持ちよく食い込み、うっかりすると、山では禁じられている鼻歌を歌いたくなってくるくらいだ。

登りだして二時間とかからなかっただろう。

「着いだ、ここが頂上だ」

善次郎の声に顔をあげ、ぐるりと周囲を見渡した富治は、しばらく言葉を失った。

銀嶺の山々が織りなす美しさに圧倒され、呆けたように見とれていた。

阿仁の秀峰、森吉《もりよし》山にはじめて登った時以上に、目前に広がる光景に心を奪われていた。

「冬山はよ、晴れれば天国、吹雪けば地獄つうもんだべしゃ」

善次郎が言って、真北の方角から時計回りに山々を指さしていく。

鳥海山、栗駒山、葉山、蔵王山、西吾妻山と磐梯山。そして圧倒的な量感で南南西の方角に佇む山塊は、大朝日岳を主峰とする朝日連峰。そこから西には日本海が広がり、佐渡島や飛島までもくっきりと見える。

生業《なりわい》の場、狩りの猟場《クラ》としてだけ見てきた山々が、今までとは違ったものとして見えていた。

ひとつひとつの山の名前を山影とともに脳裏に刻み付けていた富治は、いつの間にか呟いてい

た。

「日本て、小《ち》っちゃけえ国なんだな――」

「んだな、こごがらはぁ、何処《どご》さでもひと跨《また》ぎだべ」

同じ感慨を万吉も抱いたらしい。

眼下に連なる白銀の峰々を伝えば、どこへなりともひょいと駆け抜けて行けそうな錯覚を覚えてしまう。見ている景色が雄大なだけに、かえってそんな思いが溢れてしまうのかもしれなかった。

凍てつく大気に包まれて、切ないくらいに小さな国が、富治たちマタギの足下に横たわっていた。

五

日没直前に田麦俣に辿り着いた。

夕方になって再び雪が舞いだしたが、風はなく、音が消えた森は、かえって暖かくさえある。

森が少しだけ開けた。

山肌にへばりつくようにして息を潜める集落を目にしたとき、富治は阿仁の里に帰って来たのかと錯覚した。

村の様子が、打当や比立内と並ぶ阿仁のマタギ村、根子《ねっこ》の集落と瓜二つだったのである。

今は雪の下に埋もれているだろう棚田を守るようにして、雪囲いを施された民家が点々としている。集落の規模は根子よりもやや小さいが、山裾の谷間に拓かれた村落としての佇《たたず》まいは一緒だ。

もっとも、気をつけて見ればすぐに違いに気づく。一軒一軒の家屋が、阿仁の村々のものよりもかなり大きいのだ。その多くが多層民家となっているのは、養蚕《ようさん》を行っているからに違いなかった。中には旅籠《はたご》として使われている家もあるのだろう。最初の見た目とは裏腹に、村の成り立ちからして打当や根子とは異なっているようだと、集落内に踏み入ったころには、富治も思うようになっていた。

最初の民家を通りすぎた直後、左手の林から出てきた男たちと行き合った。

立ちどまり、端に寄って道を譲る。

蓑《みの》を身に着けた、いずれも三十齢《よわい》の男が四人、胡散臭《うさんくさ》そうな目を富治たちに向けて近づいてくる。

立ちどまった男たちが、富治たちのマタギ装束に、上から下へと目を這わせた。

ひとりが口を開いた。

「あんだら、何処《どご》から来なすった」

「秋田の阿仁からやって来たでごぜえます」

善次郎が編笠《アマブタ》を軽くあげて挨拶した。

「どうも、ご苦労さんでなんし」

善次郎の返事に、男たちが顔を見合わせる。

「これから何処さ」

「今夜は梅屋さんに世話になろうと思うとるのですが、今も旅籠をやってますかの」

「夏場だけはの。んでもまあ、頼めば泊めてくれるべの。前にも泊まったことがあるのすかえ」

「はあ、かれこれ十五年も前になりますけんども」

ほう、と呟きを漏らしたあとで男が尋ねた。

「あんだら、猟ばしに来たんかの」

少し間を置いてから善次郎が答えた。

「猟場はまだ決めておりませんが、少し歩いてみるべと思いまして」

「そうすか――」と頷いたあと「んでは、気ぃつけて」と言い残し、男らは先ほど富治たちが通りすぎた民家の庭へと姿を消した。

「あの人方《ひとかた》は、此処《こご》の猟師組の者だべが」

黙ってやりとりを聞いていた富治は、善次郎に向かって言った。そう尋ねたのは、猟師には見えないのに、彼らが五匹ばかりのノウサギと一匹のテンをぶら下げていたからだ。

誰も鉄砲は持っていなかったので、くくり罠ででも獲ってきたものと思われた。

「どうだが――んでもまあ、梅屋の主人さ訊いでみればわがるべしゃ」

それだけ言って、善次郎は歩きだした。

なにか腑《ふ》に落ちないものを感じながら、富治はあとに続いた。それが何なのかはっきりしたのは、翌朝になってからのことだった。

梅屋の主人は、久しぶりに訪ねてきた善次郎の一行を、快く泊めてくれた。十五年ぶりの善次郎との再会に、宿代は要らないと言って金銭《ぜに》を受け取らなかったばかりか、自家製のどぶろくまで振舞うという歓迎ぶりだった。

その主人が、翌朝、朝食のあとで、すまなそうな顔をして富治たちに言った。

「せっかく訪ねてきてもらって悪《わり》いのですが、俺家《おらえ》をマタギ宿にしていただくのは無理になりますた。ほんとに申す訳《わげ》ないこって」

「やはり、そうすか――なも、気にすることはねぇし。無理ば語《かだ》って迷惑ばかげで、こっつごそ申す訳ねえのしゃ」

善次郎には自明のことも、富治と万吉にとっては要領を得ない話だった。

いったいどういうことなのかと尋ねると、梅屋の主人は「あんだ方が、昨日会ったという連中が、今朝早く来ましてな――」と事情を説明しはじめた。

古くから田麦俣は、出羽三山の奥の院、湯殿山へ詣でる行者たちが落として行く金銭で潤ってきた。鶴岡から湯殿山へ向かう道中で、最後に出てくる集落だからだ。そのために、山奥の寒村には似つかわしくない旅籠や飯屋、さらには酒屋までがあったりする。

ところが、明治の神仏分離で出羽三山がすべて神山となってから、事情が一変した。田麦俣の麓に位置する注連寺《ちゅうれんじ》と大日坊《だいにちぼう》という真言宗の二カ寺が神道への改宗を拒んだために、この道筋を利用する行者の数が激減したのである。

これではまずいと、田麦俣では全戸が神道に改宗して行者の確保を図ったのだが、もとのようには戻らなかった。

さらに、六十里越《ろくじゅうりごえ》街道という鶴岡と山形を結ぶ旧道が改修され、交通事情がよくなってきたことも大きい。わざわざ田麦俣に宿を求めようとする者が少なくなり、以前は七軒もあった旅籠が、今では梅屋を含めて二軒しか残っていないのだという。

減ったとはいえ、それでも夏には腹ごしらえに立ち寄る行者さんもかなりいて、そういった客を相手の商売と、明治の中ごろから盛んになってきた養蚕で、なんとか村は成り立っていると、梅屋の主《あるじ》は説明した。

したがって、もともと田麦俣は狩猟の村ではなく、組織だった狩猟組も存在しなかった。

善次郎が旅マタギで田麦俣まで遠征していたころは、ちょうどそのような時期にあたり、獣の肉や毛皮をもたらしてくれる旅マタギの衆は、むしろ歓迎されていたらしい。

ところがこのところ、と主人が眉を曇らせた。

以前は自家用にしか使わなかった動物の毛皮が、日露戦争のあとあたりから、商品としていい値で売れるようになってきた。そのため、猟師をはじめる若い者が、田麦俣にも増えてきたのだという。

聞きながら、どこかで聞いた話と一緒だと富治は思った。どこかとは、他ならぬ阿仁のことだ。最近、阿仁の村々にも、俄《にわ》か猟師が増えてきていた。目当ては同じく毛皮である。前にはめったに訪れなかった毛皮商が村々を巡回しながら、毛皮を買い集めていく。そして、集めた毛皮のほとんどが、軍部によって買い上げられているという噂だ。

ずっと猟で生計を立ててきたマタギたちは、猟場《クラ》を荒らす俄か猟師に対して苦々しい思いでいるが、だからといって止める手立てもなく、深刻な頭痛の種となりつつあった。

「――という訳で、今朝方来た連中が言うには、秋田のマタギ衆に自分らの猟場を荒らされては困るつう話なのです。そう言われれば、俺とすてもなんともしようがないのす」

「んだたって、俺達《おらだづ》がクマっこを獲るのは大鳥あたりのごってぇ、此処《ここ》らの人方さ迷惑をかける気はねぁし」

万吉が異議を唱えた。その通りだと、富治も加勢した。

「んだ、それに、昨日《きんな》ぁ見だところ、あの人方にはクマば獲るのは無理だすべ。同じ獲物ば狙うわけでねえがら、問題はねえと俺も思うのしゃ」

その時だ。

「黙れっ」という善次郎の声が飛んだ。

はっとして万吉とともに口をつぐむ。

善次郎は二人の若者を交互に見やってから、きつい口調で諭しはじめた。

「前にも言うたろう。旅マタギでは、地元の人方と諍《いさか》いを起こしては、絶対なんねえってな。い

いが万吉、たとえ大鳥で獲ったクマでも、此処《こご》さ下ろしてきたら、近くの山で獲ったと疑われても仕方《すかだ》ねえのしゃ。自分の猟場《クラ》さ勝手に入られだど思ったら、おめえだって腹ぁ立つべ。それがら富治、確かにあの人方にはクマっこ獲れねえと俺も思う。んだがらごそ、俺達がクマば獲ってきたら、見せびらがしてると思って妬《やがねる》むべや。それともなにが？　獲った熊の胆《い》ば、ただで呉《け》でやるのが？　そうでもせねば、あの人方は納得すねえぞ。梅屋さんを困らせてはわがんね。俺達なら、いづものように山さ小屋《ケド》を拵《こしえ》ればすむこった」

富治と万吉はうなだれるしかなかった。

今まで何年か旅マタギをしてきたといっても、善次郎のような先輩たちのあとについて旅しただけで、自ら新しい猟場を開拓した経験はなかった。旅マタギは、獲物を獲る才覚だけでなせる仕事ではないのだと、あらためて教えられた気がする。

「すたら、何処《どご》さどう運《はご》んだらいいんだべ」

心配そうに万吉が言う。獲れたクマをどこに運んで、どう売り捌《さば》けばよいのだろうと言っているのだ。

田麦俣をマタギ宿にできるのであれば、地元の若い衆に人足を頼んでクマを下ろし、梅屋の主人を通して毛皮や熊の胆を換金するつもりでいたのだ。それが不可能となると、別な手だてを講じなければならない。

しばらく考えこんでいた善次郎が、幾度か頷いてから言った。

「したら富治、この前、おめえが喋ってだ富山の薬売りさ手紙を出すべ。日ば決めて鶴岡まで来てもらうべし。信用できそうな男なんだべ？」

少し考えてから、富治は首を縦に振った。

ちょっと変わったところはあるが、商売の相手としては信用できそうに思えた。

マタギの中には、売薬許可の鑑札を取得して、自分で熊の胆を売り歩いている者もいるが、善之助組の者には誰もいなかった。行商を主としている者は、マタギとしての腕がいまひとつということが多い。逆の見方をすれば、腕のよいマタギに限って商売が下手くそだとも言える。

したがって、自分たちだけで熊の胆を売ろうとしても闇で売るしかなく、買い叩かれるのは目に見えている。それよりは、信用できる薬売りを通して換金するほうが、結果的には得をする。

「んだら、それはいいどすて、如何《なじょ》して鶴岡までクマを運ぶべが」

富治が言うと、善次郎はにやりと笑った。

「なぬ、ひとり一頭までなら、おぶっても下ろせるべや」

半分冗談なのは、善次郎の目を見てわかった。だが、残りの半分は、いざとなればそうするしかないだろうと語っている。

富治の瞼の裏側に、人をおぶうようにクマを背負い、雪降る六十里越街道を黙々と歩きつづける三人のマタギの姿が映った。道行く人々がそれを指さし、呆れ顔で笑っている。

なんだかひどく滑稽で、しかし、どこか心弾む光景だと富治は思った。

六

富治には、寒マタギのあとで、越冬穴を出る直前の穴グマを獲った経験はない。ただし、穴グマ猟そのものは幾度もやっており、今回違うのは、猟をする時期だった。

十一月も終わりごろになれば、阿仁の奥山は雪に覆われはじめる。これは、クマが穴に入りだす時期でもある。その時期に、穴に入ったばかりのクマを獲るのが、通常の穴グマ猟のやり方だった。

理由は簡単だ。クマ穴を見つけやすいからである。

一頭のクマが、毎年同じ穴を使うということはほとんどない。おそらく、寝込みを襲われないための知恵なのだろう。それだけに、クマ穴を探し出すというのは容易なことではないのだが、クマが入った直後の穴であれば、まだ雪の上に残っている足跡《トアト》を頼りに探し出すことができる。

もちろん経験がいる。ただ追っているだけでは、まんまと裏をかかれてしまう。

穴に入る前のクマは、自分の足跡を消そうとして、必ずと言ってよいほど、いったん沢に入る。そこで騙《だま》されてしまえばおしまいだが、根気よく探せば、再び沢から上がった足跡を発見できる。富治の経験上、たいていのクマはその近辺で穴に入っていることが多い。

古いマタギからは、「アミノメ」を探せばいいとよく聞かされた。クマは穴に入る前、近くの木を齧ったり引っかいたりするもので、いよいよ入るぞとなると、左右の手で交互に木の幹を引っかき、バツ印の爪跡をつけるからだという。だが、それを当てにして探しても、首尾よく見つけたことはなかった。

たぶん、と思う。今のクマは、昔のクマよりも人に対する警戒心が強くなっているのだろう。だから、以前はアミノメを目当てに獲れた穴グマも、今では獲れなくなっているのではあるまいか。人間と同じように、クマのほうでも、少しずつ知恵をつけているに違いなかった。

ともあれ、穴を見つけてさえしまえば、逃げ場を断たれたクマを仕留めるのは難しいものではなく、いかにしてクマ穴を探し出すかという一点に、穴グマ猟の成否がかかっている。

さて、そこでこの三月初めという時期が問題になってくる。どの山においてもまだまだ雪深い季節であるから、クマの足跡などとっくの昔に消えている。越冬穴そのものも深いところに埋もれている場合が多くて、探索は困難を極める。

それがために、この時期の穴グマはめったに獲らないのである。富治たちにしても、十分なア

オシシが獲れていれば、今回の穴グマ猟に臨もうとはしなかっただろう。

梅屋に一泊だけして再び山入りした富治たちは、直線にして三里ほど進んだあたり、八久和《やくわ》と大鳥という、この界隈で最も奥まった山中にある二つの集落のなかほどに、その日のうちに仮小屋を作った。窮屈ではあるが火も焚ける。凍りついた岩穴と比べればはるかに快適だ。

ここを拠点とし、十日間の穴グマ猟を試みてから、猟の成否にかかわらず、まっすぐに鶴岡まで下りる予定とした。それでだめなら、いくら粘っても無理だろうという善次郎の判断だった。

問題のクマ穴をどうやって探すかについては、穴の種類を絞ることにした。

クマという動物は、自分で越冬穴を掘ることはしない。必ず自然にできた穴を利用するのだが、そこが狙い目だった。

タカス、バフアナ、ネアナ、イワアナ、アオリと様々な種類の穴があるが、その中でも、タカスと岩場のバフアナを重点的に探してみることにした。

タカスとは、古木の幹の上のほうに口が開いた空洞、木のウロのことだ。これなら雪の下に埋もれていないので見つけやすい。一方、バフアナとは、木の根がはった下にできる隙間のことで、クマが最も好む穴でもある。バフアナのでき方にもいろいろあるが、岩場から迫《せ》り出すようにして立っている木にできたものであれば、比較的楽に探し出せる。

完全に雪に埋もれた穴まで探す手間をかけるよりは、この二つに絞って探索したほうがよさそうに思われた。

相談した結果、三人で手分けをし、最初の四日で見込みがありそうな穴を探せるだけ探し、あとの四日で、ひとつずつクマが入っていないか確かめることにした。一個一個確かめながらでは、時間ばかり食って探せる範囲が狭くなるからである。首尾よくクマを仕留められれば、残りの二日で鶴岡まで下ろせるはずだ。

クマ穴の探索をはじめてすぐ、富治はここの山が気に入った。

秋田の山々ほどには杣夫《そまふ》が入り込んでいないのだろう。いかにもクマが付きそうな豊かな森が延々と続いている。しかも、マタギの目を通して見れば、涎《よだれ》が出そうになる猟場《クラ》だらけだ。巻き狩りでクマを追ったらどんなにか楽しく狩りができるかと思うと、もったいなくすらもある。

どうやら、薬売りの喜三郎が言ったことは間違いなさそうだった。これなら絶対クマは獲れる。いやがうえにも気分は高揚した。

そして、あらかじめ目星をつけておいた穴の内部を探りはじめてから二日目、最初のクマをタカスのなかに発見した。

クマが入っているかどうかは、実際に覗いてみないことにはわからない。いかにもいそうだと見える穴が空振りということもあれば、これでは冬眠中に凍えてしまうのではと、こっちが心配になるような粗末な穴で我慢しているクマもいる。

ひと際太い、ブナの老木だった。

万吉に肩車をしてもらい、直径が一尺ほどのタカスの入り口から頭を突っ込んでみると、穴の底から富治を見あげているクマと目が合った。冬眠中のクマは、蛙や蛇とは違って、完全に意識を失くしているわけではない。うつらうつらしながらも、外の気配はそれとなく窺っているものだ。

初マタギをした年の暮れだったと思う。はじめてクマ穴を覗かせられた時は、さすがに怖かった。父や兄と三人で、入りたての穴グマを獲りに行った際、いきなりバフアナを覗けと言われてうろたえた。

タカスならまだしも、バフアナでは簡単にクマが出てきてしまう。「齧られねえべが」と躊躇《ちゆうちよ》している富治に、親父と兄貴は「騒がねば、穴の中では齧らねえ」「クマ穴ひとつ覗けねば一人

前のマタギさなれねど」とにやにやしているだけ。

覚悟を決め、腹這いになって潜ったとたん、クマがいると直感した。いかにも寝心地がよさそうなバファナの内部に、クマの匂いが充満していたのである。鼻の粘膜、しかも鼻腔の奥というよりは鼻先に粘りつく、むんとした獣の匂いに、下腹部の筋肉が弛みそうになった。

その時も、自分をじっと見ているクマと目が合った。わずかに差し込む明かりの中で、その部分だけが濡れて光っていた。

絶対に穴の中で騒ぐなという忠告を、かろうじて思いだした。息を詰め、じりじりと後ずさりしている間、クマが襲ってくることはなかった。

あそこで、恐怖のあまり騒ぎ立てていたらどうなっていただろうと、時々は想像する。しかし、その後も試してみたことはない。

肩車から降りた富治は、小声で「いだった」と二人に目配せした。

「穴止めするすか」

そう万吉に訊かれた善次郎が、富治に確認した。

「穴の深さはどのっけだ」

「六尺以上はあるべな」

「んだら、穴止めはなしだな」

クマというのはおかしなもので、穴の口に邪魔なものがあっても押し出すことはしない。穴グマを獲る際、入り口に柴などの枝を立てて穴止めしておくと、無理やり中に引っぱりこもうとする。そこを撃てば安全なのだが、タカスの空洞が深い場合は、穴止めをするとあとでやっかいなことになる。撃たれたクマが穴の底に落ちてしまい、引き上げるのに大騒ぎすることになるのだ。

善次郎が指示した。

「富治、おめえが追出《ひだ》せ」

頷き、富治は腰の鞘《さや》から山刀《ナガサ》を抜いた。ふつうで刃渡りが七寸、大振りのものだと八寸ほどもある片刃の山刀は、山入りの際に何を忘れてもこれだけは忘れるなという、マタギの必需品だ。西洋のナイフと違い、重量があるため鉈《なた》にもなるし、いざというときの武器にもなる。筒状になった柄の部分に棒を刺せば、熊槍《タテ》としても使える。

ずっしりした手応えの山刀を手に、富治はクマが入っているブナの傍に立った。

三間離れた位置で、善次郎と万吉が、それぞれの村田銃にクマ撃ち用の丸玉を装塡した。

善次郎が富治に向かって、いいぞと頷く。

「ほーりゃ、ほーっ！」

思い切り叫びながら山刀の腹でブナの幹を叩き、素早くその場を離れる。

待つことわずか。

ウロの入り口で、ふたつの目玉がチラチラと光った。

クマは、外で待ち構えている善次郎と万吉に気づくや、グワーッと叫んで穴から飛び出そうとした。二人は鉄砲を構えたまま微動だにしない。クマの頭が全部出た。まだ撃たない。胸の月の輪が見えた。その刹那《せつな》、善次郎の鉄砲が火を噴いた。

深い山間《やまあい》にパーンッという銃声が谺《こだま》した。

クマの体が、黒い塊となってどさりと雪の上に落ちた。そのままぴくりとも動かなくなる。

万吉の二発目は要らなかった。

見事に心臓を撃ち抜かれた雄のツキノワグマが、月の輪を真っ赤に染めてブナの根元に横たわっていた。六尺近い大物だった。

めったなことでは間近で見られない頭領《スカリ》の腕前に、富治はあらためて惚れぼれした。

「まずは一頭目、ご苦労さんでありすた」

いつものように穏やかな声で労をねぎらい、善次郎が口の中で呪文を唱える。

山中での皮裁《カワタチ》は行わない。獲れたクマは、いったん雪の下に埋めておき、あとでまとめて里に下ろす手はずになっていた。ばらしてしまうと、この人数ではかえって運ぶのに難儀する。それに、喜三郎は初めての取引相手である。目の前で熊の胆を取り出し、偽物でないことを示してみせる必要があった。

こうして予定の日付までに、タカスで一頭、バフアナで二頭、合計三頭のクマと、途中でひょっこり出くわしたアオシシを一頭、富治たちは山の神様から授かった。

七

街道筋までクマとアオシシを下ろすまでに、丸まる一日を費やした。

三頭のクマは、いずれも三十貫目以上はある大グマだった。ここまで目方があると、強力《ごうりき》のごとくクマを背負って、というのも不可能である。一度試してはみたが、自分の体重にクマの重さが加わったぶん、雪の中に深く沈み、足を引き抜くことすらできなかった。

結局、急ごしらえの柴橇《しばぞり》に乗せて曳いて行くしかなかったのだが、これまた容易なことではない。下りの斜面は上から転がすように落としていけばなんとかなる。ところが、少しでも登りにさしかかると、三人がかりで一頭ずつ、順繰りに引きあげるしか手だてはなかった。

それでも富治の心は浮き立っていた。やっと十分な食い扶持《ぶち》を稼げたという安堵で、クマの重さも苦にならなかった。

一晩野宿《ノヅク》で夜を明かしたあと、六十里越街道を歩きだしてすぐに、馬橇を捕まえることができ

た。鶴岡まで炭を運ぶ途中だという親方に、アオシシの肉を分けてやることで話がついた。およそ四里の道のりを、富治たちは馬橇とともに歩いた。整備が行き届いた街道のこと、昼前には鶴岡の街に到着した。

馬橇の親方に頼み、鶴岡城跡に建立《こんりゅう》された庄内神社まで馬を進めてもらう。

この日の昼に庄内神社の鳥居の前で会いたし、というのが、手紙で喜三郎に伝えた内容だった。一方的に用件を伝えたものゆえ、果たして彼が鶴岡まで足を運んでくれるかどうか確信はなかった。会えなければ自力で商売相手を探すしかないが、それもやむなし。少々の損には目を瞑《つぶ》るしかないと覚悟をしていた。

鳥居の脇にひとりで佇む洋装の男を見て、富治は思わず駆けだした。

男は、遠目で見ても間違いなく、沢田喜三郎本人だった。

馬橇から離れて駆け寄ってきた富治を見て、喜三郎の色白の顔が笑いでいっぱいになった。

「やあ、やっぱりおいでになりましたか。必ずいらっしゃると思って待っていました」

「ほんに、無理なお願いをしてすまんこってす」

息を切らして頭を下げた富治に、喜三郎は大げさに手を振ってみせた。

「なにをおっしゃいますか。お願いしていたのは私のほうですから、頭など下げないでください」

「いや、んでも、もし俺達《おらだつ》が来ねば、とんだ無駄足ばかげでしまうところだったたべしゃ」

「なあに、その時はその時で、ちゃんと商売道具は持って来ていますので」

笑いながら指さした喜三郎の足下には、風呂敷に包んだ柳行李《やなぎごうり》が置かれている。

「富治さんのその顔からすると、どうやら首尾は上々だったと思ってよさそうですね」

「んだす、いいクマっこが三頭獲れますた」

喜三郎が感心したように頷く。

「さすが秋田のマタギ衆ですな。一頭は確実だろうと思ってましたが、この時期に三頭も獲るとはたいしたものです。頑張《ねば》っていい値をつけさせてもらいますよ」

「ほんに、よろしくお願えします」

もう一度頭を下げたところで馬橇が到着した。

善次郎と万吉を紹介すると、喜三郎は、畏《かしこ》まって挨拶をしたあとで、クマを見させてもらってもいいですかと尋ねた。

被せていた筵をめくって見せてやる。

「いやあ、これは立派なクマだ。毛皮も傷んでいないし、これなら一頭当たり、かなりの値でさばけるでしょう」

「毛皮って、喜三郎さん、あんだは毛皮も買ってくれるんがえ」

首を傾げた富治に、喜三郎は意味ありげな笑みを返した。

「まあ、詳しいことは宿に着いてからということで。皆さんのお宿は手配してありますから、とりあえずそちらへ参りましょう」

ずいぶん手回しがいいことだと半ば呆れ、半ば感謝しながら、富治は喜三郎と並んで歩きはじめた。

町の中心部、三日町にある古川旅館というのが、喜三郎が手配していた宿だった。

門をくぐるときから、ふつうの商人宿とは違う一流の旅館だとわかった。案内された部屋には、火鉢ではなく薪ストーブが設置されているという上等ぶりだ。

部屋の入り口で、富治は声を潜めて耳打ちした。

「喜三郎さん、こいづはちょっと贅沢すぎるんでねえべが」

「皆さんとお近づきの印に、ここは私が持たせていただきますので、どうかご心配なく」

「いや、それはなんぼなんでも――」

「大事な最初のお取引ですからね。ささやかですが、私からのご祝儀ということで。ね、そうさせてください」

もっと驚いたのは、旅館の裏庭を借りてクマとアオシシを解体したあとだった。

途中で一度姿が見えなくなっていた喜三郎が、十数名ほどの男たちを連れて戻ってきた。

彼らは町内の宿屋や料理屋の旦那衆、さらには毛皮商たちで、これから、解体したばかりの肉と毛皮を競《せ》りにかけるのだという。

闇の競売だと知りつつも、集まった男たちを前に「よいでしょうか」と尋ねられれば、嫌だと首を振るわけにもいかない。

善次郎にしても成り行きに任せるしかなかったらしく、難しい顔をしながら喜三郎の申し出に頷いた。

結果を考えると、任せて正解だった。

競りがはじまるや、臓物ひとつ残さずに、あっという間にさばけてしまったのだ。しかも、思った以上の高値がついた。特にクマの毛皮は、まだなめす前の生皮だというのに、一枚あたり三十円以上で競り落とされた。ふつうの勤め人の一月の給料は十五円前後である。競りが終わった時には、少なく見積もっても、ひとり当たり四十円は現金を手にする計算となっていた。これに、喜三郎が買い取ってくれる熊の胆が加算される。見知らぬ土地での商売であることを考えれば、上々の取引といえた。

人が消えて静かになった庭先で、熊の胆の重さを天秤《てんびん》で量りながら、喜三郎が尋ねた。

「いやあ、どれも立派な熊胆《ゆうたん》ですなあ。これだと、干しあげればどれくらいになりますかね」

天秤の目盛りを覗いた善次郎が答える。

「歩止まり三分と見れば、この胆ならば仕上がりで十五匁《もんめ》は間違いねえべしゃ」

「なるほど――」

全部の熊の胆を量り終えると、喜三郎は算盤《そろばん》の珠を弾いて善次郎に差し出した。

「三つまとめて、こんなところではどうでしょう」

算盤に目を落としてしばらく考えこんでいた善次郎が、やがて重々しく頷いた。

「えがす」

喜三郎が深々と頭を下げる。

「ありがとうございます。ほんとうはもう少し色をつけられればいいのですが、生のままですと、どうしてもこのあたりが精一杯なもので」

「干すのは大丈夫がえ？」

善次郎が訊く。

囲炉裏やストーブの上に吊るして半乾きにし、その後は杉板に挟んでクマの脂を塗りながらゆっくり干しあげて完成品にするのだが、二十日はかかる作業なのだ。

「もちろん大丈夫です。杉板もちゃんと用意してきましたので」

「準備がえがすな」

「そりゃあ薬屋ですから――で、代金のお支払いですが、とりあえず内金として五十円ほど用意してきました。残金については――」

「申す訳《わけ》ない。現金で頂いて行がねえど困るのしゃ」

善次郎が途中で遮る。

気を損ねた様子も見せずに、「それはそうですよね――」と喜三郎は頷き、ぽんと手を叩いた。

「では、こうしましょう。今日はもう遅いですので、明日いちばんで郵便局に行きまして、現金を調達してきます。額が大きいですから即日には無理かもしれませんが、明後日には間違いなく揃うでしょう。その間、どうかこの宿でゆっくり骨休みをなさってください」

「いいのすか」

「どうぞ、ご遠慮なさらずに。そうそう、もしご所望でしたら、あとで遊女屋にご案内しますよ。この町も、鉄道でも通るようになればもっと立派な遊廓もできるのでしょうが、それでもまあまあいいお店はありますよ。病気の心配がない所を知っていますので、ご安心くださっていいですよ」

「いや、要《え》らねぇ」

「じゃあ、賭場《とば》はどうです？」

渋面で善次郎が首を振った。

万吉の残念そうな顔が、富治の目の端にちらりと映る。

感嘆した口ぶりで喜三郎が言った。

「そうですか、さすがに本物のマタギ衆は違いますね、お見それいたしました。では、これでご商談の成立ということでよいですね。そろそろ食事の時間ですので、その前にひと風呂浴びましょうか」

喜三郎が風呂に行っている間に善次郎に尋ねてみると、仕上がり後の熊の胆を合計で四十匁と見込み、二百八十円の値をつけたということだった。一匁当たり七円の計算だ。生の熊の胆につける値段としては文句ない。

何よりも、わずか十日の間に、ひとり当たり百四十円も稼いだことになる。

やっとこれで、大手をふって阿仁へ帰れる。もしあの時、肘折温泉の外湯で偶然喜三郎に会っ

ていなかったら、今ごろどうなっていたことか。

人間と人間との出会い、人の縁とは不思議なものだと思いながら、富治は、薪ストーブの上に吊られた熊の胆を見あげた。

その熊の胆が、三つとも、すべて消えた。

せめて酌婦《しゃくふ》くらいは頼みましょうと言う喜三郎に押し切られ、三人ばかり酌婦を呼んで飲みはじめた。

なにせ数カ月ぶりの酒である。気分よく飲むうちに、いつしか正体不明となって鼾をかいていた。

障子を照らす陽の光に起こされ、ぼうっとした頭で見あげたストーブの上から、吊っていたはずの熊の胆が消えていた。

いっぺんで目が覚めた。

「大変だ！　てろっと持って行《え》がれだ！」

二人を揺さぶり起こし、隣の喜三郎の部屋に雪崩れこんだが、既にもぬけの殻。

帳場に下りて、目を丸くしている主人に訊くと、喜三郎は、急用ができたと言って柳行李を背に、まだ夜が明けきらぬうちにあたふたと宿を発ったという。

「あの畜生《つくしょう》！」

万吉が凄《すさ》まじい形相で吠えた。

「すぐに、追《ぼ》っかげるべや」

「まっすぐ富山さ向がったどは限らねど。今から追《ぼ》っても無理だべ」

「んだったって――」

「いいがら慌《うるだ》てるな」

なだめる善次郎の顔も、決して穏やかではなかった。

富治は、いきなり雪庇《マブ》を踏み抜いたような気分がした。まんまと喜三郎に嵌《は》められたことが信じられず、罵《のの》りの言葉ひとつ出てこない。

しばらくしてから、善次郎が溜め息を吐き出した。

「こうなっつまっては仕方《すかだ》ねぁ。毛皮と肉だげでも売れで良《え》がったと思うしかねえべ」

それはそうだが、簡単に諦《あきら》めきれるものではなかった。手にするはずの金銭《かね》が、一夜明けたら三分の一に減ってしまったのだ。

しかし、警察に駆け込もうにも、今ある金銭は、昨日の闇競売で得たものだ。それまで取りあげられることになったら元も子もない。

結局、善次郎が言うように黙って諦めるしかなさそうだった。

ひとつだけ解《げ》せないことがあった。

喜三郎は宿を出る時、宿代をきちんと払ったうえに、昨日約束した内金の五十円を、善次郎に渡してくれと言って宿の主人に預けていたのである。

考えれば考えるほど、おかしな話だった。

喜三郎は本物の詐欺師なのか、それとも、たまたま魔がさした薬売りにすぎないのか。

さっぱりわからないままに、富治たちは故郷《くに》へ帰ることになった。

第三章　春山猟《はるやま》

一

春の陽光が、芽吹く直前のブナの枝に絡みついていた。

柔らかな陽射しを裸になった背に浴びながら、富治は「おうっ」と咆《ほ》えて激しく腰を突き上げた。膝立ちのまま文枝の尻を引き寄せ、自分の恥骨をぐりぐりと擦りつけてやる。

筵《むしろ》の上で四つん這いになっていた文枝が、歪めた唇の間から悲鳴にも似た絶叫を溢れさせた。膣の内部で、陰茎がびくびくと痙攣《けいれん》した。

下腹部を貫く快感の波に身をゆだね、富治は雪のように白い文枝の背中に覆いかぶさった。耳たぶにしゃぶりつきながら、背後から回した手のひらで、重く垂れている乳房を鷲摑みにする。

小刻みに震えていた文枝の体から力が抜けた。

押し潰さないようにと左腕一本で二人分の体重を支え、右腕で文枝の体を反転させてから、胡坐《あぐら》をかいた膝の上に座らせる。

富治の腰を両足で挟んだ文枝がぴたりと抱きつき、乳房の膨らみを胸板に押しつけてきた。まだ呼吸が荒い文枝の口を吸い、丸髷《まるまげ》に結った髪から流れたほつれ毛が張りつく頬を、富治は両手で包みこんだ。

潤んだ瞳を覗きながら訊く。

「寒《さみ》いが」

ううん、と首を振った文枝が、上気させた頬をさらに赤らめた。

「少し、恥ずかしい――」

「ほうが」と答え、富治は、脱ぎ捨ててあった文枝の着物に手を伸ばし、肩の上から被せてやった。

「これでええが」

こくりと文枝は頷いた。

肌を露出していれば、まだ冷たさを感じさせる山の空気を吸い込みながら、富治と文枝は着物にくるまったまま体を寄せ合い、しばらくの間、交わったあとの余韻に浸り続けた。

やがて文枝が耳元で囁いた。

「今度はいつ？」

「んだな」と言って言葉を切り、少ししてから富治は答えた。

「すばらぐはだめだな。あと十日もすれば、最初のクマ巻きが始《はず》まるべえ。そろそろ女断ちすねばなんね。んだから、今度会うのは、春山《はるやま》が終わったあとだな」

「いつ終わるの」

「さあ、クマっこ次第《すだい》だがらな。山の神様さ聞いでみなけりゃわがんねこったでぁ、んでも、まあ、春山は、ひと月近くは続くべしゃ」

「そう――」

漏らした文枝の顔が、心もち暗く沈んだ。

「如何《なじょ》すた」

「ううん、なんでもない」

「寂すいが」

「寂しい」

「んだら、今のうぢに、もう一度《ひとぎやり》やるべ」

「でも――」

文枝が富治の股の間に手を下ろし、萎《しお》れた陰茎を軽く握った。

「なぬ、大丈夫だ、屈まって吸ってけろ。せば、もっくり起きるがらや」

文枝が目を丸くした。

「嫌《や》んだが？」

しもぶくれの頬の中で、文枝の白い歯が、唇の隙間から零《こぼ》れた。

「ほれ」

促すと、目の前から文枝の顔が消えた。

胸から臍《へそ》へと這っていった唇が、少しためらったあとで、富治をそっと銜《くわ》えた。

着物の内側で文枝の頭を股間に押しつけ、目を閉じる。

濡れそぼった舌の感触を、再び勃起しだした陰茎で味わいながらも、富治は微かな不安を覚えていた。

二

去年の初夏、幸屋渡の神社の境内で、二度目に文枝を抱いたあと、富治はこれで終わりにしようと、正直なところ思った。

どう考えても、長兵衛のひとり娘はまずい。

小作の倅《せがれ》が相手にしてもらえる娘ではないのだ。

だが、十日もすると、体の芯を震わす疼きが、どうしようもないほどに膨れあがった。夢にまで裸体の文枝が現れ、わたしを抱いてと、妖艶な身振りで誘いかけてきた。彼女の霊《たま》が、生霊《いきりよう》となって飛んできたのかと思ったくらいだ。

文枝の体を求めるだけなら、そこまでの執着は生まれなかっただろう。

彼女のことを思うと、思考が停止してしまったように、心は乱れ、愛しくて切なくて、息苦しくなった。

悶々《もんもん》とした日々がしばらく続いたのち、本当に女に惚れるとは、こういうことだったのだと、富治は観念した。

観念した富治は、人目を避けて、深夜の畦道《あぜみち》を、ひとり文枝のもとに走った。

そして、二度目の夜這いを決行した。

首尾よく彼女の寝所に潜りこめるか否か、富治にとってはひとつの賭けだった。心の隅には、いっそのこと文枝の父親に見つかってしまったほうがいいという、矛盾した思いもあった。そうすれば、二度と彼女には近づけなくなり、諦《さい》めもつく。

結局、忍び猟で鍛えられた富治の野性が賽の目を動かした。何の苦もなく、侵入を果たせたの

である。

そこで、文枝も富治と同じ思いでいたことを知らされた。

その日から、見咎《みとが》められてはならない、二人の密会がはじまった。

しかし、長兵衛の屋敷で交わるのは、あまりにも危険すぎた。いつ何時、寝所の戸が開けられるやもしれない。

闇に紛れて立ち去る前、富治と文枝は、逢い引きの手だてを決めた。考えついたのは文枝のほうだ。

「わたしの父さんが、用事があって家を離れる時、それが昼間なら白の、夜なら黒の糸を、前の日のうちに、柿の木の枝に結び付けておくわ。翌朝になって外れていたら、それはあなたが外したということ。あなたの姿を一日中、たとえ夜になっても、その日が終わるまで、家の窓から捜しています」

長兵衛の屋敷が建つ敷地は、周囲を見おろせるちょっとした高台にあり、ぐるりと生垣で囲われている。その裏手のほう、文枝の部屋から見える位置に、枝ぶりがよい一本の柿の木があった。枝が生垣を越えて敷地の外まで張り出し、幾本かの枝先は、人の手が届くくらいまで垂れている。そこに合図になる糸を結び付けておきます、ということだった。

何の疑問もなく言うところが、いかにも箱入り娘の文枝らしかった。打当から比立内までの片道二里半を、糸が結びつけられているかどうかの確認のためだけに、毎晩でも富治が駆けてくれると、最初から信じて疑っていないのだ。もしかしたら、往復五里がどれほどの距離か、わかっていないのかもしれない。

そんな文枝が、富治は、ますます愛しくなった。そこまで苦労しても、彼女と会い、自分の腕でかき抱きたかった。それに、成人した男、しかも次男坊が、夜毎に抜け出すのに気づいても、

富治の家では気にする者などいない。若い衆でどこかに集まって飲んでいるか、博打でも打っているか、あるいは夜這いにでも行っているかと思うだけだ。

こうして富治は、次の夜から、よほどのことがない限り、二つの集落の間を、振り子のように往復しはじめた。

当然ながら、空振りに終わる日がほとんどであるにもかかわらず、自分が馬鹿なことをしているとは思わなかった。たとえ糸がなくとも、手が届くほど近くにいる文枝の寝姿を想像するだけでよかった。

思いがいよいよ募《つの》り、我慢も限界かというころになると、なぜかそれを知っていたかのように、柿の木に糸が結びつけられていた。

糸の色により、ころあいを見て、富治は長兵衛の屋敷の前を通りかかった。ちらりと見あげる窓には、必ず文枝の顔があった。たとえ夜でも、富治が揺らす提灯《ちょうちん》の明かりに応えて揺れるロウソクの光があった。

ひと時も同じ場所から動かず、じっと自分を待ち続ける文枝のけなげさが、心を打ち、二里半を駆けた疲れなど瞬時に吹き飛んだ。雌を求めて森を幾里も踏破する、繁殖時期の雄グマと同じだった。

無言の合図を交わしたあと、富治は行き合う者に気づかれぬよう、しかし、文枝が自分の姿を見失わないよう気を配り、人気《ひとけ》のない神社や山の中へと、彼女を誘《いざな》った。

知れば知るほど、抱けば抱くほど、文枝は不思議な娘だった。

着物を着ている文枝は、厳しく躾けられている通りの、しとやかで、はにかみがちの内気な娘である。しかも、手習いに通う菩提寺の住職や奥方に気に入られ、ふつうの田舎娘にはないような学を身につけていた。

自分が読んださまざまな本のことを、文枝は瞳を輝かせて話してくれた。敷いた筵の上で肩を並べ、文枝の口から紡《つむ》ぎ出される言葉に耳を傾けるひと時は、それまで味わったことがなかった安らぎを、富治にもたらしてくれた。

ところが、いったん着ているものを剝《は》ぎ取れば、あどけない娘から飢えた女へと変身した。いともたやすく、一匹の雌になった。

自分以外に男を知らないからだろうかとも思う。文枝は、富治が要求する姿態で、言われるままに体を開いた。あとで決まって恥ずかしがるくせに、陽の光の下で裸体を晒すことにもためらいを見せなくなった。それればかりか、むせび泣くような喜悦の声をあげて、こちらが求める以上に激しく求めた。自分の内にある何かを破壊しつくし、森の中へ投げ捨てているかに思えた。

まったく違う二人の文枝が、完膚《かんぷ》なきまでに、富治を虜《とりこ》にした。そして、その部分こそが、富治が抱く不安の源でもあった。

自分より五つも年下の娘に、ここまで翻弄されてよいのかと思う。抜き差しならない深みに、首までどっぷり浸かっていることは確かだった。

さらに、と富治は考える。

人目を避けるためにこうして森の中で交わっているが、あと少し奥へ踏み入れば、村の道祖神が護る境界を越え、山の神様の領域となる。境界を越えてやってくる人間を獣たちが息を潜めて見張っている、森の生き物たちの棲み処であり、マタギにとっては決して穢《けが》してはならない神聖な猟場《クラ》でもある。

こうした不安が、二人をかえって激しく燃え立たせていることに、富治は薄々気づいてはいた。

被せた着物の内側から顔を出した文枝が、にこりと微笑んで富治に跨《また》がった。

彼女の口で愛撫を受けた陰茎が、互いの恥骨の間に挟まれて、いつの間にか、こちこちにいき

り立っていた。

せがむように、文枝は富治の首に腕を回してきた。

にっと文枝に笑いかける。

「どや、言った通りだべ」

「うん」

蕗《ふき》の薹《とう》が薫る森で、たちまち二人は獣になった。

獣には、今に対する恐怖はあっても、未来に対する不安はない。

突きあげてくる快感の中で、富治は、ふとそんなことを思っていた。

三

空に薄く霞がかかった夕暮れ時、文枝の残り香を懐《ふところ》の内に抱いて富治が打当《うっとう》に戻ると、家には客がおり、囲炉裏を囲んで父や兄と何やら話し込んでいた。

客は、善次郎と忠助だった。

変わった組み合わせに、富治は首を傾げた。

「如何《なじょ》したね」

「勘吉《かんきち》さんらが、まだ帰《けえ》ってねえんだと」

兄の富雄が渋い顔をした。

佐藤勘吉は、打当では最も大きな狩猟組、六之丞《ろくのじょう》組の頭領《スカリ》である。

打当には、大きいほうから、六之丞、伊之介《いのすけ》、善之助、斎兵衛《さいべえ》の、四つの狩猟組があり、それぞれに頭領がいた。

狩猟組の名前そのものは、一応は、マタギの祖となる猟師が出たとされる家の屋号をそのまま使っているが、全部の狩猟組が代々世襲で来たわけではない。

たとえ頭領の息子でも、猟に向かない者や、猟師になっても腕の悪い者はいる。完全に世襲にしてしまい、もし、技量に優れない者が頭領となってしまったら、まともに獲物が獲れなくなってしまう。

頭領《スカリ》が自らの退き際を決めた時、『山達根本之巻《やまだちこんぽんのまき》』あるいは『山達由来之事《やまだちゆらいのこと》』といった、猟師の由来や掟がしたためられた秘伝の巻物とともに、山で使う様々な呪文は、狩猟組の中で、猟の腕前はもちろん、最も人望が厚い者に授けられる。そこに私情が挟まれることはない。誰が頭領を引き継ぐか、狩猟組にとっては死活問題であるからだ。

そしてまた、狩猟組そのものも、外の人間が想像するほどに膠着《こうちゃく》した組織ではなかった。極端な言い方をすれば、気の合う者どうしで作っていると言えなくもない。

集団で猟をする時には、阿吽《あうん》の呼吸が不可欠である。互いに何を考えているか、言葉を交わさずとも了解しあえるようでなければ、獲物の先を行くことはできない。あまつさえ、出稼ぎ猟の際には、数カ月間も同じ顔だけを見ながらの旅となる。気心が知れない者と一緒では、よけいなことで神経をすり減らし、最悪の場合は、事故に遭って命を落としかねないのだ。

すべては、猟を生業《なりわい》とする男たちが、幾度も失敗を重ねながら作りあげ、洗練させてきた知恵である。そこまで柔軟にならなければ、獣に勝つことなどできやしない。

したがって、同じ打当のマタギといっても、常に行動をひとつにしているわけではなく、通常は狩猟組ごとに猟をする。ひと月前、富治たちがなんとか無事に終えたばかりの旅マタギがその典型であるし、ヒラオトシやウッチョウという圧殺式の罠猟などは、むしろ個人猟に近い。

そんな中で、ひとつだけ例外がある。

春山や春マタギと呼ばれる、春先の出グマ猟である。勢子《セコ》を使うクマの巻き狩りには、最低でも七、八名から、大掛かりな場合は二十名以上の人員を必要とする。

狩猟組ごとに、組の猟場《クラ》での巻き狩りもするにはするが、年に一度は、大規模な巻き狩りに臨むことが多い。

打当の集落でも、クマが越冬穴から出だすころになると、まずは集落あげての巻き狩りを行っていた。その際、六之丞組の勘吉が、最近では全体の猟を統率していた。単に打当の頭領《スカリ》と言う場合、勘吉のことを指すのがふつうだ。それだけ皆から信頼を寄せられている、マタギ中のマタギと言えた。

その勘吉が、若い衆を引き連れて出かけた旅マタギから、春山直前だというのに戻っていないというのだ。

「託送手荷物《チッキ》も、戻って来てねえんだべが」

富治が訊くと、忠助が首を縦に振った。忠助は六之丞組の若い衆のひとりだが、旅マタギには出ていない。打当では珍しく、自前の田畑を持つ家の長男だからである。

「んだ。先月、炭俵だけは送らってきたども、布団のほうはまだだ。念のため、今日、鷹ノ巣駅さ行ってみたども、やっぱりまだ送らって来てねえのしゃ」

忠助が口にした炭俵と布団という言葉は、文字通りのものを指して言っているのではなかった。

鉄道のない時代、旅マタギたちは、マタギ装束で凍てつく峰々を越え、人目を忍ぶようにして移動した。鉄道ができてから、移動そのものはだいぶ楽になったが、おおっぴらに猟場へ向かうことをしないのは昔と同じだ。

そもそも、平地にいる時、自分からマタギであると、里人《さとびと》に明かすことはない。山の仕事です

かと尋ねられれば、黙ってそうだと頷くだけで、猟師ですかとさらに訊かれても、鉄砲撃《ぶ》ち、せいぜいのところ、山立《やまだち》や山人《やまんど》などという言い回しで答えるのが常だ。なぜならば、マタギという言葉そのものが、本来は里で口にしてはならない山言葉であるからだ。

したがって、里人のほとんどは、マタギという言葉そのものを知らないのがふつうである。薬売りの喜三郎などは特殊な里人の部類に入るのであって、あらためて考えてみると、最初から富治に「マタギ衆ですか」と尋ねたところからして怪しいと思うべきだった。

ともあれ、そうして密かに行う旅マタギであるから、鉄道を利用する時は、車両に鉄砲を持ち込むなどということはしない。布団をぐるぐる巻きにして縛った中に銃を隠し、あらかじめ、チッキを利用して旅先に送っておくのだ。

また、冬場であれば、遠征先から実家に向けて、獲れた肉を腐らせずに送ることも可能だ。その際には、炭俵を調達したうえで真ん中の部分の炭を肉と入れ替え、あくまでも炭一俵として送る。

つまり、旅先から肉は届いたが鉄砲は戻ってきておらず、勘吉たちが打当へ帰ってくる気配がないのだと、忠助は言ったのである。

「何《なぬ》が、事故でもあったんだべが」

「親父《おや》っさんのことだから大丈夫だとは思うがな、んでも、樺太《からふと》のごってえ、凍《しば》れ方は半端じゃねえべ。手紙もねえし、心配《すんぺえ》は心配だ」

勘吉を中心とした六之丞組の幾人かの者は、他の組の者が南へと遠征するのとは違い、毎年、北海道や樺太に渡っていた。名目はあくまでも杣夫《そまふ》として飯場に寝泊まりするのだが、天候によっては樵《きこり》仕事ができない日が続くこともある。そんな時、本物の杣夫たちを勢子《セコ》に使って猟をするのだ。

勘吉が北へ向かうのは、もともとが、彼の父の代から、帆前船で北海道の渡島半島に渡り、猟をしてきたからだった。勘吉の若いころは、父親と二人だけでの、犬を連れての旅マタギだったという。

時が下り、明治三十七年に勃発した日露戦争の勝利後、樺太の南半分が日本の領土となった。直後に青函連絡船が就航したこともあって、杣夫たちが、北海道を経由して樺太へと、どっと流れ込んだ。

それに呼応するようにして、六之丞組の若い衆でも、勘吉と一緒に北の地へ旅する者が増えはじめ、今回は総勢七名で樺太まで遠征しているはずだ。

富治は、北海道や樺太には行ったことがない。聞けば、雪の量はさほどでもないが、すさまじい凍てつき方らしい。

そして、北の猟場には、アカグマと呼ばれるヒグマがいる。本州のツキノワグマとは比較にならないほど巨大で、凶暴なクマだという。機会があれば、一度でいいから勝負してみたいものだと、富治は思っていた。

忠助が、善次郎を見やりながら言った。

「勘吉さんが帰《けえ》って来るのを待っていたんでは、春山に間に合わなくなるすべ。伊之介組の人方《ひとかた》とも話し合って、今回の春山は、善次郎さんに頭領《スカリ》ば務めてもらおうということになったのしや」

「そいづは、願ってもねえことだびょ」

忠助の言葉に、富治は思わず膝を乗り出していた。

村をあげての春山の場合、中心となるのは六之丞組の者なので、猟場《クラ》に配置される射手《マチツパ》中、要所になる場所を受け持つのは、やはり六之丞組の鉄砲持《ブッパ》という流れになる。若い富治などは、人

が余っていれば勢子に回されることも多かった。

だが、今回、善次郎が頭領を務めるとなれば、ウケという、最終的にクマが逃げていく尾根《ナガネ》の上で待つ射手を、善之助組の者から出すのが道理である。父の富左衛門はミナグロの件でタテを収めてしまった。兄の富雄は、歩けるようになったとはいえ、まだ完全には怪我が癒《い》えていない。そして、万吉はというと、山歩きの技量は誰もが一目置いているものの、鉄砲の腕に限れば富治のほうが上だった。

こうなると、必然的に自分がウケの位置でマチッパをすることになる。

そう思い、富治の気が急《せ》くのも無理がなかった。

だが、善次郎はというと、富治ほどに乗り気ではないようだった。

「したかて、オクムカイマッテは、福太郎《ふくたろう》さんに務めてもらうのが筋というものだべしゃ」

善次郎が口にした福太郎とは、伊之介組の頭領のことで、打当で二番目に大きい狩猟組の頭領が全体を指揮するべきではないかと言っているのだ。いかにも善次郎らしい言葉だが、富治としては、どうしても黙っていられない提案だった。

「親父《おや》っさん、なに語《かだ》ってるすけな。こう言っては福太郎さんには悪いども、俺ぁ、親父っさんのほうが適任だと思うのしゃ。福太郎さんもそれでいいと語ってるから、こうして忠助が頼みさ来たんでねえのか。なあ、忠助」

「んだす。福太郎さんも、自分はデワムカイマッテでいがんべと語ってる。な、善次郎さん、んだから、今回は善次郎さんがオクムカイマッテば務めてください。お願えします」

大掛かりな巻き狩りの場合、勢子《セコ》や射手《マチッパ》の指揮を執るムカイマッテは、おおむね、二人が必要となる。沢下の位置で最初に指示を出すのがデワムカイマッテで、追い上げられてきたクマを見ながら、最終的な指示を与えるのがオクムカイマッテである。むろん、オクムカイマッテを務め

る者が、全体の頭領《スカリ》となる。

「如何《なじょ》すべな」

困った顔で善次郎が富左衛門を見やった。

「俺ぁ、タテば収めた身だがらしゃ。口を挿《はさ》める立場ではねえ」

穏やかに、しかし、毅然《きぜん》として答えた父の言葉に、富治の胸が痛んだ。

善次郎としては、昔から気心が知れ、信頼を寄せている相棒が猟に参加できないことが、ためらいの原因になっているに違いなかった。父は父で、ほんとうは自分も春山に加わりたいはずだが、その思いをおくびにも出すまいとしているのだ。それを忘れ、あわよくば俺がウケの射手に、などと考えてしまった自分が、少々恥ずかしい。

が、それはそれとして、六之丞組の者ならまだしも、伊之介組の連中においしいところを持っていかれるのは、やはり悔しい。

「な、兄《あん》ちゃも、親父っさんがやるべきだと思わねがえ」

「確かにな、福太郎さんがいいと言うなら、親父っさんにやってもらってかまわねえべ」

富雄の賛同で、善次郎の腹は決まったようだ。

しばらく黙考したあと、善次郎は、富雄に尋ねた。

「わがった。せば、今回は何人になりそうだ」

「斎兵衛組の者は、今年もまた、あっつで春山して来るみてえだば――」と言って、富雄が指を折りはじめた。

比較的若い頭領、伊藤国松《いとうくにまつ》が率いている斎兵衛組は、毎年のように、遠く、信州の秋山郷《あきやまごう》まで旅マタギに行っている。聞きかじりなので富治にも正確なところはわからないが、国松の先祖に当たる人が、幾度か旅マタギで足を運んでいるうち、文政年間に、秋山郷のとある集落に婿とし

て入ったという縁があるらしい。

三人だけという狩猟組のせいもあるが、彼らは寒マタギが終わっても、たいていそのまま秋山郷に滞在し、地元の猟師たちと一緒に春山の出グマ猟を終えてから打当に帰ってくるのが常だった。

「――えーと、俺方《おらほ》の四人に伊之介組から七人か八人、六之丞組の残りの人方がほとんど加わったとしてはぁ、ざっと十四、五人つうとこでねえべか」

富雄があげた人数に、善次郎が渋い顔をした。

「ぎりぎりだな」

「仕方《すかだ》ねえすべ」

「その人数でのクロマキだば、詰めて追出《ひだ》すほうがよがびょ」

「危なぐねえべが」

「勢子頭を吟味してつければ、心配《くで》ねえ」

「万吉ではどうだべ」

「いいがもわがんねな」

猟の方法について真剣に議論しはじめた二人を見て、富治は心のうちで笑みを漏らした。このぶんなら、今年こそ自分の手で、春山の出グマを撃てそうだ。

「――んだら、富治」

富雄との会話を終えた善次郎に名前を呼ばれ、富治は背筋をぴんと伸ばした。

「明日《あすた》、俺と二人で山さ行《あ》べぇ。猟場《クラ》の様子ば見てくるべし。そのうえで山入りの日取りば決めるべや」

言われて、内心がっくりした。おまえがウケの射手《マチツパ》をやれと、早くも命ぜられるものと勘違い

したのだ。

「如何《なじょ》した、ええが」

善次郎に言われ、慌てて頷く。

「んだら、俺は、早速、伊之介組の人方さ伝えますんで」

ぺこりとお辞儀をして忠助が立ちあがった。

「助《す》けるが？」

土間まで下りて富治が訊くと、「いや、ひとりで大丈夫だ」と首を振ったあとで、忠助が耳元で囁いた。

「富治、おめえ、昼に文枝と会ってだべ。春山が近《ちけ》えごってぇ、しばらくはやめでおけよ。いいが、もしクマっこ獲れねば、おめえのせいだがらな」

文枝との逢い引きがばれていたことを知り、富治は、一瞬、言葉を失った。どう取るべきか判断しかねる薄笑いを浮かべて、忠助は表へと出て行った。

――そんたなこと、おめえなんかに言われなくともわがってるべや。

胸中で忠助の背に投げつけた悪態は、ひどくうろたえてしまった自分に対する叱責かもしれなかった。

四

「畜生《つくしょう》め、何処《どご》のどいつだ」

善次郎が、ヒラオトシのタメ木を固定している蔓《つる》を山刀《ナガサ》で切断した。

どうっという音があがり、腕木で支えられていた幾本もの丸太が落ちて獣道を塞いだ。丸太の

重さは全部で百貫はある。これに押し潰されたのでは、たとえクマでも逃れられないだろう。

吊り天井を落としたにもかかわらず、善次郎は手を休めようとしない。富治も一緒になって山刀《ナガサ》を振るい、誰が仕掛けたものと知れない罠を破壊しはじめた。

朝早く水垢離《みずごり》をとって身を清め、二人で山に入ってから、余所者《よそもの》が勝手に仕掛けていった罠を見つけたのは、これでもう十個目になる。

去年の秋に仕掛けたまま冬を越えた、クマやアオシシ用のヒラオトシが二つと、小動物用のウッチョウが三つ。金属製のトラバサミと、くくり罠のワイヤーが、それぞれ二つずつ。そして、今、富治と善次郎が壊しているのは、最近になって新たに仕掛けたと見られるクマピラだった。

昔から、阿仁のマタギたちは、ヒラオトシやウッチョウを獣道に仕掛ける罠猟もしてきた。春山後の季節に仕掛けることもあるが、主な時期は秋口、まだ積雪前の季節である。ヒラオトシにしてもウッチョウにしても、いずれも丸太を落とす吊り天井式の圧殺罠なのは、これであれば獲物の毛皮が傷まないからだ。もちろん、山中で手近にある材料を使って組み立てられるということもある。

ただし、そこかしこに闇雲に仕掛けるということはしてこなかった。暗黙の了解により、狩猟組ごとに縄張りは決まっているし、寒マタギや春山での猟の具合を見ながら、最低限の数を仕掛けるだけだ。

ところがここ数年、打当の猟場《クラ》に密かに入り込み、勝手に罠を仕掛けていく輩《やから》が増えつつあった。

最初のころは、たいして心配はしていなかった。ヒラオトシひとつ作るといっても、それなりの経験とコツが要り、素人が見よう見まねで作っても、簡単に獲物が掛かりはしないからだ。

だが、このところ目にする罠は、以前とは違ってかなり巧妙な作りになっている。マタギの誰

かが作り方を教えたのではないかと疑ってしまうほどだ。しかも、マタギたちが使うことはなかった金属製のトラバサミまでが、去年あたりから使われだしている。

同じ荒らされるにしても、鉄砲を持った連中が入ってくるほうがまだましだと、富治は思った。明治十三年に開発された純国産の軍用単発式小銃の村田銃が民間に払い下げられるようになってから、だいぶ時が経っている。以前は熊槍《タテ》や火縄銃で行っていた狩りが鉄砲に取って代わってからというもの、鉄道の開通で旅マタギが楽になったのと同じように、猟そのものが容易になり、自分たちマタギもその恩恵に与《あずか》っている。

当然、マタギ以外でも銃を手にする狩猟者は増えているのだが、鉄砲はあくまでも鉄砲であり、使いこなすにはそれなりの技術と経験がいる。昨日今日、山に入りはじめたような者にとっては、それほど効率的な猟具ではない。だが、罠猟となると、たいした手間もかけず、鉄砲よりもはるかに効率よく獲物を手にすることができるのだ。

「こんでは、いずれ近いうちに、この山から獣がいなくなってしまうべしゃ」

山刀《ナガサ》を鞘に収めながら、善次郎が渋い顔をして首を振る。

「警察に取り締まってもらうことはできねえべか」

富治の問いに、善次郎はもう一度首を振った。

「無理だべな、他所《よそ》から入《へえ》ってくる人方《ひとかた》の目当ては毛皮だべ。最近の毛皮取引には、陸軍や海軍の被服廠《ひふくしょう》が後ろ盾さついでいるつう話だ。もぐりの猟師を取り締まってけろと頼んだかて、警察は腰を上げげねえべな」

「それにすても、毎年のように毛皮の値段が上がってるすべ。そらぁ俺も最初は嬉しかったども、そのせいで俄《にわ》か猟師やもぐりの連中が増えてきたんだすべ。さすがに、親父《おや》っさんの言う通り、このところ心配《すんぺえ》になってきたのしゃ。何故《なして》こんたに値が上がってきたんだべか」

「毛皮が足りねえのしゃ」

「そんたに軍部では、毛皮ば必要としてるのがえ？」

「いんや、軍隊だけなら、それほどでもなかんべ」

「んだら、何故」

「アメリカやヨーロッパさ、一杯《えっぺぁ》輸出してるつう話だ。軍隊も毛皮が欲しい、輸出の商人も毛皮が欲しい。せば、値が吊り上がるのは当然だ。ほれ、毛皮商の幸蔵《こうぞう》は、おめえも知《す》ってるべ。この前会《めえ》った時、幸蔵が喋ってだ。ヨーロッパでは、ずいぶん前に毛皮用の獣を獲り尽くしてしまったらしくてな、日本で獲れるテンやオコジョ、ウサギの毛皮が、ずいぶん重宝されているらしいのしゃ」

「したら、俺らが獲ったのも、外国さ売られでるんだべか」

「もしかすたら、んだすぺ」

はあ、と富治は溜め息を漏らしていた。

なんだか割り切れない思いがしたのだ。食うために必死で狩りをしてきただけなので今まで考えもしなかったが、外国人のために俺たちは毛皮を獲っているのかと考えると、戸惑いと疑問を覚えざるを得ない。

加えて、先祖代々、生業《なりわい》として猟をしてきた者ならまだしも、山の神様を信じない俄か猟師たちが、目の色を変えて山里へと殺到している今の光景は、薄気味悪くさえある。

古いマタギたちと比べれば、それほど信心深い富治ではないが、いつか山の神様が、マタギを含めた猟師たちに、本気になって天罰を下すのではないかと不安になってきた。

そんな胸中を察してか、富治の肩をぽんと叩いて善次郎が言った。

「まず、あれこれ考えてもはじまらねえのしゃ。俺らマタギは、昔からの教えば守って、今まで

通り暮らしていればいい。マタギの体は、半分は親から、残りの半分は山から貰ったものだからな。欲を出しすぎねば、必要なものは山の神様が授けてくれるべや」

「んだすかな」

「んだ、迷いがあっては、いい猟は出来《でぎ》ねぞ」

目を細めた善次郎が、硬雪《かたゆき》の表面が溶けてザラメ状のサネ雪となった残雪の上を、森の奥へと向かって歩きはじめた。

ブナの森をしばらく歩き、中ノ又沢を安ノ滝へ向かって登りつめている途中で、越冬穴から出たばかりと思われるクマの足跡《トアト》を発見した。

サネ雪の上に点々と続き、自然林の奥へと消えている足跡を目で追いながら、富治は善次郎に同意を求めた。

「親父っさん、こいづは、三歳《ぜ》くらいの若グマでねえべか」

「ほう、おめえもひと目でわがるようになったんだな。んだ、三歳に違《つげ》えねえ。そろそろナミモノも目覚めて《おどがって》いるころだば、十日もすれば大モノも出はってくるべな」

古くから、マタギたちの間では、越冬穴から出てくる順番を指して「一にウゲッキ、二に二セ三ゼ、三にナミモノ、四は大モノ、五に遅いのはワカゴ持ち」と言ってきた。

ウゲとは二歳子のことで、子グマによっては、二歳の冬眠まで母グマの乳で育てられるものもいる。ウゲを持った母グマは痩せ細って空腹に耐えているため、春になるといちはやく食物を求めて出てくるのだ。次が、母グマから離された二歳、三歳の育ち盛りの若グマ、三番目が七、八歳の並みのクマ、それから三十貫以上の大モノで、最後が、その冬に出産した若子持ちの母グマになる。

「いつもよりか、四、五日くれえ早いすな。せば、山入りはいつがいいがんべ」

富治が訊くと、懐から手帳を取り出して暦を睨《にら》みつつ、善次郎が答えた。

「さっそく明日《あすた》、お宮参りするすべ。したら七日後が友引だべしゃ。次の大安まで、山入りば待ってたら遅くなるすな」

「猟場《クラ》は？」

「まずは、ここから三日山で始《はず》めて、いったん里に戻ってみるべし。そのうち勘吉さんらが帰《けえ》ってくるかもわがんねしな。最初からあまり長く入《へえ》ってねえほうがいいべしゃ」

「したら、ウケの位置は、去年の最初の春山とは違うすな。最後のほうで、俺方《おらほ》の組だけで巻いたのと同じになるわけだ」

「そういうことしゃ」

富治としては、自分をウケの射手《マチツパ》に付けてくれと仄《ほの》めかしたつもりなのだが、善次郎の表情を見る限り、こちらの意が伝わったのかどうかまではわからない。

ともかくも、これで今年も、やっと春山の季節が巡って来たのだと、冬と春が入り交じった山並みを見やりながら、富治の心は期待に弾《はず》んでいた。

五

——まったく兄《あん》ちゃの奴……。

中ノ又沢の猟場《クラ》で、クロマキの勢子の位置についた富治は、兄の顔を思い浮かべながら苦々しげに舌打ちした。

山入り後、善次郎に言い渡された各自の配置を聞いて、富治は耳を疑った。

おまえは沢勢子《サワゼコ》に付けと言われたのである。ばかりか、密かに望んでいたウケの射手《マチツパ》を命ぜら

れたのは、兄の富雄だった。

聞いた時、もう少しで異議を唱えかけた。

足が癒えきっていないものの、鉄砲の腕が確かな富雄が射手を務めるのはわかる。だが、同じ射手でも、ウケの位置は最後の砦のようなもの。場合によっては、包囲網をかいくぐったクマを追うため、残雪の山肌を飛ぶように走る必要が出てこないとも限らない。だからこそ自分が選ばれると確信していたというのに、回ってきた役目は、ウケはおろか、射手ですらないとは、いったい善次郎は何を考えているのか。

だが、頭領《スカリ》の命令には逆らえない。異議を口にしようものなら、水垢離《みずごり》ではすまず、山を下りろと怒鳴られるに違いなかった。

一方、善次郎から、ウケにつけ、と命ぜられた時の富雄の顔には、驚きや意外の表情はなかった。あたりまえとでも言いたげに頷いただけだ。してみると、ふたりの間で、既にそういう約束が出来あがっていたのかもしれない。ひとりの先輩マタギとして富雄を尊敬していることには変わりないものの、今回の旅マタギでどれだけこっちが苦労したか、本当にわかっているのかと思うと、恨み言のひとつも言いたくなる。本来なら、弟をウケにしたらどうかと、善次郎に進言してくれるのが筋というものではないのか。

そんなことを思いつつも、別な部分では、これは自分の邪心だともわかっていた。冷静に考えれば、善次郎が自分を沢勢子にした理由もわからないではない。

クマの巻き狩りには、大別して二種類の方法がある。ひとつは、実際に足跡《トアト》や姿を確認してから巻きにかかるデマキという方法。それに対し、決めた猟場にクマがいるはずだとして、確認のないままに巻くのがクロマキである。

ひとつの狩猟組だけで少人数の巻き狩りをする場合や、春山も終盤にさしかかり、クマたちが

活発に動き回るころには、デマキで獲るのがふつうだ。一方のクロマキは、春山の山入り直後、まだ穴から出ていないクマが猟場についていると想定される場合や、前日の狩りで逃がしたクマがどこに逃げ込んだかわかる場合、あるいは、天候が悪くてクマの姿を容易に目視できない時などに試される。

今日が春山の初日であり、空がすっきりとは晴れておらず、若干霧がかかりがちな天候であることを考えれば、まずはクロマキを試してみるのが妥当だろう。

そして、デマキにしてもクロマキにしても、実際の巻き方は、さらに三つに細分される。

最も一般的なのは、アゲマキやノボリマキと言われるもので、クマを尾根《ナガネ》の上に追いあげていく方法だ。クマは追われると尾根に向かって逃げる性質があるので、クマの習性に最もかなったものである。

二つ目がサゲマキ、あるいはオトシマキという方法で、秋のクマ狩りに使われる場合が多い。というのも、晩秋ともなると山の上のほうには雪が積もっているので、クマは、追われてもなかなか上にあがらない。そうした場合に、尾根の上から沢口へと追い落とすのだ。

最後が、斜面《ヒラ》に沿って横に追うヨコマキ。猟場によっては、クマも避けて通る岩場《クラ》がある。その場合、勢子《セコ》は斜面に対して横に追い、クマが岩場を迂回《うかい》して尾根へ回り込もうとするところに射手《マチッパ》がつけばよい。

したがって、これから富治たちが臨もうとしている巻き狩りは、クロマキによるアゲマキということになる。

ところが、ここでひとつ問題があった。

六之丞組の勘吉たちが帰ってきていないので、打当で普通に行われてきたクロマキをするには人手不足なのだ。特に、勢子に回せる人員が手薄になっていた。

村をあげてのクロマキの際には、一度配置についた勢子は、ほとんどその場から動かずに鳴り声をあげつづける。それでもクマを射手の位置に追い立てるには十分だった。だが、勢子の数が足りないと、クマが射手の位置まで登る前に横に逸《そ》れ、ひょいと包囲網を破られてしまう可能性がでてくる。

そこで善次郎が決めた方法は、斜面に沿って下の位置から二名ずつ配置した、沢勢子《サワゼコ》、中勢子《ナカゼコ》、片勢子《カタゼコ》の計六名で、沢下から尾根《ナガネ》へと移動しながら追いあげていく方法である。総勢で十四名という人員を考えれば最も確実だが、危険な箇所も歩かなければならないこともあり、勢子の負担は大きい。

こうしたことをひとつひとつ考えてみると、今回のアゲマキで沢勢子を命じられたということは、それだけ善次郎から信頼されているのだと言えなくもないのである。

それでも割り切れないものが残る富治ではあったが、すべての者が配置につき、「勢子、鳴れーっ、鳴れーっ！」と、デワムカイマッテの福太郎の声が山々に谺《こだま》した時には、我を忘れて「ほーりゃ、ほれっ！」の鳴り声をあげていた。

六人の勢子が、互いに十間から二十間の間隔を保ち、横一列になって追いあげていく。

これがまた、なかなか容易なことではない。それぞれが歩く足場の状態も違うし、勢子どうしで、端から端までお互いの位置を見通せるわけでもないのだ。

ともすれば乱れがちになる隊形を、対岸の斜面から見ているムカイマッテが修正していく。

「中勢子、停まれーっ」

「沢勢子、急げーっ」

「片勢子、岩場《クラ》あるどう、上から横切《クラマ》れーっ」

ほーりゃ、そーりゃ、ほれっ！　の鳴り声の合間を縫って、福太郎の指示がひっきりなしに交

錯する。

喉が嗄れるほどに叫び続けるが、「熊出《イダズ》た！」という発見の声は、いっかな聞こえない。

追いながら、残雪の斜面にくまなく視線を走らせる。

逃げていくクマの足跡《トアト》も、富治の目が届く範囲には現れない。そろそろ出てきてもよいころだと思うのだが、何の兆候もないまま、標高が上がっていく。

福太郎がオクムカイマッテの善次郎に指示を引き継いだ直後に、谷間に霧が立ち込めはじめた。

「鉄砲方《ブッパ》、熊出たら《イダズカデハ》、待だねで撃て《タダゲ》ようっ」

善次郎がすかさず指示を飛ばす。

どうやら、霧のせいで、善次郎の位置からは、猟場の全体が見渡せなくなってきているらしい。

通常はムカイマッテの指示で鉄砲を撃つのだが、こうした状況では不可能になる。

今の善次郎の声を耳にし、射手の位置についている者に緊張が走ったことは、容易に想像できた。

富治も幾度か経験していたが、ムカイマッテの指示なしで、どこから現れるとも知れないクマを待つのは、二倍も三倍も神経をすり減らす。一度など、勢子《セコ》が追いあげてくるのとはまったく反対、自分の背後に突然クマが現れ、あまりの驚きで引き金を引けないでいるうちに取り逃がしてしまったこともある。

だからこそ、クマが獲物の巻き狩りは面白い。紛れもなく、クマと人間との知恵比べなのだ。

それにしても、霧が深くなってきた。

歩き続ける林の中、さっきまではしっかり見えていた隣の勢子の姿が、薄ぼんやりとした黒い影になっている。

やがて、その影も、霧の背後に沈んでしまった。

知り尽くした猟場《クラ》なのでたとえ夜でも迷うことはないが、これではいったん中止にして様子を見たほうがいいのではないか。

そう考えた時、思いもよらぬ方向から、「熊《イタズ》、出たあっ」の声が届いてきた。

方角がわかったのは、声を発したのが、片勢子《カタゼコ》についていた万吉だったからである。

「沢のほうさ落ちていくど、中勢子《ナカゼコ》と沢勢子《サワゼコ》、慌てるな《うるだぐな》ようっ」

叫んだ万吉自身がうろたえている。

勢子の鳴り声がぴたりと止んだ。

気づくと、富治自身も息を詰めて身を凍らせていた。

どう考えてもおかしい。

鳴り声をあげる勢子の目前に現れ、しかも、上へと逃げずに下に向かって駆けてくるなど、通常のクマにはあり得ない行動だ。

突然、ダーンっと銃声が轟いた。

「馬鹿この、撃づな！　危ねであっ」

「畜生《つくしょう》！　逃《ぬ》げらった！」

「何処《どご》や」

「下《すた》だっ、下さ逃げだ！」

「違《つが》う！　上だべやっ」

「何語《なぬかだ》ってっけ、下だでなっ、沢のほうだ！」

乳白色の濃霧の中で、混乱し、切羽詰まった声が飛び交い続ける。

富治は、男たちの声を聞きながら、一度は手にした村田銃を背に戻し、かわりに熊槍《タテ》を持って周囲の森に目を凝らした。

沢に向かったという叫びが正しければ、クマは、すぐにも富治の目の前に躍り出てくるかもしれなかった。だが、十間先も見えない霧の中では、誤射の恐れがある。いざとなれば、熊槍一本でクマに立ち向かわなければならない。

騒いでいた勢子たちの声が、再び途絶えた。

残雪と霧が物音を吸収し、自分の息づかい以外には何も聞こえなくなる。

クマはいるのか、いないのか。

生き物の気配はない。

黒いブナの影が亡霊のように佇むだけだ。

ぱらぱらと微《かす》かな音がした。

編笠《アマブタ》を叩く音だ。

霙《みぞれ》に近い軽雪《ハデ》が降ってきた。

雪に気を取られていた富治の首筋が、何の前触れもなく粟立った。

振り返った先、三間と離れていない場所に黒い塊がいた。

塊の中で目が光る。

視線が絡んだとたん、塊が立ちあがった。

熊槍《タテ》を構えたまま富治は走った。

鈍い手応えとともに、熊槍の切っ先が月の輪の真ん中に突き刺さった。

グァーッという咆哮が霧を裂き、森中を駆け巡った。手の中で熊槍が暴れ回り、柄がすっぽ抜けそうになる。渾身の力で柄を握り締め、ぐいぐいと押し続けた。前のめりの姿勢で、体ごと雪の上に放り出された。顔面から雪に落ち、口と鼻に凍《し》みた雪が入り込んだ。

雪を吐き出しながら、手をついて身を起こす。

掌から熊槍の柄が消えていた。

消えた熊槍は、軽雪が落ちてくる鉛色の空に向かって直立していた。

月の輪に富治の熊槍を突き立てたクマが、天を仰いで絶命していた。

肩で息をしつつ富治は立ちあがった。

膝が震えて歩けない。

拳で太腿を幾度も叩き、膝の震えを押さえ込む。

ようやく足が動いた。

クマの傍らに歩み寄って熊槍を引き抜き、間違いなく仕留めたことを確認する。

「勝《シヨウ》――」

勝負声《シヨウブゴエ》で仲間に知らせようとした富治は、そこで息を呑んだ。

クマの左前足は、足首から先がなかった。

屈み込み、桃色に肉が盛りあがっている、まだ治りきっていない切断面を手に取った。

このクマが前足を失った原因と、異常ともいえる振る舞いの理由がわかった。

くくり罠のせいだ。

おそらくは去年の秋、余所者が仕掛けたくくり罠に掛かり、暴れもがいているうちに、鋼鉄のワイヤーで足首が切断されてしまったのだ。

よく見れば、成獣の雄であるにもかかわらず、貧相なほどの痩せグマだった。傷のために食い物を得るのも思うに任せず、空腹のまま穴に入り、痛みに耐えながら冬を越したのだろう。異常な行動も、そのせいだと思えば納得できる。

哀れなクマだった。

そんな罠を仕掛けた人間が呪わしかった。

同時に、春山の初日で、前足を失ったクマを獲ってしまったのは、しかも、自分の手で仕留めてしまったのは、この先の何かを暗示しているのではないかと、富治には思えてならなかった。

六

富治が抱いた不安は、どうやら取り越し苦労のようだった。

富治が仕留めた三本足のクマを見て、仲間たちは一様に顔を曇らせたが、最初の三日山で四頭のクマが獲れた。その後、心配していた六之丞組の者も無事に戻り、ひと月弱続いた春山は、例年にないほどの大猟となった。

そのおかげで、富治の家では、姉のトキエに申し分のない嫁入り道具を持たせて嫁がせることができ、直後に、阿仁にも田植えの季節がやってきた。山々の緑がむせ返り、一年のうちで、命の息吹を最も感じる季節である。

その田植えも一段落すると、阿仁の里では山神祭典が催される。無事に田植えがすんだ祝いと秋の豊作を願って行われる祭りなのだが、盆の時期にあちこちの集落で行われる番楽とは違い、神事というよりは、労働に対する労《ねぎら》いと娯楽の要素が強い。去年の凶作の記憶も生々しい村人たちは、切迫する貧困を忘れようとするかのように、かえって賑々《にぎにぎ》しく浮かれ騒いだ。

富治たちの荒瀬村も例外ではなく、村役場がある荒瀬本村では、何日にもわたって縁日が並び、歌舞伎芝居の興行も、例年通り行われていた。

祭りの真っ最中の、気だるい陽射しが降り注ぐ昼下がり、富治は久しぶりに文枝と肩を寄せ合っていた。

ただし、二人がいるのは、埃《ほこり》っぽく薄暗い、小さな社殿の片隅である。

この季節、春山前にしていたように、屋外で抱き合うことはできなかった。今日は、村人の多くが祭りへと繰り出しているはずだが、全部が全部出払っているわけではない。残った者の多く、家々の女たちは、山菜を採るために、こぞって山に入っている。

とりわけ、錆《さび》色の綿毛を纏《まと》うゼンマイの若芽が、彼女たちの一番人気だった。ただし、これも最近になってからの話だ。富治の幼いころ、ゼンマイはほとんど見向きもされなかった。食おうとすれば食えることは誰もが知っていたが、好んで採ろうとする者などない、不人気な山菜の代表格とさえ言えた。

それが変わったのは、これもまた日露戦争のあたりからだった。海軍の保存食のひとつとしてゼンマイが使われだしたのである。

貧しい暮らしの中、貴重な現金収入をもたらしてくれるゼンマイ採りは、村の女たちにとっては、宝探しのようなものだ。自分の労働が直接稼ぎになるという喜びもある。

女たちは、クマがいようがいまいが、おかまいなしに山奥へと踏み込んでいく。そんな場所で、裸で絡み合っているわけにはいかなかった。それよりは、内側からつっかえ棒で扉を閉ざした社殿の中で交わっているほうが、よっぽど安全だった。それに、寺や神社の境内で密かに逢い引きをするのは、特別珍しいことでもなかったので、声が漏れてもさして気に留める者はいない。覗き見されない位置で、外に人気《ひとけ》がなくなるまで待てばよいだけのことだ。

二度、体を重ねたあと、富治と文枝は裸の体を着物で覆い、腰板に背をつけて、ひと時のくつろぎに浸っていた。

「富治さんと、ふたりで縁日に行ければいいのに――」

ふと、文枝が漏らした。

「そいづは、ちょっと――」

「ごめんなさい、困らせるつもりじゃなかったの。でも、そうしたらどんなに楽しいかと思って――」

富治としては、どうにも答えようがないことだった。じっと押し黙っていると、文枝が小声で尋ねた。

「怒ってるの？」

「いんや、そんたなこたねえ」

再び沈黙が落ちた。

少しして、文枝は、気を取り直したように明るい声を作った。

「富治さんは、将来の夢とかはあるの」

「夢ってな？」

「何になりたいとか、どこでどうして暮らしたいとか、そういうこと」

「はあ、あらためて考えたことはねえな。俺はマタギだべしゃ。生まれた時からそうだったすけ、この先もマタギで暮らしていくんだべな」

「でも、富治さんは家督ではないでしょう？　いつまでも今の家にはいられないよね」

「んだな」

確かに文枝の言う通りだ。兄の富雄もそろそろ身を固めなければならない年齢である。いずれ嫁を貰って家を継いだら、富治には居場所がなくなる。自分も所帯を持って分家するということも考えられなくもないが、現実的には無理だろう。打当には分家を作れる土地もないし、何より、自分には財産というものがない。

「仕事を目当てに、遠い都会へ出て行く人もいるけれど、富治さんは、そうしないの」

「都会ではマタギができねえべ」

「マタギの仕事が好きなのね」

「んだ、好ぎだ」

「わたしより？」

「馬鹿この、そげな問題ではねえべや」

「ごめんなさい、またへんなことを訊いちゃった」

「べづに、かまわねでぁ。訊ぎでえことは、訊いだほうがよがびょ」

「じゃあ――富治さんは、ずっと打当に住むつもりなの」

「そうでぎればいいんだげどな、んでもまあ、マタギ仕事がやれれば、どごでもいいのしゃ」

「そうだ、中にはお婿さんにいく人もいるわよね。比立内にも、お婿さんになってマタギをしている人が何人かいるって、聞いたことがある」

「婿すか」

「そう」

それが一番現実的な身の振り方なのだろうなとも思う。

また黙りこくってしまった文枝の、ふっくらとした横顔を見る。

二重瞼の長い睫毛に、戸の隙間から漏れる淡い光が揺らめいている。

「如何《なじょ》すた。今日の文枝は、なんだが、可笑《おが》すねど」

「ううん、なんでもない。気にしないで」

「ほだが？」

「うん」

「ところで、お父《ど》っつぁんは、いつ帰るのしゃ」

「夕方には戻ってくると思う」

「せば、そろそろ、俺達《おらだづ》も戻ったほうがいいべな」

「そうね」

いつもと違い、言葉少ない文枝の様子が気になった。

もう一度、文枝の体を求めてから帰ろうと思っていたのだが、性欲よりも愛しさのほうが膨れあがり、彼女の頰を掌で包んで唇をつけるだけにした。

唇を離し、文枝の肩をそっと引き寄せる。

腕の中の文枝が、いたいけなほどにか細く感じられた。

この時の文枝が何を言いたかったのか、それから十日あまりして、富治は予想もしていなかった形で知ることになった。

小作の田んぼ仕事がない日だったので、その日富治は、仕掛けておいた罠を見回り、夕暮れ時になってから山を下りた。

帰った家に、文枝の父、片岡長蔵《ちょうぞう》がいた。囲炉裏を前にして上座に腰を据えていた長蔵が、土間に立った富治を、刺すような目で睨《にら》んできた。

家の主《あるじ》と家督である父と兄は、下座の板の間で座布団なしで畏《かしこ》まり、母は、続きになっている勝手の隅で、しゃちほこばっていた。

その様子を一瞥した瞬間、富治は何が起こったのか、ほぼすべてを理解した。

「この盗っ人たけだけしい小倅め、ぼうっとしとらんで、儂《わし》の前に座れ」

首にかけた手拭いを取り、汚れたままの足で板の間にあがった富治は、長蔵の前に座るや、がばりと土下座した。

「どうか、堪忍《かんにん》してください」

とにかく、平謝りに頭を下げ続けるしかないと思った。

「ほう、儂が訪ねてきた理由がわかると見える。盗っ人は盗っ人でも、知らぬ存ぜぬと白《しら》を切るほどの悪党ではないらしい」

頭の上で、長蔵の苦りきった声がする。

「どうか、どうか、今回のことはお許しください」

「お許しくださいだと？　この期に及んで何を言うか。許せることなら、わざわざこうして小汚い家に足を運びなどせんわ」

自分の娘に土地の言葉は使うなと躾けているだけに、軍隊の士官が喋るような言葉遣いだが、それがかえって不気味だった。

「おおかた、そうして頭を下げていれば事がすむとでも思っているのだろう」

「そんな、めっそうもない」

「だいたい、文明開化も久しいこの時代に、夜這いのような乱れた習俗がまかり通っているところからしてけしからんのだ。これでは、いつまで経っても、日本は西欧諸国に追いつけない。そうしたことを考えたことはあるのかね」

いきなり何を。

胸中に反駁《はんばく》の思いが掠《かす》める。

そんな偉そうなことを言いながら、いそいそと女郎屋通いをしているのは、どこのどいつだ。

しかし富治は、ひたすら額を床板に擦りつづけた。

「ふん、学のない小倅に言っても、馬の耳に念仏らしい」

「申し訳ございません、なにとぞお許しを」

「まあな、儂もおまえの親父とは長いつき合いだし、先代の富吉《とみきち》さんにもずいぶん世話になった。若い者どうしの間違いとして、許して許せないこともない」

よくもまあ、祖父に世話になったなどと、抜けぬけと言うものだ。わずかばかりの田んぼを、借金のかただと言って取りあげただけのくせに……。

「だが、今回ばかりは、そうもいかないことになってしまってな」

許してもらえるかと安堵したのも束の間だった。

大仰に咳払いをしてから長蔵が言った。

「訊くぞ、富治。儂の大事なひとり娘を、こともあろうに、おまえが孕《はら》ませたことは知っていたか」

富治は跳ね起きるようにして背を伸ばし、まじまじと長蔵の顔を見つめた。

何か言おうにも、舌が痺れて喋ることができない。

頭の中で、何かを言いたげにしていた文枝の顔が錯綜する。このことを、赤ん坊ができてしまったことを、あの時言いたかったのだと、今になってようやく気づいた。

「どうやら、その顔は、知らなかったらしいな」

長蔵に言われて、頷くだけはできた。

長蔵が父のほうに体を向けた。

「富左衛門さんや」

富治と同じく、富雄と一緒に頭を下げていた富左衛門が、ゆっくりと顔をあげた。まともに父の顔が見られず、富治は膝に置いた手を握り締めて俯《うつむ》いた。

「実は、娘には許婚《いいなずけ》がおりましてね。帝国大学を出て医者をしている立派な青年なのですが、これがまた志《こころざし》の素晴らしい若者でしてな。我が家に婿養子に入ってくれることを承知してくれ、奇特にもこの荒瀬村で診療所を開き、村の医療に尽くしたいと言ってくれているのです。診療所の準備が整いしだい、来春にも祝言をと思っていたのですぞ。それが、あなたの倅のせいで、こ

んなことになってしまった」

「なんと、お詫びばすたらいいか――」

再び頭を下げた富左衛門を、長蔵が制止した。富治に対するのとは違い、穏やかな口調で続ける。

「ですが、世の中には、本当に心の広い人がいるものです。いずれはわかってしまうことですから な、一昨日、家内と一緒に仙台へ詫びに出向きました。もちろん、破談を覚悟でですぞ。そうしたら彼は、お腹の子どもは、自分と文枝との間の子として育てます、と言ってくれたではありませんか。家内と二人で心から涙を流しましたよ。そんな立派な人間がいるかと思えば、犬畜生にも劣る輩がいるのは、なんとも情けないことです」

どうせ俺は畜生以下だと自虐的に思う。それはいいのだが、長蔵が次に何を言うのか、かえってわからなくなってしまった。

あくまでも富治を無視し、富左衛門に向かって長蔵が言う。

「儂の知り合いに、銅山村で友子《ともこ》の当番区長をしている石塚金次《いしづかきんじ》という者がいましてね。できるだけ早くに、新大工が欲しいと言っているのです。出生取立《しゅっせいとりたて》の親分を自分が引き受けてもよいとのことで」

最初は何のことかわからなかった。だが、長蔵の言葉を反芻《はんすう》しているうちに、いきなり棒を飲んだ思いに襲われた。

「どうです、悪い話ではないと思いますよ。一昨年、新式の選鉱所も建設されて、これからますます景気がよくなる見込みですからな。鉱山で働きたい者が溢れている中でわざわざ口利きをしてくれるのですから、ここはひとつ、金次さんのご好意に甘えてみてはいかがでしょうな」

長蔵が薄い笑みを浮かべて富治の顔を見た。穏やかな口調と笑みの背後に渦巻く、自分に対す

るどす黒い怨念《おんねん》が見えたような気がした。これは、俺に対する長蔵の復讐なのだと、富治は悟った。

富治を娘から遠ざけたいだけなら、こんな手の込んだ話を持ちかけないはずだ。自分が懇意にしている金次のもとで鉱夫として働かせ、富治が二度と文枝に手を出せぬよう監視させる腹づもりなのだ。それればかりか、長蔵は、富治がマタギ仕事をこよなく愛していることを知っている。それができないようにすることこそが、長蔵の本当の目的に違いなかった。

「では、かようなことで進めますので、出生取立の結盃式の日取りが決まりしだい、こちらに使いの者を差し向けます。それと、念を押しておきますが、今日は、あくまでも親切心で、小耳に挟んだ仕事の世話をしに来ただけですからな。それだけは、決してお忘れにならぬよう頼みますよ」

富左衛門に言って、これで話は終わりとばかりに長蔵が立ちあがった。

助けを求めるように父を見やるが、富左衛門は、長蔵の背に向かい、黙って頭を下げただけだった。

絶望の痺れが、無数の百足《むかで》となって体中を這い回る。

待ってくれ！

そう口から出かけた時、土間に立った長蔵が振り向いた。

笑みを消した冷たい目で、長蔵は富治を見おろした。

「いいか、富治。くれぐれも言っておくが、鉱山で揉め事などを起こして、儂の顔に泥を塗ってもらっては困るぞ。せいぜい真面目に仕事に励めばいい。稼いだ金で女を買うぶんには、誰も咎《とが》め立てはせんからな」

ひとりならば、長蔵に飛びかかっていたかもしれない。だが、今の富治には、勝ち誇った長蔵

の顔から目をそむける以外に、できることはなかった。

七

意外にも、父も兄も、悪し様に富治を怒鳴りつけることはしなかった。むろん、富治の軽率な行為で、自分の家が長蔵から睨まれるはめになったことについては、くどくどと小言を言われた。だが、父にも兄にも、長兵衛の家に対する悪感情に、根深いものがあるのは否めないようだった。医者を娘の婿にとり、無医村の荒瀬村に診療所を開けば、長蔵は今までにも増して土地の名士になる。おおかた、いずれは村長にでも収まりたいと目論んでいるに違いない。だからこそ、どうあっても今回の縁談を壊すわけにはいかないのだろう。

そんな意味のことさえ言って、軽蔑を露《あら》わにしたくらいだ。

しかし、その言葉の裏側には、ひょんなところから富治の身の振り方が決まり、食い扶持《ぶち》がひとり分減ることを、半ば歓迎しているような響きがあった。さらには、このまま富治を家に置くことでよけいな噂が広まることを、内心恐れてもいたのだろう。

文枝とのことで長蔵が乗り込んできた時には、ただただ青ざめていた富治だったが、悶々と眠れぬ夜に耐えているうちに、だんだん腹が立ってきた。

なにゆえ、長蔵にマタギ仕事を取りあげられる道理があるというのか。もともとは自分らと同じ農民風情のくせに、いっぱしの士族きどりでいるところからして虫唾《むしず》が走る。あの親父から、文枝のような気立てのよい娘が生まれたこと自体、まったくもって信じられない。

やがて、外が白みはじめたころには、富治の腹は決まっていた。文枝と二人で駆け落ちをしようと考えたのである。

どうせマタギ仕事ができなくなるのなら、手を取りあって東京にでも逃げ、工員の仕事でもしたほうがずっといい。

文枝にしても、必ず自分についてきてくれるという確信があった。そして、長蔵の手の届かない街で、親子三人、仲睦まじく暮らすのだ。

そうと決まれば、ことは急いだほうがよかった。ぐずぐずしていたら、いつ長蔵の使いの者がやってくるとも限らない。

朝になり、罠の見回りをしてくると言って山に出かけた富治は、家の者が出払ったころあいを見て、いったん家に戻った。

タテを収めてからの父は、小作の田んぼ仕事がない時期には、米内沢《よないさわ》町の知人がはじめた、乗合馬車の仕事を手伝っていた。足の調子がよくなった兄は、材木の切り出しを再開しており、日中家にいるのは、母のテルだけであった。その母も、畑に出るか山菜採りに出るかしているので、昼をすぎなければ帰ってこない。

がらんとした薄暗い室内で、風呂敷包みに衣類を詰め込んでいるうちに、ふいに泣けてきた。軍隊に行っている間を除き、二十数年間すごしてきた傾きかけたあばら家だったが、そこかしこに、家族の温もりが漂っていた。こんな形で家を出て、この先、二度と敷居を跨《また》ぐことはないのだと思うと、不覚にも涙が止まらなくなった。

袖で涙を拭い、よけいなことは考えるなと自分を叱りつけて、母が軍服を仕立て直してくれた洋服に着替えた。

身の回りの品を頭陀袋《ずだぶくろ》に押し込み、それとは別に風呂敷包みを背負った富治は、最後に、山の神様を祀《まつ》った神棚に手を合わせた。

いつかまた必ずマタギ仕事に戻るから、それまでどうか勘弁してくださいと、心を込めて一心

に念じ続ける。

「富治」

背中にかけられた突然の母の声に、富治はびくんと飛びあがった。

背中の風呂敷包みと、足下に置いた頭陀袋を見たテルの目には、驚きではなく、哀れむような、悲しげな色が浮かんでいた。

「おっ母《かあ》――」

言葉を失っている富治に、テルは現金が入った封筒を差し出した。

「いいがら、黙って持って行がい、お父《ど》には内緒だ」

富治が何をしようとしているのか、すべてを知っている眼差しだった。

「堪忍してけろ」

「仕方《かだ》ねえべ、好《す》いだ者どうしで苦労せばいい。おめさしてやれることは、俺には、こんたけしかねえ」

「お父や、おっ母には、迷惑ばかけてしまうべな」

「親に迷惑かけるのが子どもだべ、なも、気にしねでええ。ほれ、人目さつかねうちに、早々《ちゃっちゃ》ど行げでば。お父には俺から語《かだ》っておぐ」

犬を追い払うでもするかのように、テルが顔をそむけたまま手を払う。

別れの言葉が出ないままに表へ出て、土間に佇むテルに深く頭を下げてから富治は走りだした。

人目を避けて家の裏手から山に入り、獣道を走っているうちに、いつしか涙が乾いた。

三里あまりも駆け、阿仁街道へ辿り着いたところで、富治は背負っていた荷を草むらに隠した。

街道ではあるがでこぼこだらけの荒れた道を比立内へと戻り、暗くなるまで山中に身を潜めた。

村がひっそりと寝静まった時刻、青白い月の明かりを頼りに、富治は文枝の屋敷へと向かった。

彼女の部屋に近い裏手の林で、フクロウの鳴き声を真似て声を出す。

夜の逢い引きのとき、最初は提灯を揺らして合図をしていたのだが、人に気づかれるのを恐れて、途中からフクロウを真似た合図に変えていた。

文枝は、必ずこの声を聞いているはずだ。

そう信じ、時おり、ホウホウと鳴きながら、暗がりの中でじっと待ち続ける。

一時間、いや、二時間は待っただろうか。それでも文枝が現れる気配はなかった。

いっそのこと、いちかばちか潜り込み、文枝を家から連れ出そうか。

富治がいてもたってもいられなくなったとき、生垣の奥で人の動く気配がした。

身を屈めたまま林から出て、音がした場所へと向かう。

生垣に身を張りつかせて富治は囁いた。

「文枝、俺だ、富治だ」

返事がない。

「其処《そご》さいるんだべ、返事してけろ」

もう一度小声で言った直後、生垣の隙間から、金属の筒がぬっと突き出てきて、富治のこめかみに当てられた。

微かに匂う火薬の残滓《ざんし》に、富治の睾丸が縮みあがった。

金属の筒は、村田銃の銃口だった。

「富治、悪いことは言わねえ。諦めて鉱山で働いだほうがいい」

低い声は、忠助のものだった。

「何故《なして》、おめえが——」

かろうじて声を出すと、姿の見えない忠助が、生垣を隔てて言った。

「勘弁すてけろ、夜番ば長蔵さんがら頼まれたんだ。せば、嫌だとは言えねすからな」

「お、おめえが、喋ったのが」

「馬鹿ば語んな、そごまで俺ば見下げねえでけろ」

「んだら、頼む、文枝ば連《つ》ぇできてけろ」

「出来るわげながんべな。そすたら、駆け落ちばするつもりなんだべぁ」

「おめえは、知ゃねがったごどにせばいい」

なおも富治が食い下がると、生垣の奥から深い溜め息が聞こえた。

「富治、んだら、はっきり言うど。文枝には、おめえど駆け落ちする気はねえのしゃ。自分のお父には内緒で文枝が喋ってけだがら、おめえ達《だづ》の間に何があったが、俺はわがってる。したがら俺ぁ、富治のことだから駆け落ちするべっ絶対《じぇってぇ》迎えさ来るぞと、文枝さ訊いたんだ。来たら如何《なじょ》するってな。したら文枝は語ったのしゃ。おめえより、お腹の童《わらす》ば育てるほうが大事だってな。んだがら、駆け落ちだけはどうしてもできねえって泣いでだ」

「嘘《やご》だ！」

「しっ、声がでけえ。こんなことで嘘吐《やごとこ》ぐわげねえべぁ。な、富治、俺はおめえとおめえの家のことば思って、こうすて喋ってんのしゃ。おめえが文枝ば連ぇで逃げたら、おめだ家《え》は、この先、この村で生きていがれねぞ。な、頭ば冷やして考えでみろ」

張りつめていたものが、一度に切れた。

ずるずると崩れ落ち、地べたの上に尻をつく。

「明日《あすた》、長蔵さんの使いで、俺がおめだ家さ行ぐことになってんだ。頼むがら、大人《おどな》すぐ家さ居でけろよ。それが、おめえさとっても、文枝さとっても、そすて、生まれてくる童《わらす》さとっても、いちばんいいことなのしゃ」

その言葉を残して、生垣の間から村田銃の筒先が消えた。
遠ざかっていく忠助の足音を耳にしながら、富治は朧《おぼろ》月夜をぼんやりと見あげた。
ぐうと腹が鳴った。
朝から何も食っていないことを思いだした。
嗚咽《おえつ》も涙も出てこなかった。
長蔵に対する怒りも、忠助への憤《いきどお》りも感じられない。
文枝に対する愛しさが、自分の中に残っているかどうかさえも定かでない。
妙に心が乾いた気分がするだけだった。

第四章　友子《ともこ》同盟

一

「小沢《おざわ》行きの馬車は、先た出はったばかりだでの。次のはぁ、一刻もせねば出はんねべ」

富治に尋ねられた雑貨屋の主《あるじ》が胡散臭《うさんくさ》げな目つきで答えた。阿仁鉱山がある阿仁合町、銀山地区の一角でのことである。

「んだすか、んだら歩いで行ぐべが」と頷き、富治が店から出ようとすると、荒物や小間物が、棚だけでは足りず、鴨居に張った針金からしだれ柳のように吊り下げられている隙間を縫って、主が声をかけてきた。

「あんだ、鉱山の人かね」

「いや、そうではないけんど」

「すたら、何しさ」

「飯場の区長さんに会いさ行がねばなんねえもんで」

「これから、山で働くのがえ」

「たぶん」

「んだら、ほれ」と言って、主が顎をしゃくる。

「店の前さいる爺《じ》っこば連《つ》ぇでってけろ。あすたら肺病みに、あど一刻も居座られたんでは商売になんねえ」

そういえば、富治が店を覗こうとした時、ひどく顔色の悪い老人が、頭陀袋《ずだぶくろ》を抱えて軒下にうずくまっていた。その爺さんを小沢まで連れて行ってくれという頼みらしい。

「そんたな爺さんが、鉱山に何の用なんだべ」

富治が首を傾げると、雑貨屋の主は、俺の知ったことかとでも言いたげに吐き捨てた。

「おおかた、物乞いにでも行ぐんだべ。とぬかぐ、早々《ちゃっちゃ》ど連ぇでってけろ」

なんで俺が、と断る理由もなかったので、富治は肩を竦《すく》めただけで、表へと出た。

同じところに老人はいた。

富治が身に着けているのと同じ、もとは軍の払い下げと思《おぼ》しきボロボロに擦り切れた洋服を纏《まと》い、ゲートルを巻いた足を投げだした小柄な老人が、頭陀袋を大事そうに抱えて、雑貨屋の雨樋に背中をもたせかけていた。洋装なのに、履物だけは、醤油で煮しめたような色の、くたびれきった草鞋《わらじ》だ。

初夏の陽射しを浴びて、老人の頭がこくりこくりと船を漕いでいる。その動きがなければ、行き倒れになって死んでいるのかと間違いそうになるくらい、老人の体には精気がなかった。

「爺さん」

腰を屈めて富治が肩を叩くと、老人は胡麻塩の髭に覆われた土気色の顔をゆっくりとあげた。とたんに咳の発作に見舞われ、ゴホゴホと激しく咳き込む。

顔をしかめ、富治は後ずさりした。

しばらく咳き込んでいた老人が涙目になって言う。

「兄《あん》ちゃん、心配すんな。俺は肺病持ちなんかじゃねえ」

「いや、別にそんな――」

心の内を見透かされたバツの悪さに、富治は頭を掻いて老人の傍らに跪《ひざまず》いた。

「俺の胸病みはよろけだからよ、人にうつるものではねえ」

よろけというのは、確か珪肺《けいはい》のことだ。ということは、この老人はどうやら長年鉱山か炭坑で働いていたらしい。しかも、話す言葉からすると、土地の者でもなさそうだ。

「俺に何か用かね」

「実は、私も小沢の飯場に向かうところなんです。次の馬車が出るまでしばらく間があると聞いたんで、歩いて行こうかと思いまして。よかったら、荷物を持ちますから一緒に行きませんか」

ふん、と老人は鼻でせせら笑った。

「どうせ、俺を追っ払ってくれと、この店の主人に頼まれたんだろ」

「そういうわけでもないんですが――」

「なあに、かまわねえ。俺らを見る目なんかどこでも同じだ。兄ちゃんのように声をかけてくる人間のほうが珍しいのさ」

「で、どうします？　一緒に行きますか」

「こうしてて塩を撒《ま》かれるのも嫌だからな。それに、悪たれのガキどもに石をぶつけられてもかなわねえし――わかった、そんなに世話を焼きたいのなら、こいつを持ってもらおうか」

妙に偉そうに言う爺さんだと思いながら、頭陀袋を受け取り、自分の荷物と一緒に肩に担ぐ。

「その鞄《かばん》は？」

首からたすきにぶら下げているズック地の鞄を指さすと、老人は険しい目になってかぶりを振

った。

「これはいい。持ち逃げされたんではたまらんからな」

「そうですか、それじゃあ、これだけ持たせてもらいます」

そこで老人は、立つのを助けようとして差し出した富治の手を邪険に払いのけた。

「兄ちゃんには、死に損ないの老いぼれに見えるかもしれんが、立つぐらいは自分でできるし、まだお迎えがくるような歳でもねえ」

言われてみれば、最初に思ったほどの年齢ではないようにも見える。病気のせいでひどく年老いて見えるが、案外、父の富左衛門と同じくらいの歳なのかもしれない。

よっこらしょ、と声に出して立ちあがった男の足が不自由なことに気づく。左足が棒のように突っ張っていて、膝が思うように曲がらないらしい。

「なに、じろじろ見ている。義足なんかじゃねえぞ、血が通った自前の足だ。といっても、これじゃあ糞の役にも立たねえけどよ」

「どうしたんですか」

「落盤で潰されてからこうなっちまったのよ。歩けるだけ、まだましだがな」

「落盤というと、やはり鉱山で」

「他に何がある」

なんだかやけに気難しい年寄りの面倒を見る羽目になってしまったと、富治は嘆息した。だがまあ、小沢にある飯場までは一里ほどの道のりだ。小一時間も我慢すれば解放される。

「歩くのが速かったら言ってください」

そう言って歩きだそうとした富治に男が尋ねた。

「兄ちゃん、名前はなんと言うんだ」

「松橋富治といいます」

「俺は白幡梅蔵《しらはたうめぞう》、生まれは日立だ。それで、兄ちゃんはこの町の者かい」

「いえ、隣の荒瀬村、打当《うっとう》というところから来ました」

「鉱夫には見えねえな」

「ええ、違います」

「鉱夫じゃねえのに、小沢なんぞになんの用があるんだ」

「新大工になるためです」

「いくつだ」

「え？」

「歳はいくつだ」

「二十五になります」

「年寄りだな」

意味をはかりかねて首を傾げた富治に梅蔵が言う。

「鉱夫になるには少々遅いってことよ。俺がはじめて山に入ったのは十二の時だった」

「遅いと、何かまずいんですか」

「そりゃまあ、いろいろとな」

「たとえば？」

「なあに、俺がおせっかいで教えるほどのことじゃねえ。そのうち自分でわかるだろうよ。その歳でこれから新大工になろうというんだから、たぶん訳ありなんだろうが、せいぜい真面目に勤めるこった。俺みてえに酒と博打、それと女だな、それにさえ溺れなければ、家を建てるくらいの小銭は稼げる」

「はあ」

「ほれ、無駄話なんぞしてねえで急ごうぜ」

自分から喋りだしておいて急ごうぜもないものだと思いながら歩きはじめる。

地元の者から「異人館」と呼ばれている洋風の館《やかた》の前を通りかかったところで、再び呼び止められた。

「兄ちゃん、ここに入ったことはあるんかい？」

いいや、と首を振り、田舎町には似つかわしくない、洒落《しゃれ》た造りの建物に目を向ける。

富治が生まれる十年ほど前に、日本政府がドイツから招いた鉱山技師を住まわせるために建てたというルネッサンス風ゴシック建築の館である。技師たちが帰国してからは、政府の高官や鉱山のお偉方の娯楽施設、あるいは迎賓館として利用されているという。

「実はよ、この建物ができてすぐ、三年間だけだったが、俺はここの鉱山で働いていたことがあるんだ。これでも当時は右に出る者がいないほど腕のいい採鉱夫だったんだぜえ。その腕を見込まれて、シュラム式という新式の削岩機を扱わせてもらったのよ。だからだろうな、一度だけだが、ここで催された舞踏会というもんに招かれたことがあるんだ。そりゃあもう竜宮城に迷い込んだみてえな華やかさでよ、なにせ女がいい。そのへんの田舎の女郎屋にいる娼妓《しょうぎ》なんぞとは訳が違ってな、中には目が青いドイツ人の奥方もいた。兄ちゃんは、白人女を見たことあるかい」

「いえ、一度も」

「白子みてえに肌が真っ白でよ、頭の毛が金色なのさ。でな、たまげたことに、下《しも》の毛まで金色なんだぜ」

富治が黙って聞いていると、梅蔵が不満そうに口を歪めた。

「なんだよ、おめえ。なんでそれを知ってるのかって訊かねえのかよ」

「はあ、梅蔵さんはなんでそれを知っているんですか」

「まったくもう、馬鹿がつくほど糞真面目な野郎だな。話す気が失せちまわあ」

「すいません」

「まあいい、ようするにだ、その時俺は、ドイツ人の旦那の目を盗んでな、使っていない部屋にしけこんで、その白人の奥方とやりまくったってわけさね。言葉や肌の色が違っても、やることは同じよ。いや、日本の女より助平かもしれねえな。あそこを舐《な》めろって煩《うるせ》えんだ。言葉はわからねえが、大股開いて顔を押しつけられたんじゃあ、それしかねえやな。さっそく俺は、わかりましたとさんざんしゃぶってやった。でな、しゃぶりすぎて、あそこの毛が奥歯に挟まっちまったんだ。大事にとっておいて、あとでお日様にかざして見たら、見事に金色だったってわけよ」

前歯が抜け落ちた口を開いて下卑た笑いをあげていた梅蔵が、真顔に戻って言う。

「なんだよ、面白くねえのかよ」

「いえ、面白いです」

本当につまんねえ奴だとぶつぶつ漏らして、梅蔵が足を引きずりはじめる。

あとを追いながら富治はげんなりした。他の時なら一緒になって笑い転げでもしていただろうが、文枝との駆け落ちが儚《はかな》い夢と消えてしまったばかりだ。女の話にうつつを抜かす気分になど、どうしたってなれるものではなかった。

長蔵の屋敷で、幼なじみの忠助に生垣越しに村田銃を突きつけられ、文枝からの言づてを聞かされたあと、富治は家には戻らなかった。

選択肢はひとつしかなかった。父や母にこれ以上の迷惑をかけないためには、忠助の言うように、鉱山で働くしかないと観念した。だが、出奔同然に家を飛び出したとあっては、今さらおめおめと帰れるものではなかった。

旅の荷物を隠しておいた街道筋に戻った富治は、夜明けまで待ってから重い足取りで忠助の家へと向かい、夜番を終えて長蔵の屋敷から帰って来た忠助を捕まえた。

驚き顔の忠助に、母から渡された封筒を押しつけた。この金をおふくろに返してくれと頼んでから、当番区長の石塚金次に会うには、鉱山のどこに行けばよいのかと尋ねた。

新しい選鉱所ができた小沢地区の飯場に、交際所、すなわち友子《ともこ》の事務所があるということだった。そして富治は、俺も一緒に行ってやろうかという忠助の申し出を断り、ひとりで鉱山へと向かったのである。

文枝に未練がないと言ったら大嘘になる。

家に置いてある村田銃を取りに戻って屋敷に乗り込み、引きずってでも文枝を連れ出したいくらいだった。だが、そんなことをしてどうなるというのだろう。たちまち官憲に追われるはめになり、しまいには、どこかでのたれ死にするのが落ちというもの。文枝をそんな目には巻き込みたくないと思えるだけの分別は残っていた。

一方で、そうした分別が残っていること自体に、自分という人間の限界が感じられてやるせない。本当は、なりふりかまわず屋敷から連れ出してくれることを文枝は望んでいたのかもしれない、と今になって思うからだ。

しかし、踵《きびす》を返すだけの気力はなかった。文枝にしても、昨夜、富治がおとなしく帰ったと忠助から聞いて、しょせんそこまでの男でしかなかったと、諦めの溜め息をついているに違いないと想像できた。

そんなことを漠然と考えながら山道を歩いていた富治は、背後でしていた足を引きずる音が途絶えているのに気づいた。

振り返った十間ほど先で、梅蔵が膝に手をつき、肩で大きく息をしている。慌てて駆け戻って

声をかけた。

「梅蔵さん、どうした」

梅蔵は、息をしているのではなく、息ができないでいるのだった。息をつごうとしてはいるのだが、喉の奥からひいひいという甲高い音がするだけで空気が肺に入っていかず、脂汗が浮いた顔面の中で唇が紫色に変わっている。

背負っていた荷物を下ろし、富治は梅蔵の背中を拳で激しく叩いた。背骨が折れはしまいかと不安になったところで、梅蔵は、げほっという咳と一緒に黄色い痰《たん》を大量に吐きだした。

息が戻ってからも、咳の発作は続いた。今度は、あまりの咳のひどさで気を失ってしまうのではないかと心配になる。

ぜいぜいごろごろという嫌な音が混じりながらも、梅蔵の咳は徐々に治まった。だが、地べたの上にへたり込んでしまい、どう見ても歩ける状態にない。

富治は、自分の頭陀袋を胸の前に来るように首からぶら下げ、もうひとつの袋をあらためて梅蔵の肩にかけた。しゃがみ込み、後ろに手を回して荷物ごと梅蔵を背負う。

立ちあがってみて、思ったより軽いのに驚いた。梅蔵の体には骨と皮しかついていないようにさえ感じる。仕留めたクマを背負うよりずっと楽だ。これなら、小沢の飯場まであと半里、途中で休まずに歩けそうだった。

歩きはじめた富治の背中で「悪いな、兄《あん》ちゃん」と、梅蔵が弱々しく囁いた。さっきまでの口の悪さは、すっかり影を潜めている。

「なに、山の中さ捨てて行くわけにもいかねべぁし」とだけ答え、黙々と歩を進める。

年老いた父や母をこうしておぶう日は、自分には永遠にやってこないのかと思うと、寂しくてたまらなかった。

二

山の中にいきなり巨大な町が現れて、富治は驚きを通り越して呆れてしまった。

新式の選鉱所と思われる建物を中心に、富治には用途がわからない赤茶けた色の、大小さまざまな建物が、森を伐採した山肌に軒を連ねている。それだけでなく、敷地にはトロッコの軌道が蜘蛛《くも》の巣のように走り、どこをどう歩いたらよいのかわからないくらいだ。

そして何より、煩くて仕方がない。岩を削る音に蒸気があがる音、金属どうしがぶつかり合う耳障りな音や、何かが擦れる音。さらには、頭上高く張られた鉄索《てっさく》を伝い、選鉱所に続々と鉱石を運んでいる索道《さくどう》が軋《きし》む音。そういった中に男たちの怒声が飛び交い、ごちゃまぜになった騒音が、渓谷全体を揺るがしていた。

はじめて鉱山というものに足を踏み入れた富治は、束の間、呆然として全景に見とれていた。

富治が知っている山の顔とは、何から何まで違っている。富治には、目にするものすべてが、混乱と無秩序の渦に映った。これでは、周辺の山から獣たちが逃げ出すに決まっている。というより、人間が住むところでさえない。

だが、里人《さとびと》には、ただただ混沌とした森が続いていると見える奥山の相も、富治たちマタギにとっては、狩猟の山として実に秩序だって見えるのと同様、明治から大正へと時代が移り行くにつれて近代化が進んできた鉱山の佇《たたず》まいには、採鉱の山としての合理性と秩序がある。それが今の富治には、まだ見えていないだけだとも言えた。

その場から逃げ出したくなる衝動をこらえ、富治はモッコを担いで通りかかった人夫を捕まえて交際所の場所を聞きだした。

梅蔵をおぶったまま、教えられた通りに道を奥へ進むと、少しだけ騒音が収まった先に、飯場と思しき長屋の群れが現れた。

たぶんこれだと見当をつけた最も間口が広い長屋へと踏み入った。

また驚いた。

日中のことだからほとんど無人かと思っていた長屋の内部が、外と同じくらいに騒々しかったのである。

ところどころに電灯が吊ってある、鰻《うなぎ》の寝床のように細長い室内には、かなりの数の男たちがいた。

全部で二十人はいるだろうか。土間に立って薄暗い室内に目を凝らしてみると、思い思いの場所に五、六名ずつ固まった男たちは、それぞれが、花札やサイコロの賭博に興じているのだとわかった。しかも、酒瓶までが何本か転がっている。

仕事もせずに、昼間から酒を浴びての博打とはなんて奴らだ。そう顔をしかめた富治は、目が慣れてきたところで、男たちに共通しているものに気づいた。

どの鉱夫たちも、体のどこかに怪我を負っていた。中には筵《むしろ》の上に臥《ふ》せったままサイコロを振っている者もいる。

鉱山とはこういうところだったのかと、半ば驚愕《きょうがく》し、半ば呆れながら富治は声を張りあげた。

「当番区長の石塚金次さんはおられますか」

無視された。

誰も富治に見向きもしない。

「荒瀬村打当の松橋富治と申します。ここに石塚金次さんはおられますか」

いちばん近いところにいた男が、ようやく富治のほうを見やった。

唇を舐めてもう一度尋ね直す。

「片岡長蔵さんの口利きでこちらに参りました。石塚金次さんはおられますか」

「いんや、ここにはいねえよ」というそっけない返事。

「では、どこに」

「さあな」

男が興味なさそうに背を向けた。

「俺をおろせ」

背中で梅蔵が言った。頼みというより命令をする口調だった。

梅蔵の意図ははかりかねたが、富治は言われるままに腰を落とし、おぶっていた梅蔵を上がり口におろしてやった。

梅蔵は、寸前まで死にそうになっていた病人にはそぐわない身ごなしで土間に立ち、やや前屈みになった姿勢で左手を膝に載せると、鉱夫たちに向かって口上を述べだした。

「貴君らとははじめての対面とは思うが、どこかで会ったことがあるやもしれない。二度の対面や言葉の間違いがあれば、それはお許し願いたい」

肺を患《わずら》っている者の、いったいどこからそんな声が、と首を傾げたくなるほどに艶《つや》のある声だった。

それ以上に富治が驚いたのは、梅蔵の口上を耳にしたとたん、博打に夢中になっていた鉱夫たちの喧騒がぴたりとやみ、その中から中年の男がひとり飛び出してきて、梅蔵の前に畏《かしこ》まったことである。他の者も、居住まいを正して梅蔵の次の言葉を待っている。

頭に包帯を巻いた中年の鉱夫に軽く頭を下げ、梅蔵は口上を続けた。

「手前は日立の国の者で、白幡梅蔵と申す者、出生《しゅっせい》の鉱山は、日立は諏訪《すわ》鉱山、取立《とりたて》の親分は鎌《かま》

田文衛門《たぶんえもん》にございます。子は幾多あり、すべてを申しあげる余裕もございませんので、割愛をお許し願いたい。手前、全国津々浦々の鉱山を渡り歩きましたものの、見ての通り、ついには肺を患い、加えて足腰もままならぬ体《てい》たらくとなりました。やむなく足尾《あしお》の鉱山にて奉願帳《ほうがんちょう》の調製を賜《たまわ》り、友子の衆のご厚情にすがりながら浪人をしている身でございます。貴君らには、はなはだ迷惑をかけることは重々承知しておりますが、奉願帳に免じ、なにとぞ一宿一飯の恩義にあずからせていただきたい」

そこまでひと息に喋り通した梅蔵は、今にも倒れそうになりながらも、懸命になって己《おの》が体を支えている。

包帯の男が深く一礼した。

「ご浪人衆にはたいへんご苦労さまにございます。まずは草鞋をお脱ぎになられ、ごゆるりとお休みなさいませ」

頷いた梅蔵の上体がぐらりと揺れた。

富治と包帯の男が同時に手を伸ばし、崩れようとする梅蔵の体を抱きかかえた。

包帯男が何か声を飛ばすや、幾人かの若い鉱夫たちが弾かれたように立ちあがり、一目散にどこかへと散っていく。

苦しげな咳の合間に、富治を指さして梅蔵が言った。

「すまんが、この兄ちゃんを石塚金次どのに引き合わせてやってくれ」

「わかりました、すぐに——おいっ、六介《ろくすけ》！」

少年と言っていいほどの若い鉱夫が、部屋の隅から飛んできた。

「すぐに金次さんを呼んできてくれ」

「はいっ！」

腕を吊った怪我人とは思えない身軽さで、六介と呼ばれた若者が、草履をつっかけて表へと駆けて行く。

さっきまでの怠惰な空気とのあまりの落差に、富治は目を丸くしているばかりだった。

包帯男に抱きかかえられた梅蔵が、「どうだい？　若いの」とでも言いたげに、唇の端を吊りあげてみせた。

マタギには、マタギの掟としきたりがあるように、鉱夫にも鉱夫の掟やしきたりがあることを、富治がはじめて目の当たりにした場面だった。

三

「長蔵さんからおめえのことは聞いている。だがな、実際のところ、そんなことはどうでもいい。俺は生きのいい新大工が欲しかっただけだからよ。おめえ、見たところ歳は食ってるが、なんでもほれ、腕の立つマタギ衆だったってことじゃねえか。力仕事には慣れているに違いねえ。いずれは立派な鉱夫になれるやね」

これから富治が世話になる当番区長、石塚金次が、囲炉裏の縁に煙管《きせる》を打ちつけて灰を落としながら、面白そうに言った。

鉱山の隣村で生まれ育ったとはいえ、その実態となると、富治は何もわかっていないのと同じだった。荒瀬村にも、人夫として阿仁鉱山へ稼ぎに出る者はいたが、坑道に入って採鉱夫として働いている者はいない。荷運びの人足とは違い、採鉱夫となるためには、単に友子、あるいは友子同盟や同盟友子と呼ばれる、採鉱夫だけが所属できる組織に入らなければならないからである。そしていったん友子の一員となれば、熟練の採鉱夫となってより高い賃金を求め、全国の鉱山を

渡り歩くのがふつうであるから、里での生活を捨てることを意味していると言ってよい。

「俺たち友子には、徳川家康公のお墨付きがあるってことは知ってたかい」

金次が、畏まって耳を傾けている富治に、得意そうに語って聞かせた。

それによると、今から遡ること三百余年、徳川家康が関ヶ原の合戦に敗れて駿州日陰沢《すんしゆうひかげさわ》のとある岩窟《がんくつ》に逃げ込み、そこで鉱石を採掘していた二人の老人に救われたのだという。その際、家康は、彼らに報いるために『山例五十三条』という鉱山法を授け、鉱夫に野武士の称号を与えて帯刀を許した。これにより、鉱夫は、信義を重んじ、交際を厚くし、互いに救済をはかる約束を結んだ。それが、そもそもの友子のはじまりなのだということだった。

家康は関ヶ原の合戦で勝ったはずなので、金次が語る友子の由来の真偽のほどは別として、どこかで聞いたような話だと、富治は思った。そう、マタギの始祖とされる万事万三郎《ばんじばんざぶろう》の伝説や『山達根本之巻』の伝承に、どこか共通したものがあるように思えたのである。

聞きながら富治は、もう少しで、俺たちマタギにも、と口を挿みそうになって思いとどまった。マタギの間でしか口にしてはならないことであったし、そもそも今の自分はマタギをやめた身だ。

そう思ったとき、富治は深い喪失感に襲われて目眩《めまい》を覚えた。俺は本当にマタギの世界から足を洗おうとしているのだと、今になってはじめて実感したのである。金次が説明してくれてはいるが、鉱夫の仕事が実際にどんなものかは、さっぱりわかっていない。だから、この先の仕事に不安を覚えているわけではなく、マタギ仕事をやめた自分がどうなってしまうのか、不安はその一点に集中していた。

「どうしたおい、俺の話を聞いてるのか」

金次に言われ、富治は我に返った。

「すみません、聞いています」

「俺たちの仕事は、ぼうっとしていると簡単に命を落としてしまうからな。それだけはよく肝に銘じておけ」

「はい」

「まあいい。でな、本来なら荷運びの人足や選鉱所での選別作業を二、三年してもらって、それから、親分子分、兄弟分の契《ちぎ》りを結んでもらうところなんだが、おめえの場合は特別だからよ。二週間ばかり雑用をしてもらってから、来月の一日《いっぴ》にある取立式で出生取立《しゅっせいとりたて》をしてやる。そうすりゃおめえも晴れて友子の一員だ。ありがたいと思えよ」

特別だ、という言葉の意味がわかっているだけに、富治の心はますます暗く沈んだ。逃げ出すなら今、少なくとも出生取立の前でなければ、にっちもさっちもいかなくなることだけはわかる。

富治の胸中を見透かしているのかどうか、金次は、どのようにもとれる笑いを薄く浮かべて富治の肩をぽんと叩いた。

「最初は勝手が違って苦労するだろうが、なあに、新大工の三年三カ月と十日なんぞあっという間さ。俺がみっちり仕込んで一人前の鉱夫に仕立ててやるから、心配することはねえ」

こうしてはじまった富治の鉱夫見習いの生活だったが、早くも三日目に事件が起きた。

ひと口に鉱山の仕事といっても多岐にわたる。最も危険なかわり、賃金が高い花形の職種は、やはり採鉱夫である。阿仁鉱山でも少しずつ機械化が進み、坑道の大掛かりな掘削には削岩機が使われるようになってきてはいるが、実際の採鉱は、長さ二尺ほどのタガネ一本による手作業だった。そして、ただやみくもに岩に穴を穿《うが》てばよいというわけではなく、かなりの熟練を要する仕事だという。腕のよい採鉱夫はどこの山に行っても歓迎されると、金次は自慢げに語った。

次いで、専門の精錬夫や坑内外の機械職人。彼らも専門職であるが、採鉱夫と違って友子に入る必要はないとのことだ。というよりむしろ、友子というのは採鉱夫だけが加入できる特別な組

織だとするほうが正しい。

その他に、採鉱を助ける手子やトロッコの運搬夫、坑外での荷運び人夫、鉱石の選別作業に携《たずさ》わる者、といった具合に、比較的単純な作業をする者が山といる。

富治が最も驚いたのは、飯炊きだけで雇われているのではないかと最初は思っていた女たちが、かなりの数、鉱石の選別所で働いていることだった。山仕事は男だけのもの、という中で暮らしてきた富治には、埃にまみれて黙々と選別作業をするもんぺ姿の女たちは、ひどく奇妙な光景に見えた。

最初の三日間だけでも、鉱山には実に様々な土地から人が集まってきていることがよくわかった。そのせいなのだろう。同郷の者どうしで会話をするときは別として、秋田の深い山中だというのに、標準語が使われる場面がけっこう多い。考えてみれば当然かもしれない。指示や連絡を徹底するには共通した言葉が必要であり、これは軍隊にも通ずることである。

そんな中で富治に割り当てられたのは、採掘した鉑《はく》、つまり鉱石が詰まったカマスという藁《わら》の袋を、坑道の出口から集積所まで運ぶ仕事だった。仕事としては単純な力仕事であり、特に難しいものではないはずだった。

ところが、三日目の鉱石運搬の仕事が終わり、飯場へと戻りかけた時、坑内から運び出したカマスの集積所まですぐに来いと、人足頭《にんそくがしら》から呼び出しを受けた。

人足頭の顔つきを見て、何かをしくじってしまったのだろうかと慌てて駆けつけてみると、並べられたカマスの周囲に数名の男たちが集まり、険悪な表情で議論をしていた。

その輪の中には石塚金次もいた。

カマスのひとつを指さして金次が尋ねた。

「富治、このカマスを運んだのはおめえか」

と言われても、よくわからない。確かに自分が運び出したカマスを並べた場所には違いないが、他の人足たちが運んできたものも入りまじっていて、どれが自分の手になるものかなど覚えていなかった。

どうだったかと首を傾げている富治を、さらに金次が問い詰めた。

「ここにカマスを置いたのはおめえだと、この為吉《ためきち》が言っているんだが、それに間違いねえか」

為吉と呼ばれた男が、険しい目つきで富治を睨《にら》んでいる。顔は覚えていた。坑道からの出口で、富治にカマスを手渡していた男のひとりだ。

「間違いないかと言われても、どうなんだかはっきりとは――」

「なんだと、てめえ！」

声を荒らげたのは別な男だった。腰にタガネと金槌をぶら下げているところからして採鉱夫らしい。

「俺が今日掘った鉑は、全部、為吉に運び出してもらってるんだからな。その為吉がおめえに渡したって言ってるんだから間違いねえ」

「そうかもしれません」

「そうかもしれないだと？　この新入りが寝ぼけたことを言いやがって！　いいか、目ん玉ひんむいてよく見てみやがれっ。こいつと、こいつには、俺の名前を書いた札が貼ってあるのがわかるだろうが」

手を伸ばしてきて富治の襟首を摑んだ採鉱夫に、カマスの縁へと顔を押しつけられた。

「えっ、どうだ。戸田鉄蔵《とだてつぞう》と書いてあるのが読めるだろっ」

「はい」

「なら、二つの間に挟まれたカマスが俺の掘ったもんだってことは明らかじゃねえか、どうだ、

「違うかよっ」

問題になっているカマスには、他のものとは違って、掘り出した採鉱夫の名札がついていなかった。

「運ぶ途中で、おめえが名札を落っことしたに決まってる。それとも何か？　わざと剝《は》がしておいて、あとでこっそり盗んじまおうって企んだんじゃあるめえな」

「そんたなことするわきゃねえべっ」

反射的に乱暴な言葉になり、富治は戸田鉄蔵という採鉱夫の手を振り払った。

「てめえっ、この俺に喧嘩を売ろうってのか」

怒りでどす黒くなった鉄蔵の顔を見て、富治の頭にも血が昇りかけた。

「まあ待て、おまえら」

爆発の一歩手前で、金次が割って入った。

「喧嘩してどうする。おめえも少し頭を冷やせ」

そう鉄蔵に言った金次は、富治に向き直って嚙んで含めるように言った。

「富治、いいか、よーく思いだしてみろ。名札が剝がれてしまうのは、しょっちゅうじゃないが、たまにはあることだ。おめえはまだ不慣れだからな、うっかりして、剝がれたのに気づかなかったってことも、あるんじゃねえのか？」

絶対にない。

そう言おうとして、富治は躊躇《ちゅうちょ》した。

運搬の途中で名札が剝がれたということはあり得なかった。人足頭から、それだけは注意しろとしつこく言われ、神経質なほど気を使いながら運んでいたし、集積所にカマスを置くごとに、ちゃんとついているか、いちいち確認していた。したがって、とれたにしても、絶対に自分のせ

いではないとの確信があった。

だが……。

実家を訪ねてきた長蔵が「揉め事は起こすなよ」と言った時の冷たい目と、その長蔵に深々と頭を下げていた父の姿が、富治の脳裏によぎった。

「すいません、俺が、鉄蔵さんの名札を落としたんだと思います」

そう言って富治は頭を垂れた。

「ふん、やっぱりな。そんなこったろうと思ったぜ」と鉄蔵。

「まあ、これで一件落着ということですな」

金次が、それまで黙ってやり取りを見ていた年配の男に尋ねた。

いいだろうと頷いた男は、当番区長から選ばれている大当番のひとりで、富治も最初の日に金次に連れられて挨拶にだけは行っていた。採鉱夫の中では総元締めの箱元につぐ役職である。

結局、あらためて鉄蔵の名札がカマスに貼られることになって決着がついた。

処理がすみ、人気《ひとけ》がなくなったところで、残っていた金次が富治に言った。

「鉱夫の賃金は出来高払いだからな、カマスひとつでもいい加減に扱っちゃだめだ。よく覚えておけ」

「はい、申し訳ありませんでした――んでも――」

「でも、なんだ」

思い切って口を開く。

「さっきはああ言いましたが、俺、名札をなくしてはいねえです」

しばらく富治の目を覗き込んでいた金次は、難しい顔になって頷いた。

「おそらくな、おめえの言うとおりかもしれねえ。人の鉑を自分のものにするために、鉄蔵が為

吉とぐるになって、おめえを利用したということも考えられなくはねえ」

「したら、なんで、先たは――」

「証拠があるわけじゃねえだろ。あの男は少しクセがあってな、おめえも気をつけたほうがいい」

「それにすても――」

「なんで、新入りのおめえにそこまで嫌がらせをするのかってか？」

「はい」

「鉄蔵がこの山で働きはじめたのは、確か十になるかならないかのころだったはずだ。十五で取立を受けるまで、五年はかかっている。まあ、働きだしたのが十歳じゃあ、普通よりも下積みに時間がかかって当然やね。ところが、そこへもってきてだぜ、自分と変わらねえ歳のおめえがひょっこり外からやってきて、ろくに下積みもしねえですぐにも取り立てられると聞いちゃ、面白くねえだろ」

梅蔵が言っていた、歳を食ってからの友子への加入にはいろいろと問題があるという意味が、少しだけわかった気がする。

「金次さん、俺の出生取立を先に延ばしてもらえんですか。二年でも三年でも下働きをします。そうすたら、鉄蔵さんたちも納得するすべ」

「で、ここから逃げ出す隙をおめえにくれてやるわけだ」

考えていたことを金次に見抜かれ、富治は視線を落とした。

「いいか、この際だからはっきり言っておくぞ。確かに、俺には、長蔵に返さなきゃならん借りがある。それで今回、おめえを引き受けることにした。出生取立をしておめえが友子になれば、新大工の間の脱走は許されねえからな。もし、おめえが逃げちまったら、親分の俺や兄弟分が責

任を取らなければならなくなる。どうやって落とし前をつけるかは喋りたくねえから、勝手に想像しとけばいい。それでも逃げるだけの度胸がおめえにあるなら、いつでも逃げるがいいさ」

穏やかな言い回しに、かえって不気味なものを感じる。

「なあに、この仕事も悪いことばかりじゃねえ。一昨日《おとつい》も言ったが、三年三カ月と十日の修業が終われば、この山で働き続けようと、よその山に渡ろうと、あるいは、正式に鉱夫から足を洗おうと、おめえの好きにできる。それまで我慢できれば、この世界の面白さもわかってくるだろうって」

少しだけ表情を弛めた金次が、そこで思いだしたように言った。

「そうそう、一昨日といえば、おめえがおぶってきてくれた梅蔵の爺さん、死んじまったぜ」

「死んだって、いづっしゃ！」

「昨夜だ。痰を喉に詰まらせて窒息したんだとよ。あれだけひどいよろけじゃ、今まで生きてたほうが不思議なくらいだからな。仕方ねえだろ」

言葉が出なかった。

白人女と寝た話を自慢げに喋っていた、前歯のない梅蔵の顔が、富治の頭の中で、いともたやすく死に顔へと反転した。

「富治、おめえ、梅蔵さんの子分の話とかは聞いていねえか？　どこの某《なにがし》とかは」

「聞いてねえです」

「そうか、しゃあねえ。そんじゃ、回状でも回すことにするか」

「回状つうと？」

「あちこちの鉱山に、ここで梅蔵さんが死んだことを伝えるわけよ。梅蔵さんの子分たちがそれを知れば、墓を立ててやるために駆けつけてくるか、少なくとも銭くらいは送ってくる。仲間を

無縁仏にするわけにはいかねえからな、そうして俺たち友子は、家族同様、死ぬまで互いの面倒を見ていくわけさ」

友子の絆《きずな》の強さを感じる話ではあったが、それを聞いて感心するような心境には、富治はなれなかった。いつか人が死ぬのは仕方がないとして、肺を病み、動かぬ足を無理に引きずりながら、鉱山の仲間の温情にすがるために、ひとり孤独に街道を歩く自分の未来の姿が、死ぬ間際の梅蔵の姿に重なり、振り払っても振り払っても瞼の裏側に戻ってきた。

四

カマスを巡っての、鉄蔵とのひと悶着《もんちゃく》があったあと、特に問題を起こすことなく、富治は取立式に臨むことになった。

ここでもまた、梅蔵が言っていた通りで、同時に出生取立を受けた十名ほどの新大工の中では、富治が最年長だった。

取立式そのものは、それなりに緊張は強いられたが、案じていたほどに難しかったり、困惑したりするものではなかった。

取り立てを受ける新大工と向かい合わせに、それぞれの親分となる鉱夫が紋付袴姿でずらりと並び、上座には、山中の箱元や大当番、区長や年配の鉱夫といった友子の面々の他に、鉱山事務所長が立会人として座り、さらには、町長や警察署長が来賓として招かれていた。

全員が着座すると、世話人の者から順に名前を呼びあげられ、新大工となる子分たちは、それぞれの親分と三三九度の杯《さかずき》を交わしあった。同様の杯事を兄分となる者との間でも行った。富治に与えられた兄分は、杉浦完次郎《すぎうらかんじろう》という男で、実際の年齢も二つばかり上とのことだ。

静々と杯事は進み、全部の親分子分と兄弟分が結びの杯を交わして、厳粛な雰囲気のうちに儀式は終わった。

初マタギのときに、わけのわからぬままサンゾクダマリの洗礼を受けたのに比べれば、厳かではあるが、特別なことを無理強いされることもなく、儀式がすんだあとは、そのまま直会《なおらい》へと場が移った。こうなってしまえば、マタギどうしで酒を酌《く》み交わすのと同様、畏まって親分衆やお偉いさんに酒を注いで回り、返杯をひと息に飲み干して頭を下げ、相手が笑えばこっちも追従笑《ついしょう》いをしていればいい。

そうしている富治を見て、余裕があるように思えたのだろう。

ひと通り酒を注いでから元の席に戻ると、見るからに緊張してしゃちほこばっていた新大工が、声をひそめて隣の富治に訊いてきた。

「あの、僕もお酒を注いで回ったほうがいいのでしょうか」

僕、という、めったに耳にしない自称に、富治はあらためて新大工の顔を見た。

十七、八歳から二十歳ぐらいという年齢の新大工がほとんどの中でも、とりわけ若い男だった。いや、男というより、少年そのものだった。しかも、鉱山なんかで本当に働けるかと首を傾げたくなるほど、華奢《きゃしゃ》な体つきをした色白の少年だ。顔立ちも女のように優しげで、鉱夫より書生でもしていたほうがぴったりに思える。

「名前、なんだっけな」

「高橋慎之介《たかはししんのすけ》といいます」

なんだか侍みたいな名前だと思いながら、「歳はなんぼや」と尋ねると、十四になったばかりだという。

持っていた徳利を押しつけて富治は頷いた。

「そりゃあ、やっぱりそうしたほうがいいべな」

「そうですよね」

不安げに周囲を見回す慎之介に、富治はもう一度尋ねた。

「酒、飲めるのか」

「あんまり――」と口ごもる困惑した顔が気の毒になり、富治は別の徳利を手にして、慎之介の肩を叩いた。

「どれ、んだら、一緒にもうひと回りするべ。どうしても飲めねぐなったら、かわりに俺が空けてやる」

「いいんですか」

「任せろ、あと一升飲んだかて、俺はなんともねえでな」

「ありがとうございます」

「いいって、ほれ、行《あ》べぁ」

「はい」

「まずは自分の親分からだ。して、おめえの親分は誰だったっけな」

「戸田鉄蔵さんです」

あれまあと、富治は内心で顔をしかめた。儀式の間は杯事の手順を間違えてはならないと他人のことまで気が回らなかったが、そういえば、鉄蔵の子分として慎之介の名が呼ばれていた気がする。同時に、あの鉄蔵を親分として仰がなければならない慎之介が、ますます気の毒になった。何か難癖をつけられるかもしれないと思ったが、一緒に回ってやると言った手前、あとにはひけなかった。

ところが、当の鉄蔵は、別人かと思うくらいに気分よく酒を飲んでいた。尋ねてみると、鉄蔵

にとって、慎之介がはじめての子分なのだという。親分となって新大工を子分に持つことは、それほどまでに名誉なことらしい。

「今回の取立式で、どうしても慎之介の親分になってくれと親分衆に頼まれたもんでな。だから富治、俺はおめえの兄分にはならなかったが、そもそも俺の親分は金次さんだ。ということは、言ってみれば俺とおめえは義理の兄弟分みてえなもんだ。慎之介は俺がみっちり仕込んでやるが、おめえもこいつには目をかけてやってくれ。なにせ、おめえと違って慎之介はまだ子どもだからよ。よろしく頼んだぜ」

まるで、本当の息子ができたように愛しげな目で慎之介を見やりながら、鉄蔵が言った。

五

三年三カ月と十日と定められた新大工としての見習い期間にも、ちゃんとした意味があるのだと、友子の一員になってはじめて金次から教えられた。

三年は山主のため、三カ月は親分のため、残りの十日は兄分のために働くのだということだったが、一人前の採鉱夫となり、友子の規則や慣習を覚えるには、少なくともそれだけの時間は要するということである。その間、子分となった新大工は親分や兄分に忠義を尽くし、かわりに親分たちは親身になって子分の面倒を見ることになる。

親分が所帯持ちだと、通常、新大工は親分の家に住み込み、公私にわたって指導を受けながら修業することになっている。富治の場合はというと、最初のうちは金次の家で寝起きをしていたものの、三月ほどたってから、これからは飯場の宿舎で寝泊まりするようにと言われた。他の新大工と違って、世間のことはひと通りわきまえているはずだから、そうしてもよいというのが、

金次が口にした理由だった。

富治が鉱山から逃げ出さないように監視するということであれば、四六時中自分のそばに置いたほうがよさそうなものだが、なぜ金次はそうしないのだろうと、最初、富治は疑問に思った。

少し考えてみて思い当たった。

あくまでも推測でしかないものの、どうやら金次は、年頃になった自分の娘たちから、できるだけ富治を遠ざけておきたいと考えたらしかった。

金次の家には、ツルゑとマツゑという、それぞれ二十歳と十八歳になる姉妹がいた。

思いだしてみると、金次の家に住み込んでひと月ほどしたあたりから、二人の姉妹は、互いに競うようにして富治の世話をやきたがる素振りを見せはじめた。さらには、富治にそれとなく流し目を送ってくるようにさえなった。そんな娘たちのただならない様子に、金次も気がついたに違いなかった。

肝煎のひとり娘に堂々と夜這いをかけた前科がある富治のこと、このままでは、いずれ娘たちのどちらか、あるいは両方ともが、手込めにされてしまうのではないかという不安を抱いたとしても不思議ではなかった。長蔵との約束よりも、娘のほうが大事なのは、あたりまえといえばあたりまえのことである。

それに思い当たったとき、そんな心配は無用だと、すんでのところで言いそうになった。

姉妹は、二人ともまあまあの器量ではあったのだが、少しも興味を惹《ひ》かれなかったからだ。それほどに、文枝のことが忘れがたかった。文枝と出会う前は、忠助と一緒になってあれだけ夜這いに精を出したというのに、別人になってしまったのかと、自分でも首をひねるほどの変化だ。どうしても女を欲しくなったら、長蔵が吐き捨てたように、金で女を買ったほうがましだと思うくらいだった。しかし、そんなことを正直に言ったのでは、目に入れても痛くないほど娘たちを

可愛がっている金次の心を傷つけることになる。

そこで富治は、飯場の宿舎で寝泊まりするようになっても逃げはしないから安心してくださいと金次に言った。

嘘偽りではなかった。

このころには、親身になって手取り足取り自分の面倒を見てくれる金次に、深い感謝を抱くようになっていたし、それにも増して、鉱山での仕事が面白くなりつつあった。

最初割り当てられたのは、兄分になった杉浦完次郎が掘り出した鉱石を、坑道の奥から出口まで運ぶ手子の仕事だった。

蟻の巣を行き来する働き蟻のように、しばらくの間は、手子として黙々とカマス運びをすることになるのだろうなと思っていたら、ひと月もしないうちに、完次郎からタガネと金槌を手渡された。今日から採鉱の仕事をしろと言うのである。

「おまえ、働きがいいしよ、力も余ってるようだから、人より早く仕込んでやるぜ」

ゆらゆらと揺れるカンテラの明かりの中で、煤《すす》けた顔に白い歯を見せて完次郎が笑いかけてきた。

渡されたタガネを岩壁に当てがって金槌を振るうと、坑内にカーンという音が反響し、タガネの先端が岩の隙間に食い込んだ。

そうしてしばらくタガネを打ちつけていると、ゴリッという鈍い感触とともに、鉱石の塊が膝元に転がった。

黙って富治の作業を見ていた完次郎が、塊を拾いあげて仔細に点検しはじめた。

少しして鉱石から目をあげた完次郎は、にやりと大きく笑い、富治の肩を勢いよく小突いた。

「はじめてにしちゃあ、なかなか筋がいいじゃないか。これなら、一年もありゃあ一人前の採鉱

夫になれるぜ」

誉められたことが素直に嬉しかった。

「だがな、富治、ここんところをこうして――」

真剣な口調で、完次郎が技術的な説明をしはじめる。

他の新大工がどうかはわからないが、金次といい完次郎といい、よい親分や兄分に恵まれたと思う。

しかも、掘れば掘っただけ、自分の稼ぎになるというのも嬉しいことだった。クマを仕留めて得られる現金とは比べるべくもない賃金だが、鉱石ひと塊がいくら、カマス一杯分がいくらと、確実に計算できるところがいい。マタギ仕事は、ある意味博打と同じなのだが、採鉱の仕事は、山師を別とすれば、実は手堅い仕事なのだと実感できた。

そんなふうにして、富治がいよいよ採鉱夫として働きだした折りも折り、鉱山で働く者すべてに朗報となる事態が起きた。

世界を巻き込みはしたものの、日本本土には何の危険ももたらさない戦争、すなわち第一次世界大戦が勃発したのである。

すでに日露戦争が終結したころから銅の価格はじりじりと上がり続けていたが、今回の戦争により、重金属の値段はますます跳ね上がった。阿仁鉱山のみならず、全国各地の鉱山で次々と新式の機械が導入されて増産体制に入った時期と、富治が新大工となった時期とが、偶然にも重なった。完次郎がいち早く富治にタガネを持たせたのも、そんな事情があってのことだったのだろう。

どんな仕事でも、覚え立てというのはそれなりに楽しいものだ。金次や完次郎の手ほどきを受けながら忙しく働く毎日であり、当初はあった、あわよくば逃げ出そうという企みも、いつの間

にかどこかに消えてしまっていた。

そうして前向きに鉱夫の仕事に向き合っている富治ではあったが、ひとつだけ、なかなか馴染めないことがあった。

仕事場が、暗くじめついた、息苦しさを感じさせる地中だということである。

先輩鉱夫たちは、落盤に気をつけてさえいれば、こんなに快適な仕事場は他にないと口々に言う。一年中、どんな季節でも、深い坑内の温度は摂氏十七度前後に保たれているので、うだる暑さに閉口したり、凍える寒さに耐えたりしなくてすむ。

確かにそうなのだが、早朝から地中に潜り、夕方坑道から出てくるまで、弁当すらも地中で食うため、一日のうち、お日様の顔を拝むのはわずか二時間にも満たない。残暑の時期の今はまだしも、これ《こ》からどんどん日が短くなるにつれ、ひと時も太陽の光を浴びない日々が待っているのかと思うと、さすがに富治の気は滅入《めい》った。

どんなに辛い寒マタギの日々であろうと、晴れの日に見あげた先には、太陽と青い空、そして様々に表情を変える雲があった。たとえ空が荒れようとも、そうした自然の変化の先々を読みながら、マタギ仕事で生きてきた身である。それが染みついていた富治にとり、気候そのものが存在せず、カンテラ以外には明かりのない地中での生活は、そうそう簡単に馴染めるものではなかった。

そしてまた、地中の世界には、ずっと慣れ親しんできた生き物の匂いがない。油の臭気が混じった黴《かび》臭さがあるだけで、動植物の匂いはおろか、土そのものに、生きた匂いがしない。

時間がたてば、やがてこれにも慣れるのだろうとは思うが、鉱夫になってわずか数カ月の身では、意識よりも体がついていかない、というのが正直なところだった。

それでも富治は我慢した。じっと我慢し続ける意志の力はマタギ仕事で培《つちか》ったものであり、今

はマタギをやめた身であっても、決して打当マタギの名折れになってはならないと、固く心に誓っていた。

ともあれ、これならなんとか鉱夫の仕事もやれるに違いないと、少し余裕が出てきたからだろう。金次の家から飯場の宿舎に移ってしばらくして、一緒に取り立てられた新大工、高橋慎之介の顔色がすぐれないことに気づいた。

色白だった顔がますます青白くなり、そればかりか、どこか怯《おび》えた目をしている。兎狩り用のワラダを投げつけられ、頭上に猛禽類が舞ってはいまいかと、雪の上で立ちすくむノウサギのように、富治の目には映った。

ある夜、富治は、晩飯がすんでから、飯場の片隅でそれとなく慎之介に声をかけてみた。

「どうしたんね、元気がねえな」

「すいません」と、慎之介は小声で謝った。

「何《なぬ》も謝ることたねえべな。仕事が辛いのがえ？」

「いえ——あ、まあ、へまをしでかして鉄蔵さんや為吉さんに怒られてばかりですけど、でも、なんとか——」

煮え切らない言葉と表情が、どうしても富治には気になった。

「おめえと俺は、一緒に取り立てを受けた間柄だべや、悩みがあったら喋ってみれ。おめえには目をかけてやってくれって、鉄蔵さんからも言われてるしよ」

「いえ、何もないから大丈夫です」

「ほんとがえ」

「はい」

何もない顔つきには見えなかったが、それ以上問い詰めると貝のように口を閉ざしてしまいそ

うに思えたので、富治は話題を変えてみた。

「ところでよ、おめえ、慎之介なんつう立派な名前してるでな、もしかすたら、もともとはお武家の出なんでねえのかい」

冗談で言ったつもりだったのだが、驚いたことに、慎之介はこくりと頷いた。

慎之介の先祖は、もとは佐竹藩の下級武士だったのだという。大政奉還ののち、明治になってから廻船問屋に転身したのだが、そううまくはいかなかった。どうしても武家気分が抜けず、借金がかさむだけで、父の代になってからいよいよ傾いてきた。ついに身上《しんしょう》を潰してしまったのが、今から四年前だった。

慎之介の父に、武家の出身だというやっかいな自尊心がなければ、妻子を連れてどこへなりとも夜逃げしていただろう。だが、慎之介の父はそうしなかった。妻とひとり息子の慎之介を道連れに入水自殺を図ったのである。そして、幼い慎之介だけが、たまたま船を出していた近くの漁師に助けあげられた。

その後、母方の親戚筋に引き取られたのだが、厄介者扱いをされただけで、気づいてみると、阿仁鉱山で働くことになっていたのだという。その時、慎之介は、まだ十二歳になったばかりだった。

声を詰まらせながら喋る慎之介の身の上に、富治はなんとも言えないやるせなさと同情を覚えた。

「おめえの歳で、そんたな苦労をするなんてなあ――」

あとの言葉が続かない。

洟《はな》を啜《すす》った慎之介が、俯《うつむ》いていた顔をあげた。

「すいません。こんなことを喋ってしまって、ご迷惑だったですよね」

「なも、迷惑だなんて」

「ありがとうございます。富治さんにこうして聞いていただいて、少し気が楽になりました」

「ほうがえ？」

「はい」

「困ったことがあったら、いつでも語《かだ》ってけろ。話を聞ぐくれえなら、なんぼでもしてやれっからよ」

赤く晴らした目で、慎之介が富治を見あげた。

ゆっくりと頷き、微笑みかけてやる。

慎之介の、どことなく文枝に似た、ふっくらとした唇が心もち弛み、白い歯がこぼれた。

瞬間どきりとする。少女のような顔立ちの慎之介が、上目づかいにはにかんでいる文枝の面影と重なったのだ。そんな慎之介が、思わず両腕で抱きしめてやりたくなるくらい、はかなげに見えた。

六

慎之介の身の上を知ってから、富治はそれとなく気を配り、ときにはこちらから声をかけて励まし、場合によっては手助けをしてやった。

新大工の中で最年少の慎之介は、長屋での生活においても、先輩鉱夫たちからいいように使われていた。さすがにあからさまな虐待や酷《むご》い仕打ちはなかったが、これでは気が休まる暇はないと思うほどの、こき使われ方だった。

そんな慎之介をできるだけかばいはしたものの、富治とて取り立てを受けたばかりの新大工の

身、まともに先輩鉱夫たちにたてつくわけにはいかなかった。たとえ自分より年下の連中であっても、先輩鉱夫として顔を立てるのが、この世界のしきたりである。

歯痒《はがゆ》い思いを抱きながら富治が様子を見ている慎之介は、日に日に表情が暗くなっていった。声をかければ、必ず「大丈夫です」と笑って答えはするのだが、それが逆に、切れる寸前の伸びきったゴム紐を見ているようで、どうもこのままではまずいのではないかと心配がつのった。

慎之介の状態に、はたして親分である鉄蔵や兄分の為吉は気づいているのだろうか。金次や完次郎が富治に対してしてくれているように、親身に慎之介の面倒を見てやっていないのではあるまいか……。

鉄蔵に直接意見をすることはできないから、鉄蔵の親分である金次を通して慎之介のことをなんとかできはしまいか。そう富治が考えはじめたところで、阿仁鉱山に、年に一度の祭りの日がやってきた。

祭りといっても、里で行われるふつうの祭りとは少々違う。三日間ばかり仕事が休みとなって、小沢をはじめとした阿仁の鉱山街《まち》を歌舞伎興行の一団が巡回し、夜になると、酒と博打と女というお決まりの手順で憂《う》さ晴らしをするひと時である。

鉱夫たちは、一カ月も前からこの日を楽しみにしており、小銭を貯めておいて、ここぞとばかりに町場に下り、女郎屋や賭場巡《はか》りをする者も多かった。

このころには、富治が脱走を謀ることはないと安心できるようになっていたのだろう。金次からは好きに遊んでよいと言い渡され、完次郎からも、一緒に町へ繰り出そうぜと誘われていた。

だが、その日、富治は珍しく風邪をひいて熱っぽかったこともあり、女や博打で散財するよりは銭を貯めておいたほうがよかったので、人気《ひとけ》のなくなった長屋で早々に布団にもぐり込んでいた。

そして、久しぶりに文枝の夢を見た。

夢の中で、文枝が富治に誘いかけてきた。

ふっくらとした頬に艶《つや》のある笑みを浮かべ、髪留めを外して寄り添ってきた。

夢うつつの中、なぜだか富治は抗《あらが》った。

すると文枝は、一瞬寂しそうな顔になり、そのあとで再び淫靡《いんび》に唇を吊りあげると、するすると富治の褌《ふんどし》をほどいて、口の中に陰茎を銜《くわ》え込んだ。文枝の舌に転がされた陰茎が脈打ち、夢とは思えない快感を伴って、たちまちいきり立った。

はあはあという甘い息づかいと、濡れた唇が亀頭をしゃぶる音を聞きながら、もう少しで射精しそうになったところで、富治は夢から覚めた。

目の前に暗闇があった。にもかかわらず、下腹部の感触は見ていた夢のままに残っている。

朦朧《もうろう》としていた意識がはっきりした。

夢を見ていたのではなかった。

窓から射し込む微かな月明かりに、自分の腰の上に覆いかぶさっている影が映った。影の頭が上下し、固くなった富治の陰茎を一心に吸い続けている。しかも、あろうことか、夢で見ていた文枝でも他の女でもなく、坊主刈りにした男の頭が動いている。

「何《なめ》すっけな！」

がばりと飛び起き、男の顔面をしたたかに蹴りつけた。

あうっと声を漏らした男の頭が仰《の》け反《ぞ》った。もう一度蹴りつけて、床板の上に吹っ飛んだ男に馬乗りになり、胸ぐらを摑んで拳を振りあげる。

「てめえ、このっ」

おろそうとした富治の拳が、宙で止まった。

月明かりの下で、どす黒く見える鼻血を噴き出し、怯えた目を見開いて富治を見あげているのは、紛れもなく慎之介の顔だった。

「お、おめえ――」

腕から力が抜けた。富治の手を振りほどいて、慎之介が抱きついてきた。

「離れろこれ！　殴《くら》りつけるでぁ！」

泣きじゃくりながら、いっそうきつく慎之介がしがみついてきた。

「気色悪《うじやまし》いでな、やめろっ」

言いはしたが、富治の声からは寸前の勢いはなくなっていた。

何を思って慎之介はこのような突拍子もない行動に出たのか。それにも増して、これほど悲痛な声で泣きじゃくるとは、いったいどうしたことなのか……。

慎之介を無理やり引き剝がすことはできなかった。かといって、どうにも気持ち悪いのも事実で、慎之介の肩を抱いて慰めてやるのもためらわれる。

結局、慎之介が泣くに任せてじっとしているしかなかった。

しばらくそうしていると、激しかった嗚咽《おえつ》が徐々にすすり泣きに変わった。

抱きつかれていた腕をゆっくりと引き離した。今度は、慎之介は抗わなかった。床の上に正座してうな垂れ、しゃくりあげながら、着物の袖で涙と鼻血を拭っている。

富治は、解かれてしまった褌を締め直し、慎之介に正対して、どすんと胡坐《あぐら》をかいた。

「何故《なして》、こんたなことした」

声に刺《とげ》が現れないように気をつけて尋ねる。

「堪忍《かんにん》してください――」

くすんと洟をすすり、小声で慎之介が謝った。

「謝んのはいいがら、理由ば言ってみろ」

「富治さんには、迷惑ばかりかけているので」

「んだからって、何故こうなる」

「きっと喜んでくれるだろうと思って――いつも世話になっているお礼のつもりだったんです」

耳を疑った。

世の中には男色というものがあって、男娼になる者もいるのだと、仙台の小田原遊廓の娼妓から聞かされたことがあったが、まさか、慎之介がそういう者だったとは。

そう溜め息をつきかけたところで、しかしおかしいと、富治は思った。

女も知らないようなこんな少年が、最初から男色なんぞに走るとは、どう考えても妙だった。

「おめえ、女の体は知ってるのかえ」

「いえ」と慎之介。

やっぱりおかしい。

「んだら訊くけどよ、おめえ、いつからこうだったんだ」

「こうって？」

「先たみてえなことをするようになったのは、いつからだってことだ」

「ここに来てからです」

「鉱山に来てすぐということがえ」

「はい」

「誰とだ」

「え？」

「んだがら、最初の相手は誰だ」

「はあ――あの――鉄蔵さんです」

驚きよりも、やっぱりという思いのほうが大きかった。取立式のあとの直会《なおらい》で、やけに愛しげに慎之介を見ていた鉄蔵の目の色には、別の意味合いがあったということだ。あの時鉄蔵は、慎之介を子分にするように無理に頼まれたと言っていたが、自分でそうなるように画策したというのが、事実だったに違いない。

「鉄蔵以外にはいるんか」

「あとは、為吉さんです」

「二人とは、今でも先たのようなことばしてんのか」

「はい――時々――」

慎之介を見据えて富治は言った。

「おめえ、これがよくないことだつうのは、わがってるか」

「はい」

「んだら、何故《なして》やめねえ」

「僕、仕事が上手くできなくて、二人にはいつも迷惑をかけてばかりだし、あれをすれば喜んでくれるので」

「んだかて、ほんとは嫌《や》んだんだべ」

予想に反して、慎之介は首を傾げた。

「おめえ、嫌《いや》でやってるんではねえのか」

「嫌なわけではないんです――悪いことだとは思うのですけど、でも、しているときは気持ちがいいし――」

今度こそ本当に、富治は溜め息を吐き出した。

指を折ってみれば、慎之介が鉄蔵の餌食《えじき》になったのは、十二の時ということになる。初めての夢精をするかしないかの年齢で男色の相手をさせられたのでは、慎之介のようになってしまっても無理がないのかもしれない。

それにしても許せない話だと、富治は鉄蔵と為吉に対して怒りを覚えた。右も左もわからない子どもを捕まえて慰みものに仕立ててあげてしまうなどとは、外道《げどう》としか言いようがない。

「いいか、慎之介。おめえのしてることは、絶対によくないことだ。あいつらにいくら言われたかて、金輪際《こんりんざい》してはわがんね。ええな」

「でも――」

「いや、だめだ。約束すろ」

はい、と返事はしたが、どこか虚ろな響きがある。

少しして、慎之介が口を開いた。

「富治さん」

「なんや」

「富治さんは、僕のことが嫌いになりましたか」

「何語《なぬかだ》ってっけな、そんなわきゃねえべ」

富治が答えると、慎之介は心底嬉しそうな顔をした。

「わかりました。僕、富治さんとの約束を守ります。もう絶対にしません」

「ほんとだな」

「はい」

さっきよりも力のこもった返事が返ってきた。だが、果たして約束どおりになるのだろうかという不安のほうが、富治には大きかった。

七

富治は、慎之介の身に起きていたことを金次に告げ口しようかと考えてもみたが、自分の立場を考えると、どうしてもできなかった。あれ以来、時おり慎之介に訊けば「大丈夫です、もうしていません」と言うし、夜、長屋で寝る時には、できるだけそばに寝てやっていた。案じていたように鉄蔵や為吉に連れ出される気配もなく、これなら大丈夫かもしれないと思いはじめていた。慎之介自身にも、歳を重ねるに連れて抱くようになっていた罪悪感には、相当なものがあったのだろう。めっきり顔色もよくなり、元気を取り戻したように見えた。

ところがやはり、富治の危惧は単なる杞憂《きゆう》には終わらなかった。

そろそろ山々に霜が降りはじめるころあいになってきたある夜、尿意を覚えて目を覚ました富治は、隣の寝床に慎之介の姿がないことに気づいた。

もしやという不安と、慎之介も小便をしに立っただけかもしれないというわずかな期待を抱いて、長屋の外にある厠《かわや》へと向かった。

厠には誰もいなかった。

いよいよ不安が増してくる。

小便を出したあと、寒々とした月明かりを頼りに、あちこち遠回りをして物置のそばを通りかかった時だった。

物置の中から物音がした。

耳を澄ますと、しばらくやんでいた物音が、人間の息づかいに変わった。

足音を忍ばせて物置に近づく。

戸の隙間から、ちらちらと揺れるロウソクかカンテラの明かりが漏れている。

くぐもっていた息づかいが、近づくにつれ、獣のような喘《あえ》ぎ声に変わってきた。

物置で何が起きているのかは確かめるまでもなかった。

このまま知らぬふりをしてそっと長屋に戻るか、物置の中に踏み込むか……。

決断がつかずに、その場で行きつ戻りつしている富治の耳に、小さな悲鳴が飛び込んできた。

慎之介が漏らした悲鳴だ。続いて「騒ぐなっ、おとなしくしろ！」という叱責の声。鉄蔵に違いなかった。

気づくと富治は、物置の引き戸に手をかけ、ひと息に開け放っていた。

目の前で、胸の悪くなる光景が繰り広げられていた。

橙《だいだい》色のカンテラに照らされ、汗に塗《まみ》れた男たちの裸体がぬらぬらと光っている。

二人の男に挟まれて、慎之介が四つん這いになっていた。慎之介の口が、膝立ちになった為吉の陰茎を根元まで飲み込んでいた。さらに背後から、鉄蔵によって慎之介の尻が深々と貫かれている。

富治と正面から向き合った為吉の目が、驚愕に見開かれた。

腰の動きを止めた鉄蔵が振り返る。

「なんだ、おめえはっ」

うろたえるというより、事を邪魔された怒りを含んだ声をあげ、鉄蔵が慎之介から身を離した。

表情を強張《こわば》らせて為吉も立ちあがる。

されるがままになっていた慎之介が、慌てふためいて富治のほうを振り返った。

尻餅をついた状態で富治を見あげた慎之介の顔が複雑に歪んだ。

「富治さん――」

それだけ漏らした慎之介の目が、富治の視線を追って自分の股間に落とされた。

生白い慎之介の陰茎は、先端が臍《へそ》にくっつくほどに反り返っていた。

膝を揃えて座り直した慎之介は、腰を引いた姿勢で、自分の股間を両手で覆った。

「富治さん――」

泣きそうな声で、もう一度慎之介が顔を歪めた。

「なんだってんだよ、てめえは」

さっきとは違い、妙に落ち着き払った声で、萎《しお》れた陰茎をぶら下げて鉄蔵が口を開いた。

富治は、唾を飲み下してから低い声で言った。

「慎之介を勘弁してやってください」

「勘弁してやれだって？」

開き直った口調で、鉄蔵がうずくまっている慎之介を指さした。

「勘弁もなにも、こいつがもう我慢できねえって言うから、俺たちゃあ仕方なくつき合ってやってるんだぜ」

「ふざけるなっ、おめえと為吉が、慎之介をこんなふうにしちまったくせに」

「富治、おめえ、誰に向かってそんな口を叩いているか、わかってんだろうな」

「うるせえ、こんなたなごどしくさるのは、俺ぁ、なんぼしたかて許せねど」

怒りの言葉を吐き出すかと思いきや、鉄蔵の唇が妙な形に吊りあがった。

「ははあ、わかった。富治、おめえ、慎之介を俺らにとられて妬《や》いてるんだな。最近、おめえと慎之介がやけにべたべたくっついているからよ、なんだか妙だとは思ってたが、なるほどな、そういうことだったか。ならいいぜ、遠慮するな、おめえにもさせてやらあ」

「馬鹿なことば語《かだ》んでねえ」

「なんだ、嬉しくねえのかよ」

鉄蔵の笑いがますます大きくなった。

肩を並べた為吉が、かさにかかった口ぶりで頷く。

「富治、俺たちは知ってるんだぜ。おめえ、肝煎のひとり娘に夜這いをかけて村を叩き出されたんだってな。色狂いのくせにすました顔してよ。なにせ――」と言って、慎之介の尻を蹴りあげ「こいつはこれだからな。おおかた、その女に慎之介が似てるんだろ。こいつの尻をその女の尻だと思って、好きなだけやっちまってかまわねえぜ」

あながち外れではない為吉の指摘が、富治の目の前を真っ赤に染めた。

そこから先、自分が何をどうしたか、はっきりとは覚えていない。

慎之介のしゃくりあげる声で我に返ったとき、富治の足下には、顔面を血まみれにした鉄蔵と為吉が、苦痛の呻きを漏らして横たわっていた。

八

自分の内部に潜む、悪鬼のごとき獣性に慄《おのの》き恐れた富治だったが、人殺しにはならずにすんだ。たがが外れたように怒り狂った富治からしたたかに打ち据えられた鉄蔵と為吉は、それぞれ前歯が数本ずつ折れ、鼻が潰されただけで、命に別状はなかった。

とはいえ、先輩鉱夫に手を上げてしまったのは事実である。これで鉱山での未来も閉ざされたと、富治はすっかり観念していた。実際、区長や大当番が居並ぶ前で厳しく叱責を受けた。ところが、大当番たちによる山中会議で山から追放されることになったのは、驚いたことに、鉄蔵と為吉のほうだった。しかも、単に阿仁鉱山から追放されるだけでなく、出生取立の際に付与され

た取立面附という、いわば友子鉱夫の身分証明書にあたる免状を剝奪されたうえ、全国各地の鉱山に、二人の行状を記した回状が回されるという厳しいものだった。つまり、これによって、鉄蔵と為吉は、一生、鉱夫の仕事に戻ることができない身となったのである。

これだけ厳しい処置がなされたのは、山中会議に先立って行われた調べの中で、二人から受けてきた仕打ちを、慎之介が洗いざらい喋ったからだった。いかに荒っぽい鉱夫の世界といえども、鉄蔵と為吉が幼い慎之介に対して犯した罪は、とうてい許しがたいものと判断されたらしい。

さらに、あとで金次から聞かされて富治は知ったのだが、だいぶ前、鉄蔵は、自分が兄分として面倒を見ることになった若い新大工に対して同様の問題を起こしており、それが今回の裁定を決定づけることになったのだという。その後、心を入れ替えて、まっとうに仕事に励むようになったように見えていたので今回は慎之介を子分につけたのだが、とんだ見込み違いだった。そう言って金次は、忌々《いまいま》しげに顔をしかめた。

その後、慎之介には、あらたな親分と兄分がつけられた。新大工の期間に事故などで親分が死んだ場合、通常は、親分の親分が新たな親分となる。つまり、今回の場合だと、金次が慎之介の親分ということになるのだが、あいにく今は、富治の親分をしている身だった。代わりに慎之介を引き受けることになった親分は、鉄蔵のような若い鉱夫ではなく、金次と同年輩の、鉱夫にしては温厚そうな男で、口を挿める立場にない富治にも安心できた。

新たな親分は所帯持ちだったので、慎之介は宿舎を出て、親分の家へと移った。そのため、慎之介の近くにいてやることはできなくなったが、むしろそのほうがいいと富治は思った。今回の件で、無理強いだったとはいえ、慎之介が男色の相手をしていたことは周知の事実となってしまった。鉄蔵や為吉ならずとも、よからぬことを考える者が出てこないとも限らない。それに、はっきりした理由はなかったのだが、慎之介とは、これ以上親密にならないほうがいいような気が

していた。

ともあれ、こうしてすべてが落着し、騒々しくはあるが日常の鉱山の暮らしに戻ったと富治が胸を撫でおろした矢先、慎之介が死んだ。

谷を挟み、小沢の鉱山の向かい側、雑木林の中に、ぽつんと一本だけ佇む山桜の枝で首を吊って、慎之介は自殺した。

発見したのは富治自身だった。

その日の朝、いつものように井戸へと顔を洗いに行き、汲みだした水を張った盥《たらい》から顔をあげ、何気なく目をやった先で、慎之介の体が揺れていた。

「慎之介！」

突然の富治の叫びに、周囲でざわめきが起こった。

どうしたんだと口々に訊いてきた鉱夫たちに、山桜を指さした。慎之介が首を吊っていると説明しても、どこだどこだと首を傾げるばかりだ。遠目が利く富治の目にははっきり見えるのだが、他の者には、周りの雑木に埋もれた桜の木そのものの判別がつかないらしい。

富治は走りだした。ただならぬ状況を察知した面々があとに続く。

鉱夫たちを従えたまま斜面を駆け下り、深い藪へと飛び込んでいく。下りきったところで、流れの速い沢にざぶざぶと分け入り、再び斜面を駆けあがる。

富治のあとを追っていた鉱夫たちが、あっという間に置き去りにされた。山を駆けるマタギの足についていける者はいない。

体中を引っかき傷だらけにして走り続け、肺が破裂しそうになったところで、ようやく山桜の下に立った。

見上げた先に、寝巻き姿で眼窩《がんか》から目玉を飛び出させている慎之介がぶら下がっていた。

事切れているのはわかっていた。それでも富治は、一刻も早くおろせば息を吹き返すとばかりに桜の木によじ登り、慎之介を引きあげにかかった。

その時、二人ぶんの体重を支えきれなくなった枝が根元から折れた。慎之介を抱きかかえたまま、どうっと草むらの上に転落する。

落ちていく間、富治は、慎之介の体を放さなかった。落下の衝撃で息が詰まり、一瞬、目の前が暗くなる。

苦痛をこらえ、身を起こした富治の腕の中に、縄を喉に食い込ませた慎之介の死に顔があった。慎之介の体には、ほのかな温もりが残っていた。だが、いくら呼びかけても返事が返ってくることはなかった。

見開かれていた瞼を閉じてやると、苦痛に歪んでいた顔が、嘘のように穏やかな表情へと変わった。

寝巻きの胸元から、折り畳んだ紙片が一枚、はらりと落ちた。

慎之介の体を草むらの上に横たえ、紙片を手にした。

松橋富治殿、と墨で書かれた四つ折りの和紙を広げ、慎之介が書いた遺書を読んだ。

――約束ヲ守レナクテ御免ナサイ。僕ワ富治サンヲオ慕ヒ申シアゲテイマシタ。多分、好イテイタノダト思ヒマス――

それだけだった。それだけだったが、慎之介が抱えていた苦悩が痛いほどわかった。

「馬鹿野郎――」

勝手に命を絶った慎之介と、十四歳の少年をむざむざ死なせてしまった自分に対して、低い声で呟いた。

涙をこらえて空を仰ぐ。

昇りつつある朝陽の下、色づきだした雑木林のなかで、折れた桜の枝の断面が生々しく映った。

やがて、一冬越えて春が来た。

慎之介が首を吊った桜を目にした鉱夫たちは、いつもの年とは違うと口々に言って首を傾げた。

富治が見やる視線の先で、枝を一本失った山桜は、奇妙なまでに真っ白な花弁を満開にさせていた。

第五章　渡り鉱夫

一

大正六年の晩秋、冷え込んだ朝ともなれば、あたり一面に真っ白な霜が降りるようになった季節のとある日没後、比立内の集落で一本の柿の木に寄り添い、人目を忍んで薄暗がりに佇む男がいた。

新調したばかりの洋服で細身の体を包み込み、そこに人がいるとは通りすがりの者も気づかぬほどに巧みに気配を消して、垣根越しに大きな屋敷を注視しているのは、松橋富治だった。

富治の足下、草むらの上には、富山の薬売りが背負うものによく似た柳行李《やなぎごうり》がひとつ、風呂敷袋を被せられて置かれていた。

まだ青い香りがする新品の柳行李は、阿仁鉱山で世話になった友子同盟の兄分、杉浦完次郎から餞別《せんべつ》として贈られたものである。そしてその中には、身の回りの品々と一緒に、三年三カ月と十日間に及んだ新大工の年季明けを祝って、親分の石塚金次が仕立ててくれた紋付袴一式が、大切にしまい込まれていた。

三日前、目の前に置かれた黒光りする紋付と袴を見て、ご祝儀にしては分が過ぎますと辞退を申し出た富治に、金次は「遠慮するこたあねえ」と言って相好《そうごう》を崩した。

「おめえも晴れて一人前の友子衆になったわけだ。俺が最初に見込んだ通りで腕もいい。このぶんだと、向こうに行ってから、すぐにも弟分や子分を持つことになるかもしれねえ。というのもな、この銅景気がいつまで続くかはわからねえにせよ、今のところは、どこの鉱山でも新しい人手が欲しくてしょうがない状態だ。おめえの腕と歳なら、着いてすぐ、新大工を子分に持ってくれと言われてもおかしくねえわけよ。で、いざその時になって、取立式に着る紋付袴を持ってませんてなことになったら、笑われるのは、おめえの親分の俺ってわけだ。だからよ、この俺に恥をかかせたくなかったら、そいつは黙ってもらっておけ」

ありがたい心遣いだった。数いる親分衆の中で、金次ほど面倒見のよい者はいないと、富治は素直に感謝した。

ただし、その背後には、今なお片岡長蔵の影がちらついていることも、互いに口にはしないが、富治は理解していた。

富治が鉱山で働くようになって間もなく、それまでもじりじりと値を上げていた銅の価格は、第一次世界大戦の戦争景気に押されて、一気に跳ね上がった。実際に、大正四年には粗銅百キログラムあたり六十八円ほどだった市価が、翌五年には、倍近い百十四円強にまで高騰し、今もって同じ水準で推移している。

これだけの好況に沸いている阿仁鉱山である。新大工を希望してやってくる者はあとを絶たなかった。見習い期間を終えたばかりの富治であっても、そこそこ熟練した貴重な稼ぎ手として優遇される。したがって、他の鉱山に移る理由はまったくなかった。富治自身、世話になった金次や完次郎のためにも、しばらくは阿仁鉱山での仕事に精を出そうという心づもりでいた。

ところが、年季が明けてわずかひと月後、他所《よそ》の鉱山へ移るようにと、突然、金次から言い渡された。

金次が言うには、阿仁鉱山と経営を同じくする山形県大泉《おおいずみ》村の大鳥鉱山で、自分が若いころに世話になった兄分が、親分衆のひとりとして友子の区長を務めており、最初から仕込む手間がかからない、年季が明けたばかりの若い鉱夫を、前々から探していたとのことだった。

「それでおめえに白羽の矢が立ったというわけさ」

金次は、頼りにしてるぞと言わんばかりに、富治の肩をぽんと叩いた。

あながち嘘ではないのだろう。しかし富治は、金次の瞳の奥でかすかに揺れた、どことなく後ろめたげな色を見逃さなかった。

今回の話も、文枝の父、長蔵の差し金に違いなかろうと、話を聞きながら確信した。鉱夫の見習い期間を終えれば、今までとは違って、ある程度自由が利く身となる。そうなった富治が、目と鼻の先ともいえる鉱山にいること自体が、不安でたまらなくなってきたに違いなかった。

なんとしつこく、そして小心な輩《やから》だろうと、蔑《さげす》みを通り越して哀れみさえ覚えた。

文枝との駆け落ちの目論見がついえた当初は、虫が好かない男とはいえ、そこまでして娘を護《まも》ろうとする長蔵に対し、俺のような若造ではとうてい敵《かな》わないという、ある種の敬意を伴った諦めがあった。父や母に迷惑をかけられないという思いにあわせ、それがあったからこそ、おとなしく鉱夫になる道を選んだとも言える。

だが、あれから三年以上が経ち、雑多な人間が寄り集まっている鉱夫の世界で揉まれるうちに、少しは人を見る目が鍛えられた。

長蔵の行動や画策が、娘可愛さだけではないことが、今の富治には、影絵芝居を見ているように透かし見えた。

ここまでして長蔵が護りたいのは、文枝本人ではなく、己《おの》が家の名誉にすぎない。手にしたいのは、無医村に初めて診療所を開設したという、さらなる名声にすぎない。文枝は、可哀相なことに、長蔵が名誉や名声を手にするための道具でしかないのだ。だからこそ、富治が再び娘の前に現れることを、病的なまでに恐れるのである。

生まれてこの方、財産や名声というものには無縁な生活をしてきた富治には、そういった長蔵の姿は理解しがたいものであったし、滑稽《こっけい》にさえ映った。

金次の口から大鳥鉱山行きの話が出た時、そんな話は蹴って里に下り、いっそのこと文枝にまつわりついてやろうかと思った。

今の亭主が医者だろうがなんだろうが、文枝を最初に女にしてやったのは、この自分である。文枝とて、人目を避けてあちこちで逢い引きを繰り返し、互いの体を貪りあった愉悦のひと時ひと時を忘れてはいまい。亭主や父親の目を盗んで彼女を誘い出し、またあの時のように体を開かせるのは、いともたやすいことに思えた。

あるいは、自分の影を長蔵の前にちらつかせ、文枝が産んだ子どものことを楯にして、むしり取れるだけの銭をせびってやる。

どちらも、長蔵に対する復讐としては申し分ない。そうすることで文枝を苦しませることになるかもしれないが、あっさりとこちらを袖にした女でもある。少しくらい辛い思いをさせてやってもよいのではないか……。

ふっくらとした、見るからに気立てがよさそうな文枝の顔が、理不尽な仕打ちで苦痛に歪むさまを見てみたい。そして、苦痛で寄せられる眉根が、男の体を求めての欲情の歪みへと変わっていく様子をつぶさに見てやる。どんなにすました顔を取り繕おうと、文枝というのはそういう女だ。そうして自分がどんな女かを文枝自身に思い知らせ、長蔵がどれだけ下衆《げす》な人間かをわから

せてやれれば、山形なりどこへなりとも、さっぱりした気分で旅立てよう。そんなことをして何になる、という自分の囁きは聞こえていた。だが、そうでもしなければ文枝に対する未練を断ち切ることはできそうになかった。

しつこい奴め、と長蔵を蔑む富治ではあったが、執念深さということでは上を行くかもしれない。どれだけ待とうと、獲物が自分に向かってやってくるまで、死んだように息を潜めて待ち続けるマタギの習性は、そうそう簡単に消えるものではなさそうだった。

こうした思いを抱えながら旅支度を整えた富治は、金次や完次郎に見送られて阿仁鉱山を出発したあと、鷹ノ巣駅とは反対方向、比立内の長蔵の屋敷へと向けて足を運んだのである。

三年以上前、毎晩のように闇夜に紛れて通った長蔵の屋敷は、以前とほとんど変わらぬ佇まいで建っていた。唯一変わっていたのは、当時は文枝の寝間に使われていた窓に、橙色の明かりが揺らめいていないことだった。

玄関に、あるいは縁側にでも文枝が姿を見せないかと期待しながら待ち続けるが、いっこうにその気配はない。ちらりとでも姿を見せれば、またあのころと同じフクロウの鳴き真似をして、文枝を誘い出すつもりでいた。待っている間に一度だけ、雨戸を閉めに出てきた女の姿を認めたが、文枝ではなく屋敷の使用人だった。

身を潜めてから一刻ほどがすぎた。夜闇が運ぶ底冷えが身に染みるようになってきて、さすがに仕切り直しが必要かと思いはじめた。

だとしても、今日はどこで一夜を明かそうか、金は惜しいが、比立内に一軒だけある宿屋に投宿でもしようかと考えていると、屋敷に通ずる坂道を、カンテラをぶら下げた一台の人力車が登ってきた。

気配を殺したまま、庭先に横付けにされた人力車から降りてくる人影に目を凝らす。

山高帽に外套という痩身の影は、でっぷりとした体型の長蔵のものではなかった。

文枝の亭主に間違いない。

人力車を引いてきた車夫が、カンテラをかざしながら玄関の戸を開けた。

玄関の奥から現れた大小二つの影に、富治は心臓が鷲掴みにされる圧迫を覚えた。

留袖の和服を纏《まと》い、丸髷に髪を結った文枝の浮かべた微笑みが、心もとない明かりの中でも、富治の目にはっきりと映った。なんと幸せそうな笑みであることか……。

彼女のそばで半ば隠れるようにして立っていた小さな影に、男の手がすうっと伸びた。

文枝の亭主は、伸ばした手で息子の頭を無造作に撫でてから、被っていた帽子を彼に預け、文枝が抱いていた赤ん坊を腕にした。

頬ずりをされ、宙に高く掲げられた赤ん坊は、両手を上下に動かし、産着の裾から覗く足をばたつかせて、嬉しそうな声をあげた。

傍らには、変わらぬ微笑みを浮かべて、亭主と赤ん坊に視線を注いでいる文枝がいた。そして、渡された山高帽をしっかりと握り締め、赤ん坊を愛でる父の姿を食い入るように見つめている男の子……。

何の説明も要らない、夫の帰宅を迎える妻と子どもの光景が、富治の目の前で繰り広げられていた。

ほんの束の間の光景だった。詰めていた息を富治が吐き出す前に、四人の親子の姿はあっけなく屋内に消えた。

閉じた玄関に向かって一礼した車夫が、空になった人力車を引いて坂道を下っていく。

暗闇の下で富治の肩が落ちた。だけでなく、腰を落とした富治は、柳行李に背をもたせかけて、両手で頭を抱え込んだ。

しばらくしてから立ちあがった富治は、柳行李を風呂敷に包み直して背に担ぎ、街道へと続く坂道を下りはじめた。

一度だけ振り返って屋敷を見あげた富治は、街道を北に向かって無言で歩きだした。

二

渡り鉱夫としてやってきた大鳥鉱山では、果たして、金次が言っていた通りの処遇が富治を待ち構えていた。飯場に腰を落ち着けた翌日に、早くも兄分として、見習い鉱夫の面倒を見ることになったのである。

鶴岡より朝日連峰に向かって八里ほど南に位置する大鳥鉱山まで、阿仁の里からは丸々二日の旅だった。落ち着く間もなく新大工をあてがわれたこともさることながら、弟分となった難波《なんば》小《こ》太郎《たろう》という男は、一筋縄ではいきそうにない、とんだ食わせ者だった。

小太郎という名前にそぐわぬ大男なのはいいとして、出生取立《しゆつせいとりたて》の儀式と酒宴が終わり、連れ立って長屋に戻って寝床を作るや、あらたまっての第一声が「明日っから、よろしく頼むぜ、富治」だったのである。

最初、富治は、聞き間違えたのかと思った。

「今、なんと言ったのや」と訊くと、はあ？　という顔で「よろしく頼むぜ、富治。そう言ったのよ」と返ってきた。

布団の上に胡坐《あぐら》をかき、首筋をぼりぼり掻いている小太郎を、富治は穴の開くほど見つめた。

すると今度は「なんだよ、気色悪《わり》いな。人の顔をじろじろ見るなって」ときた。

この野郎！　と拳をあげる前に、富治は取立式と酒宴の席で知った、わずかばかりの小太郎の

経歴を反芻《はんすう》してみた。

生まれたのは、大鳥川の東側、峰をひとつ挟んで流れる八久和《やくわ》川の河畔にある、八久和という名の小さな集落で、確か長男坊のはずだ。

年齢はというと、富治よりひとつだけ下。自分と同様、けっこう歳がいってからの入山であるし、長男だということを考え合わせれば、何か訳ありなのは確かだ。そういえば、直会《なおらい》の席で、一旗揚げようと東京に行ってどうのこうのと、そんなことを親分衆に喋っていたような気がする。

それ以外には何かないかと考えてみたものの、富治とて昨日初めてこの鉱山にやってきた身である。これまで人夫として下働きをしていた間の小太郎について、知っていることは皆無だった。

大口を開けて欠伸《あくび》をしている小太郎に、ひとつ咳払いをしてから向き直った。

「小太郎」

「おう」

「最初に言っておくが、その口の利き方はやめろ」

「あん？」

「だから、その横柄《おうへい》な喋り方はだめだと言ってるんだって。少なくとも、俺はおまえの兄分だ。新大工どうしでならどんな喋り方でもかまわんが、目上の者に対する礼儀を欠かしてはならん。一人前の鉱夫になるには、まずはそこからだ」

「なんでえ、そんなことはわかってらあ」

「だから、それがだめだと言ってるんだ。おまえ、耳がついていないのか」

「俺ぁ、耳はいいぜ」

近くにいた同室の鉱夫たちの間から、くすくす笑いが漏れる。

「そいつはよ」と、ひとりの鉱夫がにやにやしながら富治に声をかけてきた。

「別にあんたをコケにしてるわけじゃねえって。お江戸にしばらく行ってる間に、すっかりお江戸訛りに染まっちまったんだとさ。いちいち腹を立ててたら、あんたのほうがまいっちまうぜ」

どっと笑いが起こった。

「なっ、そういうことだから、気にすることたあねえって」と小太郎。

溜め息が出た。

悪気はなさそうな小太郎の髭面を見据えて言う。

「いいだろう。ただし、俺の名前を呼び捨てにするのだけはだめだ」

「なんでえ、たいして変わらねえ歳じゃねえか」

「俺のほうがおまえよりひとつ上だ」

「そうかい」

「そうだ。そしておまえの兄分だ。親分や兄分には決して逆らわずに忠義を尽くす。それが一人前の友子衆になるための第一歩だ。今までの下働きとは、根本から違うということを忘れるなよ。それを忘れて好き勝手するような奴は、簡単に命を落としてしまう。いいか、鉱夫の世界とはそういうものだ」

どこかで聞いたような、というより、金次や完次郎からさんざん聞かされた言葉だった。新大工の年季が明けたばかりでこんなことを喋ることになろうとは思っていなかったので、少々面はゆい。

さすがに小太郎は神妙な面持ちになった、ように見えた。ように見えた、というのは、しばらく考え込んでいた小太郎が、突然げらげら笑いだしたからだ。

「なにが可笑しい」

「だってよ、つうことは、富治さんって呼べってか？　呼んでるこっちがくすぐったくならあ」

「おめえなあ」

「わかった、わかった、そう怒るなって。でもよ、お願いだからそれは勘弁してくれ。歌舞伎の女形《おやま》になっちまったみてえで、気色悪いったらありゃしねえ。そうだ、こうしようぜ、兄貴って呼べば文句はねえだろ。なっ、兄貴」

こいつはいったい何なんだと思いつつも、富治は憮然《ぶぜん》として頷いた。

「わかった、それでいいから、おまえはもう寝ろ。明日の朝は早いからな、寝坊でもしようものなら拳骨を食らわせてやるから覚悟しとけ」

「へい、兄貴！」

そう返すや、小太郎はクマのような巨体をどうっと布団に投げ出し、一分もしないうちに、ごおごおと鼾《いびき》をかきはじめた。

着いた早々、とんだ貧乏くじを引くことになってしまったと先が思いやられた。

富治の頭に浮かんだ、貧乏くじという言葉は外れではなかった。翌日、友子の交際所に足を運び、昔の金次の兄分で、今回、小太郎の親分となった工藤伊之助《くどういのすけ》に尋ねてみて、それがわかった。

人間は悪くないんだが、と伊之助は言い、そのあとですまなそうな顔つきになった。あの通りの口の利き方は、誰がどう言って直そうとしてもさっぱりだめで、しかも、深酒をすると三度に一度は大暴れをして、大の男が数人がかりでも手に負えないほどの暴れぶりなのだという。

それを聞いて、富治はなるほどと思い、同時に、うまく嵌《は》められたと宙を仰いだ。

血の気が多い鉱夫の世界のこと、喧嘩や諍《いさか》いは絶えないが、子分がしでかした不始末は親分や兄分の責任となる。最初から手を焼くのがわかっている新大工を誰も引き受けたがらないのは当然で、ちょうど運良く、というか運悪く、渡り鉱夫としてやってきた富治にお鉢が回ってきたというわけである。こうなると、自分の到着を待って取立式を行ったのではないかと勘繰りたくな

るくらいだ。

さらに伊之助は言った。

「悪いが富治、俺はあいつの親分を引き受けはしたが、この前の山中会議で大当番に選ばれてしまっての、ようようあいつの面倒は見てやれん。したから、実際は、おまえが親分のようなものだ。おまえに正式に親分をやってもらってもよかったんだが、まだ弟分も持ったことのない、しかも、この山では新顔とあっては、それもまた難しいでの。まあ、だから、おまえには申し訳ないが、俺は形ばかりの親分ということで、おまえが小太郎をみっちり仕込んでやってくれ」

「伊之助さん」

「何かの」

「もしかして、そういう話が金次さんとの間に、最初からできあがって――」

伊之助は、慌てた体《てい》でかぶりを振って富治を遮った。

「いやいや、確かに金次からおまえさんの話は聞いていたが、訪ねてきたおまえを一目見て、この男なら小太郎を任せられると見込んだからでの、そんな姑息《こそく》なことは、いくらなんでもせんでの」

嘘に違いないと富治は思った。思いはしたが、取立式が終わってしまった以上、どうなるものでもない。わかりましたと言って、おとなしく引き下がるしかなかった。

交際所をあとにし、長屋へと向かいながら、それでもなお、富治は首をひねっていた。

小太郎がそれほどの厄介者なら、何も出生取立をしなければ、それですむ話ではないか。それをわざわざここまで回りくどいことをして新大工にするとは、よほど人手が足りないのか、それとも他に何か、特別な理由でもあるのだろうか……。

富治が抱いた疑問は、その後の小太郎の働きぶりを見ることで、ある程度は解消した。

横柄な口の利き方は相変わらずだったが、体に見合ったぶん、いや、それ以上の稼ぎぶりだっ

たのである。

富治は、昔、自分がそうだったように、まずは、採掘した鉑《はく》が詰まったカマスを、坑道の奥から地上に運び出す手子の仕事を小太郎に与えた。

すると驚いたことに、いっぺんで二人分の量のカマスをひょいと持ちあげ、あのでかい体でこの狭い坑道をどうやってと、呆れて首を傾げたくなるほどの素早さで、地底と地上を行ったり来たりした。いくら速度をあげてタガネと金槌を振るっても、のべつまくなし「兄貴ぃ、次のはまだかよぉ、早くしねえと明日になっちまうぜよぉ」という声を背中に聞くはめになる。おかげで、富治が掘り出す鉑の量は、他の平均的な鉱夫の二割から三割増しとなった。

それはそれで歩合が増えるから歓迎すべきことなのだが、常に小太郎にせっつかれているようで、これではまるで俺のほうが弟分みたいだと、気が休まる暇がなかった。

小太郎を子分や弟分につければ、地上での揉め事ばかりでなく、地中においてもこんな目に遭ってしまうことになると、他の連中はあらかじめ知っていたに違いなかった。

とにかく、音《ね》をあげてしまったらこっちの負けだと、富治は、鉱夫になってこの方、これほど懸命に掘ったことはないというほどの勢いで、来る日も来る日も、硬い岩盤に組み付いた。

そうしているうちに、小太郎が新大工に取り立てられたことに対する疑問をすっかり忘れていた富治だったが、山々が雪を被りはじめる季節が到来し、疑問に対する答えがもうひとつあったことに気づかされる時がやってきた。

三

日々、モグラのごとく地中で働き続ける鉱夫の仕事といえども、週に一度の休みはある。

山奥の鉱山街《まち》のこと、鉱夫たちの休日のすごし方は限られていた。ほとんどの者が興じるのは、長屋にこもって酒を飲みながらの博打だった。阿仁鉱山でもそうだったが、賭博自体は会社から禁止されていた。売店で買える酒も、ひとり一日三合までと制限されている。

どちらも喧嘩の種になるのを防ぐためのものであったが、実態はというとあってなきがごときで、大きな揉め事を起こさない限り、あるいは、おおっぴらに興ずるのでない限り、博打は黙認されていた。完全にやめさせることはどだい無理であったし、無理にやめさせれば、唯一の憂《う》さ晴らしを奪われた鉱夫たちが暴動を起こしかねないことを、会社側でも重々承知しているからである。

博打よりも酒のほうがいいという者も、飲む酒に事欠くことはなかった。鉱山から一里も下らない寿岡《としおか》という所に二軒ばかり商店があり、簡単な肴《さかな》と一緒に好きなだけ酒盛りができたし、買った酒をこっそり長屋に持ち帰ることなどたやすかった。

さらに、女が欲しいとなれば、体を売って身銭を稼ごうとする女たちが密かに鉱山街へと潜り込んでくるため、独身男でも性欲の処理には困らない。どうしても病気が怖ければ、少々遠出になり、懐《ふところ》が痛みはするが、馬車を調達して鶴岡の町場に下り、安心できる店を選んで遊廓巡りをすればいい。

限られているといっても、これだけの娯楽が揃っているとなれば、男たちが休みを持て余すことはなかった。

弟分の小太郎はというと、長屋のどこか――同じ部屋を使い続けると会社にばれる恐れがあるので、時おり場所を変えていた――に設けられた、急ごしらえの賭場に集まっての博打、というのがいつものことだった。

富治自身は賭け事が嫌いだったので、博打をするために賭場に顔を出すことはなかった。だが、

午後も遅くなってきたころ、特別な用事がなければ、必ず一度は賭場を覗くことにしていた。そのくらいの時刻になると、いいかげん酔いが回ってきた小太郎が、ささいなことで暴れはじめる恐れがあったからだ。

その日も、そろそろ陽が傾いてきたころあいになって、いつものように賭場を覗きに行った。どこにいてもすぐに目につく、岩のような小太郎の背中が、賭場にはなかった。

チンチロリンに興じている連中に尋ねると、今日は朝から一度も顔を見せてねえよ、という答えが返ってきた。

たぶん寿岡の店屋に飲みにでも行ったのだろうと気にもとめなかったのだが、暗くなって長屋に帰ってきた小太郎からは、酒の匂いがしなかった。

「今日はこれか？」

そう言って小指を立ててみせると、小太郎は「まあ、そんなとこさ」とだけ答えて、意味ありげな含み笑いをした。

これはおかしいぞと、富治は眉を顰《ひそ》めた。

女を買ったあとの小太郎は、相手はどんな器量の女だったとか、おっぱいはこうで、尻はこうでとか、しまいには、あそこの締まり具合がどうでなどと、昔、忠助がそうだったように、こちらが辟易《へきえき》するほど饒舌《じょうぜつ》になるのだが、それがいっさいない。

惚れた女でもできたのだろうかと思ったが、その日は、それ以上の詮索はやめておいた。

ところが、翌週も同じで、富治が起きた時には、すでにどこかへ姿が消えており、賭場にも行かず、帰ってからも酒の匂いをさせていないとなると、気になって仕方なくなった。今日はどうしていたんだと尋ねても、やはり、えへへと笑ってみせるだけ。一日中、女と一緒だったという雰囲気でもない。

小太郎が内緒で何をしているのか、監督責任のある兄分としては放っておけない、というよりは、秘密を覗き見したいという、ただの好奇心で、もし翌週も同じならば、こっそりあとをつけてみようと決めた。

一週間後のまだ薄暗い明け方、隣の小太郎が起きだす気配がした。前夜、酒を控えて早めに床に就いていたので、もぞもぞと動く音を聞き逃すことはなかった。狸寝入りで様子を窺いつつ、小太郎が部屋から出て行くや、布団を跳ねのけて、素早く洋服を身に着ける。

一度、窓の外をちらりと見やってから、まだ鼾をかいている同室の連中を踏まないように気をつけ、五分板だけで隣室と仕切られた、八畳あまりの部屋を横切って廊下を覗いた。

長屋を端から端まで貫く長い廊下には、どこを見ても小太郎の姿はなく、他の部屋に潜り込んだ気配もなかった。

足音を忍ばせて廊下を突っ切り、陸軍払い下げの軍靴に足を突っ込んでゲートルを巻きはじめた。ゲートルの装着に少しばかり時間を食ってしまうが、焦ってはいなかった。先ほど窓から外を見て、あたりがうっすらと雪に覆われているのを確かめていたからだ。小太郎がつけた足跡を辿っていけば、どこへ向かおうと見失ってしまう心配はない。

準備が整い、表へ出た。

昨夜降った新雪が一寸ほど積もっていた。とはいえ、季節はまだまだ冬のとば口で、本格的な降雪がやってくるのは、もう少し先になる。

新しい雪の上に、呆れるほど大きな足跡が点々と続いている。むろん、小太郎がつけたものだ。行く先を目だけで追った富治は、小太郎は友子の交際所に向かったようだと見当をつけた。

足跡を辿ることはせずに、裏手の方から交際所に向かうことにする。

清々しい冷気を吸いながら、人気《ひとけ》のない機械場――全部で千五百人ほどの鉱山関係者とその家

族が暮らす鉱山街は、機械場という通称で呼ばれていた――を小走りに駆け、交際所が置かれている長屋を、小太郎とは反対側から目指した。

目当ての建物の裏手に到着し、物陰に身を寄せた直後、まるでクマみたいにのっしのっしと歩いてくる小太郎の姿が視界に入ってきた。

自分の読みが当たっていたことに満足し、富治は、交際所に入った小太郎が出てくるのを同じ場所で待った。

五分ほど待っただけで出てきた。

入った時と出てきた時では、小太郎の出で立ちに、三つばかりの違いがあった。

ひとつは、着物の上に蓑《みの》を羽織っていること。二つ目は、輪カンジキを振り分けにして首からぶら下げていること。そして、実はいちばん初めに目についたのがこれなのだが、小太郎の肩には、二十二年式の村田銃が担がれていた。

いっぺんで疑問が解けた。小太郎の密かな楽しみは、冬場の猟だったのだ。そしてまた、彼の姿を見て、猟師としての腕はたいしたことがなさそうだとも思った。

マタギならば、絶対に銃を肩に担いで持ち歩かないからである。

鉄砲や猟具を肩に担ぐと山の神様から獲物が授からなくなる。マタギの間ではそう言い伝わっているが、実際のところ、あんなふうに筒先を後ろに向けて持ち運びされたのでは、危なくてたまったものではない。また、物を肩に担ぐと手の自由が奪われ、険しい雪山を歩く際の危険がぐんと増す。

要するに、長年かかってマタギが蓄積してきた知恵であり、それを知らない小太郎は、どちらかと言えば、俄か猟師の部類に入るのは間違いない。してみると、狙う獲物は、せいぜいノウサギがいいところだろう。

そうはいっても、なんだか面白いことになってきたのは確かだ。

この先も気づかれぬようにあとをつけ、小太郎のお手並み拝見と洒落こもう。そう決めた富治は、後ろ姿が見えなくなるのを待って、無人の交際所に潜り込んだ。

今日一日、空が荒れることはないと判断し、蓑には手を伸ばさずに、入り口付近の壁に架かっていた鉈《なた》を一丁、拝借する。これくらいの積雪では使わずとも大丈夫だろうと思ったが、念のために輪カンジキも借りることにして、鉈と一緒に腰からぶら下げた。

今までの二度の小太郎の行動を考えると、猟からの帰りは夕刻になりそうだった。途中での食い物が何か欲しいところだが、諦めることにする。旅マタギでは、丸一日、ほとんど飲まず食わずで山中を駆け回ることはざらだったし、小太郎のあとをつけていくだけなら、ちょっとした遠足といったところだろう。

そう思いながら建物の外へ出た刹那《せつな》、ほぼ四年前に善次郎や万吉とともに月山の頂を越えて田麦俣に下り、さらに穴グマを求めて大鳥界隈の冬山に踏み込んだ時の記憶が鮮烈に蘇《よみがえ》った。

奇《く》しくも、今の富治が鉱夫として働いている場所は、あの寒マタギで歩いた山々のすぐ隣である。

渡り鉱夫として大鳥鉱山にやって来ることになった際、頭の隅でそれは思った。だが、必要以上には考えなかった。考えれば、マタギの世界に戻りたいという、常に蓋を被せてきた衝動が頭をもたげると、無意識が知っていた。

一瞬、小太郎の尾行をやめようかと考えた。跡をつけていけば、たとえ、自分で鉄砲を撃たなくとも、抑え込んでいたマタギの血が沸騰しはじめるに違いなかった。

後ろ手に戸を閉めて空を仰いだ。

日の出間際の微妙な色合いの空と、雪の匂いを含んだ冷たい大気が、さあこっちに来い、山の

懐に足を踏み出せと誘っているように、富治には思えた。

硬直したまま、延々、数分あまりも逡巡していただろうか。

一度、寝静まっている長屋の方角に目を向け、再び山肌に視線を戻した富治は、両手で頬をぱーんと叩き、小太郎の足跡に沿って、自分の足を踏み出していた。

四

クマの足跡《トアト》を追うのと同じ高ぶりを、富治は味わっていた。もちろん、追っているのは小太郎の足跡なのだが、雪の上に点々とついた窪《くぼ》みを辿り、相手が自分の視野に入ってくるまで追い詰めていくという興奮は、獣だろうと人間だろうと同じである。

大鳥の鉱山街は、街の者からは機械場川と呼ばれている鰍沢《かじか》という小川を挟んで、東山と西山に分かれている。東山には精錬所、会社事務所、鉄索場、郵便局、診療所、販売所などが建ち並び、西山のほうには、鉱夫や人夫の長屋、役員住宅、合宿所や学校といった建物があった。

小太郎の足跡は、西山にある友子の交際所を出たあとで、機械場川に架けられている橋を目指していた。

橋の真ん中で、一度、小太郎は歩を止めて立小便をしていた。

富治は、白い雪に点々と残っている黄色い染みの上に、自分の小便を勢いよく振り撒いた。散歩途中の雄犬が、違う犬がしていった小便の上に自分の小便をひっかけるのと同じようなものだ。

橋を渡り終えた小太郎は、鉱山事務所と精錬所の間を抜けて、まだ伐採されていない東側の雑木林へと真っ直ぐに向かっていた。

忠実に跡を辿り、いよいよ山の中へと踏み込んでいく。

まだ積雪が少ないので、笹藪《ささやぶ》が残っている部分は、かえって真冬より歩きにくい。小太郎の足跡も見失いがちになる。だが、追いはじめてすぐ、とりあえず小太郎がどこを目指しているのかはわかったので、少しも焦っていなかった。低い稜線をひとつ越えた枡形川《ますがた》に向かっているのは明らかだった。

こういう部分では、相手の考えていることがこちらにもわかりやすい人間を追跡するほうが、何を考えているか、ともすればわからなくなるクマを相手にするよりも、ずっと楽だ。

果たして見込み通り、稜線の上に出たところで、枡形川を目指して緩い山肌を下っていく小太郎の後ろ姿を発見した。

もう少し距離を空けたほうがいいと判断し、しばらく待ってから追跡を再開する。

追っている途中、陽がだいぶ高くなってきたころには、小太郎が狙っている獲物が何かもわかった。意外というか、驚いたことに、クマを仕留めようとしているらしい。というのも、所どころで出くわすノウサギの足跡を完全に無視していた小太郎は、クマの足跡《トアト》にぶつかるや、それを追いはじめたからだ。

確かに、足跡を追いかけて行き、冬ごもりに入った直後のクマを狙う「忍び」という猟には、適した時期である。

だが、やはり小太郎は、富治から見れば半人前以下の猟師だった。最初に見つけたクマには、完全に撒《ま》かれてしまっていた。クマの足跡が沢の中へ消えたあと、沢を越えて先へ進もうとはせず、諦めて引き返している。

経験ある猟師なら、必ず沢を渡って対岸の雪面を丹念に調べるだろう。越冬穴に入る前、多くのクマは、わざとそうして沢に入り、自分の痕跡を消そうとするものだ。

それでも小太郎は、午後もだいぶ時間が経ってから、クマが入ったと思われるウロが開いてい

る木をつきとめることに成功したようだった。

小太郎に気づかれないよう、離れた位置から様子を窺っていた富治も、あのブナのタカスには、十中八九、クマが入っていると思った。

しかし、ここでもまた、小太郎は自分が素人猟師であることを露呈した。どうするのかと見守っていたら、目当てのブナの木を見下ろす位置、二十間ほど離れた斜面に陣取り、手近な枝を折って銃座をこしらえはじめた。そこからブナに弾を撃ち込み、出てきたクマを仕留める腹づもりに違いなかった。

銃座を作るのはよいとして、小太郎は二つの間違いを犯している。

春グマ猟の場合ならば、追われたクマはたいてい尾根《ナガネ》の上へと逃げようとするから、見下ろす形で獲物を待つのは間違いではない。だが、雪が降りはじめたばかりのこの時期、クマは積雪が少ない麓のほうへと逃げるのがふつうだ。あれでは、たとえクマがウロから出てきても、小さくなっていく標的を、しかも尻めがけて発砲することになり、マタギの腕でも仕留めることは難しい。

二つ目の間違いは、クマ穴を見つけたとたん、追い出しにかかろうとしていることだ。ついていた足跡《トアト》から判断すると、どう考えても、今日になって穴に入ったばかりのクマだ。これでは、肉付きはいいとしても、肝心の熊の胆《い》が膨らんでいない。富治や他のマタギであれば、クマ穴の位置だけ覚えておき、少なくとも一週間か二週間の間を置いて胆が膨らむのを待ってから、仕留めにかかるのが常識である。

もったいないことをする奴だなあと顔をしかめた富治は、足音を忍ばせて小太郎の背後に接近した。

こちらにまったく気づく様子もなく、黙々と銃座作りに励んでいた小太郎は、二股に削り終え

た枝を雪に突き刺すと、その上に銃身を載せて照準を覗きはじめた。

「おいっ」

数間ばかり離れた位置から小太郎の背中に声をかけた富治は、直後に、慌てて横へと跳んで身を伏せた。

バーンという銃声が目の前であがり、寸前まで富治が立っていた雪の斜面を銃弾が抉《えぐ》った。

「馬鹿このっ、危ねであ！」

冷や汗をかきながら怒鳴りつける。まさか撃ってくるとは思わなかった。

銃を抱えて尻餅をついている小太郎が、間抜け面で声を漏らした。

「あ、兄貴――」

「兄貴じゃねえど、まったく。おめえはクマと人間の区別もつかねえのかよっ」

雪の中に伏せたままで富治は尋ねた。

「あと何発、弾が入っている」

暴発でもしたらたまらないと思ったのだ。

少ししてから、小太郎は答えた。

「入ってねえ――けど」

「なんでだ」

「バネが壊れてて、連射ができねえんだよ」

「ほんとか」

「ああ」

そこでようやく、富治は雪を払って立ちあがった。

小太郎が持っている二十二年式の村田銃は、装弾数が八発の連発銃だった。その後、軍で標準

装備とされた三十八年式小銃とは違い、銃身と並行したチューブ式の弾倉を持つ形式で、弾の装塡や抜き取りに手間がかかるうえに、装塡不能の故障がやたら多いときている。そのためなのかどうかはわからないが、二十二年式には、連発銃のくせに連発と単発の切り替えレバーがついていて、通常は単発で扱うべし、と軍隊でも教えているくらいだ。

軍払い下げの村田銃を愛用するマタギたちであったが、これがあるので、二十二年式よりも古い十三年式、あるいは十八年式の単発銃のほうを好んでいた。最初から一発で仕留めればよいのだし、外した場合は、すかさず熊槍《タテ》に持ち替えれば事足りる。

まだぽかんとして富治を見あげている小太郎に手を差し伸べ、体を引き起こしてやったところで、潜んでいたタカスから逃げ出すクマの姿を認めた。穴に入ったといっても、まだ意識はしゃんとしていたはずだから、銃声に驚いて逃走を企てたとしても無理はない。

富治の視線を追ってクマに目をやった小太郎は、顔を真っ赤にして怒りだした。

「なんだよおっ、兄貴のせいで逃げちまったじゃねえか、どうしてくれるんだよっ」

腰の弾帯から新しい弾を抜き、ガチャガチャとレバーを動かして装塡しようとしている小太郎から銃を取りあげる。

「何すんだよ！」

「もう無理だべよ。無理なのがわかってて弾を込めたって、危ねえだけで意味がねえ」

「なんだよ偉そうに。やっとこさクマ公を見つけたんだぜ」

「やっとっていうことは、先週も先々週も、まだクマは獲れてねえってことか」

小太郎が怯《ひる》む。

「なんで――」

「それを知ってるってか？」

「お、おう——」

「まあいい、話はあとにするべ。黙って俺についてこい」

「どこに行くんだよ」

「おめえ、クマが獲りてえんだろ」

「そりゃ、まあ——」

「だったら、たっぷり胆が膨らんだ上等のクマを獲らせてやる」

「ほんとうかよ」

「嘘は言わん」

小太郎が、クマの逃げ去った方角と富治の顔を、半信半疑の面持ちで交互に見比べる。しばらくしてから、渋々といった口調で頷いた。

「わかったよ、それじゃあ案内してもらおうじゃねえか。だがよ、嘘だったら、ただじゃおかねえぞ」

返事をせずに、わずかに頬を弛《ゆる》めただけで歩きだした富治に、小太郎が待ったをかけた。

「おい、待てっ、俺の鉄砲を返せ」

歩を止めて振り返る。

「かまわんが、俺がいいと言うまで弾を込めないと約束できるか」

「なんでそんな約束をしなきゃならねえ」

「なら、だめだ」

背を向けた富治を、再び小太郎が呼び止める。

「ええいもう、畜生め。わかったよ、わかったから返してくれ」

「ほれ」と言って村田銃を返してやると、小太郎は大事そうに銃身を撫でたあとで、やはり今ま

で同様に、肩へ担いでしまった。

担いじゃだめだ、と言いかけたところでやめにした。弾が入っていなければ、とりあえず暴発の心配はない。あとは、転ぼうがどうしようが小太郎の勝手だ。

やれやれと首を振って歩きはじめた富治の後ろを、小太郎がぶつぶつ不平を漏らしてついてくる。

「なんでえ、偉そうによ。いったい何様のつもりでいやがるんでえ」

聞こえぬふりをして、富治は目星をつけておいた場所へと向かって先を急いだ。

五

昼に小太郎が握り飯を頬張っていた雑木林の縁に戻ったところで、「着いたぞ」と言って富治は歩をとめた。

「どこでえ、クマ公は」

ここまで来る富治の足の速さに辟易したらしく、汗をだらだら垂らしながら憮然として言った小太郎に、富治は笑いかけてやった。

「あそこに、倒れかかったミズナラの老木があるだろ。おめえが昼飯を食っていた切り株の少し奥だ」

「それがどうしたんでえ」

「ああいうふうにな、雪や風のせいで倒れかかった木の根元は、土と一緒に盛りあがるべよ。そいつをアオリと言うんだが、クマにとってはちょうどいい巣穴になるのさ」

「だからって、クマが入《へえ》っているとは限らねえだろ」

「そりゃそうだ。だがな、おめえが弁当を食い終わったあとで調べてみたら、木の肌にクマが齧《かじ》った跡があった。この冬、かなり早い時期に入ったクマが寝てるのは間違いないだろ。まあなんだ、おめえは自分のケツの向こうでクマが寝てるのも気づかずに、弁当を食ってたってわけだ」

にやにやしている富治を見て、小太郎の目が険しくなった。

「あのよ」

「なんだ」

「黙って聞いてりゃ、ずいぶんとわかったふうな講釈をあれこれ垂れてくれるけどよ、あんた、自分でクマを獲ったことはあるんかよ」

「少しは――な」

ふん、と鼻で笑った小太郎は、それでも、獲物を手にできるかもしれないという興奮を露《あら》わにして訊いてきた。

「で、これからどうすんだよ」

直接答えずに雑木林へ踏み入った富治は、ミズナラの木が作ったアオリの手前に立って手招きした。

慌てて弾込めをしはじめた小太郎に向かって鋭く言う。

「まだ弾は込めるなっ」

「しかしよ」

「大丈夫だ、追い出しにかからねえ限り、出てはこねえって。いいから、早くこっちへ来い」

空の村田銃を腰だめに構えつつ、恐る恐るといった風情で、小太郎がやってくる。

「俺がクマを追い出してやるから、おめえがここから撃てばいい」

富治が言うと、小太郎はぎょっとした顔になって首を振った。

「じょ、冗談じゃねえぞ、ここからじゃあ、三間とねえじゃねえかよ。外しちまったら、この鉄砲は連射がきかねえんだぞ」

「だから近くから撃つんじゃないか。この距離だったら、おめえの腕でも外すことはないだろ」

「そりゃそうかもしれねえが――」

「怖いのか？」

「ば、馬鹿にするな」

「じゃあいいだろ。どれ、その前に本当にクマがいるかどうか確かめてみるか」

「確かめるって、どう――」

喋っている途中の小太郎に背を向け、富治は腹這いになってアオリの内部へ潜り込んだ。

アオリは、一間ばかり這い進んだところで下に向かって落ち込んでいた。さらに数尺ほど匍匐《ほふく》前進したところで、ぼんやりと差し込む薄明かりの中、じっとこちらを注視しているクマと目が合った。

後ずさりして穴から這い出し、小太郎に教えてやる。

「思った通りだ。けっこうでかい奴が入ってる」

「ほんとかよ」

「おめえも覗いてみるか」

小太郎が青ざめた顔でぷるぷると首を振る。クマみたいな図体をしてるわりには、案外、小心な奴だと可笑しくなる。

「なに笑ってんだよ」

「いや、なんでもない――もう弾を込めてもいいぜ。俺はアオリの上で飛び跳ねてやっこさんを追い出すから、ちゃんと一発で仕留めてくれよな。槍でもありゃあ安心なんだが、贅沢は言って

られんからな」

言い残してミズナラに向かいかけた富治を、小太郎が呼んだ。

「兄貴っ」

「なんだ？　まだ何かあるのか」

「あのよ、俺が撃ってやってもいいんだけどよ、その、なんだ、クマの居所を教えてくれたかわりに、兄貴に撃ってもらってもかまわねえぜ」

明らかに怯えた顔をして小太郎が言う。

からかってやりたくなったが我慢して訊いてみる。

「本当にいいのか」

「かまわねえぜ。兄貴の腕前がなんぼのものか、じっくり拝ませてもらおうじゃねえか。あれだけ偉そうに言うからには、よっぽど自信があるみてえだからな」

言葉だけはあくまでも強気である。

「わかった、それじゃあ俺が撃とう」

安堵の表情で村田銃を手渡した小太郎に、富治は言った。

「もう一発、弾をくれ」

小太郎が弾帯から抜き取ってよこした実包を右手の薬指と小指の間に挟み、すでに一発、薬室に装塡されている銃を携えて、さっき小太郎に指示した位置に立つ。指に挟んだ弾は、万一しくじってしまった時の予備である。この距離ならば、扱い慣れていない銃でも外すことはないだろうが、念のための備えだった。

アオリの入り口を大きく迂回してからミズナラの木に辿り着いた小太郎が、富治に向かって囁き声で訊いてきた。

「ここでいいのかっ」

「もうちょっと、こっちだな。ほれ、そこの盛りあがったところだ」

小太郎は顔をしかめつつ、ミズナラの幹に手を這わせて、周囲より高くなっているアオリの上に、おっかなびっくり移動しはじめた。

ちょうどクマがいるあたりに小太郎が乗ったところで声をかける。

「そこでいい。さあ、いつでもいいぞ」

引き金に指をかけ、富治は小太郎の銃を構えた。その瞬間、長らく忘れていた高揚が、指を伝って首筋まで駆け抜けた。

小太郎が足を踏み鳴らしはじめた。

ドスッ、ドスッという音が伝わってきたが、いくら待っても、クマが飛び出してくる気配がない。

「馬鹿たれっ、なに遠慮してっけや。そんではだめだっ、おめえの股ぐらには金玉がついてねえのかよっ！　もっと騒いで飛び跳ねろ！」

富治に煽《あお》られて目玉をひん剝《む》いた小太郎が、覚悟を決めたとばかりに「うおーっ」と声をあげながら、アオリの上で飛び跳ねだした。

「こん畜生っ、出てきやがれ！」

吠えた小太郎の巨体が、ずぼっという音を立ててアオリの中に突き刺さった。

ぎゃあ！　という小太郎の悲鳴に、ガフッ！　というクマの吠え声が重なった。

怒りと恐怖がごちゃ混ぜになった咆哮《ほうこう》をあげ、天井が崩れたアオリから一目散にクマが飛び出してきた。

ふつうのクマは、たとえ穴から追い立てられても、出る前に一度はあたりの様子を窺うものだ

が、突然、小太郎に踏んづけられて、よほど肝を潰したらしい。穴の外に頭を突き出したクマは、いっときも躊躇《ちゅうちょ》せずに、富治めがけて突進してきた。

通常は頭を狙って撃つことはしないのだが、この勢いで突進されたのでは仕方がなかった。クマの頭に狙いをつけ、真正面から発砲する。

銃弾を浴びたクマが、ごろりと横倒しになった。が、案の定、一回転したあとで四肢を踏ん張って立ち直った。

富治は肩の高さに銃を構えたまま、素早くレバーを操作して空の薬莢《やっきょう》を排出し、指に挟んでいた実包を薬室に送り込んだ。

よろけつつも必死になって逃走しはじめたクマのあばらに、すかさず止め矢を撃ち込んでやる。

グオーッとひときわ長く吠えたクマは、三歩ほど歩いてから、どおっと雪の上に倒れ伏した。

動かなくなったクマの周りで、白い雪が真っ赤に染まってゆく。

二発目が、まともに心臓を貫いたことを知った富治は、銃をおろしながら、口の中だけで「勝《ショ》負《ウブ》、勝負」と呟いた。

小太郎は？　とミズナラに目をやると、腰まで雪に埋まった状態で、あんぐりと口を開けてこちらを凝視している。

雪面に銃を突き立て、小太郎に歩み寄って、アオリを踏み抜いてしまった巨体を、苦労して引き上げてやる。

穴から這い出た小太郎は、倒れているクマをまじまじと見つめてから、ようやく口を開いた。

「あんた、いったい何者なんだ」

「もとはマタギだった」

「マタギ？　なんだい、そりゃあ」

「ただの鉄砲撃《ぶ》ちさ」

「いつもこんなことをしてたのか」

「まあな」

「そのあんたが、なんでこんな所で鉱夫なんかしてるんだよ」

「まあ、いろいろあってな。それより、おまえこそ、どうしてクマを獲っているんだ？　見たところ、こう言っては悪いが、さほど手慣れているようには思えんのだが」

するとと小太郎は、軽く肩を竦《すく》めてから「実はよ、十四の歳に村をおん出てよ――」と言って、自分から身の上を喋りはじめた。

小太郎が生まれた八久和の集落は、言い伝えによると、五百年以上も昔に藤原氏の末裔によって拓かれたものだという。といっても、阿仁の打当以上に雪深い山間僻地《へきち》のことゆえ、耕作地は田畑を合わせてわずか十五町歩と少し、戸数も十五戸ほどで、住人が百名にも満たない小さな集落である。

定住以来、ほとんど自給自足の生活をしてきた八久和の人々の主だった現金収入源は、八尺木《はっしゃくぎ》と呼ばれる薪用材の伐採と製材だった。それを八久和川と赤川を利用して鶴岡城下に搬出することで、どうにかこうにか生活は成り立ってきた。だが、小太郎が物心つくようになったあたりから、石炭に押されて、八尺木の需要が目に見えて減ってきた。

そのため、これまた阿仁と同様、男たちは近場の鉱山で人夫をしたり、女たちは養蚕《ようさん》を始めたりと、新たな現金収入を求めて働いていた。

そんな中で少年期をすごした小太郎は、閉ざされた小さな集落での暮らしが、しだいに苦痛になってきた。これには、小太郎の家そのものが、最初からの八久和の住人ではなかったという事情もある。先祖は鶴岡の商人だったらしいのだが、何かの事情で店を畳まざるを得なくなり――

俺の祖父さんのことだから、絶対博打に決まってらあと、小太郎は吐き捨てた——遠い親戚を頼って、小太郎の祖父の代で、夜逃げ同然で八久和に流れ着き、それから住み着くようになったとのこと。そのため、田畑を持つことはできず、初めから人夫でもするか、どこかの街場へ丁稚《でっち》奉公に行くかしか、生きるための選択肢がなかった。

事実、小太郎の三つ上の姉は十二になった時に遊廓へ身を売られ、あちこちを転々としたあとで今は実家に戻っているが、見事に嫁《い》き遅れて——そりゃそうやね、さんざん体を汚してきた遊女を嫁に貰おうなんて酔狂な奴はいやしねえ、夜這いに来るのは別だがよ、というのが小太郎の弁——日がな一日、村の男たちに色目を使いながら、ぶらぶらしているのだという。

さて、当の小太郎であるが、数え十四になった時に一大決心をした。

「こんな家なんかさっさとおん出て、東京で一旗揚げて故郷に錦を飾り、俺を小馬鹿にする村の連中の鼻を明かしてやろうと思ったわけよ」

跡取り息子が家を離れるともなれば、普通の家では猛反対にあうところだが、小太郎の父と母は、当面の食い扶持《ぶち》が減るとばかりに諸手を挙げて賛成したらしい。

「畜生め、こうなったら、何がなんでもと思ったんだが、世の中、そんなに甘いもんじゃねえってことよ」

東京の卸問屋に丁稚に入ったはいいが、一年も経たないうちに、盗みの疑いがかけられて番頭と大喧嘩になり、というより、半殺しにしてしまうほど叩きのめしてしまい、店を追い出されてしまった。

「その時、路頭に迷っていた俺を拾ってくれたのが、幸か不幸か、ヤクザの親分だったってわけさ」

どうも、その当時から、小太郎は大人顔負けの図体だったらしい。

結局、それから十年あまり、ヤクザの用心棒として、浅草界隈で暮らすことになった。

「ありゃあ俺の人生の中で、いっとう楽しかった時期よ。いつの間にか、すっかりあの世界での顔になってよ、肩で風を切って歩いてたもんさ。しかし、よくよく考えてみれば、買われていたのは喧嘩の腕っ節だけさね。親分としてみれば、いざという時の鉄砲玉くらいにしか思っていなかったわけよ」

それを嫌というほど思い知らされたのは、今からちょうど三年前だった。親分が目に入れても痛くないほど可愛がっていた、実の娘と恋仲になってしまったのである。

小太郎としては、当然ながら祝言をあげさせてもらい、名実ともに一家の一員になれるものとばかり思っていた。ところが親分は、人が変わったように怒り狂った。てめえみてえな氏素性も知れねえ山猿に大事な娘をやれるものか、と怒鳴られたうえ、指詰めまで迫られた。

親分の娘に手を出して指を詰めた、などとあっては、ヤクザの世界の笑い者である。むろん、思い描いていた出世の道も閉ざされる。

「こう見えても、俺は臆病者でよ」と小太郎は自嘲気味に笑った。

ヤクザの用心棒をしていて臆病者もあるものかと富治は思ったが、先ほどのクマに怯える様子を見たばかりだったので、小太郎の威勢のよさは小心の裏返しなのかもしれないと納得できた。

「ヤッパで自分の指を詰めることを考えたら、小便を漏らしそうになっちまってよ、恥ずかしい話だが、その日のうちに姿をくらまして、すたこらさっさと、ここに逃げ帰ってきたというわけさ」

「連中は追いかけてこなかったのか」

「どこの生まれかなんて、本当のところは喋っていなかったしな。逃げた先なんぞわかりゃしねえよ。それにたぶん、追っ手がかからなかったのは、弘枝《ひろえ》——というのはその娘の名前なんだが、

あいつが親父を諌《いさ》めてくれたのかもしれねえ」

小太郎の境遇を聞きながら、富治の心には文枝の面影がちらついていた。

男の人生が狂う時には常に女の影あり、とでもいったところだろうか。そう思うと、げんなりするとともに、小太郎に対する同情を禁じえなかった。

「おまえが鉱山で働きはじめた訳はそれでわかった。それはいいんだが、なんでクマ狩りなんだ」

そう尋ねた富治に、「そうそう、もとはと言えばその話だったたっけな」と笑いかけ、小太郎は続けた。

「体を動かすのは嫌いじゃねえから、鉱山の仕事も悪かねえんだけどよ、なんて言うか、向こうにいる間、ずっと命《たま》のやりとりも辞さねえって生き方をしてきたわけだろ。さっき言ったように、俺ぁ、臆病は臆病なんだけどよ、なんかこう物足りなくてしょうがなかった。で、ある日、寿岡の店で飲んでいたら、クマ撃ちをしてるっていう大鳥の猟師とたまたま会ってな、話を聞いているうちにこれしかねえって思ったわけよ。クマ公を相手の命のやりとりも、おもしれえかもしれねえって。で、そいつが使わなくなったっていう村田銃を安く譲ってもらって、一昨年《おととし》からクマ撃ちをはじめたってわけさ」

「面白いか」

「そりゃあ——なにせ、うっかりすれば、こっちがやられてしまうだろ。その時の気分は、他では味わえねえ」

「今まで、何頭獲った」

「去年までに三頭だな、今年はまだだけど」

「ぜんぶ穴グマか」

「ああ」

「肉や毛皮、それから熊の胆《い》はどうしてるんだ」

「肉と毛皮は、機械場の親分衆にそっくりそのままくれてやってらぁ」

「なんでまた」

「俺ぁ、自分の楽しみのために獲ってるだけだからよ。まあ、そのおかげで、俺のような奴でも山に置いてもらえるってことさね。会社にばれたらまずいから、他の連中には一応内緒なんだがな」

なるほどと、富治は頷いた。

ようやくこれですべてがわかった。年に一、二頭とはいえ、まったくのただでクマ肉と毛皮が手に入るとなれば、親分衆たちが少々のことには目をつぶろうという気にもなろうし、むしろ、小太郎を手元に置いておきたいとも考えるだろう。

「胆はどうしてる」

肝心なことを富治が尋ねると、小太郎は、いひひと笑った。

「さすがに、それればかりは、ただでくれてやるわけにはいかねえからな。薬売りに買い取ってもらって銭《ぜに》に換えてよ、親分衆には少しだけ礼金を包んで、残りは俺の小遣い銭にしてるのさ」

気前がいいというかなんと言うか、本人がそれでよしとしているのだから口を挿む筋合いではないものの、以前は熊の胆で生活をする身だった富治にとっては、実にもったいない話だった。

どうしても気になって尋ねてみた。

「で、匁《もんめ》あたり、なんぼで売ってるんだ」

「熊の胆かい」

「ああ」

「確か、去年のは、六匁のやつで二十五円だったたから、えーと、匁四円強ってとこだな」

「生でなく、干したのでか」

「そうだよ」

得意げにしてる小太郎の目を見つめ、富治は言った。

「おまえ、ぼられてるぞ」

「は？」

「俺が売っていたころでも、干しあげた胆は、匁あたり七、八円の値がついてたんだぜ。今なら、匁十円でもおかしくない」

小太郎の顎がだらんと下がった。

「おまえが素人なのをいいことに、その薬屋、ぼろ儲けしてやがる」

しばらく口をぱくぱくさせていた小太郎は、急に目玉を見開いて、地団駄せんばかりに罵りだした。

「あの野郎っ、今度会ったら、ただじゃおかねえっ、ぶっ殺してやる！」

本当に殺しかねない勢いだ。

「俺ぁ、商売でクマを獲ってるわけでねえからよっ、儲け云々はどうでもいいが、この俺を騙くらかすのだけは許せねえ、優男面《やさおとこづら》しやがって、あん畜生めっ」

見ているうちに、なんだか小太郎が気の毒になってきた。それに、この状態で薬屋に会えば、警察沙汰になってしまうのは火を見るよりも明らかだ。

「小太郎」

「なんだよっ」

「その薬屋はどこの者だ」

「富山だよっ、富山の薬売りだ」

「名前は」

「木村のカンジだかカンキチだったか——とにかく、そんな名だ」

「今度いつ会う？」

「この暮れよっ、毎年、暮れに麓の本郷村《ほんごう》まで来て、そん時にまとめて買って行くことになってるのさ」

「俺も一緒に連れていけ」

「あん？」

「今までおまえが損したぶんを取り戻してやる」

「いや、兄貴に迷惑はかけられねえ。俺ひとりで大丈夫だ」

「なに言ってる、俺はおまえの兄分なんだぜ。弟分の面倒はとことん見てやるってのが、兄分の務めだ。その薬屋がおまえを嵌《は》めたってことは、俺の顔に泥を塗ったのと同じことじゃねえか。その落とし前は、きっちりつけてやらなきゃならねえだろ。兄分の俺に赤っ恥をかかせたくなかったら、そうするのが一番だ」

　自分でもなんだかへんな理屈だと思いながらも言ってみると、驚いたことに、小太郎の目に、みるみるうちに涙が溜まった。

　ぐすっと洟《はな》を啜りながら、袖で目頭を拭う。

「すまねえ、兄貴。俺なんかのために、そこまで考えてくれるなんてよ。実は、さっきのクマ公を撃つ兄貴の姿を見て、これほど肝の据わった人間を見たのは初めてだって、俺ぁ、心底、兄貴に惚れこんじまったんでさあ。今さらこんなことを言っても手遅れかもしれねえけど、これまでの俺の態度を赦《ゆる》してくんなせえ」

「赦すもなにも、俺は最初から気にしてなんかいないぜ」

「ううっ、兄貴ぃ」

すでに小太郎の顔面は、涙でぐしょ濡れである。

ともあれ、ひょんなことから、小太郎の尊敬を勝ち取ってしまったらしい。なんだか狐につままれた気分だったものの、悪い気はしなかった。

「よし、小太郎。それじゃあ、俺と二人で、その薬屋をとっちめてやろうぜ」

「へい、兄貴っ」

おまえをひとりで行かせたらこっちがたまったものではないとは、口が裂けても言えなかった。

六

年の暮れも押し詰まったその日、富治は、薬屋に会うために、干しあげた熊の胆を懐に入れて、小太郎とともに、麓の本郷村を目指して歩いていた。

二人とも、蓑笠に輪カンジキという重装備だった。寿岡から少し下ったところまでは馬橇《ばそり》に乗せてもらったのだが、吹き溜まりで橇が進めなくなり、そこからは徒歩で下りるしかなかった。

異常に雪が多い冬の到来だった。

富治が小太郎のあとをつけてクマを撃った三日後、最初のドカ雪が大鳥の山々に襲いかかり、一晩で三尺も積もった。それが毎日のように続くのである。四年ばかり前に旅マタギで踏み入った際にも、この一帯の雪の多さには驚いたものだったが、このまま降り続ければ、その時の比ではない豪雪に見舞われそうな塩梅だった。実際、土地の者に尋ねてみても、生まれてこの方、年越し前にこれだけ降った記憶はないと言う。

それもあり、小太郎との穴グマ狩りは、一度だけで終わっていた。富治にとってはまだ十分に

歩ける雪山も、慣れていない小太郎には、底なしの雪海原に等しかったからだ。

だが、富治が撃った雄グマは、解体してみると、体格以上に立派な熊の胆を持っていた。杉板に挟んで乾燥させた完成品でも十八匁強の目方があり、「これじゃあ、今まで俺が獲った三頭のを全部合わせたよりでけえや」と小太郎が目を丸くしたくらいである。

その小太郎はというと、今ではすっかり富治になついていた。口の悪さはそう簡単に直るものではなかったが、しょっちゅう起こしていた、他の鉱夫との諍いはぴたりと止んだ。

「兄貴の顔を潰すような真似は、絶対にできねえ」というのが本人の弁であるが、もともと根はいい奴なのだと、クマより図体のでかい大男が、実の弟のように可愛くなった。

そうした小太郎の変化は、仕事仲間からも好意を持って迎えられた。それまではどちらかといえば敬遠されていた小太郎と富治だったが、今や、機械場の中で頼りにされる存在となっていた。あちこちでいざこざが持ちあがると、すぐさま仲裁役に呼ばれるのだ。

どんなに荒れていた男たちでも、「おう、おめえさんたち、いったいなにをそんなに揉めているんでえ」と小太郎に凄《すご》まれるや、借りてきた猫のようにおとなしくなった。

小太郎にしてみれば、昔取った杵柄《きねづか》といったところだから、特別なことをしているつもりはないのだろうが、富治としては少々こそばゆい。

一件落着という段になると、決まって小太郎が「兄貴、これでこの場は手打ちということで、いかがでござんしょう」と尋ねてくるのだ。成り行き上、腕組みをしたままむっつりした顔を作って「よかろう」と頷くしかないのだが、これではなんだか、本当にヤクザの兄貴にでもなった気分である。

そんな、くすぐったくはあるが決して居心地が悪くない状況に身を置きながら、本当の食わせ者は、やはり小太郎の名目上の親分、工藤伊之助だったと、富治は苦笑した。

いろいろ思うに、阿仁鉱山の金次から、富治が打当のマタギであることをしっかり聞きだしていたことは間違いない。クマ狩りをする小太郎と一緒にすることで、いずれこうなるだろうと、目算を立てていたに違いなかった。

とんだ狸親父め、と舌打ちはしたが、これも、やっかいな部下を扱うために年季の入った鉱夫が身につけている、狡猾《こうかつ》な知恵のひとつなのだと思えば、学ぶことはあれ、腹は立たなかった。

ともあれ、そのおかげで、阿仁鉱山で新大工をしていた時には及びもつかなかったクマ狩りが、暗黙の内でとはいえ、再び可能になったのは事実である。今の境遇に文句を言ったら、バチが当たってしまうだろう。

そんなことをつらつら考えながら歩いているうちに、薬屋と落ち合う場所が近づいてきた。

「この雪で、本当に薬売りは来るべかな」

カンジキを踏みながら富治が訊くと、小太郎は勢いよく首を振った。

「大丈夫でさあ、兄貴。おとつい、事務所で借りて、やっこさんが泊まっている鶴岡の宿に電話をしましたから。二十匁近い熊の胆が獲れたと教えてやったら、居ても立ってもいられないって声で喜んでましたぜ。へへへ、なにが待っているかわかりもしねえで呑気な野郎だ。今から笑いが止まりませんぜ」

「そうだな、だが、話は俺がつけるから、おまえは手をだすんじゃねえぞ。搾《しぼ》り取れるだけ搾り取ってやろう」

「わかってまさあ。能ある鷹は爪を隠すってのが兄貴の教えだ。いきなりぶん殴るようなことはしませんって」

この短い間に、小太郎もだいぶ進歩したようだ。

「でもよ、兄貴」と声を潜める。

「四の五の吐《ぬ》かすようだったら、二、三発くれえは、見なかったふりをしてくだせえよ」

やはり小太郎は小太郎だった。だが、最初に危惧したように、薬屋を半殺しにしてしまうことはないだろうし、いざとなったら、ひと声かければ収まるはずだ。相手の目の周りに青痣《あおあざ》ができる程度だったら大目に見てやるかと、富治は小太郎に向けて軽く頷いた。

ところが、村の外れに架かる橋のたもとで待っていた薬売りの姿を認めるや、目を吊り上げて走りだしたのは、小太郎ではなく富治のほうだった。

木村 某《なにがし》と小太郎が言っていた富山の薬売りの正体は、あろうことか、忘れもしないあの沢田喜三郎だったのである。

向こうも、血相を変えて駆けてくるのが、四年ほど前に肘折温泉でたまたま会い、まんまと熊の胆をくすねてやった阿仁マタギであることに、すぐに気づいた。

まるでノウサギのように、ぴょんと跳びあがって向きを変えるや、背負った柳行李をゆさゆさ揺らして、一目散に逃げだした。

「待てっ、この野郎！」

怒鳴りながらカンジキで雪を蹴散らす富治のあとを、「兄貴っ、どうしたんでえ！」と泡を食った小太郎が追う。

喜三郎は、呆れるほど逃げ足が速かった。かさばる荷を背負っているにもかかわらず、なかなか距離が縮まらない。とはいえ、富治の足に敵《かな》うはずはなく、じりじりと間隔が狭まった。

「逃《ぬ》げんな、このっ」という富治の怒声を背中に聞いた喜三郎は、何を思ったか、突然道から逸《そ》れて、田んぼの中へと跳び込んだ。

田んぼといっても、踏み固められていない、ただの雪原だ。たちまち腰まで埋まり、雪を舞い上げてもがきはじめた。

富治の手が喜三郎の柳行李にかかった、と思うや、大事な商売道具を風呂敷包みごと投げつけてきた。

飛んできた行李の角が、富治の鼻にまともに当たった。

「あう！」

思わず声を漏らし、涙目になって鼻を押さえる。

鼻血が噴き出していた。

頭の奥で何かが切れた。

なおも逃走しようとしている喜三郎に、十歩も走らないうちに跳びかかる。

もつれあって雪の中にもんどりうちながらも、相手の足首をしっかりと捕まえた。

雪に尻餅をついた恰好で足蹴りを放ってくる喜三郎に馬乗りになり、顔面に頭突《ずつ》きを食らわせた。喜三郎が、げえっという蛙が潰れたような声を出した。

「このっ、嘘吐《やごどご》ぎゃあ！」

怒鳴りながら、続けざまに拳を振りおろす。

意識を失いかけている喜三郎に跨《また》がっていた富治の体が、突然、ふわりと浮いた。

「兄貴っ、止めてくだせえっ、それ以上やったら本当に死んじまう！」

耳元で小太郎の声がした。

弟分の必死の叫びに、富治は我に返った。

気づくと、富治は、小太郎に羽交い締めにされて、宙で足をばたつかせていた。

「小太郎、おろせっ」

「でも――」

「大丈夫だ、これ以上はやらねえ」

「ほんとですか」

「ああ」

束縛が弛み、足が雪についた。

小太郎が不安げに漏らした。

「いったい、どうしちまったんですか。本当に殺しちまうかと思って焦りましたぜ」

富治は、気絶して大の字に伸びている喜三郎に目を向けて、荒い息で言った。

「こいつは、沢田喜三郎っていう薬売りを騙《かた》った盗っ人でよ、昔、獲れたての熊の胆を、三つとも持っていかれたことがあるんだ」

何がなんだかわからないという顔で、小太郎は富治と喜三郎を交互に見比べている。

「畜生、俺としたことが、つい頭に血が昇っちまったぜ。おめえには悪いことをしたな」

「いや、そいつはいいんですが、どうします？　この野郎は。銭だけくすねて逃げちまいますか」

「いや、どこか人目のつかないところに連れて行こう。こいつには、聞きたいことが山ほどあるんだ」

「わかりやした」

頷いた小太郎が、雪の中から喜三郎をひょいと持ちあげ、肩に担いだ。

「どこまで運びます？」

周囲をぐるりと見やってから富治は指さした。

「さっきの橋の下にしよう。この雪じゃあ、あそこなら誰も下りてこないだろう」

「がってんです」

やけに嬉しそうに小太郎が返事をした。

薬売りを騙《かた》った盗っ人か詐欺師。それが正体だと思った喜三郎は、驚いたことに、正真正銘の富山の薬売りだった。

橋の下で小太郎に活を入れられて意識を取り戻した喜三郎は、富治に詰め寄られると、懐《ふところ》から売薬業者の鑑札を取り出してみせたのである。

あの時はなぜ熊の胆を持って逃げたんだという問いには、嘘か本当かは怪しかったが、どうしても返さなければならない借金があってああするしかなかったのです、と平謝りに謝った。ばかりか、青黒く膨れあがった顔が、ぼろぼろと流す涙と鼻汁でぐしゃぐしゃになるものだから、こちらがあくどいことをしているような気になり、ほとほとげっそりしてきた。

「わかった、昔のことはもういい。それより問題なのは、この小太郎から、これまでにあんたが買い取った胆のほうだ。ずいぶんと、ぼろ儲けしてくれたみたいだな」

さらに震えあがるかと思いきや、喜三郎は、一転してすました顔になった。

「それは、こちらも商売ですから。商売の基本は、安く仕入れて高く売る。そうでございましょう？　私と小太郎さんの間で、それでよしとなった値をつけさせていただいたわけですから問題はないかと。そもそも、小太郎さんの言い値よりは、高く買わせていただいたのですし」

「てめえ、このっ」

小太郎が拳骨を振りあげる。「まあ、待て」となだめてから富治は尋ねてみた。

「じゃあ訊くが、小太郎が、匁、八円だと言っていたらどうした。それでも買ったか」

「買いましたね」と喜三郎。

「十円だったら」

「微妙なところです。こちらの儲けを考えればぎりぎりのところですから、なんとか九円程度には持っていくでしょう」

「おい、小太郎」

「へい」

「おまえ、喜三郎に熊の胆の話を持ちかけた時、最初の言い値はなんぼだったんだ」

「へい、えーと、確か、匁三円でどうかと」

「で、四円で、買い取ってもらった？」

「そういうことっす」

「馬鹿」

「へっ？」

「それじゃあ、騙されたわけでもなんでもねえじゃねえか」

「でも、兄貴――ふつうの相場は、倍はするって兄貴が――」

「あのなあ、商売っつうのは、喜三郎が言った通りのものなんだ。売る前に相場を調べておかなかった、おまえのほうが悪い」

「そんな――」

「そんなも何もねえ」

「わかっていただけましたか。さすが富治さんだ」

しょぼくれる小太郎の隣で、喜三郎がほっとした表情を浮かべた。

再び富治は喜三郎に向き直った。

「それはいいとして、あんた、なんで小太郎に嘘の名前を教えたんだ」

「そんな覚えはありませんが」

「木村のカンジだかカンキチってのは」

「ああ――」と喜三郎は何かを思いだした顔になった。

「それ、小太郎さんを私に引き合わせてくれた山師さんの名前ですよ。もしかして、その方と私の名前を取り違えておいでなのでは」

小太郎を睨《にら》む。

いっそう身を縮めながら、小太郎がぼそぼそと弁明する。

「すんません、俺の勘違いみたいです。一度会ったあとは、トウジンさんですませちまってたもんですから――で、あらためて名前で呼んだことはなかったもんで――」

しょげ返る小太郎が可哀相になってきた。

笠の間に指を突っ込んで頭を掻きむしってから、富治は、あらたまって言った。

「終わったことをほじくり返しても仕方ねえとはいえ、喜三郎さん、あんた、小太郎との商売でいい思いをしたのは確かなんだから、今日の胆は、匁十二円で買い取ってもらうぜ」

「そんな無茶苦茶な。儲けが消えてしまいます」

「そうでもないだろ」

「いや、高すぎます。十円なら即金で買わせていただきますので、それで勘弁していただけませんか」

「いや、だったら、自分で街場を歩いて売ったほうがいい」

「密売になりますよ」

「そんなのは承知だ」

「しかし、お二人は山で働かれているわけでしょう？　薬屋以外に、それだけの胆を丸ごと買っ

てくれる人間は、そうそういませんからね。売り歩いている暇など、お二人にはないと思いますが」

「わかった、それじゃあ、間をとって十一円だ」

しばらくの間、頭の中で算盤《そろばん》を弾いていたらしい喜三郎は、やがてゆっくりと頷いた。

「よろしいでしょう、富治さんには申し訳ないことをしたと、ずっと気にかかっていましたので、お詫びの意味も込めて、匁十一円で手を打ちます」

「それでいいか、小太郎」

訊かれた小太郎は、うんうんと、勢い込んで首を縦に振った。

「よし、話は決まりだ」

取引が成立し、熊の胆と交換した金を、そっくりそのまま小太郎に渡してやった。

「いいんですかい、全部もらっちまって」

「最初は、その倍くらいは懐に入れるつもりで出掛けてきたんだからな。おまえに約束したぶんには少し欠けるが、黙ってとっておけ」

「ありがとうごぜえやすっ」

心底嬉しそうな顔をした小太郎を見て、富治は、肩の荷を下ろした気分になった。

「富治さん」と喜三郎が声をかけてきた。

「なんだ」

「いい子分さんをお持ちですね」

「まあな」

「で、どうでしょう。これから先も、私とお付き合い願えませんか？　儲けなしでは困りますが、他の薬屋よりは高値で買い取らせていただきますので」

ついさっき、しこたま殴られたばかりだというのに、転んでもただで起きない奴だと、半ば呆れながら、喜三郎の腫れあがった顔を見る。

どう考えても、嫌だと言って断る理由はなさそうだった。

第六章　大雪崩

一

闇の中、突如、山が吼《ほ》えた。

何の前触れもなかった。

山が割れ、雪と氷の塊が、瞬時にして鉱夫長屋を呑み込んだ。

前兆らしきものは皆無だったのだが、忍び寄る雪崩の気配を、マタギの本能が察知していたのかもしれない。あるいは、過去に互いの秘所を耽溺《たんでき》しあった相手が、危急を報《しら》せに生霊《いきりょう》となって空《くう》を飛んできたのか。

その夜、富治は、久しく見ていなかった文枝の夢にうなされた。

酷《ひど》い夢だった。

最初は悪くなかった。

夜更けになって、独身用の鉱夫長屋に文枝が現れた。同室の仲間がぐっすりと寝入っている向こうから、富治に向かって手招きをした。

比立内にいるはずの文枝が、なぜ大島にいるのだろう。そう思いはしたが、富治は誘われるままに布団を抜け出し、長屋の廊下へ消えた文枝を追った。

床板を軋《きし》ませもせずに、暗い廊下を浴衣姿の文枝が歩いていく。

つっと立ち止まった彼女は、富治に向かって悩ましげな笑みを投げかけ、引き戸を開けて別の部屋に忍び入った。

そこで、全裸の文枝が待っていた。

足下に脱ぎ捨てた浴衣の上に腰をおろした文枝は、むっちりした太腿を開いて性器を露《あら》わにした。後ろについた両腕で体を支え、尻を浮かせて早く貫いてくれとせがんでくる。

見覚えのある部屋だった。

長蔵の屋敷の納戸、その奥にある、夜這いを仕掛けたあの部屋だった。

明かりがないにもかかわらず、富治の目には、肉欲をそそる艶《なま》めかしい姿態がはっきりと映った。

気づくと富治は、胡坐《あぐら》をかいた膝に文枝を乗せ、両の手のひらで柔らかな尻たぶを鷲摑みにしていた。

富治の目を見つめつつ、文枝が腰を落とし込んでいく。

乳房を揺らして文枝が喘ぎだした。

たちまち快感が押し寄せ、富治は目の前の乳房にかぶりついた。

射精をこらえようとして、口に含んだ乳首に歯を立てた時だった。富治の頭を抱きかかえていた腕に力が込められ、鼻の穴が乳房に埋まって息ができなくなった。

必死に抗《あらが》い、束縛から逃れようとすると、今度は文枝の手が富治の首をぐいぐいと絞めはじめた。

息が詰まったまま、驚愕《きょうがく》に目を見開いた。

文枝が唇の端を吊り上げて笑っていた。

喉笛に加わる圧迫で呼吸ができない。

死ねっ。

しもぶくれの頰の中で、文枝の唇がそう動いた。

そこで夢が終わった。いや、夢の世界から現実の世界へと、富治は命からがら逃げ出した。あちらの世界を追い払うべく、こちらの世界で両の目をかっと見開いた。

熾火《おきび》の微かな残り火が、いつもと同じ六人部屋の輪郭を浮かびあがらせていた。底冷えがする長屋で寝ていたにもかかわらず、汗で寝巻きがぐっしょり濡れている。

富治は、薄暗がりの中で、自分の胸に乗っていた小太郎の太い足首を除《の》けた。

むーんと唸った小太郎は、自分の布団をかき抱いて寝返りをうった。起きる気配は少しも見せずに、寝言を呟きながら夢の世界へと戻っていく。相変わらず寝相の悪い奴だ。

やれやれと頭を振って、富治は身を起こした。これでは首を絞められる夢を見てしまってもおかしくない。それにしても、なぜ文枝に首を絞められなければならないのか。そう思ったところで、夢の映像が鮮烈に蘇り、身震いした。

小便が溜まっているのか、性夢を見たせいか、陰茎が褌《ふんどし》の内側で反り返っている。

乱れていた寝巻きの襟を手繰り寄せ、厠《かわや》へ行くために部屋を抜け出した。役員住宅には屋内に便所があるのだが、鉱夫や人夫が住まう長屋には設《しつら》えられていない。

素足に下駄をつっかけ、玄関をこじ開けて踏み固められた雪の上に立った。

静かな夜だった。

最近にしては珍しく、舞い落ちてくる雪に頰が濡れることもない。

暗い空を見あげた。空では雲が切れ、星の瞬《またた》きも見えている。

富治が大鳥鉱山に渡り鉱夫としてやってきてから、三月半が経過していた。去年の十一月から降りだした雪は、ほとんど絶え間なく降り積もり、年が明けた後、まだ一月の下旬にさしかかったばかりだというのに、既に二丈《じょう》近くにも積雪は達していた。このまま本格的な降雪の季節を迎えれば、鉱山自体が雪に呑み込まれてしまいそうな勢いだった。

長屋の棟々の間にうずたかく盛りあがっている雪の壁を横目に、厠に向かって歩いていく。

頭上に月は出ていない。

歩きながら、新月から数えて七日目の夜であることを、何とはなしに思い出す。特に意識せず、月齢を頭に入れておくこの癖は、たぶん、寒マタギの際に、明かりひとつない山中で夜を迎えることによって培《つちか》われた習性であろう。

今夜の月は、深夜のうちにとっくに沈んでいるはずだった。ということは、丑《うし》の刻を一刻《いっとき》ほど過ぎたころだろうと見当をつける。

月明かりがなくとも、歩くことに支障はなかった。こちら、西山の長屋街は寝静まっているが、機械場川を挟んだ東山には点々と電灯が灯っていた。一面が白い雪に覆われていることもあって、東山から届いてくる明かりで、建物の輪郭が判別できる程度にはものが見える。阿仁鉱山でもそうだった。精錬所の溶鉱炉が眠りに就くことはない。今も夜番の者が何人か詰めているはずだ。

鉱夫長屋から十間ばかり離れた共同便所で、富治は寝巻きの裾を開いて、褌の内側に手を入れた。

冷気に晒《さら》された陰嚢が縮みあがった。そのくせ逆に勃起は強まり、思うように小便が出せない。

息んでいるうちに、夢で見た、ぱっくりと割れた文枝の陰部が、瞼の裏側にちらついた。

息むのをやめた富治は、握り直した陰茎をせっせとしごきはじめた。

たいしてしごかないうちに、尿道の根元が痙攣《けいれん》した。

快感に身を任せて吐息を漏らした刹那のことだった。富治の背後にある西山が吼《ほ》えた。

咆哮が鼓膜を打った瞬間、表層雪崩《ワシ》だとわかった。身構える暇などなかった。

厠は、西山を背にして建てられていた。むろん、小用の男子便所には扉などない。雪崩れ込んできた雪の塊に思い切り背中をど突かれた。まだ鬱血《うっけつ》している陰茎を握ったまま、富治の体は薄っぺらの腰板を突き破り、厠の残骸とともに宙に放り出された。考えてみれば間抜けなさまだが、なす術《すべ》がなかった。

体が二転三転と揉みくちゃになり、固く目を瞑《つぶ》っているはずなのに、雪崩の圧力で瞼がこじ開けられ、眼球の裏側にまで凍った雪が入り込む。

鼻腔に侵入してくる雪の痛みに耐えつつ、口だけは開くまいと歯を食いしばっているうちに、唐突に体が止まった。だが、全身が雪に埋もれていて上下の区別もつかない。

富治はやみくもに手足をばたつかせた。

体の周囲には、動けるだけの余裕があった。

ふいに顔面が冷気に晒された。

口を大きく開けて新鮮な空気を吸い込み、鼻や耳に詰まった雪をほじくり出す。

腰まで埋まった雪の中から這い出たところで、上半身が裸であることに気づいた。手を這わせると、帯にかろうじて引っかかる状態で寝巻きがぶら下がっていた。当然ながら、履いていた下駄など、どこかに消えてしまっている。

いったいどれだけの規模の雪崩だったのか。

手探りで寝巻きに袖を通し、裸足で雪の上に立った富治は唖然とした。

ついさっきまで富治が寝ていた鉱夫長屋はおろか、見える範囲から、建物の影が失せていた。

見ている方角が違うのではないかと、一度東山に目を向け、変わることなく佇んでいる精錬所を確認して視線を戻した。

何もないように見えていた雪の海原に、屋根が吹き飛ばされた建物の柱と、半壊状態になった壁が残っているのを認めた。長屋の群れがすっかり雪に埋まってしまったわけではないことがわかり、これなら仲間たちを助け出すことができると思った。

その時、二度目の地鳴りが起きた。第二波の雪崩の襲来だった。

足下が揺れ、轟音が山を駆け、雪の煙が富治を直撃した。が、今度は吹き飛ばされずにすんだ。そのかわり、再び静まった長屋街は、今度こそ完全に埋め尽くされてしまっていた。

わずか数間の差で、富治は命拾いした。文枝の夢を見て便所に起きなければ、この雪崩の下敷きになっていた。それがわかると、どうしようもなく膝が震えだし、立っていられなくなって、その場にへたりこんだ。

太腿の周囲が生温かくなる。溜まっていた小便が、今になって溢れだした。

膀胱が空になるまで、小便を出し切った。

出すだけ出すと、動けそうな気がしてきた。

四つん這いのまま雪をかき分け、もがきながら進んでいるうちに、二度、膝が崩れたあとで、なんとか立てるようになった。

あらためて、雪崩の跡を眺めやる。

地ならしされたように平らになってしまった長屋街は、今しがたの出来事が幻だったと言わんばかりに、不気味なほど静まり返っていた。

助けを求める声も、泣き声も、呻き声さえも、およそ人の声らしきものはひとつも届いてこない。すべてが白い層に閉じ込められている。

第三波の雪崩に怯えながらも、富治は、自分や小太郎が寝ていたと思《おぼ》しきあたりを、気が狂ったように素手で掘り返しはじめた。たとえ雪崩に呑まれても、ひどい外傷を負っていない限り、窒息する前に掘り出してやれば命は助かる。

だが、掘りはじめてすぐ、素手ではどうにもならないほど、運ばれてきた雪の層が厚いことを悟った。スコップが要る。雪を除けるための道具が要る。その前に、身に着ける衣服と履物が必要だった。寝巻き一枚に裸足では、仲間を助け出す前に自分が凍えてしまう。

雪崩は、精錬所がある機械場川の向こう岸には達していない。そちらに駆け込み、身支度を整え直して救出に戻ろう。そう考えた時、川のこちら側、かなり離れた方角から、けたたましい犬の声が届いてきた。

そちらに目を向けると、鉱夫や人夫の長屋街の先、少し高台になったあたりで、カンテラの灯《ひ》が揺れるのが見えた。最初はひとつだった明かりが、瞬く間に数を増やし、息せき切った人の声も届いてきた。どうやら、役員住宅が建っている付近は無事だったらしい。

この時になって、雪崩に呑まれてしまった者の助けを求める声が、あちこちからあがりはじめた。

苦しげな呻きや悲痛な叫びを耳にし、富治の胸に、一瞬、怒りめいたものが噴出した。どうしてこんな時まで、お偉いさんはぴんぴんしていて、下働きの者だけが酷い目に遭わなくてはならないのか。

ええいと舌打ちし、よけいな思いを振り払う。今はそんなことで腹を立てている場合ではない。

膝の上まで素足を雪に潜らせつつ、富治はカンテラの灯が揺れる方角を目指して、懸命に足を動かしはじめた。

二

明るくなってくるにつれ、大鳥鉱山は修羅場《しゅらば》の様相を呈しはじめた。

西山の斜面を覆う雪は、羊羹《ようかん》に包丁を入れたように、中腹の部分で、横幅百丈あまりにわたってすっぱりと切断されていた。その線から下にあった雪が瞬時に鉱山街を襲ったのだということは、山に詳しくない者にも明らかなほど、生々しく見えた。

滑り落ちた雪は、鉱山街に達する直前、行く手を塞ぐ小山に分断されて、途中から二手に分かれていた。それがために、被害がいっそう拡大した。

雪崩の本流に直撃された人夫長屋二棟と精錬夫長屋一棟は、三棟とも全壊していた。柱一本残さずに雪の下に埋もれてしまっていた。

富治たちが住んでいた鉱夫長屋は、それらの長屋との間に道を挟んだ北側、五棟ほどの建物が建ち並んだ最も外れにあった。周囲にある倉庫夫長屋、第二精錬夫長屋、そして八百屋と宿泊所は半壊ですんだにもかかわらず、鉱夫長屋だけは、跡形もなく消滅していた。押し寄せてきた雪崩が、鉱夫長屋を呑み込んだあたりで動きを止めたせいである。蓋が外れた重箱に、無理やり雪をすし詰めにしたのと同じだった。あとになって、ここで寝ていた鉱夫のほぼ九割、五十一名が即死したことが確認された。これは、全死亡者中の三分の一にも達する数だった。

むろん富治にはそんなことなどわかろうはずがなく、ひとりでも多くの鉱夫仲間を救い出そうと、そして、なんとしても弟分の小太郎を生きたまま助け出そうと、難を免れた者と一緒に、懸命になって雪を掘り続けた。

しかし、救出は遅々としてはかどらなかった。雪を掘り返すために必要なスコップをはじめ、

必要な道具類のほとんどが、建物とともに雪崩の下に埋もれてしまっていた。加えて、電話が不通となってしまったため、機械場から離れた他の部署や警察への連絡がとれず、すぐには応援を呼ぶことができなかった。徒歩で人夫を派遣し、事態を報せるしかなかった。それにしたところで、例年にない量の積雪が、急を報せに急ぐ人夫の足を鈍らせた。

結局、他の部署からの最初の応援が到着したのは、雪崩発生から五時間後の午前九時ごろ、鉱山に最も近い大鳥地区から出された救助隊が現場に到着したのは午後の四時、さらに、三里ほど麓に下った上田沢にある駐在所に第一報が届いたのは、既に暗くなった午後七時になってから、というありさまだった。

カンテラの灯と、川向こうの発電所から臨時に引かれた電灯の明かりを頼りに、夜になっても救助活動は休むことなく続けられた。応援の数が増えるにつれ、雪の下から掘り出される者の数も増えた。が、生きて救出される者は皆無に近かった。掘れば掘るだけ、惨《むご》たらしい遺体だけが数を増した。

スコップを、あるいは残骸の腰板や柱を手にして雪を掘り続けながら、時に富治は、遺体収容所にあてられた木炭小屋まで走り、小太郎の姿はないかと探した。

富治が足を運ぶたびに、木炭小屋に並ぶ遺体の数は増えた。掘り出された遺体の多くは素っ裸だった。着ていた寝巻きを簡単に剝ぎ取ってしまうほど、雪崩の力は凄まじいものだった。まったく無傷の、奇妙なほどに綺麗な遺体があるかと思えば、体中が紫色に変わり果てた凄惨な遺体もあった。男だけではなかった。家族で長屋に住んでいる者もいたため、女や子ども、乳飲み子の遺体も数多く収容された。筵《むしろ》に包まれただけの遺体には、それが誰か確認された者には、所属の組と名前を書いた木札が、男の場合には足の親指に、女の場合は髪に括《くく》り付けられた。

富治が三度目に木炭小屋を覗いた時には、まるで魚市場に水揚げされたマグロか何かのように、

収容された遺体が累々《るいるい》と並べられていた。

おびただしい数の弔いのロウソクが揺らめく中、富治は小太郎の姿を求めて小屋の隅々に視線を這わせた。あの巨体ならば、筵に包まれていてもすぐに目につくはずだが見当たらない。それでも富治は、一体一体の名札を確認して回り、難波小太郎の名前がないことを見届けるや、発掘の現場へと取って返した。

雪崩の発生から、すでに十七時間が経過していた。小太郎がまだ生きているのではないかという期待は、富治の中でもさすがについえていた。殺しても死なないような奴とはいえ、雪崩という圧倒的な自然の暴力の前では、理由もなく踏み潰される蟻に等しい。ましてや、埋まってから経過した時間を考えれば、万にひとつも生きての救出は考えられなかった。

なのに富治が、カンテラとスコップを手に鉱夫長屋へ向かうのは、自分の手で遺体を掘り出してやることが、彼への唯一の弔いと考えたからだった。

鉱夫長屋にさしかかる手前で、富治のほうへと向かって歩いてくる一団とすれ違った。

人夫頭と思しき男から呼び止められる。

「そっちはあらかた掘り終わったでな、もう出てこねえべよ。したから、あんたも向こうば手伝ってけろ」

「すまねえが、俺の弟分がまだ埋まってるはずなんで」

弟分という言葉を聞き、男はあっさり引き下《さが》がった。

「ほうが――無駄だと思うけんど、ほなら仕方《す》ねえの。もし、見つかったら呼んでけろ、すぐに助《す》けに来っからの」

「すまねえ」

頭を下げ、建物の残骸と雪が入りまじった鉱夫長屋の跡に向かう。

人夫頭が言った通り、鉱夫長屋の周辺は、乏しい人数と道具で可能な限り、くまなく掘り返されていた。これ以上の徹底的な発掘は、本格的な救助隊の到着を待たなければ無理だろう。

しかし富治は、残骸の中から見つけた、長さ一丈ほどの細身の物干し竿を手にした。鉈《なた》で先端を削り、雪崩跡の端から雪に突き刺しはじめる。

一尺ずつ刺す位置を変え、碁盤の目状に探っていく。急ぎはしなかった。一刻を争う状況はとうに過ぎていた。

遺体を発見するのが目的の捜索に、ともすれば虚しさを覚えて投げ出したくなる。クマ狩りの相棒ができ、変化に乏しかった鉱山での暮らしが、いよいよ面白くなろうとしていた矢先に、こんな雪崩に巻き込まれて小太郎が命を落としてしまうとは、神も仏もあったものではないと思った。

山の神様は、いったい何が気に食わなかったというのか。木々を切り、山肌を抉《えぐ》って銅を掘り出す人間たちに腹を立てたのか。それとも、クマ狩りという密かな楽しみを手にし、浮かれ気分でいた俺や小太郎に対して、天罰を下したのか……。

噴き出してきそうになる様々な思いを押し殺し、富治は黙々と作業を続けた。

そうして半刻《はんとき》ほどが経過した時だった。

突き刺した竿の先に手応えがあった。板切れや何かの硬い感触とは違った、柔らかいものに当たる弾力を感じた。

一度竿を引き抜き、五寸ばかり離れた位置に、慎重に刺していく。

今度はもう少し浅い位置で硬いものに触れ、それ以上、竿が潜らなくなった。

再度位置を変えると、三分の二ほど刺したところで竿が止まった。跪《ひざまず》き、竿を上下に動かしてみたが、特に変わった感触は伝わってこない。

思い違いだったらしいと諦めて引き抜こうとした。その竿が、途中で何かに引っ掛かったように動かなくなった。

首をひねりながら力を込めようとした手の中で、竿が下に向かって引かれた。

竿を手にしたまま、腹這いになって叫んだ。

「誰かいるのか！」

竿がわずかに動いた。

「小太郎かっ！」

竿がまたも動いた。

「誰か来てくれっ、生きてる奴がいる！」

がばりと身を起こし、富治は叫んだ。

半壊の倉庫夫長屋で救出に当たっていた男たちが、富治の声を聞きつけて、すぐに集まってきた。

さっきの人夫頭が、興奮した口調で富治に尋ねた。

「生きてるって本当がっ」

「間違《まづげ》えねえでの、下から竿を引っ張っている」

雪の表面から三尺ほど突き出ている竿を目にした人夫頭は、仲間をどやしつけながら、猛然とスコップをふるいはじめた。

ものの十分とかからずに、富治と人夫たちの手によって、覆っていた雪がどかされた。

寝巻きにくるまれたこんもりとした背中が、最初に出てきた。それを見ただけで、小太郎だと富治にはわかった。

小太郎っ、と大声で呼びながら、素手で雪を除《の》けていく。

小太郎は、肩から頭にかけて、卓袱台《ちゃぶだい》の下敷きになっていた。そのおかげで顔の周りに空間ができ、窒息せずに生きながらえていたのだとわかった。

四人がかりで小太郎の巨体を引きずり出し、運ばれてきた担架の上に仰向けに寝かせた。

カンテラの明かりでもはっきりわかるほど、小太郎の髭面は青ざめていたが、意識は保っていた。すっぽりと雪に埋まっていたために外気に晒されずにすみ、絶命するほどには体温が奪われずにすんだらしい。

「俺だ、富治だっ。すぐに温《ぬ》ぐい部屋さ運んでやるでな、もう少しの辛抱だどっ」

掌を小太郎の頬に押しつけ、くっつくくらいに顔を近づけて、富治は呼びかけた。

「兄貴――」

焦点が合わない目を瞬《しばたた》いて小太郎が呟いた。

「なんだ」

「ク、クマってのは――ほとほとすげえ生き物だな」

「は？　なんだってな」

「だってよお兄貴――あんな冷てえ雪の中に半年も潜ってるなんざ、俺ぁ、まっぴらだぜ――どんなに頑張ったって、人間にはとても真似ができるものじゃねえ」

「死に損なったくせに何語《なぬかだ》ってる、この馬鹿たれが――」

場違いな小太郎の言葉に、思わず笑いが漏れた。が、富治の苦笑は、すぐに泣き笑いへと変わった。

三

大正七年一月二十日の未明、午前四時ごろに発生した雪崩は、未曾有《みぞう》の大惨事を大鳥鉱山にもたらした。

死亡者は、即死が百五十一名、収容後死亡が三名の、計百五十四名にものぼった。雪崩に呑まれて生き残った負傷者は、重軽傷合わせて二十名。小太郎のように無傷で掘り出された者は、わずか十二名にすぎなかった。

雪崩発生から六日が経ったこの日の朝から、富治は、遺体が納められた棺《ひつぎ》が積み重ねられた祭壇を前に、近場の大鳥や田沢、さらには鶴岡の寺から呼ばれた、十六名の僧侶が共同で執り行う大法要に参列していた。

富治の隣には、六日前に死にかけたのが嘘のように、すっかり体力を回復した小太郎がいた。あれだけの時間、雪に埋まっていたというのに、凍傷ひとつ負っていなかったのだから呆れ返る。寝る前にしこたま酒を浴びたおかげで、凍え死なずにすんだのだとは本人の弁だが、それにしても、である。

その小太郎も、場所が足りずに横に並べることができず、何段にも積み重ねるしかなかった棺の山を前にして、他の参列者と同様、神妙な面持ちで分厚い背中を小さくしていた。あの棺の中には、小太郎の飲み仲間であったり、博打仲間であったり、そうした多くの仲間たちが、冷たくなって眠っている。友子に取り立てられたのは最近とはいえ、富治と違って、三年前から下働きの運搬夫としてこの鉱山にいた小太郎には、顔見知りが多い。どんなに豪気そうに見えても、応えていないわけがなかった。

僧侶による読経と各界よりの弔辞の朗読のあと、遺族からはじまり、延々と続くかに思われた焼香がすんで、葬儀のいっさいが終わった時には、昼近くになっていた。この後、遺体は、鉱山に設けられた臨時の火葬場に運ばれて荼毘《だび》に付されるのだが、この数では、全部の火葬が完了するのはいつになるのかわからないという話だった。

小雪がちらつく中、役員住宅のそばにあったために雪崩を免れ、仮長屋にあてられた合宿所に向かう途中、それまでずっと押し黙っていた小太郎が、ぼそりと漏らした。

「兄貴、すまねえ、堪忍《かんにん》してくれ」

「堪忍って何をや。俺は、おまえに謝られる覚えはねえど」

立ち止まり、首を傾げた富治に、小太郎は足下に視線を落としたまま言った。

「俺なんかの兄分を引き受けてくれて、そのうえ命まで助けてもらって、それでこんなことを言うのは恩知らずだけどよ、俺ぁ、この山を出ることにした」

突然のことに、最初、意味をはかりかねた。

「つまり、鉱夫の仕事から足を洗うということか」

確認するように富治がゆっくり尋ね直すと、そうだと小太郎は頷いた。

「なんでまた」

「今度の事故で、穴ぐらの中で仕事をするのが、ほとほと嫌になっちまった。雪に埋もれただけであれだものな。落盤に潰されて死んじまうことを想像すると、もう二度と穴には入りたくねえ」

「落盤はそうしょっちゅう起こるもんじゃねえぞ。それに、雪崩と違って、こっちが気をつけていれば避けられるし、防げもする」

「わかってるよ、兄貴。けどよ、だめだ。俺ぁ、たぶん二度と坑道には入れねえ。自分でもわか

「そんな臆病風に吹かれてどうする」

「こう見えて、俺が臆病者だってのぁ、兄貴だって知ってるだろ」

「だったら、運搬夫でも精錬夫でも、なんでもいいじゃねえか。西山側の復旧にはしばらくかかりそうだが、川東の坑道や精錬所は無傷だ。早ければ明日にも操業が再開されるはずだと伊之助の父っつぁんが言ってたぜ。銅の景気はまだまだ続いているんだし、死んだ者には申し訳ねえが、よけいに人手不足になっちまったのは事実だしな。給金だって、増えることはあっても、減りはしねえはずだ」

「そういう問題じゃねえんだよ、兄貴。自分でもうまく言えねえが、俺ぁ、鉱山そのものが嫌になっちまったのさ。こんな山の奥に、これだけでけえ街があって、欲しいものはなんでも揃っていてよ、麓にはないような電灯の明かりまでが点いているってこと自体、何かが間違っているように思えてならねえ。人間てのは、お天道様と一緒に生きていくべき生き物だって、俺ぁ思うんだ。今までさんざん日陰を歩いてきた俺だけどよ、お天道様に逆らった生き方をしちゃあ、ろくな死に方が待ってねえ。今回の雪崩で、骨の髄までそれがわかった。ありゃあ、神様が俺たち人間に天罰を下したに違《ちげ》えねえんだ」

がさつの塊にしか見えないような大男の、いったいどこからこのような繊細な言葉が出てくるのかと、正直なところ面食らう。

「だとして、おまえ、ここを出てどうするんだ」

富治には、そう尋ねるしかなかった。

顔をあげ、力ない笑みを浮かべて小太郎は答えた。

「村に戻るさ。樵《きこり》をやりながら猟でもすれば、食っていくくらいはできるやね」

「一旗揚げて、村の連中を見返してやるんじゃなかったのか」

「そんなことを考えた時もあったけどよ、俺ぁ、そういう器じゃなかったってことでさあ。あのちっぽけな村で死ぬまで暮らすのが、たぶん神様が決めてくださった定めってやつさね」

「おまえ、どうしちまったんだ。少しおかしいぞ」

「いいんだってそれで。悪いけど、もう俺なんぞにかまわねえでくれ」

「そうは言ってもよ、俺はおまえの兄分なんだし――」

どう言って説得したらよいかわからずに言葉を濁すと、ひとつため息をついたあとで、小太郎は尋ねてきた。

「兄貴は、なんでそんなに俺のことを気にかけてくれるんだい」

「別に――」と言いかけたあとで、富治は小太郎の目を正面から見据えた。

「いや、こんなことを俺から言われたくはないと思うんだが、ものごとから逃げてばかりじゃ、道は開けないのと違うか。おまえは今まで、いざという時、いつも逃げてばかりいただろ」

ここまで言っては、さすがに怒りだすかと思いきや、小太郎は「へへへ」と苦笑いをして頷いた。

「兄貴の言う通りでさあ。俺ぁ、ガキのころに村を逃げ出してから、肝心なところでは逃げてばっかりだ。でもよ、兄貴、逃げ足だってとことん磨いてやればよ、閻魔《えんま》様からだって逃げられるってことも、あるんじゃねえかな」

そこで何かを思い出したように、小太郎の顔が明るくなった。

「そうだ、兄貴」

「なんだ」

「一緒に俺の村に来ませんか。頼み込めば、兄貴ひとりぐれえ村に住まわしてくれるかもしれね

え」

「行ってどうする」

「俺と兄貴が中心になって狩猟組を作るのも、面白えとは思いませんか」

「おまえの村に狩猟組はないのか」

「罠でウサギやタヌキを捕まえるのはいますが、鉄砲持って猟をする奴はいねえはずです。そうだ、それがいい。いや、ちょっとした思いつきで口にしたんですが、悪くねえ考えだと思いますぜ。兄貴の腕を見せてやりゃあ、村の若い衆だって、向こうのほうから弟子にしてくれって頼み込んでくるに違いねえ。となると、俺が兄貴の一番弟子ってわけだ。こいつは願ってもねえ――」

「小太郎」

「へい」

「そううまくいくはずがないだろう。おまえと違って、俺は余所者《よそもの》なんだ」

「そうですかねえ」

「そうさ、そう簡単にいくもんではねえ」

「俺にしちゃあ、なかなかの妙案だと思ったんだがなあ――」

残念そうに呟いた小太郎に富治は言った。

「おまえの話はわかった。もう止めねえよ、好きにすりゃいい」

心もちほっとしたように、小太郎は頭を下げた。

「兄貴の顔を潰すようなことになって、本当にすまんです」

「もともと潰れて困るような顔なんぞ、持っていねえって」

そうして小太郎は、翌日の早朝、大鳥鉱山を去った。

舞い散る雪の中、徐々に小さくなっていく小太郎の背中を見送りながら、富治は深々と息を吐き出した。

文枝からはじまり、慎之介といい小太郎といい、どうしてこう、俺には辛い別ればかりが降りかかってくるのだろう。

――逃げでんのは俺のほうがもわがんね。

胸中で呟いた。

小太郎には偉そうなことを言ったが、いざという時、尻を捲《まく》ることもできずに、困難から逃げ出しているのは俺のほうかもしれない。

ふと、小太郎が言った言葉を思いだす。

――人間てのは、お天道様と一緒に生きていくべき生き物だって、俺ぁ思うんだ。

鉱夫になりたてのころ、慣れない地中での仕事に、富治自身がさんざん思い悩んだものだった。文字通りの意味で、お天道様に逆らわない生活ができたら、どんなにいいかと思う。今の自分にそれが叶わないのは、仕方のない運命なのか、それとも逃げてばかりいる自分のせいなのか……。答えは出せなかった。が、今の富治は、今日から一部再開される採鉱のため、光の届かない暗い坑道へと戻るしかなかった。

鉱山の外れでは、荼毘に付される遺体から立ち昇る煙が、途切れることなく漂っていた。

四

「どうしたんですか、富治さん。急に金子《きんす》を用立ててくれなんて」

富治の前で眉を曇らせたのは、富山の薬売り、沢田喜三郎である。

雪崩事故からほぼひと月が経っていた。久しぶりに三日間のまとまった休みをとった富治は、喜三郎の回商予定に合わせて、鶴岡の町場に下山した。待ち合わせの場所は、年内に開通が予定されている、奥羽線鶴岡駅の駅舎工事現場に近い蕎麦屋にした。鉄道の開通に伴って商売が繁盛することを見込んだ主人が、町外れの店を畳んでいち早く開いた店で、安くて美味いとの評判が鉱山街にも届いていた。暖簾《のれん》をくぐってみると、なるほど、昼をだいぶ過ぎているというのに、客足が絶えない繁盛ぶりだった。

「それより、工面はしてもらえるんかの」

尋ねた富治に、喜三郎は「まあまあ、まずは一杯」と笑いかけ、富治の杯に徳利から熱燗《あつかん》を満たした。自分の杯にも手酌で注ぎ、くいっと飲み干してから「やっぱり蕎麦には酒が合いますな」と満足そうに漏らした。

「なあ、喜三郎さんよ」

焦《じ》れったそうに富治が言うと、喜三郎はようやく真顔になった。

「他ならぬ富治さんの頼みです。とりあえず用意はしてきましたが、それにしてもまとまった額だ。いったい何にお使いになるんです？　まずは、それを聞かないことには」

「喋らなきゃだめか」

「一応、私も商売人ですから、返ってくる当てがあるかないかを吟味しないことには、そう簡単にご用立てできるものではありませんので」

「そりゃそうだべな」

喜三郎が警戒するのも、もっともである。そう思い、富治は理由を話すことにした。

「鉄砲を手に入れてえんだ」とだけ言う。

「鉄砲って、小太郎さんがお持ちじゃなかったですか。もう一丁、必要ということで？」

「いや」と首を振り、富治は小太郎が鉱山を離れた経緯《いきさつ》を語った。

「――雪崩跡から鉄砲は見つかったんだが、もともとあいつのものだからの。そのまま持たせてやったんで、俺の手元には、今、使える鉄砲がねえんだ」

「なんだ、それならそうと、初めからおっしゃってくださればいいのに」

「んだら」

「いいですよ、ご用立てします。もちろん、熊胆《ゆうたん》の卸し先はすべてこの私に、という条件付きですが」

「そりゃあ当然だ。けど――」

「なんです」

「借金の形《かた》になるようなものは何も持ってねえけんど、それでもかまわねえかな」

「なあに、富治さんのクマ狩りの腕を信頼しての、いわば信用貸しだと思ってください」

「ありがてえ、恩に着る」

深々と頭を下げた富治を、喜三郎が押しとどめる。

「そんな、あらたまって頭なんか下げないでください。ただ、ひとつだけ疑問なのですが、これくらいの借金でしたら、会社か友子の親分衆にも頼めたと思いますけど」

「そうもいかねえ事情があっての」

「事情というと」

「悪いが、それはまだ勘弁してくれねえか」

「そうですね、では、そのへんのことについては、いずれまた、ということで」

そう言ってあっさり引き下がってくれた喜三郎から金銭《かね》を借りた富治は、蕎麦屋で別れてから、その足で銃砲店に向かった。乙種の狩猟免状を見せなくても鉄砲を売ってくれる店があるという

情報を、寿岡の店で飲んだ時に、大鳥の猟師から仕入れていた。

店の親爺は、最初、富治を素人だと見たのか、連発式の村田銃を売りつけようとした。富治が、一度手にしただけで自動装塡用のバネが甘くなっていることを指摘してやると、さすがに顔色を変え、店の奥から、銃腔の螺旋《らせん》を削ってから一度も使用していないという、十七年式の村田銃を出してきた。

満足できる銃だった。銃身も真っ直ぐだし、装塡レバーにいやな引っ掛かりもない。

残った金銭でクマ撃ち用の単弾一箱と弾帯、さらに、薬莢《やっきょう》の底、雷管室に仕込む発火金《はっかがね》を求めた。余裕があれば予備の弾丸をもう一箱買い足すところだったが、そこまでの金銭はなかった。再使用がきかない発火金さえあれば、薬莢自体は数度は使いまわしできるし、鉛を溶かして丸玉も作れる。黒色火薬も、鉱山には腐るほどあるので困ることはない。

仕入れたばかりの村田銃を携えた富治は、馬橇《ばそり》には乗らずに、徒歩で大鳥へと引き返した。ただし、鉱山には向かわなかった。本郷村を過ぎたあたりから街道も逸《そ》れ、カンジキを装着して、雪深い山中へ踏み入った。途中で、知った顔に出くわしたくなかったからだ。

喜三郎には言わなかったが、残り二日の休みのうちに、穴グマを一頭仕留めるつもりでいた。仕留めたあとでどうするかが問題だった。

以前、小太郎がしていたように、鉱山までクマを運び、親分衆に分配してやるかもしれなかった。あるいは、そのまま鉱山には戻らずに、クマを手土産に小太郎のいる八久和の集落に向かう可能性もあった。

小太郎が鉱山を去ってから、なぜか富治は、仕事に身が入らなくなった。自分でも不可解なほど、タガネと金槌を持つ手が進まなくなった。鉛《はく》を掘りながらも、頭に浮かんでくるのは、クマ撃ちの光景ばかりだった。

これではだめだと思った富治は、悩んだあげく、自分用の村田銃を手に入れる算段を考えだした。

寿岡の飲み屋に通い、大鳥の猟師や杣夫《そまふ》を捕まえては、必要な情報を仕入れた。自分にも銃を売ってくれそうな鉄砲商が鶴岡にいることは、すぐにわかった。難儀したのは、近隣の各集落では、どの程度の規模の狩りが行われていて、組織だった狩猟組があるのかないのかという内容のほうだった。こうした微妙な質問には、猟師たちは敏感になる。自分たちの猟場《クラ》を荒らされることを極端に嫌うからだ。

それでも根気よく尋ね回っているうちに、おおよそのことはわかった。

仮に富治が、他所《よそ》から来た猟師として住み着くとしたら、小太郎が言っていた通り、八久和の集落が最も見込みがありそうだった。八久和には、狩猟組と呼べるような猟師集団はなく、こちらから耕作地を求めることさえしなければ、田畑を動物から守る森番として住み着かせてもらえる可能性があった。むろん、その際には、どれだけ頼りになるかはわからないが、小太郎も一役買ってくれるだろう。

ただし、今の時点では、そうと決めたわけではなかった。

考えてみれば、再びマタギとして生きる道を選ぶということは、鉱夫の世界から逃げ出すということでもある。逃げ足もとことん磨きをかければ、などと小太郎は言っていたが、そう簡単に割り切れるものではなかったし、自分の村に帰るのと、他人《ひと》の村に住み着こうというのでは、根本的に話が違う。

マタギに戻ることが、今の自分にとってよいことなのかどうか、逃げることになるのかならないのか、実際に単独でクマを撃ってみなければわからないと、富治は思った。クマが、どうすればよいかを教えてくれると考えた。それがために、大当番の伊之助にはいっさい相談せずに、喜

三郎から借金をして銃を手に入れることにしたのだった。

五

厳寒期の山中で雪洞を掘って夜を明かす野宿《ノツグ》は、寒マタギから何年も遠ざかっていた富治の身には、さすがに応えた。あまりの寒さに、一晩中眠れなかったくらいだ。

それでも夜が明け、雲の割れ目から覗く太陽を目にすると、不思議なほど、体中に力が漲《みなぎ》ってきた。

雪が降ったり止んだりの天候のもと、鶴岡で買い求めた炒り豆だけで朝食をすませ、上田沢から大鳥、さらに、山形と新潟との県境付近へと移動した。

より深い山中へ向かうのは、地元の猟師たちとの間に、獲物を巡っての諍《いさか》いが起きるのを避けるためである。さらには、昔、善之助組の仲間と一緒に訪れたころのように、この季節は寒マタギの真っ盛りであるから、秋田から遠征してくる旅マタギの連中と出くわす恐れもあった。あの地で一度マタギをやめた身としては、あまり会いたくない相手だった。

だが、深い雪をかき分けて歩くうちに、たぶんその心配はないだろうと判断した。今年の山々は異常なほどに雪深い。この程度の天候ならまだしも、少しでも空が荒れれば、いかにマタギでも身動きがとれなくなってしまうほどの積雪量だ。実際、歩きだしてからさして時間が経っておらず、まだ昼にもなっていないというのに、これまでの間、雪崩《ワシ》が山肌を滑り落ちていく音が二度も聞こえた。寒マタギは命がけの仕事には違いないが、死ぬのがわかっていて山に入るような馬鹿を、わざわざマタギはしないものだ。

他の猟師と出くわす心配をしなくてすむのはありがたかったが、それは、うかうかしていると

自分の身にも災厄が降りかかるということである。

ちらつく雪には、海から運ばれてくる潮の匂いが濃厚だった。今日いっぱいはなんとかもつだろうが、クマを仕留められずに明日までかかるようなことになってしまったら、猛吹雪の中を下山するはめになりそうな雲行きだった。

途中で見かけた二頭のアオシシは無視した。うち一頭は、撃てば届く距離を逃げていったが、銃を向けることはしなかった。鉱山に戻るにしろ八久和に赴《おもむ》くにしろ、素人には容易に獲れないクマを手土産にすることに意味がある。

いずれにしても、先のことを考えれば、これ以上深入りするのはやめたほうがいい。

昼を過ぎたあたりで、内なる声に従うことにした富治は、周辺の峰々の形を頭に刻み込んでから、クマ穴を探しに、稜線から離れて谷間へと下りはじめた。

俺がマタギに戻りかけていることを、山の神様は歓迎している。そう思い込んでしまいたくなるくらい簡単に、富治はクマ穴を発見した。

ふつうの積雪ならばタカスの位置になっているだろうブナのウロに、クマが一頭潜んでいた。雪面からの高さはわずかに一尺ほど。株立ちになった幹がウロの下で大きく湾曲していることもあって、この状態ではタカスというより、根ダカスと一緒である。幹の水平になった部分に乗って銃口を下に向ければ、筒先がウロの出口にぴたりと合わさる。まるで早く獲ってくれといわんばかりのクマ穴だった。周囲を見回してみても、発達している雪庇《マブ》は見当たらず、ここで発砲しても雪崩を誘発することはなさそうだ。

嘘のような幸先のよさに、ともすれば弛みそうになる口許を引き締め、富治は、カンジキを外してからブナの幹によじ登った。あとは、足を踏み鳴らして寝ているクマを追い出すだけでいい。

腰の弾帯から装弾を抜き取り、銃に装塡してレバーを引いた。

突然、まだ引き金に指をかけてもいないのに、銃声が轟いた。同時に、頭の上の枝が一本、弾けた。

自分の銃が暴発したわけではなかった。

背後から人の喚《わめ》き声が飛んできた。

「ぬっしゃあ、このおっ、人の獲物を横取りするんでねえ！」

慌てて振り向いた富治の目に、ブナ林の隙間を縫い、雪を蹴立てて滑り降りてくる男の姿が飛び込んできた。

富治から十間ばかり離れた位置まで駆けてきた男は、銃を腰だめに構えて、再び喚いた。

「何処《どご》の糞ガギだっ、其処《そご》の穴さ入《へぇ》ってるシシは俺《おら》のもんだど。俺が付けでだ印が、ぬっしゃには見えねえのがっ。ぼさっとすてねで穴がら下りろ、このっ」

男が言うように、ブナの木肌に新しいバツ印が刻まれていることには気づいていた。自分が見つけたクマ穴だから手を出すなという、仲間の猟師に警告する印ではあるが、富治は無視していた。そもそも自分はこの男の仲間ではないのだから、そこまで仁義を通す謂《いわ》れはない。

したがって、富治にしてみれば無茶苦茶な言いがかりではあったのだが、鉄砲を向けられているのでは、おとなしく従うしかなかった。

今の騒ぎでクマが逃げ出しはしまいかとウロの出口に目をやりながら、富治はブナの幹から下りた。

「鉄砲ば放せっ」

言われるままに、自分の村田銃を雪の上に横たえる。

「此方《こっつ》さ来《こ》っ」

カンジキなしの足を雪に潜らせながら男に近づく。こちらをガキ呼ばわりしたわりには、編笠《アマブタ》

の下に覗く雪焼けした細面の顔は、たいして歳がいっていない。

「ぬっしゃあ、何処《どご》の者《もん》だ」

銃の筒先を下におろして男が訊いてきた。

「大鳥の者だ」と答える。

「嘘ば吐《こ》ぐんでねえ。大鳥の鉄砲撃《ぶ》ぢなら、全部知《す》ってるでの。ぬっしゃの顔は見だごどねえっ」

「つうことは、其方《そっつ》も大鳥の猟師ではねえってことだべ。此処《ここ》らは大鳥の猟場《クラ》だべよ。したら、其処《そご》の根ダカスさ入《へえ》っているイダズは、早い者勝ちが道理でねえのか」

男の顔に逡巡がよぎった。

値踏みするように富治の全身に視線を這わせ、声の調子を落として言った。

「根ダカスだのイダズだのって、おめえ、本当は、何処《どご》の者よ」

目の前の男が、「シシ」や「鉄砲撃ぢ」と口にしたことから、旅マタギに出てきた秋田マタギでないことはわかっていた。

隠す必要もないので正直に答える。

「もとは秋田の阿仁マタギだ。今は大鳥の山で稼いでる」

「阿仁のマタギだってな？」

「んだ、そっつごそ何処《どご》ね」

ふん、と鼻で笑っただけで、男は答えようとしない。

少し考えを巡らしてから、富治はゆっくり頷いた。

「わがったど」

「なぬが」

「あんた、熊田《くまだ》の猟師だべ。あ其処《そご》の――」と言って新潟との県境になっている西の稜線に向かって顎をしゃくり「――峰を下りだ先の村がら来たに違いねえ」と付け加える。

「な、何故《なすて》わがった」

男が目をひん剝《む》いた。声には、さっきまでの威勢のよさが消えている。

「大鳥の信吉《しんきち》さんがら聞いでる。俺らは、たまに熊田の奴らと一緒に巻き狩りするってな」

「おめえ、工藤《くどう》の父っつぁんを知ってんのが」

「飲み仲間だ」と少しだけ嘘をついた。実際には寿岡の店で飲んでいた時に、一度だけ同席しただけなのだが、たいした問題ではない。

「なんだってな畜生――」と男は呟いた。

しばらくぶつぶつ独り言を口にしたあとで、持っていた銃の台座を雪に突き刺し、どっかと雪の上に胡坐《あぐら》をかいた。

「座《ねま》れや」と言って、富治に手招きする。

歩み寄り、隣に腰をおろすと、しかめ面をしながらも、男は自分から名乗った。

「俺ぁ、熊田の滝沢鉄五郎《たきざわてつごろう》だ、おめえは？」

「松橋富治」

「ほが、すたら富治さんよ、鉱山で稼いでるくせに、あんだは、何故《なして》穴グマ獲りすてるんだ。今年はこったげの雪なんだぜえ、容易でねえべよ」

どうやら信吉という名前が利いたらしい。一度飲んだだけなのであまり詳しいことはわからなかったのだが、工藤信吉という年配の猟師は、大鳥の猟師組の親方であるらしいことは、その時の会話でわかっていた。その飲み仲間のマタギともなれば、無下にもできないと観念したのだろう。

富治は、雪崩事故からこれまでの経緯を、包み隠さず話すことにした。むろん、根ダカスの中のクマをこっちに譲ってくれという下心があってのことである。

聞き終えた鉄五郎が尋ねた。

「すて、シシが獲れだら如何《なじょ》すんだよ。鉱山さ戻んのが」

「いや、鉱山さは、もう戻らねえ」

答えて自分でも驚いた。驚くと同時に、昨日、今日と雪山を歩いているうちに、心の底では、すでに結論を出していたことに気づかされた。振り返ってみれば、今朝、雪洞から這い出して、雲の切れ目に覗く太陽を見た瞬間に、自分の腹は決まっていたように思う。

富治の返事に、うーんと唸って頭を抱え込んだ鉄五郎は、何を思ったのか、被っていた笠の紐を解きはじめた。

「何してんね」

「マタギ仕事さ戻るご祝儀に、そごのシシば持っていけと気前よく語《かだ》りてえとこなんだがの、俺にしたかて、苦労すて探し当てた穴なんそ。そう簡単にはやれねえでな、的当《まど》ですべぇ」

「的当でって、なんね」

「鉄砲の腕比べだぁ。この笠ば向こうさ置いて的にするがらの。そごのシシは、先に当でだほうのものだ。それなら後腐《あとくさ》れなくていいがんべの」

妙ではあるが、面白い男だと富治は思った。最初が最初だっただけに、まずい奴と出くわしてしまったと思ったが、案外、心根がいい人間なのかもしれない。

「どや？」と尋ねる鉄五郎に「よし」と頷き返す。

雪を蹴立てて歩いていった鉄五郎は、三十間ばかり離れた位置に笠を立て、いそいそと戻ってきて、にやりと笑った。ライフル銃ならなんの問題もない距離だが、螺旋を削ってある村田銃に

とっては、射程ぎりぎりという微妙な位置である。鉄砲の腕には自信があるらしい。

「どっつが先に撃づ？」

「鉄五郎さんからどうぞ」

そう言って順番を譲り、ブナの傍らまで歩いて自分の銃を手にする。

富治が戻るのを待っていた鉄五郎は、不敵な笑みを浮かべてから、雪の上に片膝立ちになって銃を構えた。

パーンという銃声があがり、笠から五寸ほど右に逸れた位置で雪が弾けた。

鉄五郎が舌打ちする。が、顔つきを見ると、まんざらでもなさそうだ。今の手応えで、次は外さないと確信したらしい。

富治も、鉄五郎の二発目は的を射抜くに違いないと思った。こうなると、こちらが初弾で命中させなければならなくなった。

もったいないなどと考えず、昨日のうちに、試し撃ちくらいしておくんだったと後悔した。鉄砲にはそれぞれ癖がある。照準通り狙っても、確実に当たるとは限らない。

「一発も撃だねえで降参かい」

一度弾を抜き、銃身の曲がりや照準のずれがないかと仔細に点検している富治を見て、鉄五郎が笑いかけてきた。

笑みを返し、薬室に弾を装塡し直す。

自分の腕と銃を信じることにした。

雪の上に腹這いになり、三十間先の小さな的に狙いを定める。

呼吸を整え、静かに吸っていた息を途中で止めた。

一瞬、すべての音が消え、的以外のものが視野の中から消滅した。

富治が引き金を絞ると同時に、鉄五郎の笠が吹き飛んだ。

笠を取りに走った鉄五郎が、呆れた顔をして戻ってきた。

「すげえなあんた、ど真ん中だぜぇ」

「軍隊では狙撃兵だったもんでの、まあ、しかし、今のはまぐれだでな」

「なんだっけな畜生、それならそうと最初に言うもんそ」

無言で笑みを浮かべている富治に向かって、鉄五郎は肩をすくめた。

「約束は約束だ、そごのシシ、おめえさ譲るぞ。どれ、んだら、俺が追《ひ》出《だ》すてやるが？」

「なあに、ひとりで大丈夫だべ。如何《なじょ》しても出はってこねえ時はお願いするども、まずはひとりでやってみる」

「ほなら、おめえが逃がすてしまったら、止め矢ば撃ってやる」

「逃がすかよ」

「おりょ、ずいぶんと、自《ず》信《すん》たっぷりだなや」

「まあ見でろ」

言い残してクマが潜んでいるブナに向かう。

気分がよかった。まだクマが獲れたわけでもないのに、この気分のよさは何なのだろう。

再びウロを見おろして幹の上に立つ。

膝の上に鉄砲を載せて胡坐をかき、こちらを見守っている鉄五郎を目にして、自分が感じている気分のよさが何によるものか理解した。

ほぼ同等の技量を持った猟師と一緒に、山の中にいること自体が嬉しいのだった。去年の暮れ近く、小太郎のクマ狩りに付き合いはしたが、小太郎は素人に毛が生えた程度の俄《にわ》か猟師である。こちらの意図するところがそのまま通ずるわけもなく、いちいち説明してやらなければならない

わずらわしさがあった。今は、それがなくてすむ相手と久方ぶりに一緒にいるわけで、善次郎や万吉、父や兄と一緒に狩りに臨んでいた時に近い安心感と楽しさがあった。

ここに来て、富治の意思は完全に固まった。

やはり、これから仕留めるクマを手土産に八久和の集落に赴こう。そして、なんとしても村の面々に受け入れてもらい、小太郎が言ったように、自分の狩猟組を持つ。俺が俺らしく生きていくには絶対にそれが必要なのだ。

そう決意した富治は、新しい弾を銃に込め、大きく叫んでから、幹の上で飛び跳ねた。

木が揺れ、枝にまつわりついていた雪が、どうっと落ちてくる。

銃口をウロに向けて待つ。

もう一度、足の裏で幹を踏みつけた。

枝から落ちる雪が途切れたところで、黒いものが足下に現れた。クマの頭だ。

反射的に引き金を引きそうになるが、息を詰めて発砲を我慢した。ここで撃ってしまったら、クマがウロの底に落ちてしまって、引き出すのに大汗をかくはめになってしまう。

クマは、真上に富治がいることには気づかず、両肩までウロの外に出してから、頭を左右に巡らせて周囲の様子を窺いだした。

二つの耳の真ん中に筒先をおろし、ほとんど頭に触れんばかりの間隔で発砲する。

脳天を吹き飛ばされたクマは、声をあげる間もなく絶命した。そのままずるずると滑り落ち、雪の上に仰向けに伸びた。

クマの頭の周囲に広がる真っ赤な染みを見つめながら、富治は腹の底から「勝負《ショウブ》、勝負っ！」と勝負声をあげた。

全身を痺《しび》れるような快感が走り抜ける。高揚のあとには、深い満足感がやってきた。無用に苦

しませることなく、綺麗に殺《し》めてやれたことに対する満足感だった。

「オテンガラー！」

そう声をあげて、見ていた鉄五郎が駆けてきた。

跪いてクマを検《あらた》めてから、感じ入ったように漏らした。

「いやあ、たいすたもんだな。あそごまで我慢すて撃でる者は、めったにいるもんでねえ」

ブナの幹から跳びおり、鉄五郎に言う。

「なにせ、鉄五郎さんに見られてるべよ。下手なことはできねえでの、金玉が縮んだども、必死になって我慢したのしゃ。これは、あんだのおかげだ」

嬉しそうに鉄五郎が富治の肩を小突《こづ》いてきた。なんだか、ずっと前から二人で猟をしてきたような錯覚を覚える。

「富治さんよ、春になったら、ぜひとも俺の村ば訪ねでけろ。一緒に巻くべしよ」

「巻き狩りのことすか」

「んだ、巻き狩りだ。そのあとで、村をあげてシシ祭りばするがらよ、俺《おら》だと一緒に飲むべ。いやあ、それにすてもいい人と知り合ったもんだ。無理すて山さ入《へえ》って良《え》がった、ほんとに良がった」

「余所者が混ざったら迷惑でねえべか」

「そいなごどあるわきゃねえでの、あんだの腕前なら、俺方《おらほ》の仲間は大歓迎そ。な、絶対来てけろ」

最初の糞ガキ呼ばわりが、今や一転して、大歓迎のいい人である。鉄五郎個人の性格があるにしても、熊田の猟師は、阿仁のマタギたちより、だいぶ大らかな連中なのかもしれない。

「んだら、お言葉に甘えてぜひ」

富治が頷くと、鉄五郎は、これ以上ないというくらい顔中を笑みにした。

それを見ているうちに、クマを全部もらってしまっては悪い気がしてきた。

「鉄五郎さん、このクマ、二人で分けるべ」

すると鉄五郎は、血相を変えて怒りだした。譲ると約束したのに、俺に赤恥をかかせるつもりなのか、それにこのクマは、そっちに対するご祝儀でもあるのだから、分けてしまったら意味がない、と言うのである。

あまりの剣幕に、富治がわかったと引き下がると、今度は、八久和まで運ぶのを手伝うと言いだした。そこまで甘えるわけにはいかないと頑《かたく》なに固辞し、ようやく納得してもらえた。

そうした一悶着があってから、富治は鉄五郎に手伝ってもらい、背中におぶう形でクマを体に括り付けた。

「どれ、これでいがんべ、立ってみれ」

鉄五郎が、クマの毛皮をピシャリと叩いて促した。

カンジキを装着した足を踏ん張り、ゆっくりと腰を伸ばす。

ずしりとはくるが、若い雄グマの体重は大人の男と大差なかった。これなら八久和まで背負っていけそうだ。でかすぎるクマでなくてよかったと、ふつうとは逆のことを考えてしまうのだから、人間というのは現金なものだ。

「ほんとにひとりで大丈夫かい」

心配そうに尋ねる鉄五郎に言ってやる。

「阿仁のマタギを舐めんでねえぞ」

ははは、という気持ちのよい笑いが返ってきた。

「んだら今度の春、俺方の村で」

「わがった」

「絶対だど」

「おうよ」

力を込めて頷き、富治は、八久和の村を目指してカンジキを踏みだした。

六

ひと晩、クマと一緒に穴で寝たあと、山が吹雪いてくる前に、富治は八久和の村外れまで辿り着くことができた。

まずは、誰かに場所を訊いて、小太郎の家を訪ねよう。そう考えながら、凍りついた八久和川沿いに歩いていると、左手の方角から人の声が聞こえた。

立ち止まり、どこから届いてくるのかと耳を傾けるが、見える範囲に人影はない。

ただの話し声ではなかった。何を言っているのかは判然としないものの、怒気を含んだ男の声がする。その合間に女の声もする。こちらの声にも刺《とげ》があった。

何かで諍《いさか》いあっているように思われた。

どこから声がしてくるのか、少し歩を進めてみてわかった。左手の杉林に、そこだけ雪が除けられた石段が、左右を雪の壁に挟まれて刻まれていた。見あげると、半ば雪に埋もれるようにして、鳥居の横木が目に入ってきた。

どうしようかと逡巡していると、ピシャリという音とともに、女の声で短い悲鳴があがった。

素知らぬ顔でこの場を離れたほうがいいと思った。だが、実際には反対のことをした。下ろしてしまうと背負い直すのに手間がかかるので、カンジキだけを外し、クマは背負ったままで、神

社の石段を上りはじめた。

上りきる前に、石段の先に境内が見えてきた。

境内では、絣《かすり》模様の綿入れに身を包んだ女が、小さな社《やしろ》の前に置かれた賽銭箱にもたれていた。女の前には、富治に背を向ける形で、仁王立ちになっている男がひとり。

男が着ている野良着のくすんだ色と、女が身につけている綿入れの朱色が、どこかちぐはぐな印象を富治に与えた。

女は左手を自分の頬に当て、潤んだ瞳に険しい光を湛《たた》えて、男を下から睨《にら》んでいる。男の右手が、拳になって振りかぶられていた。宙に浮いたままの拳が、小刻みに震えている。

「まだわがんねのがっ、この売女《ばいた》が！」

震える声で男が罵る。

「俺が誘ったわげでねえっ」

女が言い返した。

「ぬっしゃこの、まだそすたなことば吐《ぬ》がすてけつかるがっ」

男が女に詰め寄った。

「やめれ！」

最後の石段に足をかけつつ、富治は声を飛ばした。

拳を振りあげたままの姿勢で男が固まった。

女の視線が富治を捉えた。

見知らぬ女であるにもかかわらず、一瞬、どこかで見たような顔だという思いが意識をよぎった。

男が体ごと振り向いた。

狼狽していた四十年配の赤ら顔が、富治を認めると、訝《いぶか》しさとふてぶてしさが入りまじった表情になった。

「なんだおめえは」

拳をおろし、肩をいからせて訊いてくる。

「何が原因かはわからんのですが、女に手をあげるのはどうかと」

「余所者の知ったことでねえっ」

そう吐き捨てた男が、突然ぎょっとした顔になって、富治の背後をまじまじと見つめた。

どうしたのかと後ろを見やり、誰もいないことを確かめたところで、男の表情が変わった理由に気づく。

雪まみれになった見知らぬ男が、クマをひきずるようにしておぶっているとなれば、仰天してしまうのはあたりまえだ。

「な、なんだよ、おめえは——」

男の視線が、富治の顔と、肩に乗ったクマの顔との間を、行ったり来たりした。

けらけらという笑い声がした。

笑ったのは女だった。

気勢をそがれたような顔になった男が、女に向き直った。

「いいがイク、二度と俺家《おらえ》の敷居《ぬど》さ手《せがれ》ば出すんでねえどっ」

「ふん、誰があすたな皮被り、こっつのほうが願い下げだっ」

イクと呼ばれた女がせせら笑った。

男はまたも拳を振りあげたものの、途中で思いとどまったらしく、「このスベタが、覚《おべ》ぇでろよっ」と捨て台詞《せりふ》を吐いて踵《きびす》を返した。すれ違いざまに富治の足下に唾を吐き、呼び止める間も

なく石段を下りて行く。

やっぱりやめておくんだったと悔やみながら、富治は消えていく男の背に目を向けた。

これからこの村に住まわせてもらう段取りをつけなければならないというのに、早くもひとり、敵を作ってしまったようなものだ。

上々の首尾だったクマ狩りに相反し、あまりの運の悪さにため息を吐き出していると、背後で雪を踏む音がした。

隣に歩み寄ってきた女が、舐め回すような目を富治に向けてきた。

着ているものの色柄と肌の色の白さでまだ若い娘だと思っていたのだが、間近で見るとそうでもないことがわかった。といっても中年というには少し早く、自分と同じか、やや年上くらいなのだろうと見当をつける。

どこがどうと特別に目を引く顔立ちではないのだが、目の前の女には、熟れた色香が濃厚に漂っていた。

それにしても、どこかで見たような、という掻痒《そうよう》感が収まらなかった。人の顔の覚えはよいだけに、思い出せないとなると、よけい気になって仕方がない。

「あんた、どこから来たんね」

女が先に口を開いた。

「大鳥からです」

「何故《なすて》、此処《こご》さ。麓さ下りる通りすがりがえ？」

「いや、この村の難波小太郎さんを訪ねて来たのですが」

ふーんと頷いた女は、富治の背にあるクマを見て、鼻の根に皺《しわ》を寄せた。

「そのクマはなんね？」

「はあ、手土産です。それより、あの――」

「なにや」

「声が聞こえたんで、思わず割って入ってしまいましたが、あれでよかったんでしょうか」

「さっきのことがえ」

「はあ、あの男、ご亭主とかではないですよね」

女はむっとした表情で、自分の島田髷を指さし、食いしばった白い歯を剝《む》き出しにした。わざわざそうしてみせるからには、未婚の歳には見えないものの、独り身なのだろう。

澄ました顔に戻って女が訊く。

「あんた、何を心配すてんだ?」

「いや、別にそういうわけではないのですが――」

富治は言葉を濁した。倅に手を出したとか出さないとか、さっきの男は言っていた。色恋沙汰かどうかはわからないが、よけいなごたごたに巻き込まれるのはごめんだった。それにも増して、この女とはこれ以上かかわり合いにならない方が無難だと、頭の芯が警告を発していた。

「すみません、お手数をかけて申し訳ないのですが、小太郎さんの家をご存知でしたら教えてほしいと思いまして」

あらためて尋ねると、女は返事をせずに歩きだした。

「あの」

「案内してやっから、俺さついで来《こ》っ」

振り返らずに女が言う。

気難しい女だと思いながらも、あとを追って石段を下りていく。

雪踏みが施され、回廊のようになった道が出てきたかと思うと、すぐに小太郎の家に到着した。

小太郎の家は、集落のもっとも外れに位置していた。雪に埋もれた谷沿いに点々と建ち並ぶ家々と比べれば、二回りも小さな、あばら家と言ってよいほどの佇《たたず》まいだった。これでは、他の家よりも頻繁に雪降ろしをしなければ、あっという間に潰れてしまうだろう。事実、家全体に歪みがきているのが、ざっと見ただけでもわかるくらいだ。そうは言っても、よく考えてみれば、父母と兄が暮らす打当の家も、五十歩百歩というところで大差はない。

女に従い、狭い庭先から母屋へと向かう途中、背中に刺さる視線を感じた。

それとなく振り返った富治の視線の先に、物陰に隠れる黒い影がよぎった。さっき、捨て台詞を残して神社から去った男だった。

やれやれと、またしても溜め息をつく。あと一刻《いっとき》もしないうちに、クマを背負った怪しげな男のことが、村中に知れ渡ってしまうに違いなかった。

あらぬ噂が立つ前に、小太郎と一緒に村の顔役を訪ねなければと、富治は思った。今の男との出会いが出会いだっただけに、早く事を進めなければ面倒な事態になりそうだった。

女があばら家の勝手口に立った。

家人に呼びかけもせずに引き戸に手をかけ、ぎしぎしと軋ませながら戸を開ける。

「入りな」とだけ富治に言って、屋内に入ってしまった。

他にどうすることもできず、富治は女に続いて勝手口を跨ぎ、薄暗い土間に立った。

「小太郎、おまえに客人だよ」

板の間への上がり口で藁沓《わらぐつ》を脱ぎながら、奥に向かって女が言う。

どたどたと床板を踏み鳴らす音が近づいてきた。

「俺に客なんか来るかよ、いってえ誰でえ」

板の間と勝手とを繋ぐ上がり口を、小太郎の巨体が塞いだ。

小太郎の目と口が、あらん限り開かれた。

「あ、兄貴っ、兄貴じゃねえですかっ！」

藁沓を脱いでいる女を押しのけ、小太郎は裸足で土間に跳び下りて、富治の手を取り、千切れるくらいに上下に振った。

富治が背負っているクマを見て、いっそう目玉を丸くする。

「村への手土産だ」

「うひょー、さすが兄貴だ。これだけ深《ふけ》え雪で穴グマを仕留めるなんてよ、こいつぁ兄貴にしかできねえことだぜ。やっぱり、兄貴はただ者じゃねえっ」

相変わらずの小太郎だった。苦笑を誘われるとともに、懐かしさを覚えて目頭《めがしら》が熱くなる。

「兄貴って、したら、その人が富治さんかえ」

藁沓を脱ぎ終わり、上がり口に立った女が口を挿んだ。

「そうに決まってるじゃねえか。ほんとに知恵の回らねえ女だな」

「小太郎」と富治は小声で言った。

「へい」

「その人は誰だ」

「こいつのことですか？」

そう言って女を見やった小太郎は、しかめ面を作って答えた。

「前に話した俺の姉貴でさあ。どうしようもねえろくでなしの売女ですから、無視してやってくだせえ」

「ろくでなしはおまえだろうがっ」

女の声とともに、濡れ雑巾が飛んできた。

小太郎に当たるはずだった雑巾が、富治の顔面にべちゃりと音を立てて貼りついた。

「この女《あま》っ、兄貴に向かって何しやがんでえ！」

小太郎が投げ返した雑巾を、女は身軽にかわして笑い転げた。

「ごめんよ富治さん、あんたにぶつけるつもりじゃなかったのはわかるだろ。堪忍しとくれね」

「はあ、そりゃまあ――」

クマを背負ったまま富治が頷くと、小太郎の姉は、にこりと微笑み、あからさまな流し目を送ってよこしてから、部屋の奥へと消えた。

「すんません、兄貴。あの糞女《くそあま》、早いとこの家から叩き出してやりてえところなんですが、そうもいかねえもんで。俺があとでみっちり言い含めておきますから、勘弁してくだせえ――って、どうしたんです、兄貴、ぼうっとしちまって」

「いや、なんでもない――それより、こいつを降ろすのを手伝ってくれ」

へい、と答えた小太郎にクマを括り付けてある縄を解いてもらいながら、富治は、確かにあの時の女だと、胸中で頷いていた。

今しがたの妖しげな流し目でわかった。

小太郎の姉は、最後になった旅マタギで善次郎たちと肘折温泉に泊まった時、風呂帰りの富治に、こけしを売りつけようとした女に間違いなかった。

第七章　余所者《よそもの》

一

「なんでえ、もったいぶりやがってよ。あの糞《くそ》じじい」

村の家々を巡る雪の回廊を踏みしめながら、富治の隣で小太郎がぼやいた。

「仕方ねえだろ。俺が区長さんの立場だったら同じことを言う」

「しかしよ、兄貴。クマっこ一匹丸ごとくれてやっても、うんとは言わねえんだものな。少しは話がわかる親爺だと思ってたのによ、やってらんねえや」

小太郎がぼやくのもわからないではない。が、初めからそううまくはいくまい、と富治は思っていた。

雪深い田舎に暮らす人間は、旅の者にはおおむね寛容だ。一宿の宿を願ってひょっこり現れた旅人をむげにすることは、まずないといってよい。しかし、見知らぬ余所者がやってきて、これから先、村に居つかせてくれとなると、話は別である。どこかの家に婿入りするというのならともかく、若い衆を集めて狩猟組を作りたいのだとなると、場合によっては、村でずっと守り続け

てきた掟や慣習そのものが、土台から崩される恐れがある。

いかに区長といえども、自分の一存だけで是か非かの結論は出せないだろう。このあと、村の主だった者の間で寄り合いが持たれて、この男をどうしたものかと、富治自身が値踏みされ、いくつもの天秤にかけられた上で、決定が申し渡されるに違いなかった。

八久和の集落で区長を務める佐藤重吉《さとうじゅうきち》の家へ向かったのは、半刻《はんとき》ほど前だった。

そのころには、谷間の村はすっかり闇に沈んでいた。どの家でも夕餉《ゆうげ》が終わっている時刻であり、かろうじて持ちこたえていた空も崩れはじめていた。しかし、少しでも早く、できれば今晩のうちに挨拶をしておいたほうがよいだろうということになり、晩飯はあとにして、富治と小太郎は、獲れたばかりのクマに縄をかけて引きずっていった。

凍りついた八久和川沿いを少し下り、谷間がいくぶん開けたところ、左手の山裾に張り付く棚田を登った小高い位置に、重吉の家はあった。昼ならば集落全体が一望でき、この村の一等地のようなものだと小太郎が教えてくれた。

母屋に向かう庭先で、軒に巡らされた雪囲いから出てきたひとりの男とすれ違った。提灯《ちょうちん》の明かりに浮かんだ男の顔を見て、富治は胸中で顔をしかめた。夕刻、村はずれの神社の境内で、小太郎の姉イクと揉めていた男だった。

男は、小太郎とは目を合わせようとはせず、しかし、富治には暗がりの中から睨《ね》めつけるような視線で一瞥《いちべつ》をくれ、無言で立ち去った。怪しい者の出現を、村の顔役にさっそくご注進におよんだ、といったところだろう。

「どうしたんでえ、兄貴」

不審げな声で訊いてきた小太郎に「あとでな」とだけ答えて雪囲いをくぐった富治は、軒下にクマを残し、土間の敷居を跨いだ。

「お晩でがす、小太郎ですだ」

そう言ってずかずかと踏み込んでいく小太郎に続き、けっこうな広さの土間に立った。

重吉の家は、区長を務めているだけあり、比立内の長蔵の屋敷ほどではないが、黒光りのする大黒柱がひときわ目立つ、がっしりとした造りの横屋だった。思いのほか屋内は明るい。剝《む》き出しの梁《はり》から吊るされているランプの数だけで、そこそこ裕福な家であることがわかる。

中央に囲炉裏を切った板の間から、全部で七対の家人の目が、蓑《みの》を身につけたままの富治と小太郎に向けられた。

仏壇を背にし、囲炉裏端の上座に座って藁沓《わらぐつ》を編んでいたごま塩頭の男が、手を休め、透かし見るようにして目を細めた。この家の主《あるじ》、重吉に違いない。

土間に背を向けて縄綯《なわな》いをしている若い男は、どう見ても重吉の息子である。突き出た厚い下唇が重吉と瓜二つだ。半身になった姿勢で富治に注いでいる視線には、どこか胡散《うさん》臭げな色が見てとれる。

勝手口に近い位置には、女が三人並んでいた。奥から順番に、重吉の母と妻、そして嫁だろう。母親と思しき老婆だけは湯飲みを手にしているが、あとの二人は針仕事の途中だったようだ。

さらに、高等小学校を卒業したかしないかくらいの坊主頭の少年と、十歳くらいのおかっぱの女の子がひとりずつ。少年のほうは、若い父親の隣で藁打ちをしていた。少女もまた、こちらは母親に寄り添うようにして、雑巾と針を手にしている。冬場の農家としては、ありきたりの光景である。

「こしたな晩方に、敬一《けいいち》はなんの用だったんだべ」

蓑の肩に積もった雪を払い、板の間の端に腰をおろした小太郎が、重吉に向かって尋ねた。なぜか、いつものべらんめえ口調ではなく、土地の言葉に戻っている。

「なんもこうも、おめだ家《え》のお姉《ねえ》のことだべさ」

囲炉裏の向こうで重吉が顔をしかめたが、目は微かに笑っている。

「あんれ、すたらあの糞女《くそあま》、今度は敬太郎《けいたろう》さ色目使ったってが」

「らしいの」

「したかて、親父がわざわざ出はってくることもながんべに」

「大事な跡取り息子だがらの。敬一っつぁんが心配《すんぱい》すんのも無理ねえべ。なあ小太郎、ほどほどにせえよって、おめえからもイクさ語《かだ》っておいでけろ」

「それでおとなしくなるような女でねえでな」

「わがってる。んだども、あんまり度が過ぎれば、俺どしても黙ってるわげにはいかなくなるでの」

「わがりすた。んだら、家さ帰《けえ》ったら叩《はだ》きつけておきますって」

「語るだげにすろ。考えてみれば可哀相な女子《おなご》だがらの」

二人のやりとりを聞きながら、富治は自分の勘繰りすぎだったようだと思った。敬一というさっきの男の用件は、富治のことではなく、自分の息子とイクとの間に起きた色恋沙汰の相談だったらしい。

「ところで、其方《そっつ》の人は」

重吉の言葉に、小太郎は自分の家の客人だと断ったうえで富治を紹介し、まずは土産物を見てくれと言って、重吉と息子の重雄《しげお》を表へと誘った。

軒下で四肢を硬直させて横たわっているクマを見て、重吉親子は同時に息を呑んだ。好奇心に駆られてついてきた重雄の子どもたちも、父と祖父の背後で目を丸くし、まじまじとクマの死体を覗き込んでいる。

「このクマっこ、あんだがひとりで獲ったんだがえ」

「ええ、といっても穴グマですから、そう難しいことはなかったです」

「はあ、こりゃ、たいしたもんだの」

さっきまでの胡散臭げな色がすっかり消えた目で、重雄が感嘆の声を漏らした。

「富治さんとやら」

落ち着いた声で、重吉が訊いてきた。

「クマ一頭の手土産ちゅうのは、いったいどういうことだべの」

「実は、折り入ってお願いがございまして」

そこである程度のことは察したらしく、「んだら中へ」と言って、重吉は富治と小太郎を囲炉裏端の客座へと招いた。

女と子どもに席を外させて富治の話に耳を傾けているうちに、重吉の顔つきは、しだいに難しいものへと変わった。そして、彼の口から出た最後の言葉が「話はわがったども、すぐに答えられるもんではねえ。悪いがの、暫《すばら》ぐの間、小太郎の家でゆっくりしてもらって、返事を待ってでもらうしかねえの」だったのである。

重吉の屋敷を辞去して小太郎の家に戻る途中、富治はそれとなく尋ねてみた。

「ところで、おまえの姉さんの話が出てたようだが、どういうことだ」

「ああ、あれ」

呟いた小太郎が、苦りきった口調で説明しはじめた。

「いやね、前にも兄貴には話しましたが、うちの姉貴、十二の歳で、祖父さんが残した借金のかたに身売りされちまったんですわ。そのころは俺もガキだったもんで、詳しいことはあとで知ったんですがね、初めは工場の女工にという話だったはずなのが、実際は遊廓に売り飛ばされたっ

てわけで」

「おまえの親父さんやおふくろさんは、最初からそれを知ってたのか」

「いや、たちの悪い周旋屋《しゅうせんや》に騙されたみてえです」

「身請けはできなかったんだろうか」

「そんな銭《ぜに》、あるわけねえでしょう」

「そうか」

「俺がガキのころは姉貴にはおもりをしてもらったりして、ずいぶんと面倒を見てもらいましたからね、あのころの姉貴は好きだった。その姉貴が突然いなくなって、泣いて捜しまわったのを覚えてます。あとになって、実は遊廓で娼妓《しょうぎ》をやってるんだと知った時は、親父とおふくろに心底腹が立ちましたぜ」

「それを知ったのはいくつの時だ」

「俺がですか」

「ああ」

「十四の時でさあ」

「じゃあ、おまえが家を出たってのは――」

「へえ、確かにこの狭い村での暮らしに嫌気がさしたってこともありますが、姉貴を女郎風情にしちまった親父とおふくろの顔を、一時《いっとき》たりとも見ていたくなかったってのが本当のところで。いくら周旋屋の野郎に騙されたといっても、あの糞じじいと糞ばばあ、薄々は感づいていたはずだ」

　吐き棄てるように言葉を切った小太郎に、富治はどことなく違和感を覚えた。

「それにしてはおまえ、自分の姉さんに対して、糞女とか売女とか、ずいぶんな言い方をしてね

えか」

「なに言ってんですか、兄貴。好きだったのは、十二の時までの昔の姉貴ですって。俺もしばらく前まではヤクザの一家に草鞋《わらじ》を脱いでいた身ですからね。大きな声では言えねえですけど、人買いだってしたことがある。身売りされてきた田舎のおぼこ娘が、あの商売ですっかり変わっていくのを、さんざん見てきてまさあ。今の姉貴は、昔とはまったくの別ものですって。最初は鶴岡の女郎屋にいたんですが、何年かして仙台の小田原遊廓に移ったらしいです。小田原遊廓といやあ、東北で一番の花街だ。といっても、姉貴はあの程度の器量ですからね、芸だってたいしたことはなさそうだし、ふつうならそこまで売れっ子の娼妓になんぞ、なれるはずありませんって。ということは、よっぽどあれが巧かったに違《ちげ》えねえです。そういう女はね、根っから男、というより、あれそのものが好きなんでさあ。実際、仙台にいた時、どこかの旦那に気に入られて身請けされたんだそうで。それにもかかわらず、結局は逃げ出して飯盛女《めしもりおんな》に戻っちまうんですから、馬鹿な女ですって。あの歳になっても、まあだ盛りのついた雌猫と一緒ときてる」

「で、さっきの話になったわけか」

「そういうことでさあ」

「実は、夕方おまえの家に行く前に神社の境内で――」

そう言って、その時の様子を話してやると、立ち止まった小太郎が、腹を抱えて笑いだした。

「皮被りとはこりゃあいいや。敬太郎というのは、去年二十歳になったばかりの、敬一っつぁん家《ち》の家督なんですがね。親父があぁなせいか、いらいらするくれえ気が弱いぼんぼんなんですよ。いやや、気だけじゃねえな、体も貧相な野郎で、兵隊検査で丙種《へいしゅ》だったたっていうから、姉貴の言った通り、実際に皮被りに違いねえ。はは、こりゃいい。おおかた、敬太郎のほうが、勝手にひとりで熱をあげちまったってとこでしょうよ。で、皮が被った持ち物じゃあ、姉貴を喜ばせてやれ

なかったってわけだ。こりゃあ傑作だぜ」

「小太郎」

なおもくすくす笑いをしている小太郎に、富治は言った。

「へ？　なんですか」

「今までの話を聞いてると、おまえの姉貴、村の誰とでも寝ているように聞こえるが、実際にそうなのか」

「若勢《わかぜ》組の連中で姉貴とやってねえ者はいねえってのが、もっぱらの噂でさあ」

そう答えたあとで、小太郎は急に真面目な顔になった。

「兄貴、弟の俺が言うのもなんですが、姉貴には気をつけてくださいよ。間違いなく兄貴は、あの女の好みだ。もし女が欲しくなったら、俺がなんとか都合をつけますから、絶対に姉貴の誘いには乗らねえようにしてください」

「あ、ああ――」

「冗談で言ってるわけじゃねえですからね。あんな女に捕まったら、ろくなことにならねえに決まってる。いいですか、兄貴」

「わかった」

小太郎の真剣な口調に気圧《けお》され、そう答えるしかなかった。

富治と小太郎の帰りを、そのイクが、ひとりで待っていた。

囲炉裏の自在鉤《じざいかぎ》から吊った鉄鍋の蓋を開け、乏しいランプの明かりの下で微笑んだ。

「お帰り。雑炊を作っといたからね、冷める前にお食べ。富治さんもお腹が空いてるでしょう。これでもあたしは料理が上手いんだよ。たいしたものは入ってないけど、口には合うはずだ」

「なんだよ、気色悪《わり》い喋り方しやがって」

小太郎が侮蔑《ぶべつ》を滲ませた声を投げつけると、意に介した様子もなくイクは笑った。

「なに言ってるね、あたしはいつもこうさ。小太郎、あんた、よけいなことを富治さんに吹き込んだら、ただじゃおかないからね」

「へっ、猫をかぶりやがって」と言ったあとで、小太郎が富治の耳に囁く。

「姉貴の奴、さっそく兄貴に媚《こび》を売りはじめてる」

軽く頷き、薄暗い室内を見回してから、小太郎に訊く。

「親父さんとおふくろさんは？」

「今朝から炭焼き小屋に泊まり込みでさあ。白炭《しろずみ》が焼きあがるまで三日はかかりますからね。明後日《あさって》を過ぎないと戻ってきませんや」

「おまえは手伝わなくていいのか」

「俺がいたって、役になんか立ちませんって」

「そうそう、図体のでかい穀潰《ごくつぶ》しが増えちまったおかげで困ってるんだ、この家は」

口を挿んだ姉に「うるせえっ、穀潰しはそっちだろうが」と返した小太郎は、富治が脱いだ蓑を受け取って戸口にかけてから、板の間にあがり、どさりと囲炉裏の前に腰をおろした。

「さあ、兄貴、飯にしましょうぜ。確かにこの腐れ女《あま》、料理だけはまともに作りやがる――」そこでイクに向き直り、「おう、この前、俺が買ってきた酒がまだ残ってるだろうが。大事なお客さまに銚子の一本も出さねえでどうするってんだよ」

じろりと弟をひと睨《にら》みしたイクは、腰を浮かして勝手口へ向かいつつ、板の間にあがった富治の肩に軽く手を乗せた。

「ほんとにがさつな弟でごめんなさいねえ、さ、早くそこへ座ってくださいな。すぐにお燗《かん》してきます。あたしの酌でよかったら遠慮なく言っとくれ」

富治が答える前に小太郎が声を飛ばす。

「酌婦《しやくふ》なんぞ要らねえっ、酒だけ持ってきたら、とっとと寝ちまえっ」

やれやれという物憂《ものう》げな表情を浮かべて、イクは富治から離れた。勝手へと消えていく着物姿が妙に艶《なま》めかしい。小太郎が心配しているように、ほんとうに俺に媚びようとしているのだろうか……。

どちらにしても、自分が現れたことで、この姉弟に悶着の種を蒔《ま》いてしまったのは確かなようだ。このままずっとこの家でやっかいになるのはまずいかな、と思いながら、富治は、囲炉裏の縁に腰を落ち着けた。

二

重吉が言った、暫くの間、というのは、せいぜい二、三日、長くとも、四、五日のことだろうと思っていたが、待てど暮らせど、いっこうに音沙汰がなかった。

その間、行く当てもなかったので、小太郎の家に居候《いそうろう》しながら、家仕事の手伝いをして過ごすしかなかった。といっても、朝の雪踏みと三日に一度の雪降ろしくらいしかやることはなく、暇を持て余す日々が続いている。

晴れ間を見て猟に出ようかとも思ったが、一日も途切れることなく重い雪が降り続け、自分ひとりならまだしも、小太郎を連れて行けるような状態ではなかった。

そのかわり、小太郎の家に澱《よど》む、ぎこちない親子と姉弟の関係、そして、村での小太郎の立場が、富治の目にもしだいに明らかになってきた。

小太郎の父母、源太郎《げんたろう》とマツは、あくが強い二人の子どもの親とは思えないほどに、実直そう

な夫婦だった。夫の源太郎は、さすがに力仕事で横幅はがっしりしているが、どこから小太郎のような大男が生まれたのだろう、と首をひねりたくなるくらいに小柄な男で、妻のマツと変わらないくらいの背丈だ。

マツのほうはというと、娘の肌の白さは母親から受け継いだとすぐわかるほどに、色白の女だった。長年の野良仕事で、顔や手の甲、あるいは前腕といった常に露出している肌は、それ相応に浅黒いのだが、何かの拍子でちらりと覗く胸元や二の腕の内側は、歳にはそぐわないほどの白さである。

そして、二人とも、息子と娘に対して、ひどく遠慮していた。怯えているといったほうが近いかもしれない。小太郎の振る舞いや口の利き方を見ていると、どっちが家の主《あるじ》かわからない、というより、小太郎が主で、父と母は、住み込みの下男や下女のような扱いだった。しかも、実質的な主なら主らしく、家の仕事に精を出せばよいものを、小太郎は、炭焼きはおろか藁仕事ひとつせずにふんぞり返っている。

では何で身銭を稼いでいるかというと、どうやら、村の家々で力仕事が必要だとなるとお呼びがかかり、その手間賃で酒代を得ているようだった。確かにあの体格であるから重宝されるのだろうが、言ってみれば、この村の便利屋のようなものだ。しかも、よくよく様子を見てみると、請われて手伝いに出向くというよりは、小太郎のほうから力仕事の押し売りをしている節がある。村人の多くは、小太郎の奴、今ごろになってなんでまた村に舞い戻ってきたんだと、内心では疎《うと》ましく思っているというのが、当たらずとも遠からずといったところに違いなかった。

他人の家の内情に口を挿むことは憚《はばか》られたので、富治にしても見て見ぬふりをしているしかなかったが、ある時、源太郎本人に尋ねる機会を得た。

焼きあがった炭を山から下ろすというので、手伝いを申し出た。息子の客にそこまでしてもら

うわけにはいかないと断る源太郎を、体がなまらないようにしたいだけなのでと説き伏せて、雪が小降りになった合間に、一緒に炭焼き小屋へと向かった。

窯《かま》から出してあった炭を炭俵に詰める作業をしつつ、気を悪くされたら申し訳ないですがと言ってから、家での息子の横暴ぶりに困ってはいないかと、率直に訊いてみた。

弱りきった表情を浮かべた源太郎は、俵詰めの手を休め、「お恥ずかしいことでがす」と小さく溜め息をついた。

「小太郎にもイクにも、わしら、親らしいことは、何ひとつしてやれませんだでな。言い訳にしかなりゃしませんが、当時は祖父さんの作った借金を返すので手一杯だったもんでなす。子どもらしいわがままにも、ひとつも耳を傾けてやれなんだ。したがら、今になって罰《ばち》が当だってるんですろう」

「それにしても、お父さんやお母さんに対する口の利き方はあんまりだ。いいのですか、このままで」

「仕方《すかだ》のねえことです」

源太郎の諦めきったような呟きの裏側に、何か解《げ》せないものを感じたものの、重ねて問い質《ただ》すのも気の毒で、この時は、それ以上のことは聞かずじまいだった。

一方、小太郎とイクの関係も、長年離ればなれになっていて、久しぶりに再会できた姉弟とは思えなかった。特に、小太郎の姉に対する当たり方がきつい。

娼妓にまで身をやつしたとはいえ、イク本人が望んでそのような境遇に陥ったものではない。なにがしかの腹立たしさがあるにしても、ああまで口汚く実の姉を罵《のの》るというのは、尋常ではなかった。かといって、心底、姉を憎悪し、憎みきっているようにも見えず、ひどく矛盾したものが、小太郎の内側にあるように思えてならなかった。

愛情の裏返しの悪たれ口なのかとも思い、一度、冗談めかして「おまえ、ほんとうはガキのころと一緒で、姉さんのことが好きなんだろ」と言ってみた。すると小太郎は、「馬鹿なこと言わねえでくれっ」と血相を変えて凄《すご》み、すぐに慌てたように手を振った。

「兄貴ぃ、そんな冗談言わねえでくだせえよ。それよか、俺ぁ、女郎崩れの売女《ばいた》を姉貴に持っちまっているんですぜ。世間さまに対する肩身の狭さったらありゃしねえ。そんなこと言わずに、もうちと俺に同情してくだせえって」

へらへらと作り笑いを張り付かせている小太郎の髭面を見て、ますます疑問が深まった。もっとも、何が疑問の種なのか、これまた自分でもよくわからなかった。

そして、小太郎の姉のイク。

小太郎の言ったことは、誇張でもなんでもなかったことが、日を重ねるにつれ、わかってきた。イクは、三晩に一度は家を空けた。行き先はというと、小太郎の話では、村の青年会所、つまり若勢宿《わかぜやど》であるという。

富治が育った阿仁の打当でもそうだったが、どんなに小さな集落にも、村の若い衆が入り浸る若勢宿というものがある。昔は、村内でも住人の数が少ない家の一間を借りて集まったものだが、最近は国や県が青年団を組織化しはじめたこともあり、各地で青年会所なる簡素な建物が建てられだしている。とはいえ、実質的には昔ながらの若勢宿で、村の成員として一人前になるために、藁仕事や細工物など、歓談しながら先輩たちから仕込まれる場である。

で、表向きはそうなのだが、同時にこの宿は、男と女の逢い引きの場ともなっている。しばらく前までは、夜這いなどは珍しくもない習俗だったのだが、文枝の親父、長蔵のように、妙にインテリぶって眉を顰《ひそ》める連中が増えてきた。となると、性欲を持て余した若者が考えることは同じである。どこの宿にもたいてい一室、専用の部屋が設けられているのは周知の事実で、大人た

ちも知らないふりをして、若い衆の好きにさせていた。

イクは、三晩に一度、宿に通って取っ替えひっかえ、若い衆の相手をして小遣い賃を貰っているのだと、小太郎は苦々しげに吐き捨てた。

が、それだけではなかった。残りの二晩のうち一晩は、誰かがイクを目当てに夜這いに通ってきた。

富治が使わせてもらっている納戸との間に小太郎の寝部屋を挟み、玄関口に近い出部屋《でべや》が、イクの寝所としてあてがわれていた。しかし、もともと薄っぺらの板と襖《ふすま》で仕切られただけの安普請《やすぶしん》の作りである。マタギの性《さが》とでもいえばよいのか、寝ている間も周りの気配に敏感な富治が、イクの部屋から漏れてくる物音に気づかないわけがなかった。

考えるに、人目を忍んで夜這いに来ているのは、若い衆ではなく、所帯持ちの男たちなのだろう。そうして夜這いに通ってくる連中も連中だが、誰かれかまわず体を開くイクが、富治には理解できなかった。長い間の娼妓暮らしで、それがあたりまえになってしまったといえばそれまでだが、そうするしか自分の居場所をこの村に見いだす術《すべ》がないのだとしたら、あまりに寂しすぎる。

しかし、当のイクはというと、まったく悪びれたふうもなく、拍子抜けするほどあっけらかんとしている。性格がそうだというより、考えが浅はかな女としか思えない。富治にとっては、苦手というより嫌いな部類の女だ。

イクを見ていると、似たところなどまったくないのに、比立内にいる文枝が思いだされた。たとえ田舎娘として生まれても、文枝のように学問が好きで一途な性格の女がいるかと思えば、イクのように男漁《あさ》りしか頭にない無学な女もいる。小太郎には悪いが、文枝との比較で、イクを蔑《さげす》んでいる自分がいることは否定できなかった。

比較的、女には寛容なはずの自分が、そうまでしてイクを斜《はす》に見ようとするのには、理由があった。小太郎の家に世話になりだして最初の週が過ぎたあたりから、イクが、それとなく富治を誘う素振りを見せはじめたのである。

富治とて、ここしばらく女から遠ざかっていた身だ。軽く流し目を送ってきたり、唇の隙間からちらりと舌先を覗かせたり、あるいは胸元に指先を差し入れるといった、彼女のわずかな仕草で、どうしようもなく股間が疼《うず》いた。

肉欲とは正直なものだ。だが、いくらなんでも、居候している身で、弟分の姉と懇《ねんご》ろになるわけにはいかない。したがって、自分の肉欲を抑えるために、イクを嫌おうとしているというのも、一面では事実だった。

そうして悶々としつつ、イクからの誘いを適当にいなしながら居候を続けるのもそろそろ限界だと感じはじめたある日、富治は、予想もしていなかった事態に直面した。クマを担いで小太郎の家を訪ねてから、二週目に入ったばかりの真夜中のことだった。

その夜も、誰かがイクの寝部屋に夜這いをかけにきた。

微かに届いてくる衣擦《きぬず》れや吐息、濡れた性器どうしが交接する淫《みだ》らな音に耳を傾けていたのでは、とてもではないが、目が冴えて眠れなくなる。

富治は、頭から布団を被り直して耳を塞いだ。

しばらくしてうとうとしかけた時、それまでとは違った気配を感じて、布団の中で目を開いた。

襖一枚隔てた向こうで、囲炉裏がある板の間を踏む足音が聞こえた。

ゆっくりした重い足取りだ。イクが歩いている音ではない。

事を終えて裏手の縁側から外へ出るのではなく、寝静まった屋内をうろついているとなると、何かを物色しているとしか考えられない。

――物盗りか……。

身を硬くし、富治はいっそう耳をそばだてた。

待てよ、と首を捻《ひね》る。

この家には、目ぼしいものなどないはずだ。

飛び起きて取り押さえてやろうかとも思ったが、もう少し様子を窺ってみることにして、布団から抜け出し、襖のそばへとにじり寄った。

板の間を横切った足音は、勝手口のほうへと向かった。

ちゃぽんという水音がした。少ししてから、木蓋が甕《かめ》に被さる音。

なんだ、と富治は体から力を抜いた。

昔の自分にも身に覚えのあることだった。

どうやら夜這い野郎は、腰を突くのに張りきりすぎて、喉が渇いただけらしい。水甕から柄杓《ひしゃく》で水を飲もうとしている音に神経を張り詰めていただけだとわかると、馬鹿ばかしくなり、布団に潜り直して喉元まで掛布をあげた。

ところが……。

喉を潤した男の足音が戻ってきた。

そのままイクの部屋に入り、裏の縁側から屋外へ消えるはずの足音が、富治の部屋に向かって歩いてきた。

再び身を硬くする。

違っていた。

床を軋《きし》ませる足音は、富治の部屋ではなく、隣、小太郎の部屋の前で一度止まり、そのまま襖が開け閉めされる音がした。

続いて、ばさりと布団が捲られ、どしんという振動とともに、ひとつだけ咳払いがした。間違いなく、小太郎の咳払いだ。

混乱したまま耳を傾けているうちに、聞きなれた小太郎の鼾《いびき》がしはじめた。が、いくら待っても、イクの部屋から何者かが抜け出す音も気配も届いてこない。

ふいに、背中に冷水を浴びせられた気がした。

さっきまでイクの寝部屋にいたのは、小太郎だったのか。

二人は、姉弟どうしで乳繰り合っていたというのか……。

嘘だろうと、軽い吐き気を覚えながら、脳裏に浮かんでしまった思いを、懸命になって否定した。

そうだ、水を飲みにいく小太郎の足音に気をとられている間に、夜這い野郎は帰ってしまったに違いない。

一度はそうして自分を納得させようとしたものの、鍛えられた耳が、あの状態で物音を聞き逃すはずはなかった。

ひとつだけ確かめる方法があった。

確かめるのがためらわれた。

だが、どうしてもいてもたってもいられなくなり、富治は枕元の燭台《しょくだい》からロウソクを抜いて火を灯し、縁側へ出る引き戸を開けた。

足音を殺して雨戸の具合を仔細に点検する。開けられた形跡は見当たらなかったが、つっかいはかまされていない。

ロウソクを片手にそっと雨戸を開けた。裸足で下におり、雪囲いの間から外に出て、あたりをくまなく照らしてみる。イクが寝ている出部屋の周囲も確かめてみた。

二寸ほど降り積もっている新雪には、どこにも、つけられたばかりの足跡はなかった。今夜、外から夜這いに忍び込んだ者は誰もいないということだ。

あの喘ぎ声や衣擦れ、そして艶めかしい濡れそぼった音が幻聴ではないとしたら、考えられることは、たったひとつしか残っていなかった。

三

翌朝、久しぶりに青空が覗いた。

晴れ間が見えているうちに、麓の問屋まで炭俵を納めに行くと言って、源太郎とマツは、イクと一緒に、朝早く家を出た。むろん、イクの場合は、荷運びの手伝いではない。鶴岡にある気に入りの店で髪結いをしてもらうため、源太郎が重吉から借り出す馬橇《ばそり》に便乗するらしい。懐《ふところ》がさびしくなると、時おりそうして町場へおりては、二、三日、馴染みの店を回りながら、体を売って金銭《かね》を稼いでくるのだと、小太郎から聞いていた。

家に残った富治は、「このまま天気が持つようだったら、明日あたり猟に出ましょうぜ」と誘う小太郎と一緒に、囲炉裏端に腰をおろし、それぞれの銃の手入れをしていた。

自動装填用のバネと悪戦苦闘をしていた小太郎が、「だめだこりゃ」と呟いてから訊いてきた。

「どうしたんでぇ、兄貴。今朝からむっつり黙り込んじまって。具合でも悪いんですかい」

「いや」

「ならいいんすけど」

しばらく沈黙が続いたあと、手元の銃に視線を落としたまま、富治は口にした。

「昨夜《ゆうべ》も来てたみたいだな」

「来てたって？」

「イクさんの寝所に、夜這いをかけに来てた奴がいただろ。気づかなかったか？」

「ああそれ。そういえばそうだったすね」

「隣の部屋でよがり声なんぞあげられて、気にならねえのか」

「まあ、いつものことですからね、いちいち気にしていられねえです。それに、姉貴が誰といちゃつこうと、俺の知ったことじゃねえですし」

「そうか」

「へえ」

少し間を置いてから、富治は首を傾げた。

「解せねえんだよな」

「何がです？」

「足跡がなかった」

銃をいじっていた小太郎の手が止まった。

「なんのことです」と、探るような小太郎の声。

「家の周りを確かめてみたんだが、どこにも人の足跡がなかったのさ。おかしいとは思わねえか」

「そ、そうすね――けったいなこともあるもんだ」

小太郎に向けて視線をあげる。

慌てて目を伏せた小太郎が、せっせと銃身を磨きだした。

「おまえだろ」

「何がです」

平静を装いつつも、小太郎の頬は青ざめている。

「イクさんと寝てたのは、おまえだろ」

もう一度言った。

「馬鹿なこと言わねえでくださいよ。何で俺が姉貴なんぞと――」

富治の手が素早く動き、村田銃の薬室に散弾が装填された。

真っ直ぐ自分に向けられた銃口を、ぎょっとした目で小太郎が覗き込む。

「いつまでも白《しら》を切ってんじゃねえっ。いいか小太郎、俺は、おめえが心配でしょうがねえからあえて訊いてるんだ。他のことならおめえが何しようとかまわねえが、人の道に外れたことだけは我慢がならねえっ。なんであんなことをする。おめえは、そこまで落ちぶれた下衆《げす》野郎だってのかっ」

銃口に張り付いていた小太郎の視線が、富治の顔に向けられた。

「なんとか言ってみろっ。でねえと、本気で撃つぞっ」

蒼白だった小太郎の顔がみるみる紅潮した。両の目が、眼窩《がんか》からこぼれそうになるほど見開かれ、髭面の中で食い縛られた顎の隙間から、ぎりぎりという歯軋《はぎし》りの音が漏れ出る。

このまま飛びかかってくるのではないか。そう富治の胸に不安がよぎったところで、膨れあがっていた紙風船が萎《しぼ》むように、小太郎の体から力が抜けた。

がっくりとうな垂れた小太郎は、手のひらに顔を埋めて嗚咽《おえつ》を漏らしはじめた。

小山のような体を丸めた小太郎は、小刻みに肩を震わせ、泣き続けた。泣くに任せるしかなかった。どこかであったような光景だと富治は思った。

思いだした。

阿仁の鉱山で、小太郎と同様にむせび泣いていた慎之介の面影が蘇った。富治の胸が痛んだ。

あのあと、慎之介は、首を括《くく》って自ら命を絶った……。

「俺と姉貴は――」

そう漏らして、小太郎が袖口で顔を拭った。音を立てて洟《はな》を啜りあげてから、もう一度言う。

「俺と姉貴は――血が繋がってねえ姉弟なんだ――」

予想外の言葉に声を失う。

「俺は、親父とおふくろに山の中で拾われた捨て子だったんでさあ――」

そう言って小太郎は、自分の本当の境遇を、はじめて富治に話しだした。

たぶん、何かの事情で赤ん坊を育てる目処《めど》が立たなくなった木地師《きじし》が、他所《よそ》の山へ移る前に、親父とおふくろが使っていた炭焼き小屋の前に自分を捨てて行ったのだろう、と小太郎は言った。

捨てられたばかりの赤ん坊を見つけた源太郎夫妻は、そのまま自分たちの籍に入れて、実子として育てることにした。イクを産んだ時の難産のため、マツは子を産めない体になってしまっていたからだ。運よく、捨てられていたのは男の子だった。跡取り息子が欲しかった二人にとっては、願ってもないことだったらしい。

子どものできない夫婦が、もらい子や捨て子を実の子として育てることは、特別珍しいことではない。

が、小太郎の場合は、巡り合わせが悪かった。ちょうどそのころ、大鳥山中の界隈で、得体の知れない事件が起きていた。結局、警察の捜査でも真相はわからずじまいに終わってしまったのだが、獣に喰われたような痕《あと》を残した惨《むご》たらしい人間の死体が、二体も続けて発見されるという事件が起きていたのである。山菜採りか何かで山中に入って遭難死した人間の死体を、オオカミかクマが喰い荒らしたというのが、真相だったのだろう。しかし、当時の周辺の村々では、鬼婆《おにばば》の仕業に違いないと、もっともらしく囁かれた。つまり、源太郎夫妻が拾った赤ん坊は、その鬼

婆が産み落としていった赤子なのだという噂が立ったのである。都市部にさえまだろくに電灯が点《とも》っていないころのこと、そのような怪異の噂が流れても、不思議でもなんでもない時代だった。

悪いことは重なる。周囲の者がそう疑っても仕方がないくらいに、育ちはじめた小太郎は、異様なほどに体の大きな赤子になりだした。最初は、サルと鬼婆の間にできた赤子だと囁かれた。次には、御犬殿《おいぬどの》、すなわちオオカミが父親なのだと噂された。それだけ、小太郎の成長は異常なほど早かったのである。そして最後には、あの図体からして、やっぱりクマと鬼婆の子なのではあるまいか、というところに落ち着いたらしい。

その噂はおまえの耳にも入っていたのかという富治の問いに、小太郎は、こんな小さな村ではあたりまえだと顔を歪めた。獣《けだもの》が鬼婆に産ませた化け物だと囁いて、村人が自分を気味悪がっていることは、物心がつくと同時に、小太郎の知ることとなった。

もっとも、いくら無知な田舎者たちとはいえ、並外れて体が大きいということを除けば、角や牙が生えてくることもなく成長していく小太郎を見るにつけ、噂は単なる噂として忘れられていった。いや、そうした噂を立ててしまった自分たちを恥じて、蓋を被せてしまったといったほうが正確だろう。

だが、同じ年頃の子どもたちの場合、そうはいかなかった。親たちの口の端《は》にのぼる噂を真《ま》に受けた子どもたちから、時には疎外され、時にはひどい苛《いじ》めに晒されながらの少年期が続いた。中でも、当たりまえの遊びであるはずの鬼ごっこが、小太郎にとっては、拷問に等しいものだった。当然、鬼にされるのは小太郎である。だが、鬼であるにもかかわらず、追われるのは小太郎のほうだった。「鬼が出た！」と皆から追われ、最後には追い詰められて、棒切れで殴られるのである。体格を利して反撃に出ればよさそうなものだが、そんなことは考えもしなかったという。そうして苛められることが、仲間に入れてもらえる数少ない遊びだったからである。

「東京に出て丁稚《でっち》に入って、近所のガキどもが鬼ごっこをしてるのを見た時、あれ？　と思いましたぜ。それまで俺ぁ、鬼ごっこの鬼というのは、追っかけられるもんだとばかり思ってやしたからねぇ。皆でよってたかって鬼退治をするのが鬼ごっこだって、すっかり思い込んでいたんでさぁ」

涙が乾いた顔で小太郎は笑ってみせたが、聞いている富治の目から涙が零れる話だった。

そんな小太郎をただひとりかばってくれたのが、姉のイクだったのだという。

両親は当てにならなかった。

「おそらくね、親父とおふくろも、とんでもねえ化け物を拾ってしまったと、内心では後悔してたんでしょうや。口には出しゃあしませんでしたが、それくれえ、ガキの時分の俺にだってわかりましたって」

その負い目があって、今の自分が何をしようと黙っているしかないのだと、小太郎は蔑《さげす》んだ口調で吐き捨てた。

そんなだから、幼心《おさなごころ》の小太郎にとり、イクは姉であると同時に母親であり、おそらくは密かに焦がれる恋人でもあった。

その姉が、突然目の前から消えた。ばかりか、親の不甲斐なさで男たちの慰み者になっているのだと知っては、小太郎でなくても家を飛び出したくなるだろう。

その時の様子を思いだしたのか、小太郎は、再び唾を吐いた。

「俺が家を出ると言った時の、親父とおふくろの、あのほっとしたような顔は、とうてい忘れられるもんじゃねえですぜ」

八久和の村を飛び出した小太郎は、はじめ、姉を追って仙台まで足を運んだのだという。だが、山奥育ちで右も左もわからぬ十四歳の少年ひとりではどうなるものでもなく、イクを捜し当てる

ことは叶わなかった。その時、商売で東京から仙台に来ていた周旋屋に拾われ、乾物の卸問屋に仕事の世話をしてもらうことになった。その後の卸問屋でのいざこざと、ヤクザ稼業への転落は、前に小太郎から聞かされた通りである。

そうしてしばらく時が過ぎた。イクのことは気がかりだったが、ヤクザの世界で暮らすうちに、ある意味、小太郎も大人になった。幼いころの姉への想いは、当時の自分を唯一温かく保護してくれた存在に対する、青臭いあこがれに過ぎなかったのだと思うようになった。

やがて、親分の娘との色恋沙汰で揉め事を起こし、ほうほうの体《てい》で逃げ帰ってきた八久和の家に、あろうことか姉がいた。しかも、何から何まで変わってしまったイクがいた。

イクが、昔のままの姉でいれば、少なくとも、あっちの世界からすっかり足を洗ってくれていたのなら、違った展開にもなったのだろう。たとえそうでなかったとしても、遊廓に身を置くしかない娼妓としての姉に再会したのなら、彼女のために骨身を削ってでも金銭《かね》を作り、どうにかして身請けをして取り戻そうと必死になったかもしれない。

だが……。

イクがしていることは、娼妓よりも許せなかった。銭のためというよりは、ただの男欲しさで村の若勢組の連中に股を開き、さらには、助平親父どもを夜這いに誘うという姉の行状を知り、小太郎の心は引き裂かれた。

「それで、俺がどうしたと思います？」

小太郎は不敵ともとれる目つきで、富治に言った。

「ある日の真っ昼間、親父とおふくろが見ている前で姉貴の着物をひん剝き、四つん這いにさせて、後ろからやってやったんでさあ」

絶句している富治に向かって、小太郎は続けた。

「その時、親父たちはどうしてたと思いやす？　けっ、あの糞じじいと糞ばばあ、おろおろしながら黙って見てるだけでしてね。まあ、そんなことはどうでもいいっちゃあどうでもいいんですが、俺が——」と、そこで再び小太郎の顔が崩れた。

髭の中の唇を小刻みに震わして、絞り出すような声を漏らした。

「——俺が許せねえのは——姉貴の奴、尻を突き出してよがり声をあげだしたんですぜ——畜生、なんで、姉貴はあんな——」そこで小太郎の言葉が続かなくなった。

馬鹿なことはやめろと、なぜそこで姉は自分を引っ叩かなかったのか。そう訴えている慟哭《どうこく》のように、富治には思えた。

しばらくして、ようやく涙が乾いたあとで小太郎は付け加えた。

血の繋がりがないといっても、戸籍上は実の姉弟である。近しいおじやおばから、筆おろしや水揚げの手ほどきを受ける風習が残っているような田舎であっても、人の口にのぼるようなことになったらさすがにまずい。というより、小太郎が拾い子だったことは周知の事実なだけに、「しょせんは鬼婆が産んだ化け物だからの。獣と一緒だでな、そげなことをしたかて当然だべ」という聞こえてもいない嘲《あざけ》りが頭蓋の中で反響し、気が狂いそうになった。それで、イクのそばを離れるべく、大鳥鉱山に働き口を求めたのである。

だが、あの雪崩事故で、再び八久和に戻った。最後の避難場所として、心の内には、やはりイクの存在があるのは否定できなかった。ただし、二度と姉には手を出すまいと誓っていた。誓っていたはずなのだが、家に戻って三日目、またしてもイクと体を合わせてしまった。

「俺の中にも、姉貴の中にも、どうしよもねえ鬼が潜んでいるんでさあ」

最後に小太郎は、顔を伏せてぽつりと漏らした。

話を聞き終えた富治には、かけてやる言葉が探せなかった。小太郎が抱えている闇の深さを想

像すると、自分と文枝との間にあったことなど、取るに足らないままごとに思えてしまう。溜め息ひとつつけないで、ただ黙然《もくねん》と座っているしかなかった。

どれくらい時間が経ったのか。ふいに戸口ががたつき、戸外の冷気が首筋を撫でた。

身をひねった先に、重吉の孫、重雄の長男が、土間の入り口に突っ立っている影があった。部屋に満ちていた、ただならぬ空気に戸惑っているのだろう。富治が「何か用かね」と声をかけてやると、慌ててぺこりと頭を下げ、「富治さんに話《はなす》があっから少《べ》っこ来てけろって、俺家《おらえ》の祖父《ずん》つぁんが語《かだ》ってるすけ」と告げた。

「俺ひとりでがえ？」

「んだす」

「わがった、お使いご苦労さん。すぐに行ぐがらってはぁ、伝《つて》ぇでけろ」

「はいっ」

答えた少年は、富治の膝に載っていた村田銃を遠慮がちに盗み見てから、もう一度頭を下げ、逃げるようにして表へと姿を消した。

「小太郎」

「へえ」

「今の話は、またあらためてするべ。ちょっくら重吉さんの家さ行ってくる」

「へい」

囲炉裏の火に目を落としたまま、小太郎は頷いた。

富治が出会ってからこの方、小太郎の巨体がこれほど小さく見えたことはなかった。

四

「富治さん、聞げば、おめえさんも俺達《おらだつ》と同様、こげな山奥の村の出だちゅうから、わがると思うけんど、村に住まわせでくれと頼まれたかて、はいどうぞと、すんなりいぐもんではねえでの。それはえがすべ」

人払いをした屋敷の囲炉裏端で、紙巻煙草《たばこ》の煙を二本、鼻の穴から吐き出して、重吉が言った。

「この前、おめえさんが来た際、まずは田畑の見張りにでも使ってけろっつう話ではありましたがの、俺方《おらほ》の田畑はほんとに少《べ》っこだで、サルの見張りだば、婆《ばば》や童子《わらす》で間に合ってるでの。あらためではぁ、人に頼む必要はねえのしゃ」

神妙な面持ちで畏《かしこ》まっている富治に向け、「遠慮なくやらい」と膝の傍らにあった煙草の箱を放ってよこす。

橙色の朝日に薄く雲がかかる絵柄の箱を、富治は丁寧に押し戻した。

「吸わねえのがえ？」

「はい。猟では射手《マチッパ》をしていましたので」

「マチッパつうのは？」

「巻き狩りの時、勢子《セコ》に追い上げられてくるクマを、鉄砲を持って待ち構える役割で、このあたりでは撃方《ウチカタ》と言うはずです。煙草の煙の匂いをさせていたのでは、クマは寄ってきません」

「ほう」

そう呟いた重吉は、しばらく何かを考えている様子で煙草をくゆらせたあとで、吸いさしを囲炉裏の灰にねじ込んだ。

「俺方《おらほ》の若い衆には、おめえさん方が故郷《くに》ですてだ巻き狩りのような、大っきな猟ばしたがっている者もある」

「はあ——」

話の方向が見えないうちは、よけいな口は挿まないほうがいいだろうと考え、頷くだけにする。

「すかすな——」と重吉。

「どの村にも、その村なりの生業《なりわい》というものがありますでな。俺方では、昔から八尺木《はっしゃくぎ》の木流しで食うてきてるでの。藩政時代には、年貢もそれで納めだくれえです。まあ、年貢米を出せるほど、この村では米が取れなんだちゅうのが本当のところではありますがの」

八尺木というのは、ブナ、トチ、シイなどの木を伐採して、長さを三尺、四尺五寸、そして六尺と、三種類に切りそろえて加工した用材のことである。赤川水系を利用して鶴岡まで搬出された八尺木は、さらに一尺五寸の長さに小割りされ、各家庭の薪用材となる。

「確《たす》かにこのところ、暖房だば石炭に押されできてはいますだ。だども、ふつうの家《え》で飯《まま》炊ぎするには、まだまだ薪は必需品だで、そうそう簡単に廃《すた》れでしまうようなもんではねえのです」

電灯が煌《こう》々と灯る鉱山で働いていた富治としては、重吉が言うよりもずっと早く、都市部での薪の需要は落ち込んでしまうに違いないと思った。むろん、口には出さない。

「此処《こご》らでは、木流しのことば、マダナガシちゅうて呼んでいますだ。今年はこんたげ雪が多いんでまだ様子見してるども、いづもの年なら、そろそろ山入りすて木ば伐りはじめるころでしてな。俺方では、十二、三人ずつ、二つの組ば作ってマダナガシするども、一度山さ入《へえ》れば、雪解げ水ば利用してマダナガシを終えるまで、ふた月はかかる重労働なのしゃ。すたがら、富治さん、狩りをするたて、人手は最初から当でにならねえでの」

どうやら重吉は、やんわりと断りの言葉を重ねているらしかった。

「もともと無理なお願いであることは、私にもわかっています。おっしゃるように、木流しの大事な時期にどうこうというつもりはありません。ただ、冬場の時期であれば、こちらの男衆も手が空くのではと思いまして」

「どういう事だえ」

「狩りといっても、何も春先のクマ巻きだけが、狩りではありません。先日、こちらへお持ちしたように、冬場にも穴グマが獲れますし、もともと寒マタギは、アオシシ、つまりカモシカが一番の獲物です。ですから、寒の時期の猟であれば、少しは皆さんのお役に立てるかと」

重吉が苦笑いした。どういう意味の笑いなのか……。

「そう語ると思ってましただ。実はの、若勢頭に清次郎《せいじろう》つう、一昨年、兵隊のお勤めば終えて帰《けえ》ってきた男がおるんですけどの、おめえさんと同じ事ば、こないだの寄り合いで語ってましただ。冬場の藁仕事と言ったかて、銭になどならねえ、炭焼きだば年寄りでも出来《でぎ》る、せば、俺達が冬に大っきな猟さ出はっても誰も困らねべ、というのが、清次郎や若い衆の考えであるのは確かですだ」

「なら――」

「いや、早合点ばしねえでくださいの。若い衆はそうだども、わしら年寄りは、違《つご》うとりましてな。正直に語りましょう。確かに、おめえさんのような専門の人に手ほどきを受ければ、冬場の猟で村の現金収入は増えると思いますだ。そうは思うけんど、猟ちゅうのは博打みてえなもんですろ。違いますかの」

それはその通りだ。あまりに自明なことだったので、それほど意識したことはないが、獲物が獲れるか獲れないかは、かなりの部分、運次第という側面がある。だからマタギたちは、獲物は山の神様からの授かりものと考え、人知の及ばぬ部分については抗《あらが》っても仕方がないという、一

種の諦観めいたものが自ずと身についている。

「わしら年寄りの心配《すんぺぇ》は、若え者《わげもん》がそしたら一か八かの稼ぎさ魅力ば覚《おべ》えでしまって、他が疎《おろそ》かになっては困るつうことでしての」

これもまた、もっともな心配だと思う。富治自身、結局はこうしてマタギ仕事に戻ろうとしているのは、稼ぎのためというより、一度知った狩猟の味が、消すに消せないものとして体に染み付いているからに他ならない。

「しかしの、時代とともに村のありようが変わっていくのも、これまた自然なことですだ。村の将来を思えば、わしら年寄りも、若え者の望みさ耳ば傾けてやる必要があるかもしれんでの」

いったいどちらなのだと、内心で首を傾げた。

断りの方向に話が進んでいたかと思えば、そうでもなさそうだったり、やはり無理かと諦めかけると、再び期待を持たせるような内容に戻ったりと、さっぱり要領を得ない。

「重吉さん」

「なんですね」

「失礼ながら、話の行方がどうしてもわからないというのが正直なところでして。何か言いにくいことがあるのでしょうか」

すぐには答えず、重吉は煙草の箱から新しく一本抜き取った。

炭挟みで熾《おき》をつまみ上げ、一服つけてから目を細める。

「わがりすた、はっきり言いますだ。いろいろ頭ば悩ませましたがの、この村におめえさんが住むことを、了承させてもらいますだ。村の外れに、三年前に離村した人方《ひとかた》の家が、空ぎ家になって残っていますでの。あちこち傷んでいるども、手入れすれば、住めねえことはねえでしょう」

「ほんとうですか」

狐につままれた思いで訊き返した富治に、重吉は「ただし」と言って付け加えた。「それには、ひとつ条件がごぜえましてな――」

もちろん、無条件でなどとは、こちらも思っていない。猟に連れて行ける者が限られたり、上納金というわけではないにせよ、何らかの見返りを要求されたりすることは、あらかじめ覚悟していた。

「こげなこと、頼みにくいことではあるのですが――」と、本当に言いにくそうな顔をして、重吉が頭を下げた。

「富治さん、おめえさん、源太郎さんところのイクを嫁に貰って、所帯を持ってくれねべかの」

「は？」としか言葉が出なかった。覚悟も何も、夢にも思わなかった話である。

呆けた表情で喉仏を上下させている富治の顔を見て、すまなそうに重吉が続ける。

「源太郎さんの家さ世話になっとるがらには、おめえさんもある程度のことは知《す》っているとは思うけんど、イクがこの村に帰《けえ》ってきてから、若え者に限らず、いい歳の男連中まで、すっかり浮ついですまってのぉ。かと言って、追い出すわげにもいがねえですからなあ。他の村で嫁に貰ってくれればいいども、イクのことは知れ渡ってるすけ、それも無理での。富治さんさ押し付けるわけ《わげ》でねえども、そうしてもらうのが一番よがんべという話になりましての――どうだべが？」

どうだべがとは、よくもまあ抜けぬけと言えるものだと、呆れるのを通り越して、笑いたくなってきた。

俺を担いでいるのかとも勘繰ったが、重吉の目はあくまでも真剣である。どうやら、村の寄り合いで、本当にそういう話にまとまったらしい。

しょせん富治は、村人にとっては余所者、村を護る道祖神の外から現れた異人《まれびと》である。一時の滞在は好意を持って迎えられる異人も、勝手に村に居つこうとすれば、昔ならば殺されていても

仕方がない。受け入れてもらうためには、それ相応の対価を払わなければならないのが当然とはいえ、こんな形の代償を求められるとは、考えもしなかった。

「もちろん、すぐに返事ができねえのは承知してますだ。したがら、二、三日、ゆっくり考えてみてくれねえですかの」

「あ、あの――」

「源太郎さんとマッさんも承知してますだ。富治さんがそうすてくれるなら、そりゃあもう願ってもないことだと、喜んでいますだで」

そういう問題ではないと言おうにも、重吉は、とりあえず話すべきことは話したとばかりに「んだら、俺はこれがら山の様子ば見さ行がねばなんねもんで」と腰をあげてしまった。

しょうがなく土間におり立ち、藁沓を履いて重吉と一緒に外へ出る。

すっかり雪があがった青空から降りそそぐ陽射しで、村全体が銀色の陽炎《かげろう》に包まれていた。

照り返しの眩《まぶ》しさに目を細めながら、重吉は切なげに言った。

「イクと小太郎は、本当に可哀相な姉弟でしての。白状しますがの、小太郎があのような男になってしもうたのは、わしら村の者が悪かったせいですだ。源太郎さんがイクを身売りせざるを得なんだのも、もとはと言えば、わしらが金子《きんす》の用立てを断ったからでしての。だども、村の者だけでは、如何《なじょ》したかて、今の二人を救ってやるのは叶わねえのです」

二人の生い立ちを思えば、切ないのは富治も一緒だ。生まれ故郷の阿仁を捨て、鉱山にも背を向けた今の自分にとって、小太郎は唯一の友でもある。が、だからといって、自らを人身御供《ひとみごくう》にできるかとなると、話は別だった。

五

重吉の屋敷をあとにした富治は、小太郎の家には真っ直ぐ戻らなかった。いや、戻れなかった。気づくと、深い雪をかき分け、集落全体が眼下に見下ろせる、小高い峰まで登っていた。

素手で周りの雪をならして椅子をこしらえ、腰をおろして、ぼんやりと小さな村を眺める。眺めながら、身の振り方を考えた。

正直なところ、このまま背後の峰を越えて鉱山に戻りたくなった。平身低頭、大当番の工藤伊之助に詫びを入れれば、元の暮らしには戻れるだろう。そうして小太郎のことも、このちっぽけな村のことも忘れてしまえばよい。小太郎とて、寄り合いであのような無茶な話になったと知れば、俺を恨むことはあるまい。

だが……。

この先、小太郎はどうなるのだろう。慎之介のように、自ら命を絶ってしまうようなことにはならないと思う。そのかわり、イクとともに、この先も地獄を見ながら生き続けることになるのか。

数年前の自分だったら、俺の知ったことかと、尻に帆をかけ、逃げ出しているだろう。逃げてばかりいる、というのは、小太郎が鉱山を去る間際に、富治が小太郎に向かって口にした言葉である。あのあと、逃げているのは俺のほうだと自嘲した。確かにそうだった。そればかりか、自分が逃げた先々で、なぜか次々と人が死ぬ。俺は周りの人間にとって疫病神《やくびょうがみ》なのだろうか……。

考えてみれば、今まで生きてきた中で、人さまのために役に立ったことなど、何ひとつないよ

うな気がする。

小太郎が、イクとの抜き差しならない関係に深い罪悪感を覚え、今の泥沼から抜け出たいと心の底で願っているのは、あの様子を見れば明らかだ。他でもない自分の兄分である富治がイクを娶《めと》るとなれば、最後には小太郎にも諦めがつくはずだ。むしろ、これで救われたと、内心では安堵の溜め息をつくのではないかと思う。

小太郎のために、俺はイクと身を固めることができるだろうか、と考えてみる。所帯を持ち、女房に収まれば、いくらなんでも今のように無節操な男漁りはやめるだろう。村の男たちにしても、れっきとした亭主がいるとなれば、さすがに遠慮するに違いない。そもそも、そうさせないようにするのが亭主の甲斐性というもの。イクを十分に満足させてやればよいのだし、絶対に不貞は許さんと、最初からきつく言い含めておけばよい。俺にしたってそろそろ三十路《みそじ》になる。身を固めるには遅いくらいの年齢だ。

だが、あのイクを、自分の女房として、わだかまりなく抱くことができるだろうか。一緒に暮らすうちに、情が移っていくという時はやってくるだろうか。

娼妓暮らしで、何百人、何千人という男と肌を合わせた女だということが問題なのではなかった。イクのような境遇の女が、ひとりで生きるためには、どの道、仕方がなかったことだ。問題なのは、見知らぬ客ならともかく、この村のほとんどの男が、さらには、小太郎までが彼女の味を知っているという事実である。それに目をつぶり、さらには、自分に聞こえないところで、村の連中から陰口を叩かれるだろうことがわかっていて、女房として受け入れることができるだろうか……。

ふいに文枝の面影が瞼に浮かび、富治の胸が疼いた。もう一度彼女に会って、あのふっくらとした頬を手のひらで包みたいと、どうしようもないほど切なくなった。文枝と過ごした日々の

様々な思い出が、溢れ出て止まらなくなった。しかし、最後には、阿仁を去る前、長蔵の屋敷の垣根越しに見た、亭主の帰宅を迎える文枝の幸福そうな笑顔が蘇り、そこで映像が途切れた。

気づくと、頬に涙が伝っていた。

手の甲で、冷気にさらされて冷たくなった涙を拭う。

腰をあげ、もう少しで春を迎えるべく、静かに息を潜めている小さな集落を眺めやる。

いつまでも、文枝の亡霊に囚われているわけにはいかないぞ。そう足下の村が囁いているように、富治には思えた。

六

夕闇が迫る鶴岡の町並みを、富治は、路地から路地へと彷徨《さまよ》っていた。

八久和の集落を見おろせる峰から下りた富治は、一度小太郎の家に戻って一着だけ持ってきていた洋装に着替え、外出の身支度を整えた。自分の寝部屋でふて寝をしているらしい小太郎に、襖の外から「用足しに出かけてくる」とだけ声をかけ、急ぎ鶴岡へと向けて山を下った。

目星をつけた店々を覗きながら、富治が探し回っているのは、イクの姿だった。

この時間帯、私娼として稼ごうとする女がいそうな場所となると、まずは汁粉屋や蕎麦屋、あるいは銘酒店とは名ばかりの飲み屋、そうでなければ、曖昧屋《あいまいや》という名前の通り、何が商売なのか一見しただけではわからない売春宿、といったところが相場である。だが、仙台などとは違い、まだ鉄道も通っていない小さな町のこと、胡散臭い目つきで店の主人に睥睨《へいげい》されるのに辟易しつつ、あらかた探し尽くすまで、一刻《いっとき》とはかからなかった。

たいていの店で、それとわかる白塗りの女がひとりか二人は目についたが、どこにもイクはい

なかった。遊廓で公娼を装っているとは思えないから、富治が店々を覗いた時、たまたま客をとっている最中だったのだろうと考えるしかなかった。絶対に今夜、イクはこの町のどこかで商売をしているはずだ。

今度はいちいち聞き込みをしながら、塩を撒《ま》かれるのを覚悟で二巡目の探りを入れてみようかと、小さな商店が並ぶ路地を歩いている時だった。

一度目には気づかなかった「抜けられます」とへたくそな文字で書かれた看板が、狭い路地に遠慮がちにかかっているのが目にとまった。それを見ているうちにピンときた。小太郎がヤクザ稼業をしていたころの話の中で、こうした看板の話題が出たのを思いだした。目の前の路地は通り抜けられます、というご親切な意味で掲げられているのではなく、路地の奥に私娼窟がありますよ、と教えている看板なのだ。

東京にあるものはすべてモダンだから右にならえ。そう考える者が、こんな田舎町にもいるらしい。

なるほど、雪に埋もれていておかしくない狭い路地のくせに、丁寧に雪が除けられ、かき切れなかった雪は、人の足で踏み固められている。

それにしても、薄気味悪い路地だった。幅が半間もないうえ、暗くて奥が見通せない。

腹を決めて足を踏み出す。

ごみ箱に蹴つまずき、残飯を漁っていたらしい野良猫が、一声不機嫌に鳴いて暗闇に姿を消した。

ほとんど手探りの状態で、一歩一歩進んでゆく。

曲がりくねった路地をさらに奥へと進んだところで、窓々から明かりが漏れる古びた長屋が、山奥でひっそりと息づく村のように、忽然《こつぜん》と姿を現した。同時に、空気中に漂う濃厚な白粉《おしろい》の匂

いでむせそうになった。

いかにもイクがいそうな私娼窟だった。

さて、これから先はどうしたものかと思案する。ひとつひとつ部屋を覗いてみるわけにもいかないし、かといって、いつまでもうろうろして間抜けな姿を晒《さら》していれば、目ざとく見つけて表に出てきた女郎に、無理やり袖を引かれてしまいそうだ。

が、案じる必要はなかった。イクはやはりここにいた。彼女のほうから、格子越しに富治を見つけてくれたのである。

「誰かと思ったら、富治さんじゃないかい。どうしてこんなところに。女を買いに来たんかえ」

もともと色白なのだから、何もそんなに厚塗りをしなくてもよかろうにと思うほど、べったりと白粉を塗り、鮮やかな色の紅をさしたイクが、驚き顔で富治の前に駆け寄ってきた。

「いや、イクさんを探しにきたんです」

富治が答えると、イクは、どきりとするほど艶《あで》やかな表情で微笑んだ。

「嬉しいねえ、ようやくその気になってくれたんだね」

「まあ」

「それなら、わざわざ山を下りてこなくてもよかったじゃないのさ、いくらでもやらしてあげようと思ってたのに。けどねえ、ここの親分さんとは、折半《たたきわけ》の約束になってるからね。今夜だと、ただでというわけにはいかないよ。それでもいいかえ？」

「はい」

「なら話は決まりだ。そうそう、いいことを教えてあげようか。今夜は、なんだか客の出足が悪くてねえ。あんたが最初のお客だから、あたしのあそこは、まだ少しも汚れてないよ。生娘《きむすめ》みたいに綺麗なものさ」

イクがそう言って顔をよせ、富治の耳たぶに軽く息を吹きかけて手を取った。

化粧のせいかもしれない。八久和の村で目にする時と比べ、数段も色っぽく見える。

手を引かれるままにそそくさと長屋の一室にしけ込み、脱いだ外套と上着をイクに手渡した。跪《ひざまず》いて洋服を畳んでいたイクの手が、所在なげに突っ立っていた富治に向かって伸びてきた。彼女の手が、ズボンの上から股間に触れる。

「おやまあ」とイクが目を丸くした。

自分でも驚いた。富治の陰茎は、イクの手が触れた瞬間に、起き上がり小法師のように勃起した。

「あっという間にこんなになってしまって。あんた、よっぽど溜まっていたんだねぇ、すぐにあたしが楽にしてあげるよ。ところで、明かりはどうするね」

「イクさんがかまわないなら、点けたままでいい」

悪戯《いたずら》っぽい笑みを浮かべ、イクは慣れた手つきで富治のズボンを脱がせ、褌《ふんどし》も解いた。

「横になっておくれ」

ひんやりとしたせんべい布団に仰向けになり、まだ身に着けていたシャツは自分で脱いだ。上着と同様、富治の下着を丁寧に畳んだイクが、自分の帯を解いて、肩から着物を落とし、惜しげもなく全裸になった。

そのままイクは、富治の頭の上で肩幅ほどに脚を開いて立ち、男が立小便をする時のように、わずかに膝を曲げてみせた。

下からまともにイクの性器を見上げる形になり、富治は音を立てて唾を飲み込んだ。陰毛が繁った股の間におりてきたイクの指先が、ためらいも見せずに外陰部の襞《ひだ》を左右に押しやり、膣の入り口が露出した。電灯の影になっているにもかかわらず、桃色の肉がてらてらと光っていた。

彼女の指の動きにつれ、膣液がじわりと染み出してくる。溢れてくるしずくが、今にも顔に向かって零れ落ちてきそうだ。

「眺めはいいかい？」

「い、いい」

答える声が掠《かす》れた。

ふふ、と微かに笑いを漏らしたイクが、富治の腰の隣に座り、今度は直接指先が触れて、陰嚢から亀頭へと陰茎の裏側を撫であげた。それだけで射精しそうになり、目を瞑ってこらえる。

イクの手の感触が消えた。

目を閉じたまま、次の愛撫を待つ。

唐突に、陰茎の根元に強烈な痛みが走った。

力任せに陰茎を握ったイクの手が、根元から先端へかけて、何かを絞り出そうとするように動いた。

「痛《いで》でっ」

思わず涙目になって悲鳴をあげると「ごめんなさいな」と言ってから、イクは満足げに頷いた。

「富治さん、あんた、悪い病気は持ってないみたいだね。よけいなものは着けずにやってあげようか」

「い、いいんですか」

「あたしは、自分のお道具を大切にしてるからね、ふつうそんなことはしないんだけど、あんたの場合は特別さ」

「な、なんでもいいから早く」

待ちきれずに催促すると、イクは腰を浮かして、自分の性器で富治の陰茎を銜《くわ》え込んだ。銜え

込む、というのは比喩ではなかった。するりと陰茎が滑り込んだと思った直後、膣の内側が生き物のようにうねって、ぎゅうぎゅうと締め付けてきた。腰を突きあげるまでもなく、数秒もかからずに富治は果てた。射精している間にも、膣の壁がうねり続け、小便を漏らしそうになるくらい強烈な快感で目が眩《くら》む。

「可愛いねえ、その顔。これからが本番だよ。あたしをたんと喜ばせておくれ」

甘い声でイクが言う。

今や、イクの体を貪《むさぼ》ることしか、富治には考えられなくなっていた。

それからわずか半刻のうちに、富治は五度もイクの中で果てた。果てる度に、イクの口と手で愛撫を受けた陰茎は怒張を取り戻し、最後には、精液が一滴も出ないにもかかわらず、快感の波に襲われて腰が震えた。その後は、ただれたようにひりひりと陰茎が痛みだし、勃起は続いているのに、交わるのが不可能になった。

村の男たちや小太郎が、イクの体に溺れるのも無理はなかった。一度この味を知ったら、そうそう簡単に忘れられるものではない。

布団の中で静かに肩を寄せ合い、火照《ほて》った体が冷めるのを待っていると、イクが面白そうに訊いてきた。

「どうだったかえ？」

「どうもこうも、こんなのは初めてだ」

「あたしと寝た男はたいていそう言うけどね。あんたくらい続けてできた男は、そう多くはないよ。やっぱりあたしが見立てた通りだった」

誉められているのだろうが、どう答えてよいものかわからない。

かわりに言ってみる。

「覚えてないでしょうが、四年前、肘折温泉で一度だけイクさんに会ったことがある。その時、イクさんは私にこけしを売りつけようとした」

少し間をおいてから、イクは言った。

「一度だけ、じゃないよ」

「え？」

驚いて首をねじり、うっすらと笑みを浮かべているイクを見た。

「あたしって、人の顔の覚えがいいんだ。自分がとった客の顔は全部覚えていると言ったら驚くかい？　顔と一緒に、どうやってやるのが好きな客だったかということも、みんな頭に入っている。次にまた客になった時、それを覚えておいてご奉仕すれば、その後もあたしをご贔屓《ひいき》にしてくれるお客が増えていくからね」

「ちょ、ちょっと待ってください。一度だけじゃないって、どういうことですか」

「七年、いや八年くらい前のことかねえ。あんた、お仲間と一緒に、仙台の小田原遊廓に女を買いに来たことがあるだろ」

「あっ」

比立内の幼なじみ、忠助たちと、兵隊検査の合格を祝うために、生まれてはじめて遊廓、それも、東北一の小田原遊廓へはるばる遠征した時のことを思いだした。

「もしかして――」

「そうさ、あの時、あたしをご指名してくれたのがあんただった。けど、あんたのほうでは、あたしのことは覚えてないだろ」

うう、と頷くしかなかった。あの時は、田舎とはまったく違うきらびやかな遊廓の雰囲気に圧倒され、相手をしてくれた娼妓の顔をまともに見ることもできなかった。

「あのころ、あたしは仙台に移ってきたばかりでねえ、お道具には自信があったけど、この器量だろ。最初はなかなかお客がつかなくて大変だったのさ。なのに、あんたはあたしを選んでくれた。久しぶりにご指名がかかってのお勤めだったから、そりゃあ嬉しかったさ」

実際のところは、自分で選んだのではなかった。忠助が仕切るままに、あてがわれたというのが正しい。

「しかし、なんで今まで――」

「黙っていたってかい？」

「そうです」

「教えてどうなるね。あんたにとっては、ただの行きずりの商売女だったんだよ、あたしは。そんなことを蒸し返したって、なんの意味もありゃしないだろ」

「それなら、なぜ今になって」

「あたしの気まぐれさ。いや、正直に言おうかねえ。あたしが客をとれなくて困っていた時にご指名してくれたあんたに、少しだけ情が入ったんだろうね、きっと。あのころは、まだあたしも小娘みたいなもんだったから、またあんたがお客として来てくれやしないかと、ずいぶん期待して待ってたのさ。もちろんそんなことはなかったけどね。そうしたら、肘折温泉で偶然あんたを見かけたじゃないか。もしかして、と思って声をかけてみたのさ。でも、あんたはこっちのことはぜんぜん覚えてなくて、逃げるようにして行っちまった。しょせんそういう生き方しかしてこなかったんだから仕方がないけど、さすがに寂しかったねえ。そしたらあんた、今夜は、自分からあたしを探しにきてくれたじゃないか。つい、嬉しくなって、口が滑ってしまったのさ」

なんと言ったらよいものか……。

富治が、あれこれ考えを巡らしていると、イクがさばさばした口調で言った。

「さ、くだらない昔話は終わりだよ。そろそろ時間だ。悪いけど次のお客を探さなくちゃいけないから、続きはまたあとで、ということにしようかね。村でなら、いくらでもただでやってあげるよ」

布団から抜け出たイクは、さっきまであれほど激しく交わっていたのが嘘だったかのように、機械的な仕草で着物を身に着けはじめた。

自分も洋服を着終えてから、富治はイクの前で居住まいを正し、意を決めて言った。

「イクさん」

「なんね、あらたまって」

「俺と所帯を持ってくれないだろうか」

きょとんとした顔で富治を見つめていたイクは、しばらくしてから、思いきり吹き出した。

「冗談はよしとくれよ。いくらあたしのお道具が気に入ったからって、いきなり結婚してくれはないだろ」

「冗談ではありません、真剣です」

「あんた、頭がおかしくなっちまったんじゃないのかい」

「嘘をつくのは嫌なので正直に言います」

そう言って富治は、重吉から申し渡された話をイクに語って聞かせた。

聞いているうちに、イクの目が険を帯びてきた。

「あいつらの考えそうなことだ。しかし、富治さん、あんた、ほんとうに馬鹿だねえ。そんなことを言われて喜ぶ女なんか、どこにもいやしないよ」

「わかっています。だからあえて言ったんです」

「どういうことだい」

「はじめは私も、村に住むためにはそれも仕方がないだろうと考えただけでした。ですが、やはり簡単に決心がつくものじゃない。それに、イクさん自身の気持ちもある。それで迷った末、イクさんを探しに山を下りてきたのです。まずは二人きりで会って話をしてみようと」

「あんたの話ってのは、男の持ち物でするんかえ」と、イクが鼻で笑う。

「そうさせたのはイクさんです」

「あたしが？」

「イクさんに手を引かれてここに入った瞬間から、不思議なことにあなたを抱くことしか考えられなくなった。それは今でも一緒です。しかも、イクさんは、こちら以上に私のことを覚えていてくれた。それを聞かされた時、心が動きました。たぶん、私はあなたに惚れてしまったのだと思う。もう他の男には、イクさんの体に指一本触れさせたくありません。ぜんぶ私が独り占めにしたい。そう思うのは、いけないことでしょうか。男のわがままかもしれませんが、しょせん男とはそういう生き物です。自分の女房にすれば、私はあなたを独占できる」

くくっと、イクは小さな笑いを漏らした。

「よくもまあ、どこかの文士さまから聞いてきたような台詞《せりふ》が、次々と出るもんだ」

「嘘ではありません」

「そうかい、それがほんとうなら嬉しいよ。あんたの言う通りさ。自分だけを見てくれる男がいれば、女にとってそれ以上に幸せなことはないからね――」と、そこで一度言葉を切り、探るような視線を向けてきた。

「じゃあ訊くけど、あんたは、あたしだけを心に想い続けることができるかい」

「もちろんです」

「嘘つき」

「え？」

「あたしを馬鹿にするんじゃないよ。あんたには好いている女がいるだろ。あたしが今まで、どれだけの数、男を見てきたと思うんだい？　あんたの心の中に大事な人がいるのは、とうにお見通しだよ」

女の鋭さと恐ろしさを、同時に見た気がした。それでも富治は言った。

「忘れます」

「無理だね」

「忘れるように努力します。いや、忘れると約束します」

「できない約束なんかするもんじゃないよ」

せせら笑うようなイクの声色《こわいろ》にむっとして、これだけは喋るまいと決めていたことが、思わず、口をついて出た。

「小太郎のためにも、そしてイクさんのためにも、私たちは所帯を持ったほうがいい」

最初イクは、何のことだとでも言いたげに、表情をなくした目で富治を見つめていた。

すべてを俺はわかっているのだと、富治は無言でイクに訴えた。

いきなり、彼女の形相が豹変した。

紅をさした唇から投げつけてくる罵りから、それまでの女郎言葉が消えた。

「ぬっしゃに俺《おら》の何がわがるっ。俺が廓《くるわ》さ売られだ時は、乳も膨らんでねえ十二のおぼこだったんだどっ。こしたら不器量な俺が飯《まま》食うために、どげな思いで女の道具ば鍛錬すたが、ぬっしゃら男どもにわがるわげねえっ。何《なぬ》が俺のためだ。そげな上品ぶったことば言われるよか、おめえの体が目当てでだど言われたほうが、なんぼいいがわがんねっ」

そう叫んで殴りかかってこようとするイクの手首を摑み、富治は怒鳴り返した。

「んだたら、せっかぐ身請けばされだくせに、何故《なして》仙台がら逃《ぬ》げできたのやっ。今のこしたら暮らしするより、妾《めかけ》であったほうがなんぼいがんべな。あんだが村さ戻って来ねば、小太郎もあげに苦しまねですんだんだどっ」

抗うイクの動きを封じ、燃える瞳を覗き込む。

怒りの炎を湛《たた》えるイクの目から、唐突に涙が溢れ出した。

白塗りの頬に幾筋も涙の跡を作り、怒りの表情を浮かべたまま、声を出さずにイクが泣き続ける。

「俺の——俺の体には、鬼がいる——」

ふいに、小太郎と同じ言葉をイクは漏らした。

目を逸《そ》らさずに富治は言った。

「俺はクマ撃ちだすけ、鬼の一匹や二匹、なんぼでも撃ってやれるでな」

イクの顔が歪み、はじめて泣き顔になった。

摑んでいた細い手首から力が抜けた。

富治が手を放してやると、イクは、枕の上に突っ伏して、さめざめとした声で嗚咽を漏らしはじめた。

あらためて彼女の手に自分の手を重ね、富治は、今の思いを口にした。

「あんだが語《かだ》るように、俺は、あんだのことなど何《なぬ》もわがってはねえ。んだども、何故《なすて》が今は、イクさんどならあの村で暮らして行げるような気がすてな。自分でもわがらねども、俺どあんだは、そげな運命だったようにも思う。あんだど同じように、たぶん、俺の中さも鬼はいる。んだがら、一所《ひとどご》さいられねえように、山の神様が、俺のことを彼方《あっつ》さやったり此方《こっつ》さやったりすてきたんだど思う。自分の鬼を始末する場所は自分で探せと、山の神様は語ってたんでねえべかと、

今になって思うのしゃ。小太郎のためでもねえ、村のためでもねえ。俺達《おらだづ》二人のために、あの村で暮らしはじめでみるべよ。見込みのねえ賭けがも知ゃねども、博打ちゅうもんは、賭げでみねば、どんな目が出はるか、最後までわがんねえもんだすけ」

自分の言葉に偽りはないと、富治は思った。そして、この言葉にイクが頷いてくれるか否かが、最初の賭けになるのだと思った。

寒々とした廓の片隅で、不思議と穏やかな気持ちを抱きながら、富治はイクが泣き止むのを待ち続けた。

第八章　頭領《スカリ》

一

人肌に触れれば陽炎《かげろう》となって消えてしまいそうな淡雪が、赤く燃えあがった雑木の森にうっすらと積もっていた。

晩秋から初冬へと移りゆく季節になって、初めて富治が目にした雪だった。

夜明け前に雪は止んでいた。

空は青い。キンと凍てつく青さではない。秋の稔《みの》りを微かに残した、どこか優しげな青である。

この空も、次にこくりと頷けば、その時に降ってくるのは、優しさなどかけらもない、山全体を呑み込もうとするかのようなドカ雪になるはずだ。山住みの人々がじっと息を潜め、遠い春を待つ日々が、すぐにもやってくる。それはまた、マタギにとっては、辛くはあるが恵みの時の到来となる。葉を落としたブナの森で、寒さに凍え、風に耐え、雪崩の恐怖に晒されて獣を追う日々がなければ、マタギの一家は餓《う》えて死ぬ。

猟場《クラ》になる前の静まり返った尾根道を、富治はイクとともに、二人だけで歩いていた。

鶴岡の廓《くるわ》で彼女と最初に肌を合わせてから、十七年の月日が流れていた。

二人が踏む、人はおろか小動物の足跡さえもまだついていないまっさらな尾根道は、新潟と山形を隔てる県境の稜線を越え、大鳥、そして八久和の集落へと続いている。

満で十六になったひとり娘を、熊田に住む滝沢鉄五郎の倅《せがれ》のもとに嫁がせた帰り道だった。

「ほんとにこれでえがったんがえ？」

熊田を発ってから三度目となる、同じ問いをイクは口にした。

足を休めて振り返り、前と同じ言葉を富治は返した。

「いいのしゃ、これで」

「だども――」

「熊田の人方《ひとかた》は心がいい人ばかりだでな。やゑが肩身の狭い思いをすることはねえ」

「俺《おら》がこげな女子《おなご》でさえなければ、婿どのを貰えたべにと思うと、お父《ど》に申す訳《わげ》なくて――」

「まだそいづば語《かだ》る。こうすて嫁さ出せだだげでも、俺は幸《すあわ》せなのっしゃ」

鬢《びん》に白いものがまじりはじめたイクの顔を見やり、その先はもう言うなと無言で伝えて先を急ぐ。

三歩離れてついてくる雪を踏む音が、いくらも行かないうちに途絶えた。

「イク」

いいかげんにしろと言いかけて、富治は言葉を呑んだ。

淡雪の上に立ち尽くしたイクが、静かに泣いていた。声を出さずに、娘のように大粒の涙を零して泣いていた。

「何故《なして》、泣ぐ」

立ち止まったまま、手の甲で頬を拭ったイクは、潤んだ瞳で富治をまっすぐに見つめた。

「富治さん」

お父《ど》と呼ばずに、富治さんと、イクは呼んだ。

「これからは、富治さんの好きにしてええんよ」

「どういうことだえ」

「あたしに縛られずに、好きなところで好きに生きていってくださいな」

「何《なぬ》、馬鹿ば語ってっけや。そすたら事ばがり言ってねえで、早々《ちゃっちゃ》ど行べ《あ》ぇ」

再び峰へと踏み出した富治は、またすぐに歩を止めて後ろを見た。

「如何《なじょ》すた。また膝が痛むんか？」

「ごめんなさい、少っこ《べ》」

妻のもとに歩みより、背中を向けて屈み込む。しばらくその姿勢を保っていた富治は、じれったくなって促した。

「ほれ、おぶされ」

「え？」

「次の峰ば越えるまで、おぶさってろ」

「でも――」

「早ぐすろっつの」

ためらうように、イクが富治の背に身を寄せてきた。が、両手は所在なげに肩のあたりで止まっている。

「何すてっけ、おめえの腕ば俺の首さしっかり回せ。んでねば容易でねえべ」

「はい」

肩に乗っていた手が富治の首に回され、背中に感じていた重みが増した。

後ろに回した手を、イクが着ている着物の裾から差し入れ、しっかりと太腿を支えて立ち上がる。

「重ぐねえすかの」

すまなそうに耳元でイクが訊いた。

「なんの、クマや簞笥《たんす》ば担ぐよりなんぼ楽だがわがんね」

答えた富治は、二人分の体重を膝で支えて歩きだした。

三日前に同じ尾根道を熊田に向かった時、富治の背には、上等の反物をはじめ、新品の鍋や瀬戸物といった嫁入り道具をぎっしりと詰め込んだ簞笥があった。背荷物が消えた今日の帰路、重さが消えてしまった背中が寂しかっただけに、イクの体重と温もりは、かえってありがたいくらいだった。

視線を落とすと、草鞋《わらじ》と足袋《たび》をつけたイクの足が、富治の腰のあたりで歩調にあわせて揺れていた。見え隠れする膝小僧とふくらはぎは昔と同様に白い。それとはまったく対照的に、富治の首にしっかりとしがみついている手の甲は、あかぎれを起こして痛々しいくらいにひび割れている。

イクと所帯を持ってから今日までの日々を、思うとはなしに脳裏によぎらせながら、富治は八久和の家を目指して淡雪を踏み続けた。

二

まるで別人になったような変わりぶり。それが、富治と所帯を持ったイクに対する、小太郎や重吉をはじめとした、八久和の住人による評価だった。

もともとが遊廓を渡り歩いていたような女だったから、身持ちの悪さはある程度覚悟していた。

が、富治が釘を刺す前に、イクは自分のほうから、今後は男の心配は無用だと告げ、事実、それまでのような男漁りはぴたりとやめた。それで十分に満足だった富治だが、村の者が言うには、そうした表面上のことだけではなく、性根そのものがすっかりよいほうへ変わったというのである。

以前のイクを知らない富治には、どこがどう変わったのか指摘のしようもないことだった。だが、重吉を仲立ちとしてささやかな祝言をあげて数カ月後には、彼女が女房としての務めを立派に果たすようになったのも、亭主の甲斐性のよさがあればこそだと、村の者から面と向かって誉められるようになったくらいだった。もちろん、額面通りに取れる話ではなかった。特に、若い衆からの誉め言葉には、イクを独占したことに対するやっかみがありありだった。

ともあれ、そうして始まった八久和での生活だったが、落ち着くまもなく、イクの腹がどう見ても膨らみはじめているのに、富治は気づいた。本人に尋ねてみると、そういえばここふた月ほど、月のものを見ていないという。

あわてた富治は、村の若勢頭《わかぜがしら》、清次郎の女房が産気づき、おりよく麓から呼ばれて八久和に来ていた産婆に頼んで、イクを診てもらった。納戸でしばらくイクの乳房や性器を検《あらた》めていた産婆は、納戸から出てくるや、前歯が抜けた口許をほころばせて、間違いなくおめでただよ、と富治に言い渡した。

富治は、赤ん坊ができたと知って、嬉しさを感じる前にうろたえてしまった。

昔の文枝との一件が、ちらりとよぎってしまったのだ。あの時は、文枝を孕《はら》ませたことで村を追われるはめになった。富治にとり、体を重ねた女の妊娠は、一種の鬼門のようなものである。思わず眉を寄せてしまっても無理はない。

そして、おめでただよ、との産婆の言葉には、富治以上にイク本人が驚いたようだった。

――あたしは水子を二人も作っているからね。もしかしたら、とは思っていたけど、まさか本

当に子どもが授かるとは思っていなかったよ。赤ん坊を産むのは無理な体になってしまったと思っていたから……。

産婆が帰ったあとで、そうイクは呟いた。

どこか寂しげな声だった。

憂《うれ》いを帯びた彼女の声を聞き、不憫《ふびん》に思った富治は、女房とやがて生まれてくることになる子どもを、これから先、立派に養ってみせなければ、と腹を括ることにした。かなり無理をした末の決意だった。

無理した末、というのにはそれなりの訳があった。イクの腹に宿った赤ん坊の父親が自分かどうか、いまひとつ確信を持てなかったからである。

イクの妊娠があと三月も遅ければ、なんの疑念も抱かずにすんだはずだ。だが、指を折って数えてみるに、鶴岡の廓で体を重ねた時にできた子どもだと考えなければ、どうしても辻褄《つじつま》が合わなかった。

生まれてくるのは自分の子どもだと信じたいのは山々だったが、当時のイクの行状を思い返せば、銭でイクの体を買った見知らぬ男の種《たね》による可能性ばかりか、村の誰か、悪くすれば、小太郎が本当の父親ということもあり得た。

だが、その疑念はどうしても口に出すことができなかった。いまさらそんな話を蒸し返して事を荒だてることはできない状況になっていたし、当のイクはというと、富治との間に授かった赤ん坊だとすっかり信じきっている様子で、いとおしげに自分の腹をさするばかりだったからである。

いや、実際には、イク本人にも、父親が誰なのか、確信がなかったのかもしれない。あえて勘ぐれば、かなり早い段階で自分の妊娠に気づいていたとも想像できた。最初は富治との祝言を渋

っていたイクが、ひと月ほどして、なぜか突然頷いたこともそうだったし、さらには、何も手を打たなければ噴き出してくるであろう周囲の疑念を封じるために、結婚を期に、口に出して宣言してまで男漁りをやめたのだと疑うこともできた。

そういう状況での妻の妊娠であったから、どうしても素直には喜べないままに時はすぎ、富治の思いには関係なく、日ごとにイクの腹は大きくなっていった。白状すると、何かの拍子に流産でもしてくれれば、と願ったことも、一度や二度ではなかった。

そうしたことを考えてしまう自分が、いかにみみっちい姑息《こそく》な男であったか、嫌というほど思い知らされる時がやってきた。

年の瀬も差し迫り、いつ産気づくかわからないイクを実家に預け、小太郎を連れて早いところ寒マタギに出かけてしまおうか、いや待て、やはり生まれた赤ん坊の顔を見てからにしようかと迷っていた矢先、台所に立っていたイクが、亭主に自分を放っての山入りをさせまいと企てたかのように、前触れもなく破水した。

実家の源太郎とマツのもとにイクを運び込んだ富治は、麓を目指して雪降る山道を駆けに駆けた。そして、そろそろ寝支度をしようとしていた産婆をひっさらうように表へ連れ出すや、背におぶって、今度は八久和へと向かって一目散に取って返した。それほど急いだのは、イクの腹にいる赤ん坊が、何度ひっくり返してもまたすぐに元に戻ってしまう性質《たち》の悪い逆子だったため、かなりの難産になるのは覚悟しておきなさい、とあらかじめ産婆に言われていたからだった。

産婆が予告していた通り、まるまる一昼夜に及ぶひどい難産の末、ようやく娘が生まれた。

産着《うぶぎ》にくるまれた、サルの赤ん坊のように真っ赤な顔をした娘をまじまじと覗き込んでいる富治に、疲れきった顔で産婆が言った。

——こうすて無事に生まれだすけ言うけどの、あど少《べ》っこ出はってくるのが遅がったら、赤子《あがんぼ》

だけでなく、お母《が》っつぁんも危ながったではぁ、よぐまあ生まれできてくれたもんだ。おめえさん、仏様に感謝すて、女房子どもを大切にせにゃあわがんねよ。

すべてを悟っているかのような産婆の言葉に、深く自分を恥じた。同時に、阿仁を去ることになった時、長蔵の屋敷で一度だけ姿を見かけた、文枝の亭主の姿が蘇った。

名も知らぬ文枝の亭主は、富治にとって、今の今までずっといけ好かない輩《やから》だった。あの男さえいなければ、文枝と所帯を持つことが叶ったかもしれないという思いが、どうしても消すに消せないものとして残っていたからだ。

が、こうして人の親になってみて、ばかりか、命がけで娘を産んでくれたイクの寝顔を前にして、自分が抱いていた疑念や悩みが取るに足らないもの、蔑《さげす》むべきものに思えてきた。

あの男は、文枝の腹にいるのが自分の子ではないと承知の上で彼女と結婚した。男の本意は知りようがないが、それなりに度量の大きな人間でなければ容易にはできないことである。それに比べ、本当の父親は誰かと――自分が実の父親である可能性がかなりの確率であるというのに――うじうじ思い悩んでいた自分は、なんと小さく、意気地のない人間だったことか。

――畜生《つくしよう》、あの男、文枝の亭主には絶対に負げらんね。

このことは二度と考えまい、考えたとしても決してイクの前では口にすまいと、心から誓った。富治の中に、真実、覚悟めいたものができたのは、この時だったかもしれなかった。

三

新たな決意を胸に、三人家族で八久和での生活をはじめたものの、決して楽な暮らしではなかった。

第一に、自家消費分はおろか、小作にあてがってもらえるだけの田んぼさえも、余分な耕作地は八久和の集落に存在しなかった。あばら家の裏手にある、わずかな大根か白菜を植えるだけしかない猫の額ほどの畑だけが、富治一家の自由になる土地だった。したがって、米だけでなく、多くの食料は、現金で手に入れるしかないというのが実情だった。

清次郎など同年代の者の家では、八尺木《はっしゃくぎ》を中心とした杣夫《そまふ》の仕事と炭焼きが、貴重な現金収入の手段になっていたが、入会権《いりあい》を持たない富治の場合、最初から問題外である。山菜や茸といった山の幸にしても同様だった。重吉や寄り合いからの許可なしには、集落の山には勝手に踏み入ることが許されなかった。

それでも、娘のやゑが生まれてから最初の数年はよかった。猟のない初夏から初秋にかけ、大鳥鉱山に様々な物資を運び上げる強力《ごうりき》の仕事で現金を稼ぐことができたからだ。

だが、あれだけ好景気に沸いたのが嘘だったかのように、やゑが誕生してから四年目、大正十一年の秋に、鉱山自体が閉山となってしまった。富治が渡り鉱夫としてやってきた年に全盛期を迎えていた大鳥鉱山は、大戦終結後の世界的な恐慌の中で銅の価格が著しく下落し、操業の続行が不可能な状態に陥ってしまったのである。

それに伴い、うたかたの夢を見ていたかのごとく、鉱山街が消滅した。勢い、大鳥界隈を潤していた金と物の流れが止まり、食い扶持《ぶち》にあぶれるものが続出して人が去り、うら寂しい山間僻地の時代へと逆戻りした。削られた山肌と廃坑、そして幽霊屋敷のような建物だけという、見るも無残な光景が山に残っただけだった。

そんな中で、一家が飢え死にせずに乗り切れたのは、やはり獣のおかげだった。富治がマタギ仕事で獲る毛皮と熊の胆《い》が現金を生み、獣の肉が飢えを満たした。

打当で善之助組に身を置いていた当時、頭領《スカリ》の鈴木善次郎が顔を曇らせて言っていたように、

大正期に入って第一次世界大戦が勃発したことで、ヨーロッパの毛皮市場が混乱した。それを機に、日本は毛皮の輸出国となり、イタチやテン、タヌキやキツネ、あるいはウサギといった小型獣の毛皮が、じりじりと値を上げていた。そこへもってきて、大正七年になると、日本軍によるシベリア出兵が重なり、今度は、民間の毛皮商ばかりか、軍用毛皮を必要とする軍部が、陸海軍の被服廠《ひふくしょう》を使って大掛かりな毛皮の収集に乗り出してきた。実際、銅価格が下落しはじめ、大鳥鉱山の閉山問題が人々の口に上るようになってきた大正九年には、それと入れ替わるように、以前の数倍の値で取引されるほどまで、小型毛皮獣の毛皮価格は高騰した。

こうなってしまうと、ゴールドラッシュのようなものである。都市部の俄か猟師たちが、これも軍部によって意図的に払い下げられた、大量の村田銃を文字通り肩に担ぎ——マタギは決して猟具を肩に担がないので、ひと目見ただけで本物の猟師か否かがわかる——こぞって山へと繰り出した。

必要以上の獲物は獲らないという山の掟を、愚直なまでに守るのがマタギの慣わしである。骨の髄までそれが染み込んでいる富治は、八久和で猟をしはじめてからも、当初は、主たる獲物をアオシシとクマに限り、他の小型獣には、必要最小限の数しか鉄砲を向けなかった。

が、すぐに、そうは言っていられない事態になってしまった。若い衆を率いて、八久和の村に自分の狩猟組を作るためには、どうしても譲歩せざるを得ない部分があった。そのひとつが、ワラダを使ったノウサギ猟を中心とする小型の獣の狩りだった。

もともと自分から好んでクマ猟をしていた小太郎は別として、清次郎や敬太郎をはじめとした若い連中は、簡単な罠でノウサギを捕まえる程度がせいぜいの、猟師とは言えないような素人ばかりである。いきなり寒マタギでアオシシを追ったり、春グマの巻き狩りに連れて行ったりしたのでは、そんな猟など金輪際まっぴらだとそっぽを向かれるに決まっていた。

したがって、最初はノウサギの追い込み猟から手ほどきしはじめたのだが、間が悪いことに、その時期と毛皮の高騰期が重なってしまった。

大きな危険に晒されることなく、比較的容易に獲れる獲物が、思ってもみなかった金銭《かね》になると知れば、あえて危険な猟に身を投じようとする者はいない。

富治としては、歯痒いことこの上なかったものの、彼らの好きなようにさせながら、少しずつ本格的な猟のいろはを伝授していくしかなかった。己の狩猟組の手下たちの顔色を窺いながらの頭領《スカリ》などとは、阿仁の連中が聞いたら、いい笑い種にしかならない情けなさであったが、富治はそれを甘受するしかなかった。それもこれも、八久和の村で妻と子どもを養うためである。

女房のイクは、これが本当に遊廓で娼妓《しょうぎ》をしていた本人なのだろうかと思うくらいに、亭主に尽くす働きのよい妻となった。

わずかな畑での野良仕事は、すべてをイクが行った。白魚のようだった彼女の指は、土にまみれ、冬場の冷気にさらされ、二年もしないうちに百姓のものに変わり果てた。村の家々を回り、針子の仕事を貰っては、雀の涙の手間賃で縫い物に精を出した。

そればかりではなかった。冬場、小太郎とともに富治が寒マタギに、さらに、春グマ猟へと出掛けて家を空けている時には、源太郎の炭焼きの手伝いをし、やゑを背におぶったまま、炭俵を満載にした橇《そり》を曳いて麓に下りた。しかも、帰りの橇には、鶴岡まで歩いて仕入れた魚や干物を積み込み、帰る道すがらの家々を一軒ずつ訪ね歩いて行商をした。

なんとか親子が食えるくらいにはマタギ仕事での稼ぎがあった富治は、「何故《なすて》おめえは、そうまでして働こうとするんだ」と、やゑが四つになったころに尋ねたことがあった。迂闊《うかつ》ではあったが、冬場に女房がそうして働いていることに、それまで気づかなかったのである。というより、イクが周囲に頼んで、富治には内緒にしていたのだった。だから、尋ねるというよりは、詰問《きつもん》の

口調になっていた。

娘に少しでもよい着物を着せてやりたいからというのが、伏し目がちに返事した、イクの答えだった。

それを聞き、富治は、酒が入っていたこともあって、思わず声を荒らげた。五日山で入った春グマ猟が、空振りに終わってしまった苛立ちもあった。

おめえが必死になって稼ごうとすればするほど、亭主の甲斐性がないせいだと周りから笑われるだけでないいか。俺に恥をかかせることになるのが、おめえにはわからないのか。そうなじり、それでも、冬場の仕事を続けさせてくださいと懇願するイクを見ているうちに、しだいにむかっ腹が立ってきた。

杯に残っていたどぶろくを飲み干し「だめだ、もうやめれ」と、富治は強い口調で言った。おとなしく頷くものとばかり思っていたイクが、横に首を振った。女房の強情さに腹立ちが頂点に達し、気がつくと「ぬっしゃこの、さっぱりわがんね女子《おなご》だのっ」の声とともに、手にした茶碗をイクに向かって投げつけていた。

手から離れた茶碗が、一直線にイクの眉間に向かって飛び、額を押さえた彼女の指の間から、つーっと一筋、赤い血がしたたり落ちた。

それを見て正気に戻った富治は、慌ててイクに手を差し伸べた。

その手が激しく払いのけられた。

富治の目の前には、五年前に鶴岡の廓で見たのと同じ、燃える瞳で視線を跳ね返している女の顔があった。

イクは、食いしばった歯の隙間から、呻きともつかない悲痛な声を飛ばしてきた。

「あんだに何がわがるて言うんねっ。やゑが村の者から如何《なじょ》に言われてるか知ゃねくせに、勝手

なことばがりほざぐんでねえっ。しょせんはお女郎の娘だの、本当のお父《ど》が誰だがわがったもんでねえだの、そすたな事ばり囁がれでいるんだどっ。俺《おら》が必死になって稼いでんのは、銭のためではねえっ。まともな女房だと村の誰からも言われるようになんねば、どうしようもねえのしゃ。この先、やゑに辛い思いばさせだぐながったら、そうすて見てもらえるようになるしかねえべや！」

イクのそばで寝ていたやゑが、びっくりして目を覚まし、母にむしゃぶりついて泣きだした。

娘を抱き締めて、自らも嗚咽《おえつ》を漏らしはじめたイクに、富治はかけてやる言葉がなかった。

イクが、人が変わったように貞淑な妻になった本当の理由が、この時になってはじめてわかった。すべては腹を痛め、命がけで産み落とした娘のためだった。家を守り、娘を育てる中で、彼女がどれほど辛い思いをしているのか、嫌というほど思い知らされた。

しばらく黙りこくって考え込んでいた富治は、やがて顔をあげて妻の名を呼んだ。

「イク――」

寸前までの激しさが消え、今はただ潤んでいるだけの瞳で、イクが富治を見返してきた。

「やゑのことだがの――」

「やゑが何だってしゃ」

娘の頭を撫でながら、イクが憮然《ぶぜん》とした面持ちで訊いた。

「年頃になったらば、いい相手ば見《め》っけで、嫁ごさ出すてやるべ」

「どういう事だす」

「おめえの事もあるども、俺にすたって、しょせんは流れ者だすけ、この村にいる限り容易に婿どのはとれねえべしゃ。もす、婿さ入《へぇ》ってけるつう者がいたかて、やっぱす、陰口ば叩がれで肩身の狭え思いをするのは変わりねえど思う」

「んだがら俺は――」

「まず、いいがら黙って聞いでけろ。やゑには、そすたら辛い思いばして生きていって欲すぐはねえ。おめえさえよげれば、婿ばとって家を継がせるよか、他の誰よりも立派な嫁入り道具ば持だせで、晴れ晴れど嫁ごさ出すてやりでえと、俺は思うのしゃ。そのほうが、たぶんやゑにとっても幸せだべ」

イクの表情が、驚きへ、さらに、憂いへと変化した。

「あんだは、ほんとうにそれでいいのすか。俺家《おらえ》さ跡取りがいなぐなっても――」

彼女がそう尋ねたのは、やゑを産んだ時の難産のせいで、二人目の子どもはもうできないだろう、と産婆から告げられていたからだった。事実、長女の誕生から四年経っても、イクには懐妊の気配はまったくなかった。

「なぬ、継いでもらうほどの身上《しんしょう》は持ってねえでの」

イクの腕の中で、会話の意味を知ってか知らずか、やゑが父と母を交互に見比べ、二人の間に流れていたぎこちない空気を取り繕おうとでもするかのように、邪気のない笑顔を向けてきた。

一度、娘に頬ずりしたあとで、イクは静かに言った。

「あんだがそれでいいなら、俺もいがすちゃ――」

「ほが、んだらそうすべ」

頷いたあとで、富治はどぎまぎしながら言った。

「あんな――」

「なぬっしゃ」

「先たは悪《わり》がった。額《でび》、痛《いで》がったべのぉ、堪忍《かんにん》すてけろ」

「ああ――」と言って、思いだしたように自分の額に指を持っていったイクは、手のひらの下か

ら、きっと富治を睨《にら》んできた。

「今度、手ばあげだら、やゑば連《つ》ぇで逃《ぬ》げでやっからね」

ぎくりとしてイクの顔を覗き込む。が、妻の目が笑っているのを見て、富治は安堵の息を吐き出した。

四

イクと二人だけで熊田から八久和の家に帰った翌日の昼下がり、富治は、娘を嫁がせた寂しさと、親の務めを立派に果たせた安堵とがない交ぜになった複雑な気分で、葛湯《くずゆ》をすすっていた。やゑの嫁ぎ先として、熊田の鉄五郎の家は申し分がないと思う。同じ猟師として十数年のつき合いがある鉄五郎とその妻は、ともに裏表のない、安心できる舅《しゅうと》と姑《しゅうとめ》だった。やゑにしてもマタギの家に育った娘、猟師の家とはどういうものか十分に心得ており、最初は勝手が違っても、すぐに馴染んでくれるだろう。そして何より、やゑの夫、鉄太郎《てつたろう》は、やがて熊田で親方を任せられることになるだろうほど、若いのに腕が立つ猟師である。根性もあるし気心もいい。これ以上を望んだら、ばちが当たろうというものだった。

やはり、こうなるのが一番よかったんだと胸の中で富治が独り言《ご》ちていると、囲炉裏に向かい合って葛湯の湯飲みを手にしていたイクが、ぽつりと漏らした。

「おトキさんのとこのタエちゃん、ほんとに不憫にねえ――」

もの思いから我に返った富治は、湯飲みから顔をあげて「不憫って何《なぬ》が」と尋ねた。

「昨日《きんな》ぁ、おトキさんから聞いだんだども、やっぱり廓さ身売りされることになったんだど」

やるせないといった顔で、イクは肩を落とした。

「歳、なんぼだったけや」

「今年《こどす》の春、十四になったばかりだど」

妻と一緒になって、富治は溜め息を吐き出した。

　イクがおトキと言ったのは、敬一の次男、敬二郎の妻のことだった。分家として八久和に残ることになった敬二郎のもとに田麦俣から嫁いできた女房で、イクとは最も仲がよい茶飲み相手である。

　ただし、敬二郎の家は、かなり無理をしての分家だったため、富治の家よりはましとはいえ、ろくな田畑を持っていない貧農一家だった。しかも、敬二郎は、兄の敬太郎に輪をかけた気弱な男だった。以前から狩猟組に入れと幾度も声をかけているのだが、俺には無理だの一点張りで、鉱山が閉山となってからは麓の本郷村で小作の仕事を回してもらい、常にかつかつの暮らしを強《し》いられていることは、村の誰もが知っていた。そのくせ、子どもだけは多く、十五になった長男を筆頭に、男女あわせて六人がぜんぶ年子という、子だくさんである。その長女のタエが身売りされると聞き、イクは自分の境遇に重ね合わせて、顔を暗くしているに違いなかった。

「鉱山が再開されれば人夫仕事も出来るではぁ、なんぼかましになると思うんだけどの」

「したかて、まだ先の話でしょう」

「まあ、んだべの」

四年前の満州事変を機に、再び鉱物資源の需要が高まりつつあり、一時は閉鎖されていた鉱山が各地で再開されたり、新たな開発が進みはじめたりしているという話は、富治の耳にも届いていた。いずれは大鳥鉱山も再開されるだろうという噂だったが、まだ二、三年は先のことだろう。

「したら、このままだば、次はサキちゃんが――」

再びイクが顔を曇らせる。

サキはタエの二つ下の妹で、そういえば、イクが遊廓に売られた年齢と同じである。長女を身売りして現金を手に入れた敬二郎が、ろくに間も空けずに、次女まで売り飛ばしてしまう可能性は十分にあった。

そうなっても不思議でないのは、去年、天明や天保の飢饉に逆戻りしてしまったかのような大凶作が、東北全域を襲ったからだった。

単なる山背風《やませ》による凶作程度であれば、ある意味、東北に暮らす人々は慣れっこになっている。ところが、昨年の冷害はそんな生易しいものではなかった。なにせ、平地でさえも、四月の末から一週間近くも雪が降るという、未曾有《みぞう》の異常気象だった。その後、夏になっても肌寒いくらいに気温は上がらず、天候不順はいつまでも続いた。

こうなると、最も顕著に被害を受けるのは稲作である。いもち病に罹《かか》った稲は立ち枯れを起こし、それをまぬがれた稲があったとしても、一粒も実が入っていない稲穂がほとんどだった。山形全域で平年の五割以下、山間部の大泉村では平均して二割、悪くすれば収穫が皆無という田んぼが続出した。

だが、阿仁にいた時もそうだったが、八久和のように最初から稲作に頼っていない山住みの人々は、先祖代々伝わってきた知恵を忘れてはいなかった。田植えの時期に、今年はおかしいとすでに感じており、稲を減らして蕎麦や稗《ひえ》の植え付けを増やす家が多かった。そのため、米は壊滅的な凶作に見舞われたものの、危機的なほどには飢えずにすんだ家が多かった。むしろ、本当にひどい目に遭ったのは、田んぼにだけ頼っていた、平野部に暮らす農家の人々だった。

さらには、昔から、飢饉の時は山に入れという教えが、東北にはある。たとえ米がだめでも、山の幸を求めれば生き延びることだけはできるという教えだ。

ただし、この年だけは、さすがに山の生《な》り物もかんばしくなかった。そのせいか、通常よりひ

と月も早く越冬穴に潜り込んでしまうクマがいたかと思うと、冬眠せずにいつまでもうろつき回っている痩せグマもいたくらいだ。

富治の家は、もとよりまともな耕作地を持たない専業のマタギである。白い米を口にできる回数は極端に減ったものの、いつもの年より少々多めにアオシシとクマを捕ることで、一冬、それほど貧窮せずに越すことができ、こうして無事に、娘を嫁に出すこともできた。

だが、マタギ仕事をせず、麓の田んぼの小作仕事に頼っていた敬二郎の一家がどうだったかというと、想像するまでもないことだった。結局、長女ばかりか、初潮も迎えていないような次女まで身売りせざるを得ない事態となっているに違いなかった。あるいは、最悪のことを考えれば、あの性格の敬二郎のこと、一家心中に走るということもあり得ないではない。

「どれ、すたらば、今度の寒マタギさは、無理くりでも敬二郎を連《つ》ぇで行ぐ事にすてみるべかの。ここまで追い詰められれば、あの野郎かて、狩りは嫌《や》んだなどと語ってられねえべしゃ」

富治が言うと、イクはようやく安堵の表情を浮かべた。

「そうすてければ、おトキさんも安心できるではぁ」

「おめえ、最初から俺さそう語らせるつもりでいだんだべ」

「わがりすたが」

「当だり前《め》だぁ、何年一緒に暮らしてるど思ってんだぇ」

「富治さん」

昨日に続き、またしてもイクは、富治さんと呼んだ。

顔をしかめている富治の前で、イクが三つ指をつき、娼妓をしていたころのような優雅な身ごなしで、深々と頭を下げた。

「あたしのような女を嫁に貰ってくれ、そのうえ、やゑにあんなに立派な花嫁道具まで持たせて

いただき、本当にありがとうございます。富治さんと一緒になれたあたしは、誰よりも幸せ者です。これでもう、思い残すことは何もありません」

「馬鹿この、やめれ。なぬ、あらたまってっけや」

「これだけはどうしても言っておきたかったことなので――」

顔をあげたイクの目に、うっすらと涙が滲んでいる。

「何語《なぬかだ》っけな、おめえも俺も、まだまだこれがらなんだど。マタギの頭領《スカリ》だば、これがらが脂の乗さる歳なんだがらの。やゑもこうすて片付《かだづ》いだ事だす、まだまだがっぱり稼いで、此処《こご》さ立派な御殿ば建ででやっから、楽しみにすてろでば。ほでながったら、鶴岡さでも建でるがぇ？　んだ、そいづがいいがもわがんねの、マタギが建でるがらには、熊の胆御殿つうわけだ」

自分でもよくわからない不安を消そうとして軽口を叩いている気がしたが、耳を傾けているイクの口許がしだいにほころんできた。それに満足した富治は、腰をあげて土間におり、草履をつっかけた。

「さてと――んだら、小太郎の家さ行って、さっそぐ敬二郎の事ば相談すてみっからっしゃ」

送りに出てきたイクが、いつもの口調に戻って尋ねた。

「飯《まま》は如何《なじょ》すべがね」

「飲む事になるべがらの――んだ、おめえも後《あど》がら来ればいいべしゃ。たまには、爺や婆やど一緒に飯ば食うのもいいべ」

「んだねぇ、すたら、煮物でも作《こせ》ぇで持っていぐがのぅ」

「頼むわな」

戸口から出かけたところで振り返り、もったいをつけてイクに言う。

「んだ、大事な事ば、忘れでだ」

「――？」

「出はってくる前に床《とこ》ばとってでけろ。ただす――」

「ただす、何？」

わざと下卑た顔を作って、にやりと笑ってやる。

「布団はひとつでいいど。帰《けえ》ったら、久すぶりに思う存分やるべしよ。やゑに聞かれる心配《すんぺえ》は無《ね》ぐなったがらの、なんぼ声あげたかて大丈夫だ。好ぎなくれえ、いがせでやるではぁ」

ついでに股間に手を当てがい、男根をしごく真似をしてみせた。

見る間にイクの顔が真っ赤になった。

「馬鹿っ」と言って振りあげられたイクの拳から逃れ、戸口の外に出たあとで振り返る。

まるで生娘《きむすめ》のように頰を染め、下唇を嚙んで自分を睨んでいる妻の顔が、切ないくらいに愛しいと、富治は思った。

五

やゑの祝言を挙げてからひと月後、富治は自分の狩猟組を引き連れて、月山麓の雪を踏んでいた。初山《ハツヤマ》、つまり、猟期に入って最初の寒マタギである。

富治が頭領《スカリ》として率いているのは、小太郎を筆頭に清次郎と敬太郎、金吉《かねきち》に重之《しげゆき》、そして、今回が初マタギとなる敬二郎の六名だった。

八久和の顔役、重吉の孫である重之を除けば、いずれもさして裕福とはいえない家の者ばかりだ。

本格的に立ち上げてから十五年になる富松組――富松はむろん富治の家の屋号である。苗字と

名前をくっつけた上でひっくり返しただけの屋号を神主から貰った時には、値切ったせいで手抜きをされたと臍《ほぞ》を噛んだものだったが、今では富治自身、この屋号を気に入っていた――は、この間に成員の入れ替わりが幾度かあったものの、初マタギの敬二郎を除き、今なお残っている五名は、いずれも金銭を超えたところで狩りの魅力に取り憑《つ》かれてしまった男たちばかりだった。

当初は、先行きどうなるかと、かなり不安だった。果たしてこいつらに寒マタギや春グマ猟ができるようになるのだろうかと。

特に、見るからに華奢で気弱そうな敬太郎が富治の狩猟組に入りたいと申し出てきた時には、一冬もたずにやめてしまうだろうとげんなりしたくらいだった。ところが、人間というのはわからないものである。実際に山入りしてみると、獣の足跡《トアト》を追って仕留める忍び猟において、経験を積んだマタギ並みの嗅覚を発揮したのだ。

よくよく訊いてみて、なるほど、と疑問が解けた。子どものころ、絵を描くのが得意だった敬太郎は、とりわけ動物を描くのが好きで、季節を問わず、山に入っては動物たちを見つけ、その姿を写生していたのだという。つまり、獣に警戒されずに近づくすべを自然に身につけていたことになる。これはまた、射手《マチツパ》としての才能にもつながり、今では富治に次ぐ鉄砲の腕前になっている。清次郎と金吉も、同様に優れた鉄砲方として育ってくれたため、彼ら三人に任せておけば、富治は安心してムカイマッテの位置につき、猟の指揮をすることができた。

小太郎はというと、短気なためにどうしても鉄砲方には向かなかったが、無類の体力と勘のよさ、加えて地声のでかさは、勢子《セコ》をさせれば、ひとりで三人分の働きを楽々とこなしてしまう。

最年少の重之は、富治でさえ呆れるほどに目がよかった。猟場《クラ》に到着しての最初の仕事は、見晴らしのよい位置に立って獲物の姿を探すことから始まる。その時、十回中九回は、最初に重之が発見するのが常だった。親父の重雄は、息子が猟をするのをあまり喜んでいない様子だったが、

将来、狩猟組の頭領《スカリ》を継がせるとすれば重之しかいないと見込んだ富治は、小太郎の下につけて、みっちりと勢子《セコ》の勉強をさせていた。やはり、獣を知るには勢子の経験が一番であり、それがなければ優れた頭領にはなれないからだ。

こうして、最初の杞憂《きゆう》が嘘だったかのように、今では統率の取れた狩猟組に育っており、八久和の富松組といえば、近隣の猟師の間では知らない者がいないまでになっていた。

「よす、だば、此処《ここ》らさ狩小屋《ケド》ば作《こせ》ぇるべ」

直接の風雪にはさらされずにすみ、かといって雪崩に呑まれる心配もない場所を慎重に選んだ富治は、手にしていた小長柄《コナガイ》をまっさらな雪面に突き立てた。

頷いた男たちが、すぐさま作業に取りかかった。村から背負ってきた用材と手近な樹木から切り出した枝を組み合わせ、要領よく小屋の骨組みを作りはじめる。

少し離れた位置で作業の様子を見守っていた富治のところへ、敬二郎がやってきて、おずおずと尋ねてきた。

「俺《おら》は如何《なじょ》すれば――」

「飯《まま》の仕度《すたく》せ」

敬二郎が困った顔をした。今まで、自分で飯炊きをしたことがないらしい。

「飯の仕度は小マタギの仕事だで、要領は重之から教ぇでもらえ」とだけ富治が言うと、あきらめた様子で皆のところへ戻っていった。

初マタギで仕事の要領がわからず、ずっとおろおろしっぱなしで、年下の重之に教えを乞うている敬二郎の姿は、気の毒と言えば気の毒だった。だが、最初の段階で甘やかすわけにはいかなかった。

手取り足取り富治自身が教えてやるのはたやすいが、それをしてやると、敬二郎の中に甘えが

出てくる。そうした甘えが気を緩ませ、気の緩みが、本人ばかりか仲間の命を危険に陥れるのが冬山の常である。どんなに辛かろうがじっと耐え、この初マタギを乗り越えてもらわなければ、敬二郎にはマタギとしての道は開けない。そして、マタギ仕事で銭を持ち帰らなければ、敬二郎の家族に待っているのは、次女の身売りか一家心中になってしまう。

時間の余裕はないのだ。それがわかっているからこそ、富治は、心を鬼にするとともに、今回の初山を、月山麓への五日山と決めたのだった。

ひと月前、敬二郎を猟に連れて行く相談をするためにイクの実家を訪ねた時、今回の初山は、年明け前に月山へ行くつもりだと富治が言うと、小太郎は目を丸くした。月山麓はいつもの猟場《クラ》ではなかったからだ。

この数年、猟期に入ってからの富松組の動きは、ほぼ一定していた。

師走を迎え、クマが冬眠に入るころになると、個人で、あるいは二人組みで、足慣らしをかねて穴グマ目当てに忍び猟を行いながら、山の様子を把握しておく。が、この段階ではあくまでも小手調べといったところで、クマが獲れない時には、適当にバンドリ撃ちでもしながら、日帰り、あるいは、せいぜい三日程度で切りあげて村に帰る。

アオシシを獲物とする本格的な寒マタギに入るのは、年が明け、一月に入ってからだ。一回の山入りにたいてい十二日間をあて、大鳥山中から稜線伝いに南下しながら、朝日連峰界隈でアオシシ猟をし続ける。必要に応じてウサギを撃つのもこの時期だ。

こうした遠征を二月の末くらいまで幾度か繰り返し、三月いっぱいは村に戻って、寒マタギで消耗した体力を回復させながら四月を待つ。ただし、アオシシ猟がどうしても不猟だった時には、目星をつけていた近場の巣穴を回って、越冬中の穴グマを仕留めることもあった。

そしていよいよ、春グマ猟の季節がやってくる。春グマの巻き狩りは、猟の中では、最も高度

な技術と人手を要するため、熊田や胎内《たいない》といった、猟を通して懇意になった村々の狩猟組と合同で臨むことも多い。それが無理な時には、遠征した先で杣夫や木挽師《こびきし》に応援を求め、勢子を務めてもらうこともあった。仕留めたクマの肉は、マタギ勘定で平等に分けてやるので、頼めばたいてい人手は集まった。

そうしておよそ半年間の猟に励めば、ほぼ一年分、あるいはそれ以上の現金収入を得ることができた。

したがって、十年もマタギを続けていれば、家の一軒くらい新築できるくらいには儲かるはずなのだが、なかなかそうはならないのがマタギの性《さが》というか、よくないところだ。

たとえば、四十を過ぎても勝手気ままな独り身暮らしを謳歌している小太郎を見れば明らかなように「飲む、打つ、買う」がやめられなくなってしまう者が、特に若い連中には多いのである。もともとが博打のような仕事であり、それを好んでしているくらいだから、まとまった現金を手にすると、どうしても使いたくなってしまうらしい。

小太郎など、鶴岡の花街ではいまやすっかり有名人で、猟期が終わるや、ひと月あまりも鶴岡に泊まり込み、連日連夜、芸者をあげてのどんちゃん騒ぎを繰り広げ、すっかり金を使い果たして村に帰ってくるというありさまだった。だが、銭をどう使おうと各自の勝手である。山では絶対の権力者である頭領《スカリ》といえども、稼いだ金の使いみちまで云々できるわけではない。

富治自身はというと、酒はまあまあ飲むが、博打は嫌いだし、イクと所帯を持ってからは、商売女には興味がなくなった。それでもいまだに、重吉から世話をされた安普請《やすぶしん》のあばら家に住んでいるのは、貯めた金を全部、やゑの嫁入り道具をそろえるのに注ぎ込んだからだった。

熊田の鉄五郎の家まで担いだ箪笥は、わざわざ仙台まで足を運び、最も上等なものを選んだ仙台箪笥だった。それればかりか、引き出しにぎっしりと詰め込んだ反物や瀬戸物も、やゑ本人が知

ったら、腰を抜かしてしまうだろう値がはるものばかりだった。イクと二人で相談して、本人には内緒でそうしてやったのだが、たぶん、あの箪笥と中身を合わせれば、ほんとうに家が一軒建ってしまうかもしれなかった。

ともあれ、富松組が出かける猟場《クラ》は、寒マタギにしても春グマ猟にしても、八久和から南の朝日連峰界隈に限られており、そこでは地元の猟師組との間にも良好な関係を築いていたので、突然、反対方角、月山の山麓に山入りをすると聞いた小太郎が、目を丸くするのも無理はなかった。

「兄貴よぉ、敬二郎を連れていくからにゃあ、五日山で帰ってくるって話はわかりやすが、なんでまた月山なんぞに」

田舎に戻って二十年になるというのに、いまだにお江戸訛りを変えようとしない小太郎――本人の弁によれば、それで芸者衆にたいそうもてるのだそうだ――が、丸くしていた目をやぶ睨みに変えて尋ねてきた。

「いやなのか？　あそこなら、五日山でも最低三頭は、アオシシが仕留められるぞ。うまくすれば、忍びで穴グマも獲れるだろう」

小太郎と二人だけで話す時は、なぜだか富治自身も言葉が変わってしまう。

「いやだとかそういうことじゃなくて、あのあたりは、阿仁の連中が旅マタギにやってくる猟場じゃねえですか。いいんですかい？　連中とばったり出くわしちまっても」

いいわけではなかった。いや、八久和で猟を始めてから、ずっと避けてきたことであった。月山だけでなく、阿仁のマタギ衆が遠征してきているという噂が聞こえる山には、踏み込まないようにしていた。

最初のころは、色恋沙汰で故郷を追われた身だという負い目があったからだった。

次には、もし顔見知りに会ってしまえば、どうしても故郷《くに》が懐かしくなり、父や母、兄の顔を

見に、なにより文枝に会いに、阿仁へと戻りたくなってしまうに違いないと思ったからだった。

そして今は、阿仁のマタギそのものに対する引け目があった。

他の狩猟組には決してひけをとらないと自負している富松組だが、阿仁マタギだけは別だった。狩りの力量だけであれば、そこそこ互角に渡り合えると思う。が、彼らの目から見れば、富松組は本物のマタギではないのだ。なぜならば、頭領《スカリ》ならば当然所持していなければならない巻物、『山達根本之巻』あるいは『山達由来之事』を富治は持っていない。巻物を持っていないということは、先代の頭領が次の頭領に巻物と一緒に伝授する、様々な唱えごとや呪文を詳しくは知らないことになる。

巻物も持たず、まともに呪文も口にできない頭領など、阿仁マタギの世界には存在しない。それではただの鉄砲撃ちにすぎず、近ごろ都会の方で増えてきた娯楽で猟をするハンターと一緒の扱いである。かりに自分が阿仁マタギとしてやってきて、いっぱしのマタギ面をして猟をしている富松組を目にしたならば、心の中では「似非《えせ》マタギめ」と嘲笑っているだろう。

この時代、巻物がどうの、呪文がどうのとごたいそうに崇《あが》めるのは、時代錯誤にすぎないのかもしれない。富治自身、大事なのは己の体に蓄積される経験と知恵であって、紙切れに書かれた文言《もんごん》や、意味のわからない呪文などではないはずだ、という思いが、あるにはある。

だが、そう割り切ってしまうことができない自分がいるのも確かで、本当に重要なことを伝授されないまま猟をし続けてきたことに対する不安が、拭っても拭いきれないものとして残っていた。いつか、手痛いしっぺ返しが山の神様によってもたらされるのではないかという畏《おそ》れが常にあり、それが歳を食うごとに強まってきているというのが、誰にも話せない本音であった。

だから、本物の阿仁マタギに遇ってしまったら、いっぺんで自分の化けの皮が剝《は》がれてしまうような気がしてならないのである。

たぶん、そうした思いは、長年兄弟のようにつきあっている小太郎には、口に出さずとも通じていて「いいんですかい？　連中とばったり出くわしちまっても」という言葉になったのだろう。

小太郎の不安に対して、その心配はないはずだと、富治は答えた。

「たぶん、この冬、阿仁からは誰も寒マタギに来ないと思う」

「なぜでさあ」

「寒マタギの獲物は何だ？」

「そりゃあ、アオシシに決まって——あっ」

「そういうことだ」

にやりと笑って、富治は頷いてみせた。

そうなのである。もともと阿仁マタギが旅マタギをしだしたのは、主たる獲物のアオシシが、阿仁の周辺で枯渇《こかつ》したからだった。そのアオシシだが、ここ十年あまりで、東北南部や信州方面でもめっきり数が減ってきていた。やはり、どうしても獲りすぎの感は否めない。

そのためだろう。十年前、大正十四年の狩猟法の改正で狩猟獣から除外されて保護の対象になってからは、あまりおおっぴらに獲ることができなくなっていた。それでも、獲ればよい金銭《かね》になることには違いなかったので、規模は小さくなったとはいえ、密かに遠征してくる阿仁マタギがいたし、富治たちも以前と同様に、寒マタギでアオシシを獲り続けていた。

それがついに、昨年、昭和九年に国の天然記念物に指定され、アオシシは全面禁猟になってしまったのである。こうなっては、目こぼしなどいっさいしてもらえない密猟になり、もし発覚してしまったら、警察に鉄砲を取りあげられてしまうのは間違いない。その危険を冒してまで、わざわざ阿仁くんだりから寒マタギにやって来ないはずだというのが、富治の読みだった。

今度は一転して不安げな面持ちになり、小太郎が言った。

「てえことはですよ、阿仁の連中が来ないのはいいとして、俺たちもやべえってことですよね」

「背に腹は代えられないだろ。先のことは別として、とりあえず何頭か獲って銭を作っておかないことには、敬二郎の一家が食い詰めてしまう」

「だとしても、俺らの知ったことじゃねえのと違いますか？　今まで何度も誘ってやったのに、うんと言わなかったのはあいつ自身なんですぜ」

「それはそうなんだが、イクに頼まれてしまってな」

「姉貴が？」

さっぱりわからないという顔をしている小太郎に、敬二郎の長女の身売りが決まったらしいという話をしてやった。

聞いているうちに小太郎の髭面が歪み、最後には、ぐすりと洟《はな》をすすりあげて涙ぐんだ。

「ちっくしょう、そうだったんですかい――タエ坊がねえ――そのうえサキ坊までとなっちゃあんまりだ。酷《むご》すぎるってもんです。わかりやした、兄貴のいう通りにしましょうや」

一見して恐ろしげな風貌の大男だが、なぜか村の子どもに人気があり、その中でも敬二郎の子どもたちは、ことのほか、小太郎になついていたのである。

こうして決まった、富治たちによる月山麓でのアオシシ猟は、阿仁マタギやよけいな人間に出会うことなく守備よく成功し、五日間の山入りが終わった時には、四頭のアオシシと一頭の雌グマを手にしていた。

敬二郎もよく耐えたと思う。穴グマを仕留める時は別として、吹き溜まりに追い込んだアオシシは、すべて敬二郎の手で撲殺させた。

最初の一頭はかなりてこずった。敬二郎は、角の間にある急所へ正確に小長柄《コナガイ》を振り下ろすことができなかった。アオシシの苦しみを無用に長引かせるだけで、しまいには「俺《おら》には出来《でぎ》ね

え」と泣き言を漏らした。それでも富治は手を貸さなかった。不器用な殴打を繰り返し、ようやくアオシシが息絶えた時には、敬二郎の顔は涙と鼻水でぐしゃぐしゃになっていた。そんな敬二郎も、最後の四頭目を殺《し》めるころには、どうにかこうにか、一撃で引導を渡せるようになった。

少々荒療治ではあったが、己《おの》が手で生き物を殺すということがどういうものか、獣を獲って金に換えるということがいかなるものか、敬二郎にも身に染みてわかったはずだ。

そうして狩りが終わり、密告される心配がない田麦俣の宿屋の主人を通して獲物を換金し——皆で協議した結果、熊の胆だけは持ち帰り、あとでタエを身請けする際の金子《きんす》にあてることになった——八久和へと帰る途中のことだった。

田麦俣から八久和へと向かう谷沿いを歩いていた時、重之が急に立ち止まり、対岸の斜面に目を凝らして呟いた。

「クマだ——かなりでけえ——」

「この時期、クマっこだば、とっくに穴さ入《へえ》ってるべよ。見間違《みまづげ》えでねえのが」

金吉が訝《いぶか》しげに言ったが、重之は首を振って指をさした。

「いや、確《たす》かにいだでば。あそごのくびれば越えで、向こうっ方さ逃《ぬ》げでった」

「おめえが言うがらには、本当だべ。どや、親父《おや》っさん、帰《けえ》りがけに、ひとづ忍びで追《ぼ》ってみねえすか」

清次郎に言われ、富治は敬二郎の顔を見た。疲れてはいるが、まだ余力はありそうだ。

「わがった。んだら、追ってみるべし」

そう頷くや、小太郎と敬太郎が嬉々として沢が流れる谷底へとケツ橇で下りはじめた。清次郎と金吉、さらに重之と、残りの三人も縦に連なってそれに続く。

敬二郎を助けながら谷を渡り、先に駆けていった仲間が待っている場所まで追いつくと、五人

はひとかたまりになって雪面に屈み込み、しきりに感嘆の声を漏らしていた。

「親父っさん、見でみせ、こったげでけえ足跡《トアト》ば見だのは初《はず》めでだ」

金吉に言われるままに雪面に残った足跡を見た富治は、思わず息を呑んだ。

雪につけられた窪《くぼ》みの巨大さだけで息を呑んだのではなかった。足跡の形を見た瞬間に、昔、善次郎が酒飲み話で語っていた言葉を思いだして背筋が震えたのである。

――ミナグロだのミナシロだの、獲ってはわがんねクマはさまざまあるけんどよ、絶対《じえってえ》関《かが》わってならねえのは、コブグマだ。コブグマだがらよぐ覚《おべ》ぇでおげよ。コブグマだば、すばしっこすぎで撃っても当だんねえ。たどえ当だったかて、死にはしねえのしゃ。死なねえばがりが、逆《ぎやぐ》に人間《ぬんげん》さ襲《かが》ってくる。コブグマに襲《かが》られだら、どげなマタギだかて、ひとたまりもねえのっしゃ――。

「だめだ、帰《けえ》るど」

「兄貴ぃ、こんな大物を前にしてそれはねえでしょう」

「そうっすよ親父っさん、こったげでけえクマっこだば、めったに出会えねえでの。みすみす見逃す手は――」

「だめだっつったらだめだ。かまわねえで、早々《ちゃっちゃ》ど行べ《ぁ》」

説明せずにそれだけ言い、村を目指して歩きだした。

頭領《スカリ》の命令には逆らえない。不満の声を漏らしながらも、小太郎たちがついてくる。

話にだけは聞きながらも、その姿はおろか、足跡さえも一度も目にしたことがないコブグマが、まるでアオシシの密猟と呼応するかのように出現したのはなぜなのか。

逃げるようにして足早に立ち去る富治の胸中には、摑みどころのない不安が広がりはじめていた。

六

イクの待つ家に戻った富治は、まずは、持ち帰った熊の胆《い》を薪ストーブの上に吊るした。これひとつでは、タエを身請けする金子《きんす》として不足なのはわかっていた。もうひとつか二つは手に入れる必要があった。

今回だけは、獲れた熊の胆を丸ごと敬二郎に譲ってやることに皆も同意してくれたが、次もそうするわけにはいかないだろう。猟には、それぞれの生活がかかっているのだ。

吊るした熊の胆を見つめながらしばらく考えて、二度目の寒マタギに出る前に、敬二郎だけを連れて穴グマを獲りに出かけようと、富治は決めた。近場の山に、確実にクマが入っているだろう穴をいくつか押さえてある。むろん、仲間にも教えていない巣穴で、いざという時のための保険のようなものだった。

自分の家を建て直す計画はまたしても先延ばしになってしまうが、やゑを無事に嫁へ出せた今、敬二郎一家のために使ってやってもいいと思う。むしろ、そうした方がイクも喜んでくれるはずだ。

熊の胆を干し終えたあと、一風呂浴びてから囲炉裏の前でちびちび酒を舐めていると、イクが茶簞笥《ちゃだんす》から一通の手紙を取り出して富治の前に差し出した。

「昨日《きんな》ぁ、大泉の郵便局さ、局留めで喜三郎さんから届いでましただ」

「おう」

頷いて、富治は封筒を手にした。

毎年この時期になると、喜三郎は自分の回商予定をしたためた手紙を送ってよこす。それにあ

わせて鶴岡に出向き、干しあげた熊の胆を換金するという取引を、富治はずっと律儀に守り続けていた。猟師の中には、自分で熊の胆の行商に歩く者も多かった。確かにそのほうが、間に人を介さないぶん儲けも大きい。だが、自分で売り歩く手間ひまを天秤にかけてみると、信頼できる喜三郎に任せておくほうがよかった。

――富治さん、商いというものは、特に、新規の客先の開拓は、狩りと同じようなものですよ。やってみれば、けっこう面白いものです。どうです？　たまには私と一緒に、商いに出てみませんか。

折りに触れて喜三郎は言ってくれる。自分で行商すれば、それだけ富治の儲けが大きくなるだろうにという、喜三郎なりの心遣いなのはわかっていた。しかし富治は、商いというものが、どうしても苦手だった。人間としてまだまだ青いのかもしれないが、人に頭を下げるのが嫌いなのである。

考えてみれば、喜三郎とのつきあいもずいぶん長い。最初に知り合ったのは、あの肘折温泉の外湯だから、かれこれ二十年以上になる。それはまた、その後自分の女房になるとは露知らず、イクと初めて出会った時と一緒でもあり、運命とはつくづくわからないものだ。

「なんだや、喜三郎の奴《やつ》、今回はずいぶんと厳重に糊付げばしたもんだな。イク、鋏《はさみ》ば持ってきてけろ」

爪で封を剝がすのをあきらめ、イクが手渡してくれた鋏を使って、丁寧に喜三郎からの手紙を開封した。

視線を落として文面を追っていた富治の目の動きが、最後の便箋をめくったところでぴたりと止まり、そのまま動かなくなった。

頭の中が真っ白になった。

目だけでなく、体も硬直していたらしい。

囲炉裏の向こうで縫い物をしていたイクに声をかけられるまで、息をつぐのも忘れていた。

「喜三郎さんがどうかしたのすかえ？」

「い、いや、なんでもねえ」

便箋を封筒に戻し、そのまま自分の懐《ふところ》に入れてから立ちあがった。

「何処《どご》さ？」

「厠《かわや》だ」

狼狽《ろうばい》を隠して答え、表へと出て便所に潜り込んだ。

扉を閉ざし、懐から取り出した手紙をもう一度開いた。

薄暗い便所の中でも、はっきりと読めた。

間違いなかった。

最後の便箋の末尾に、喜三郎のものとは違う字で、一行だけ添え書きが記されていた。

見覚えのある字だった。

――鶴岡の古川旅館で喜三郎さんと一緒にお待ちしています　片岡文枝――

何度読んでもそう読めた。

一度便所から出てまた引き返し、再び手紙を開くということを、さらに二度繰り返したあとで、母屋へ戻った。

「腹具合、おがすいのすか」

何も知らないイクが、心配そうに尋ねた。

「少《べ》っこな」

「熊の胆、削るべが」

「いや、もう大丈夫《でえじょぶ》だ」

少し間を置いてから、イクに言う。

「あんな――」

「何？」

「いや、なんでもねえ――」

富治が黙りこくったままでいると、イクは、変な人とでも言いたげに軽く肩をすくめて針仕事に戻った。

囲炉裏端に置いてあった茶碗に手を伸ばし、残っていた酒をあおってから、もう一度「あんな――」と声をかけた。

「明日《あすた》、ちょこっと、鶴岡まで行ってくるでな。喜三郎が来てるさけ」

「喜三郎さんが？　はあ、この時期に珍すいごど」

「ほだ、なんでも新規の客先ば開拓すべって、いっつもより早ぐ回商さ出はって来たんだど」

「んだたら、せっかぐだがら俺家《おらえ》さ泊めでやれば？」

「いや、奴も忙しいすけ、それほどゆっくりはすてらんねえべよ」

「んだら、明日は、鶴岡さ泊まりになるすかの」

「いや、日帰りで帰《けえ》って来るつもりだども――あー、んでも、行ってみねばどうなっかはわがんねすな。もすかすたら、帰れねぐなっかもわがんねの。一緒に飲むべって誘われだら、付ぎ合わねわげにいがねえすな」

「いがすよ、ゆっくりすて来て」

「悪《わり》ぃの」

「なも」

言ってしまった……。

黙々と針仕事を続ける妻の顔を、富治はまともに見ることができなかった。

七

翌日の朝、イクに見送られて八久和を出発した富治の足取りは、最初、重かった。幾度かは立ち止まり、やっぱり行くのはよそうと八久和に戻りかけた。だが、本郷村をすぎ、六十里越街道にぶつかって、鶴岡の町並みが見えはじめると、しだいに早足に、さらには駆け足へと変わっていた。そして、気づいた時には、息を切らして古川旅館の玄関先に立っていた。

宿屋の番頭に来訪を告げると、すぐに喜三郎が迎えに出てきた。

「やあ、よかった。すでに山入りしていたら無理だと思っていましたが、どうやら間に合ったみたいだ」

喜三郎はいつもと同じ笑顔だが、富治の方はそれどころでない。

「何故《なして》あんな手紙ば」

「話せば長くなるので、それについては部屋ででもゆっくり。さ、とにかく、あがってください」

促されるままに藁沓《わらぐつ》を脱いだ富治は、部屋へ案内しようとして歩きだした喜三郎の袖を引っ張った。

「待ってけろ、ほんとうに、あいづが――」しこりのようにつかえているものを飲み下し「――文枝が――」と名前を口にしたあとで続けた。

「――此処《こご》さ来てるのか」

「一週間前からいらしてました」

「何故《なすて》？」

「それはご本人の口からお聞きになるのがよいかと」

「それよか、文枝と俺が如何《なじょ》な関係だが、おめえ――」

「文枝さんから聞きました。さすがにびっくりしましたよ。ご内儀――イクさんのこともありますからね。どうしたものかと思案した末、あのような手紙を。あれで富治さんが現れなければ、文枝さんには諦めていただいたほうがいい。そう考えたのですが――」

そこで言葉を切り、富治の目を覗き込んだ喜三郎は、「――やっぱりあなたは来てしまった」と、責めるというよりは、詮無《せんな》いこととでも言いたげに、笑みを浮かべた。

二階の廊下を一番奥まで進んだところが、文枝が投宿している部屋だった。

「じゃあ、私は自分の部屋に下がっていますので」

そう小声で囁くと、止める間もなく喜三郎は階下へと下りていってしまった。

ひとり廊下に取り残された富治は、目の前の障子を開けるに開けられず、動悸がおさまらない胸を抱えて、まごまごするばかりだった。

障子を開けられないのは、怯《おび》えのせいだった。自分でも不可解なほど、富治は怯え、薄ら寒い廊下で身をすくませていた。

薄い障子紙で仕切られた向こうへと一歩でも踏み出してしまえば、いや、障子の桟《さん》に手を触れてしまっただけで、順調に回っていた時計の歯車が砂を嚙んであらぬ時を刻みはじめ、しまいには、ぜんまいやら歯車を弾け飛ばして壊れてしまうと思った。

――だめだ、俺ぁ、やっぱり帰《けえ》る。

踵《きびす》を返そうとした刹那だった。

いた。

「富治さん？　そこにいらっしゃるの？」

鼓膜に刻み込まれていたものと、寸分違わぬ声がした。

右手が勝手に動き、障子を開けていた。

部屋の隅に置かれた火鉢の隣に、落ち着いた色合いの留袖を身につけ、日本髪を結った文枝が

庭で、凍りついているはずの鹿威《ししおど》しが、すこん、と傾き、石を打つ音がした。

「お久しゅうございます、片岡文枝にございます。覚えておいででしょうか」

三つ指でゆるりと頭を下げた文枝が、顔をあげて縋《すが》るような目を向けてきた。

返事ができなかった。

後ろ手に障子を閉め、文枝の前に進んでから三尺の間をあけて、富治は畳に尻を落とした。

もう一度、文枝は深々と頭《こうべ》を垂れ、そのままの姿で富治に言った。

「貴方さまにあのような酷《むご》い仕打ちをしましたうえ、今になって会ってくださいなどと、はなはだ身勝手な女であることは重々承知しております。お怒りはもっともでございますが、どうか堪忍してください。どのようなお叱りも甘受しますゆえ、何とぞわたしの話にお耳を貸していただけますよう、切にお願い申し上げます」

「顔ば——顔ば、見せでけろ」

「はい」

答えた文枝が顔をあげ、今にも泣き出してしまいそうな瞳で、富治を見つめた。

変わっていないのは、声だけではなかった。

富治の前には、昔のままの文枝がいた。

よくよく見れば、もともとふっくらしていた顎の線がさらにふくよかになり、目尻には薄く皺《しわ》

が刻まれてはいたが、それ以外、目に映る変化はないに等しい。すでに四十の声を聞いている女とは思えぬほどに、若く、初々しいままだった。その顔を見ただけで、昔、自分の愛した女が、その後も幸福な日々をすごしてきたのだとわかった。

「えがった――」と、富治は漏らした。

「え？」

「幸《すあわ》せそうで、ほんに、えがった――」

正直な気持ちが、口をついて出ただけだった。

が……。

「な、如何《なじょ》すた？」

思わず驚きの声が出た。

あまりに唐突に、文枝の目から大粒の涙が零れたのである。

自分の右手を口に当て、きつく握った拳を噛んで、文枝は肩を震わせはじめた。

わけがわからずうろたえた。

「泣がねでけろ――」

文枝のそばへと膝でにじり寄った富治は、伸ばしかけた手を慌てて引っ込めた。何も考えずに、危うく文枝を抱きすくめてしまうところだった。それに気づき、自分で自分が恐ろしくなった。

「如何《なじょ》すたっけな、泣ぐんでねえ」

気が利いた言葉とは思えなかったが、行きどころを失った手を自分の膝に置き、天井を見あげて、おろおろするしかなかった。

ふいに富治の手の甲に、ひんやりとしたものが触れた。冷え切った文枝の指が、富治の手のぬくもりを求めていた。

体を痺れが貫き、まともにものが考えられなくなった。

「文枝っ」

言った瞬間、文枝の手を握り、乱暴に引き寄せて涙に濡れた唇を吸っていた。

天井から、もうひとりの自分が、やけに冷めた目で二人を眺めていた。

激しく口を吸い続けながら、男は女の体を畳の上に押し倒した。女に覆いかぶさった男の右手が、着物の上から乳房を鷲掴みにし、もう一方の手が乱れた腰巻の内側に突っ込まれた。

女はひとつも抗《あらが》わなかった。抗わないばかりか、いっそうきつく男の首にしがみつき、自分から股を大きく開いて膝を立てた。

男は自分のズボンをずり下げ、褌《ふんどし》の間から、勃起している陰茎を引っ張りだした。

女が腰を浮かして男を受け入れようとした時、天井に浮いていた富治の意識が、あるべき場所へと引き戻された。

陰茎の先端が文枝の肌に触れた、と思った。直後に富治は「ありゃ?」と声を出した。あれほどいきり立っていたはずの陰茎が、すっかり元気を失って萎《しお》れていたのである。

挿入する前に射精したわけではなかった。ただ単に、勢いを失ってしまっただけだった。

突然不能になってしまった自分の持ち物が妙に可笑しくなり、文枝から体を離して背を向け、富治はくっくっと笑いはじめた。

褌からはみ出した陰茎が、情けないほど小さくしぼんでいた。

ようやく笑いが収まり、ずり落ちていたズボンを引き上げてベルトを締めた。胡坐《あぐら》をかき直して振り返ると、何事もなかったかのように身繕いをすませた文枝が、憑きものが落ちたような顔で柔和に微笑んでいた。

「ははっ、だめだでなあ、俺の息子は、おめえどはやりだぐねえって語《かだ》ってるすけ」

「そうみたいね、残念だけど」

乾いた涙が筋を作った口許を、文枝はいっそうほころばせた。

「ほんとに久しぶりだすな。どれ、何があったのが語ってみせ」

この時には、最初思ったほどには、文枝は幸福な人生を歩んでいないことが、富治にはわかっていた。

案の定の言葉が、文枝の口から飛び出した。

「幸之助《こうのすけ》さんが――息子が家を出てしまったんです。家出した息子を捜しに、思い切ってここまでやって来ました」

「待ってけろ、幸之助つうのは、もすかすて――」

「そう、あなたの息子です」

そう答えて、文枝は、富治と別れたあとの出来事を、ひとつひとつ話しはじめた。

八

古川旅館には泊まらずに、暗くなる前に八久和へと戻るべく、富治は帰路を急いでいた。

しかしまあいろいろあるものだと、ため息が漏れ出て止まらない。

文枝は結局、今の亭主との間にも、二人の子どもをもうけた。最初は女の子で、次が男の子だったという。

亭主が経営している診療所は、長兵衛家の資産の後ろ盾もあり、まあまあ順調らしい。

そうして特別な波風の立たない、平穏な生活がしばらく続いていたのだが、七年前に文枝の父、長蔵が脳溢血でぽっくりいってしまってから、風向きが変わってきた。そのとたん、締め付けて

いた箍《たが》が緩んだように、文枝の亭主は女遊びをしだしたというのだ。もともと女癖の悪い男だったらしく、今では文枝の知っている限りでも、最低二人は妾《めかけ》がいるとのことである。それに反発したのが、長男、すなわち富治の実の息子である幸之助だった。文枝の亭主としては、自分の血を引いていない息子に逆らわれるのが、よほど面白くなかったに違いない。しだいに幸之助を疎《うと》ましがりはじめ、やがては、あからさまに辛く当たるようになっていった。

そうしてぎくしゃくしつつも、世間の目もあり、かろうじて均衡を保って送られてきた片岡家の生活に、今からひと月ほど前、決定的ともいえる楔《くさび》が打ち込まれてしまった。

文枝の亭主が、例によって妾の家から朝帰りした日のことだった。

父と息子の間に、それまでにないほどの大喧嘩が起きた。そしてついに、激昂した文枝の亭主が、幸之助に向かって家督はおまえではなく、弟のほうにすると、口から泡を飛ばしてわめき散らした。それで終わらず、おまえは俺の子どもではないと、なんの前置きもなく幸之助に明かしてしまった。亭主が婿養子に入る際、長蔵や文枝との間に約束を交わし、幸之助本人には、ずっと隠してきた事実だった。

今になって考えてみれば、亭主は最初からそのつもりでいて、幸之助に事実を突きつける機会を窺っていたに違いないと、文枝は語った。

一方の幸之助にしても、育っていく中で、何かおかしいのではないかと、それとなく疑っていたのだろう。家族が一切喋らなくても、あのような狭い田舎村のこと、どこからか噂話が本人の耳に入ることは、十分にありえた。

その一件があった夜、文枝は覚悟を決めて、幸之助にすべての事実を教えてやった。ほんとうの父親は誰なのか、なぜ阿仁の村から去ることになったのか、息子に洗いざらい話してきかせた。

その間、幸之助は、終始おとなしく、母の言葉に耳を傾けていた。ばかりか、自分の本当の父

がどんな男であったか、事細かに文枝に尋ねたという。

それが最後だった。翌朝、いくら待っても食卓に姿を見せない幸之助を呼びに部屋を覗きに行くと、自分のほうから片岡家との縁を切るという書き置きだけを残して、身の回りのものと一緒に、息子の姿は掻き消えていた。翌春の中学卒業を目前にして……。

ところが、息子の出奔《しゅっぽん》を知っても、文枝の亭主は顔色ひとつ変えず、むしろほっとした表情を浮かべたという。

その顔を見て、文枝も心を決めた。まずは幸之助を捜しだし、家へ戻るようにと説得する。かりに幸之助が頷かなければ、自分も家を出て、息子と二人だけで、この先生きていこうと。

だが、幸之助の行方は杳《よう》として知れなかった。考えあぐねた末に、富治の実家に足を運んだところで――打当では、父と母、兄も元気だと聞いて富治は心底ほっとした――阿仁鉱山で富治の面倒を見ていた石塚金次、さらには大鳥鉱山の工藤伊之助へと鎖が繋がり、こうして鶴岡まで来ることになった。必ず幸之助は、本当の父、富治を訪ねるに違いないと思ったからだった。

しかし、いても立ってもいられなくなって鶴岡まで来たはいいが、この先どうやって富治の居所を突き止めようかと困り果てていた。

そうした矢先、宿の主人から、松橋富治さんなら、同じ宿に投宿している富山のトウジンさんと懇意のはずだと聞き及び、喜三郎の部屋を訪ねたということだった。

話を聞き終えた富治は、残念ながら幸之助は自分を訪ねてきてはいないと、ありのままの事実を文枝に告げた。見るからにがっかりした様子ではあったものの、すぐに文枝は、必ず幸之助は来る、それまで鶴岡から離れないと、決意を込めた目で言い切った。

富治は、自分を追って文枝が鶴岡に来たわけではないと知り、むしろほっとした。

立ち止まって考えてみれば、いつもどこかで、文枝の幻影に縛られて生きてきたような気がす

る。それがこうして文枝との再会を果たし、男女の契りを交わそうとした寸前に、肝心なものが用をなさなくなったことで、ずっと囚われていた呪縛から、ようやく解き放たれた気分がした。自分だけの勝手な理屈なのかもしれないが、八久和の家で自分の帰りを待っているイクを思うと、これでよかったという安堵に、胸が満たされた。

自然に、家へと向かう足取りが速くなる。

これから先の文枝と幸之助のことも気がかりではあったが、今は、一刻も早く家に帰って、妻の顔を見たいと思った。

急いだかいがあって、日没と同時に、富治は八久和に帰り着いた。

「帰《けえ》ったどっ!」

いつにも増して、陽気な声で戸を開けた。

灯っているはずのランプが点いていなかった。

「イク!」

首をひねりながら薄暗い家にあがり、マッチを擦って火を灯す。

いつもと同じくきちんと片付いた部屋の様子が、ランプの明かりで橙色に浮かびあがった。だが、しんと静まり返った家の中には、人の温もりは微塵《みじん》も感じられなかった。

「イク!」

再び呼んだが、応える者は誰もいない。

――これからは富治さんの好きにして――これでもう、思い残すことは何も――。

最近になってイクが口にした言葉の断片が、耳の奥で交錯した。

「まさか――」

声に出して呟くと同時に、自分の膝から急速に力が抜けていくのがわかった。

第九章　帰郷

一

実家にもイクはいなかった。

小太郎も不在だったが、これはいつものことだ。胎内方面への本格的な寒マタギの出発は十日後にする――そう富治が決めると、月山の五日山から帰ったその日に、小太郎はいそいそと鶴岡へ下りていった。猟に旅立つ前の少なくとも一週間は女断ちしなければならない。そこで、今のうちにとばかり廓《くるわ》へ女を買いに行ったのである。

年老いたイクの父母、源太郎とマツは、娘が消えてしまったという富治の話にそろって顔を曇らせたものの、肝心の行き先については、何も心当たりがないと首をひねるばかりだった。

イクの実家を出たあと、富治は集落内の家を一軒一軒訪ね歩いたが、やはり、手がかりは得られなかった。

ひとりで火の気のない家に戻った富治は、薪《まき》に火を点けるのもおっくうで、アオシシの毛皮を被って酒瓶をかたわらに置き、ランプの明かりを見つめながら、イクの身に何が起こったのか、

不安と焦りの中で悶々と思いを凝らした。

考えているうちに、長年連れ添った女房に対する疑念が頭をもたげてきた。

やゑを嫁に出してからイクが時おり口にしていた、不可解な言葉の意味を反芻《はんすう》している中で、彼女の本意は自分が考えていたものとはまったく違い、しかも、意味そのものが逆だったのではないかという疑念が噴き出してきたのである。

これからはあなたの好きにしていい、というイクの言葉を、娘を嫁がせた今、今後は猟で稼いだ金を自分の好きなように使ってほしいという意味だと、富治は単純に思っていた。奇妙な言い回しをするものだとは感じたが、それ以外に解釈のしようがなかった。だから、聞いてもまともに取り合わなかったし、熊の胆御殿《い》でも建てようかなどと冗談を飛ばし、そんなことはわかっていると伝えたつもりでいた。

だが、好きなところで好きに生きていってよい、という言葉を文字通りにとり、わたしとはもう一緒に暮らす必要はない、そう言っていたのだとしたら……。

だとすると、イクの本心がますますわからなくなる。しかし、考えを巡らしているうちに、もしかしたらこういうことかと、ひとつだけ思いが至った。

イクのほうで富治から離れたがっている、別れたがっている、あるいは逃げてしまいたいと考えている。そういうことだったのではないのか。

一緒に暮らすうちにしだいに情は移っていったが、彼女と所帯を持った経緯《いきさつ》を考えてみると、富治自身にはそうせざるを得ない状況に追い込まれたという事情があった。一方のイクはというと、一にも二にも、腹に宿った子どもを育てあげるためというのが、最も大きな理由だったはずだ。

だとすれば、やゑを熊田に嫁がせた今となっては、本来は自由気ままに生きていたいだろう女

であるはずのイクには、マタギの女房という辛い暮らしに耐え続ける理由はなくなってしまったとも考えられる。

そして何より、亭主の心の根深いところに、別な女への想いがずっと巣食っていたということを、イクは知っていたはずだ。こちらからは文枝のことを口にしたことはないものの、鶴岡の私娼窟で一度だけイクからなじられたように、ひとりの女の幻影に骨の髄まで富治が囚われていることを、彼女は最初から感づいていた。男には想像が及ばぬ青白い嫉妬の念が、イクの体の奥底でちろちろと燃え続けていたとしても不思議ではない。

確かにそれは事実だった。ただしそれは、今日、文枝との再会を果たすまでは、という留保つきの話である。文枝と実際に会ってみて、もはや自分の心は彼女にはなかったということを、身をもって知ることができた。文枝を貫こうとした寸前、イクのことが強烈なまでによぎり、気づいてみると陰茎が萎《な》えていた。正直なところ、肩の荷が下りた気分だった。男の勝手な言いぐさ、と言われればそれまでだが、妻と自分がどれほど分かちがたいまでになっていたのか、あらためて悟らされ、一刻も早くと八久和へ戻った。

そうしたらこのありさまだ。どう思いを凝らしても、イクが自分の意思でこの家から逃げ出したのが真相だと考えるしかなかった。

結局は自分で蒔《ま》いた種なのかもしれない。だが、それにしても、と今度は妻の行為に腹が立ってきた。

一升瓶から直接ぐびぐびと酒をあおった富治は、げっぷをしてから「この畜生《つくしょう》めっ」と、薄暗い土間に向かって吐き捨てた。

長年文枝のことを忘れられなかった自分も悪い。だが、それだけだ。昔焦がれた女のことを、時おり思いだすことがあったというだけだ。イクを抱きながら文枝の顔を重ねたこともあるには

あったが、それを咎《とが》め立てされてはかなわない。女房に隠れて密通を重ねてきたわけでもないし、今日に至るまで、ただの一度すら会っていなかった。会おうとしたこともなかった。そればかりか、身を固めてからというもの、他の女とは肌を合わせてすらいなかった。

世の中には、妻子がありながら、平気で女を買い漁る亭主や、堂々と妾《めかけ》を囲う輩《やから》もいる。ひとりや二人の女がいるくらいが男の甲斐性、そう口にしてはばからない連中がごまんといるのに、こんなことで女房に逃げられていたのでは、世間体が悪くて仕方がない。

自分のもとから逃げたイクが、今ごろ何をしているかと思うと、富治の腹立ちはさらに増した。三つ子の魂は百までもという諺《ことわざ》があるように、ふつうの女房になることをイクという女に求めることには、最初から無理があったのである。根っからの娼婦というのが、彼女の生まれ持った性《さが》だということを、すっかり忘れていた。

弟の小太郎が足しげく通う鶴岡の遊廓に身を隠すことは、どうしたって考えられない。だとすると、今ごろイクは、土地勘がある仙台の小田原遊廓へでも向かっているのではあるまいか。あるいは、どこかの温泉で飯盛女《めしもりおんな》に戻るつもりなのかもしれない。

馬鹿な女だと蔑《さげす》みながら、またしても酒を胃に流し込むと、ふいに切なく、いや、不憫《ふびん》に思えて涙が出そうになってきた。

いくら昔は売れっ子の娼妓《しょうぎ》で、いまだに男を喜ばせる妙技を忘れてはいないといっても、女盛りをとうにすぎた五十も間近の娼婦を雇う妓楼《ぎろう》なんぞありゃしない。薄汚れた私娼窟で、公娼宿に通える銭も持たない連中を相手に、細々とその日暮らしをするのが関の山ではないか。

長年の野良仕事で節くれ立った指を客の男根にからめ、懸命になってしごいているイクの姿がまざまざと瞼によぎり、富治は哀れさで胸が押し潰されそうになった。

イクをどんなに憎もうとしても、憎みきることはできなかった。それほど昔の暮らしに戻りた

いのなら、いっそのことマタギをやめて街に下り、彼女のひもになって暮らしてもよいとさえ思う自分がいた。

朽ちかけた長屋で安酒をすすりながら、ひとりイクの帰りを待ち続ける。客をとったあとの汚れた体を、これでもかというほど苛《いじ》め抜いてから眠りに就く。そんな日々も悪くはないかもしれない……。

すきっ腹への冷や酒で、自分が酔っていることはわかっていた。酔いのせいで、まともに物事が考えられなくなっているのもわかっていた。だが、今の富治には、酒瓶が空になるまで、苦い酒をあおり続けるしか、他にできそうなことは何もなかった。

二

翌朝、富治は、玄関の戸板を叩く音で起こされた。

深酒をして、火のない板の間の上でそのまま寝入ってしまったにもかかわらず、瞬時に目が覚めた。

「イクか！」

言って土間に飛びおり、引き戸を開け放った。

が、戸外にあふれる真っ白な照り返しを背にして立っていたのは、イクではなかった。敬二郎の妻、トキがひとりで、何かを訴えたげな眼差《べ》しをして立っていた。

光線の眩《まば》ゆさに富治が瞼を瞬《しばた》いていると、「少っこ、話《はなす》っこがあるんだども――」消え入りそうな声で言ったあとで、「おイクさんのことで」と付け加えた。

「火ば熾《おご》すてねえだで、寒《さみ》いども――ほでもいがったら――」

頷いたトキは、人目をはばかるように周囲へ視線を這わせたあと、戸口から、するりと体を入れてきた。

軋《きし》ませながら戸板を閉じた富治は、無言のまま居間にあがり、一枚だけある来客用の座布団をトキにすすめた。

座布団には座らずに、直接冷たい板の間に正座したトキが、手をついて床板に頭をこすりつけた。

「俺家《おらえ》の甲斐性なすを猟さ連《つ》ぇでってもらったうえ、熊の胆まで譲ってもらって、ほんにありがだぐ思ってますだ」

「なぬ、困った時はお互《だげ》えさまだでの、気に病まねでけろ」

「おがげさまで、これでなんとかサキば身売りさ出さねえですみますで、富治さんには、亭主ともども感謝すてますだ」

「サキちゃんだげでねえど。敬二郎も辛がんべが、今度の山入りでも頑張ってもらって、早《はえ》どご夕エ坊ば身請げする銭こも作ってもらわねばの」

「俺《おら》がらも、あの馬鹿亭主さ十分言い聞がせますで、よろすぐお願《ねげ》えすます」

そこで会話が途切れた。

熊の胆の礼を言うのが本当の目的ではないことは、さきほどのトキの言葉でわかっていたが、自分からイクのことを口にすることはできなかった。

しばらくぎこちない沈黙が落ちたあと、トキが意を決したように顔をあげた。

「おイクさんがらは黙っているように頼まれだども、やっぱす喋ったほうがいがんべど思って――」

「喋ってけろ」

富治が促すと、トキは「実は――」と唾を飲み下してから、「三日前《めえ》のことだども、若え書生《わげ》さんが、富治さんの家ば訪ねてきましての」と、富治たちが月山から帰る前日にあった出来事を話しだした。

まだ昼前のことだったという。トキが物置小屋で漬物の糠味噌《ぬかみそ》を返していると、村では見たことのない、まだ二十歳前くらいの、外套を着込んだ青年が麓から登ってきて、松橋富治さんの家はこの集落にあるだろうかと尋ねた。

本人は猟に出ていて不在だが、女房のイクさんはいるはずだ。そう答えると、青年は、複雑な顔つきで、それでもけっこうですと言い、富治の家の場所を訊いた。

不審に思いはしたが、怪しい者には見えなかったので、問われるままに教えてやった。が、やはり気になり、家事をしながら富治の家の様子をそれとなく窺っていると、小一時間ほどしてから、青年がひとりで出てきた。

トキの家の軒先を麓に向かって引き返していく青年の、怒っているような、しかし、泣きだしそうにも見える顔を見てますます気になり、何があったのだろうと、イクを訪ねてみた。するとイクは、トキが土間に立っているのに気づかぬほど、茫然自失といった様子で、ぺたんと板の間に座っていた。

心配になったトキが、さっきの来客と何かあったのかと訊いたところで、ようやく我に返ったような顔をしたイクは、あわてた素振りで手にしていたもの――トキの目には、便箋と封筒に見えた――を座布団の下に滑り込ませた。そして、ひどく思い詰めた表情で、さっきの青年が訪ねてきたことは、誰にも言わないでくれと懇願したというのだ。

どうしたのかといくら尋ねても、なんでもないの一点張りだったので、そのまま家に戻るしかなかった。そうしたら、昨夜、イクの所在はわからないだろうかと、富治が訪ねてきた。よほど

青年のことを話そうかとも思ったのだが、あれだけイクに念を押されていたこともあって、昨夜はとうとう言えずじまいに終わってしまった。だが、ざわざわという胸騒ぎがどうしても治まらず、今朝になってからこうして教えにきたということだった。

心配そうな面持ちのトキに、丁寧に礼を言って帰ってもらったあと、富治は、再び昨夜の続きを考えはじめた。

たぶん、この家を訪ねてきた青年は、比立内の文枝の家を出奔した幸之助だ。昨日、文枝から聞かされた状況からいって間違いないと思われた。そして、トキが目にしたものは、文枝の添え書きが加えられていた喜三郎の手紙だったのではなかろうか。開ける時、ずいぶん厳重に糊付けしてあるものだと不思議に思ったが、一度こっそりと開封した封筒に、もう一度糊付けし直したせいだろう。幸之助が訪ねてきたのと封筒を開けたのが、どちらが先かはわからないが、それは大きな問題ではなかった。

問題なのは、文枝が鶴岡に来ているとイクが知ったことと、それにも増して、富治と文枝との間には息子がいたという事実を、いきなり目の前に突きつけられたこと。しかも、幸之助本人が訪ねてくるという、これ以上はない唐突さ。

いったい二人は、この家で膝を突き合わせ、何を語ったのか。

五日山を終えて帰ってから鶴岡の古川旅館へ向かうために家を出るまでの、短い時間だけすごしたイクの様子を思い浮かべてみる。

イクが、内心の動揺を隠しているようには見えなかった。いつもと変わらぬ立ち居振る舞いで、富治が鶴岡へ出かけるのを見送ってくれた。だが、何のために亭主が出かけようとしているのか、承知してのことだったはずだ。それを思うと、イクという女の意志の強固さに空恐ろしくすらなる。

さらに、彼女はいつの時点でこの家から出ることを決意したのかと考えた富治は、昨夜までとは違う不安を覚えはじめた。イクが前々から思い描いていたことだったということもあり得るが、直接のきっかけとなったのは、幸之助の来訪によってとするのが自然だった。つまり、自分の決意を胸に秘めたうえで、亭主を昔の女のところへ送り出したことになる。

ふつうの女に、いや、ふつうの状態の女にできることではないと思った。イクのもともとの気性からすれば、幸之助が訪ねてきたことを富治に突きつけ、いったいどうするつもりなのだと、強く迫ってもよいはずだった。

それをせずに、こうして突然姿を消してしまったということは……。

自殺——という言葉がふいに浮かび、下腹がむず痒くなった。

ふらふらと立ちあがり、富治は茶簞笥《ちゃだんす》の中を手当たりしだいにかき回しはじめた。さらに寝部屋へ行って簞笥の引き出しを開け、中のものをすべてひっくり返した。どこかに遺書があるのではないかと思ったのだ。

しかし、目につくところはあらかた捜しつくしたものの、遺書らしきものは見当たらなかった。もう一度最初から調べ直そうとしたところで、遺書を残すならば、卓袱台《ちゃぶだい》の上とか、目につくところに置いていくはずだということに気づき、いくばくかの安堵に尻を床につけた。

が、すぐに気分は暗転した。懐《ふところ》に遺書を抱いたまま、死に場所を求めて山中を彷徨《さまよ》っているイクの姿が浮かんだからだった。

頭が壊れそうだった。

胸が裂けそうだった。

どこかの遊廓にでも逃げたに違いないと勝手に思い込み、本気で行方を捜そうともせずに、ひとりで飲んだくれていた昨夜の自分を殺してしまいたくなった。

心当たりなどなくとも、一刻も早く、イクを捜しはじめなければ。

そう思って外着を身につけはじめたところで、表から引き戸が開けられた。

目の下に隈《くま》を作った小太郎が、富治が引っかき回して乱雑になった部屋を見回して驚き顔をした。

「どうしたってんです、兄貴。部屋中こんなにひっ散らかしちまって」

言葉が出ずにいると、小太郎は顎髭を擦ってから、尋ねてきた。

「姉貴のやつ、どこかに出かけたんですかい？　わざわざ汽車なんかで」

小太郎の顔をまじまじと見て、富治はオウム返しに訊き返した。

「汽車なんかで？」

「へえ」

「どういうことだ」

「ありゃ、そのこと、兄貴は知らねえんで？」

「おまえ、イクに会ったのか」

「いや、いつもの貸し座敷の番頭が、駅に届いたチッキを取りに行った時、姉貴が鶴岡駅の改札にいるのを見かけたっていうもんで」

「いつ」

「昨日の夕方だそうです。声をかけたらしいんですが、逃げるようにして改札をくぐっていったというんで、ちょいと気になりましてね。兄貴に訊いてみようと思って、帰りにまっすぐここに寄ったんですが——何かあったんですかい」

小太郎の問いには答えずに、富治はさらに尋ねた。

「イクは——イクは汽車に乗ったのか」

「さあ——そこまでは見てねえってことですが、書生風情の若い男と一緒だったという話なんで、番頭から聞いた時は、てっきり誰かを見送りにいったんだろうと思ってたんですがね、ここに来てみたら姉貴は留守のようだし、いってえどういうことかと——」

訳がわからないという顔で喋る小太郎の語尾が、しだいに尻すぼみになった。

「小太郎、その貸し座敷がある宿屋と番頭の名前を教えてくれ」

「大東屋の勘介《かんすけ》って爺さんですけど」

「わかった。それから、おまえに頼みがある」

「へえ、いいすよ」

「敬二郎にやる熊の胆、おまえの家で干しあげてくれ」

「いいすが、なんでまた」

「俺はこれから出かけてくる。もしかしたら今度の山入りまでに戻ってこれないかもしれんが、その時は、俺を待たずに出発していい」

「——って、いったいぜんたい、どういうことなんです？」

「悪い、今は訊かんでくれ」

「それにしても急な話だし、兄貴がいねえんじゃ、猟が——」

「おまえが頭領《スカリ》を務めればいい」

「そんな無茶な」

「無茶でもなんでも頼む。どうしても不安だったら、熊田の鉄五郎に応援を頼めば、なんとかしてくれるはずだ」

「はあ、しかし、なんで——」

「今は訊くなと言っただろう」

「す、すんません」

それでも物問いたげにしている小太郎を家から追い出し、富治は旅の仕度をしはじめた。

旅支度を終えた時には、本当の理由はわからずとも、イクが幸之助と一緒にどこへ行こうとしているのかだけは、わかったような気がしていた。

三

八久和を発ってから二日後の昼、富治は、奥羽本線の鷹ノ巣駅にもうじき到着する列車の車中にいた。

隣の席には文枝がいた。列車を何本か乗り継ぎながらの長旅の疲れで、今は、軽い寝息を立てている。

肩に預けられた文枝の頭の重みを感じながらも、富治の心はイクへと飛んでいた。

一昨日、鶴岡まで下りた富治は、まずは小太郎に教えられた大東屋の番頭、勘介に会った。駅で見かけた女は確かにイクだと勘介は頷いた。昔、イクが鶴岡で娼妓をしていたころ、自分も同じ妓楼で下働きをしていたので、間違いようがないと言い切った。さらに、一緒だったという若い男の風体を尋ねてみると、トキが富治の家を教えた男と同一人物であると断じてよいと思われた。男は、十中八九、幸之助だろう。

問題は、二人が本当に汽車に乗ったか否かなのだが、その点を尋ねてみると、もし乗車したとしたら、あの時刻であれば下り列車のはずだと、勘介は言った。

そこまで聞いて、富治は確信した。

イクは、幸之助と一緒に阿仁へ向かっている。

なぜかはわからない。だが、トキが言っていたように、小一時間ほども幸之助とイクが会っていたのが事実だとすれば、二人の間で何か込み入った会話が交わされたと考えるしかない。歳若くして家出したばかりの幸之助が、あちこちに行き先を持っているとは思えなかった。その二人が一緒に下り列車に乗ったとすると、阿仁以外に向かう先は考えられなかった。

大東屋をあとにした富治は、その足で文枝が泊まっている古川旅館を訪ね、洗いざらい事情を話した。事情を聞いた文枝にしても、二人がそうする理由については首をかしげるばかりだったが、阿仁へ向かっているに違いないという点では意見が一致した。

すぐにあとを追おうということになり、富治は、敬二郎の熊の胆をできるだけ高値で買い取ってもらえるよう喜三郎に頼んでから、文枝とともに鶴岡駅へと向かった。

鶴岡から阿仁までの旅程となると、まずは陸羽西線で新庄まで行き、奥羽本線に乗り換えて大《おお》曲《まがり》で下車、その後、大覚野《だいがくの》街道を北上するのが最短なのだが、夏場ならともかく、冬場の大覚野峠越えには不安が――文枝を伴ってではなおさら――あった。そこで、十年ばかり前に全線開通した羽越線で秋田まで行き、奥羽本線に乗り継いで鷹ノ巣駅を目指すことにした。そこからは阿仁街道を使うことになるが、峠越えをしないですむだけ楽だろう。けっこうな遠回りにはなるが、善次郎たちと一緒に旅マタギに出ていた当時と比べれば、はるかに早く阿仁までたどり着くことができる。

長く尾を引く汽笛とともに鷹ノ巣駅のホームに滑り込んだ列車から降り、文枝と一緒に改札を出た富治は、外気に触れたとたん、あふれ出てくる懐かしさに押し潰されそうになった。

空気の冷たさが違っていた。豪雪地帯ということでは、むしろ八久和が勝っているのだが、ここまでぴりぴりと神経に触れるような凍てつき方はしない。その冷気に触れたことで、自分が故郷に帰ってきたのだという実感が、いやがうえにも高まった。

吐いた息が、そのまま結晶となって漂いだしてしまいそうな冷気が生む、容易には雪玉をこしらえることができないほどの乾いた雪。それが阿仁のマタギを育てるのだと、富治はあらためて思った。

森吉《もりよし》山を頂く阿仁の山々の稜線は、どちらかといえば優しげである。ずっと南、胎内から信州へと連なる山脈のほうが、比べてみると荒々しい。山塊のひとつひとつの大きさが、阿仁とは比較にならないほど巨大で、しかも急峻なのだ。雪の量も半端ではない。

それなのに、阿仁の里で生まれ育ったマタギたちが、まるで自分の庭でも歩くかのように、縦横無尽に旅マタギができるのは、立ったまま氷柱《つらら》になってしまうような厳しい寒さの中で猟をするのが日常になっているからだ。阿仁の山には、冬場の猟に潜む、あらゆる危険と罠が凝縮されているのである。

この地に生まれ育ったことで、特に意識することなく、自然のうちに、猟師としての知恵と技量を身につけることができたのだと、富治は、今さらながらに山の神様に感謝した。

が、今は、感慨に浸っている場合ではなかった。鷹巣《たかのす》まで辿り着いたのはいいとして、これから阿仁のどこへ向かうべきか、相変わらずこれといった場所が思い浮かばない。

駅舎の前で、どうしたものかと思案していると、文枝が「たぶん」と富治に言った。

「二人は、いいえ、少なくともイクさんは、富治さんの実家を訪ねると思います」

「何故《なして》?」

「汽車の中でずっと考えていたんですけど、イクさんがこの先どうするのかは別として、その前に、必ず富治さんのお父さんとお母さんに会うはずだと、わたしは思うの」

「んだべかの、そんたなことをするとは思えねえが。なぬせ、あいづには、実家の話をほとんどしてねえんだど。親父やおふくろの名前すら知ゃねのに、わざわざ訪ねるはずはながんべな」

「馬鹿」

まともに言われて言葉に詰まる。

「それだから、殿方ってだめなんです。女の気持ちなんかさっぱりわかっていない。イクさんにとって一番大切なのは何かわかるでしょ」

しばらく考えてから口にした。

「やゑ――だべかな」

「そう、お腹を痛めた子どもです。どんなに好きあって一緒になった亭主よりも、子どものほうが大事」

昔の自分と文枝のことを言われているようで、富治は顔をしかめた。

「それはわがるども、それがどう――」

「まだわからないの？」

呆れたという顔で、文枝は溜め息を漏らした。

「だから、娘さんを立派に育てあげるために苦労してくれた富治さんには、言葉にならないくらいイクさんは感謝しているはずだし、今でも富治さんから心は離れていないと思います」

「はあ――」

「そのあなたのことを、最も想ってくれている人は誰なの？」

「と言われても――」

「馬鹿」

「なぬも、そげに何度も、馬鹿、馬鹿、語《かだ》らなくともいがんべや」

「馬鹿だから馬鹿と言っただけです。いい？　それは、あなたのお母さん、テルさんに決まってるでしょ」

ふいに後頭部を殴られたような気がした。同時に、打当の家を去る時、なけなしの銭を握らせてくれた母の面影が蘇り、自分でも思ってみなかったほどの動揺が走った。

うろたえている富治にはかまわず、文枝が真剣な顔で続ける。

「あなたが、家を出なければならなくなった時、お母さんがどんなに辛い思いをしたことか、自分も母親になった今のわたしには、痛いほどよくわかります。イクさんにしたって同じことを思うはずです。テルさんがどんなにつらかっただろうと、自分のことのように痛ましく思うのが女です。母になった女にしかわからない気持ちです。富治さんがあんまり鈍いので、はっきり言いますよ。もし――」

「もし？」

「そう。もし、万が一、イクさんが自分の命を粗末にするようなことを考えているとしても、子どもを持った同じ母親として、あなたのお母さんに、息子さんは立派に生きていますと伝えて、安心させてあげたいと思うはずです。そして、ずっと会えずに離ればなれに暮らさなければならなかったことを、あなたに代わってお母さんに謝りたいとまで思っているに違いないです。汽車の中で富治さんからイクさんのことをいろいろ聞いて、会ったことはないけれど、イクさんってそういう人だと思いました。わたしなんかより、ずっと真っ直ぐで心根の優しい人だと思う。ね、だから、早く打当に行きましょう」

「んでも――」

「なにぐずぐず言ってるんですか。絶対にイクさんは富治さんの実家に行くはずだし、もう訪ねてるかもしれないのよ。手遅れになったらどうするの」

果たしてそうだろうかという疑問があるにはあったが、他に捜すあてがないのと、文枝の剣幕がすごすぎるのとで、富治はわかったと頷いた。

「そいづはいいども――」そう言って、こんこんと雪を降らせている空を見あげ、「――正月の三ガ日が過ぎだばがりでこの雪だすけ、乗合自動車も出はってねえようだば、此処《こご》がらは歩ぐしかねえべしゃ。俺は慣れでるさげかまわねえども、おめえは如何《なじょ》するや。けっこう距離はあるど」と文枝に訊いた。

するとと文枝は、駅前の広場をきょろきょろ眺め回してから、「ちょっと待ってて」と言って、乗合自動車の停車場に駆けていった。といっても、そこには自動車の影はなく、付近にいるのは、炭俵を満載した馬橇《ばそり》が一台だけだ。

何をしているのだろうと富治が見守っていると、馬橇の親方らしき男と話しはじめた文枝は、いくらもしないうちに戻ってくるや、頰を上気させて言った。

「あの橇を使いましょう」

「んだかて、あの橇だば、阿仁さは行がねえべ」

「だから、馬ごと買い取ったの」

「へ？」

「もしかしたら比立内には帰らないという覚悟で、わたしは家を出たんですよ。それくらいのお金は、黙って家から持ち出しています」

積荷を降ろしはじめた橇に目を向けながら、文枝がこともなげに言う。

なんとまあと、今度は富治が呆れる番だった。目の前にいるのは、二十年あまり前の世間知らずな箱入り娘ではなく、どこででもしたたかに生きていけそうな、嘘のように肝の据わった女だった。

四

父と母、そして兄が暮らしている家――昔と変わらないあばら家だったが、以前は納屋があったあたりに建て増しがされていた――の手前で馬橇を停めた富治は、手綱《たづな》を握りながら文枝に言った。

「おめえが、様子ば見できてけねがの。俺はあっつのほうで待ってるさげ」

寒気にさらされ、頬を赤くした文枝が、責めるような目で富治を見た。

「この期に及んで何を言ってるの」

「だども――やっぱっす――」

しばらくじっと富治を睨《にら》んでいた文枝は、深い雪の上に降り立ち、御者台を見あげて、富治に念を押すように、きつい口調で言った。

「いい？　絶対ここから動いてはだめよ。逃げたりしたら承知しないから」

「わがった」

懇願するように頷く自分が情けなかったが、自分の手で戸を開けて敷居をまたぐ勇気が、どうしても湧いてこない。

寒野菜が雪の下に埋もれている畑を横切った文枝は、土間から奥へと姿を消したと思ったら、富治がなんの準備もできていないうちに、再び表に現れた。しかも、自分ひとりでではなく、年寄りの手を引いて。

「おっ母《かあ》――」

口にしたとたん、思わず足が動いていた。馬の手綱を放り出して駆けていた。

白髪が増えて腰の曲がりがきつくなり、記憶にある母より、ひと回りもふた回りも背丈が縮んだように見えるテルが、潤んだ瞳で息子を見あげた。

「おっ母」

それしか言葉が出てこない。

立ちつくしている富治の手に、ごつごつと節くれ立った、短い指がからんだ。

「堪忍《かんにん》な、堪忍すてけろ――おめえさ辛い思いばさせだ俺達《おらだつ》ば、許すてけろ」

握った富治の手に自分の額をこすりつけ、テルが声を詰まらせた。

頭上からふりしきる雪が、すっかり白くなった母の髪に薄く積もっていく。

堪忍な、堪忍な……。そう呟き続ける母のうなじと肩の輪郭がふいにぼやけた。

しばらく流したことがないほどの、大量の涙が、自分の目から零れていた。

「謝んねでけろ。おっ母、頼むがら謝んねでけろ――」

そう言って母の手を握り返すしかなかった。

親不孝をしたのはこちらだというのに、再会を果たした息子に向かって頭を下げ続ける母の気持ちに、どうやって応えてやればよいのか、富治にはわからなかった。

涙に暮れている二人に、自分も洟《はな》を啜りあげながら、文枝が優しげな声で促した。

「さあ、とにかく、家の中へ入りましょう。お母さんもほら、そんな薄着でいたら体に障るから」

うんうんと頷いた富治は、袖口で目を擦り、自分から母の手を引いて、遠い昔に背を向けた、懐かしい匂いのする我が家へと歩を進めた。

五

熱い白湯《さゆ》を口にして落ち着きを取り戻したテルから、父と兄は不在だと聞き、富治は残念だというよりはむしろほっとした。父や兄にも会いたいという気持ちはあるのだが、会えば叱られてしまいそうな気がして仕方がなかったのである。

八久和では胸を張って富松組を率いる頭領《スカリ》の富治も、打当に、そして、実家へと戻ってみれば、ただの末っ子《ばち》である。そのうえ、昔の善之助組のような、本当に厳しい規律や掟で自分の狩猟組を統率しているわけではなかったので、どうしても顔を合わせづらいという引け目があった。

テルの話によると、父の富左衛門は、タテを収めてマタギをやめてから、馬引きの仕事をしばらくしたのち、稼いだ金を元手に、知り合いと一緒に乗合自動車の会社を興し、一時は、そこそこの儲けがあったらしい。だが、一昨年の昭和九年に、現在も建設中の阿仁鉄道が鷹巣から米内《よない》沢《ざわ》まで開通したことで客足が極端に減り、たちまち経営が行き詰まってしまった。実際に、借金を抱えて夜逃げでもするしかないかという瀬戸際までいったらしい。そんな折り、幸いにも経営権を買い取ってくれるという人物が現れ、今は鉄道と競合しない鷹巣と七日市間で、小型車三台だけの営業をしており、富左衛門は、そこで番頭として雇われているのだという。

正月明けの今朝早く、仕事場の鷹巣に出かけた——泊まり込みの仕事なので、家に帰るのは十日に一度ということだった——というから、富治が文枝とともに鷹ノ巣駅に降り立った時、実は近くで父が仕事をしていたことになる。

それにしても、七十齢《よわい》の人間がそこまでして働かなくてもと思うのだが、テルの話では、自分がこしらえた借金は自分で働いて返さなければならないのだと、いっこうに耳を貸さないそうな

のである。いかにも頑固な富左衛門らしい話だった。歳がいった体は心配だったものの、それはまた、いまだにかくしゃくとして働けるくらいに元気だということでもあり、テルの話を聞いているうちに、富治はひと息つけた気分になった。

一方、兄の富雄はというと、いっときは父の会社で働いていたものの、会社が傾きはじめた一昨年からマタギ仕事を再開し、今は息子二人を連れて、六之丞組の連中と一緒に、樺太へ杣夫《そまふ》――というのは名目だけで、実のところは旅マタギ――に出かけているとのこと。富雄の女房も、亭主が旅マタギに出ている間は、阿仁合の旅館で住み込みの仲居として働いているという。細かいことをテルは話したがらなかったが、そうまでして皆で稼がなければ返せないほどの借金が残っているらしいことが、富治にもわかった。

家族の者が大病もせず、元気に暮《く》らしていることは嬉しかったが、昔と変わらない、というよりは、むしろもっと苦しい生活を強《し》いられていると知り、手助けはもとより、何ひとつ知らなかった自分に、富治は罪悪感を覚えるばかりだった。

そうした話をテルから聞いている途中で、富治は大事なことに思い当たった。

「先たぁ、おっ母《あん》、兄ちゃは六之丞組さ混ざって樺太さ行ってるって語《かだ》ったども、善之助組は如何《なじよ》すたんだ」

「十年ばかり前《めえ》に、組ば解いだだ」

「善次郎さんに何があったのが」

「うんにゃ、善次郎さんだば、今は隠居すてるども、毎年《まいとす》この時期には、ひと月以上も湯治さ出はるくれえ元気だで」

「んだら、何故《なすて》」

「さあの、猟のことは女子《おなご》にはわがらねえす、訊ぐものでもねえすからな」

そうテルは答えたが、富治が疑問に思うのは、もっともなことだった。

指を折って数えてみると、善次郎は今年で七十五ほどになる。本人は猟をできる歳でないとしても、万吉、あるいは富雄に頭領《スカリ》を譲って、善之助組が存続していてもよいはずである。由緒ある阿仁の狩猟組に自分の代で幕を引くというのは、よほどの理由がなしには考えられることではなかった。いったい善次郎は何を思って組を解散したのだろうと、疑問が膨れるばかりだ。

いずれにしても、時の流れとともに、阿仁マタギの世界も、少しずつ変化を強いられているのかもしれない。

しかし、こうした話は、あとのほうになって聞いたことであって、最初にテルの口から出たのは、イクのことだった。

文枝が予想した通り、昨日の朝、まだ雪が降りだす少し前に、和服姿の見知らぬ女がひとりで訪ねてきた。イクという名の女が、富治の女房だと名乗るに及んで、テルと富左衛門は、腰を抜かさんばかりに仰天した。

イクはひとりだけで訪ねてきたのかという富治の問いに、テルはそうだと頷いた。

ちらりと隣に視線を向けると、よけいなことは喋らないでよいと、文枝は目だけで伝えてきた。

幸之助のことは口にせず、富治は、時おり口を挿みながら、昨日のイクの様子を母から聞きだした。

およそ一刻《いっとき》あまり、三人は、この家で話し込んだ。イクから聞かされた八久和での富治一家の暮らしぶりに、テルばかりか、あの頑固親父の富左衛門さえ、目に涙を浮かべて聞き入っていたという。富治が立派に狩猟組の頭領を務めていると知った時の父の顔は、日ごろの苦労など忘れてしまったかのように、実に嬉しそうだったと、母は語った。

そしてイクは、話をしている間中、幾度となく義父母に頭を下げて自分たちの無沙汰を詫び、

赦しを請うた。まさに文枝が口にしたままのイクの姿がよぎり、富治は、自分の目頭も熱くなってくるのを感じた。イクがいなくなった夜、妻に対する下卑た疑いを抱いた己を深く恥じ入るしかなかった。

そうすると今度は、彼女の行方に対する不安がいや増した。

「ほで、イクは、昨日《きんな》のうぢに帰《け》ったのけ？」

「俺家《おらえ》さ泊まってゆっくりすていってけろって引き止めだども、おめえさまが寒マタギで山入りする前に帰《けえ》らねばなんねって、昼過ぎには鷹巣さ向がったでの。ほだがら、先たぁ、文枝さんが訪ねてきて、おめえさまが戻ってるど聞いではぁ、思《お》い切《も》り玉抜《しかたんま》げだではぁ。全体《じえんてえ》、何故《なすて》二人で一緒に来ねがったのしゃ。何《なぬ》があったんがえ？」

テルに尋ねられ、富治はとっさに出まかせを言った。

「うんにゃ、イクが出はったあとで山入りの予定が延びでな。こげな機会はねえべど思って、急に思い立って来てみたのしゃ。んでも、まさが、一日違いですれ違《つが》いになるとはなぁ。おっ母、来た早々悪いども、あいづが心配《しんぴや》だすけ、今日のところは長居すねえで俺も帰《けえ》っからしゃ、勘弁すてけろ」

富治の嘘を母は見抜いていたかもしれない。が、そんな素振りはおくびにも出さず、むしろそうしたほうがいいと頷いて、茶箪笥から何かを取り出してきた。

目の前に差し出された封筒を見て、富治は首をかしげた。

「昨日《きんな》、イクさんがら、無理くり押し付けられだんだども、やっぱり受け取る訳にはいがねえ」

封筒を手にして覗き込み、富治は驚きの声と溜め息を、一緒に吐き出した。

十円札が十枚に一円札が二十枚ほど。ふつうの勤め人の、三月分の月給に近い現金が、封筒には入っていた。爪に火を灯すようにして、イクがこつこつと貯めた金に違いなかった。それをイ

クは、罪滅ぼしの意味で、義父母に差し出したのだと、容易に想像がついた。贖《あがな》わなければならない罪など、彼女には何ひとつないというのに……。

「だめだ、おっ母、持って帰る訳にはいがねえ」

「だども――」

「いいがら、もらってけろ。ほんとぬ少《べ》っこで申し訳ねえども、俺どイクがらの気持ちだがらしゃ、そいづば無にしねえでけろ。持ち帰ってしまったら、俺ぁ、イクにさんざん怒《ごしゃが》られるでな。あいづに拗《こんちけ》ねられるど困るがらよ。な、亭主の顔ば立でるためにも、黙って収めでけろ」

嘘に嘘を重ねる自分に嫌気がさしたが、そう言うしかなかった。

「ほんとに、ありがてえこって――ナンマンダブ、ナンマンダブ――」

封筒を押し戻されたテルが、両手を合わせて拝み続けるのを見つめながら、富治は滲み出てこようとする涙を、必死になってこらえていた。

六

なごり惜しそうにしながらも、マタギ一家の女房らしく凜然《りんぜん》とした姿で見送りをしてくれた母の影が、降りしきる雪の向こうに見えなくなった。

そこから少し橇を進め、村の神社の境内にさしかかったところで、富治は手綱を引いて馬を停めた。

荷台へ振り返り、番傘をさして雪から身を守っている文枝に、首をひねりながら言う。

「おがしねえな。幸之助はどうしたんだべ、イクと一緒ではねがったんだべか」

「そんなことはないと思う」と傘の下から文枝の声がした。

「ほだら、おめえの実家さ帰《けえ》ったとか」

富治が言うと、今度は手にした番傘を持ちあげて首を振った。

「いいえ、それだけはぜったいにない。あの子の気性はわたしがいちばんよく知っています。家《うち》の人、主人に頭を下げて許しを請うことはあり得ない」

「ほだら、いってえ何処《どご》さ――」

「あの子に、この打当で行くあてがあるとしたら――」

独り言を言うように呟いたあと、文枝の顔がぱっと明るくなった。

「忠助さんの家かもしれない」

「忠助の？」

「ええ。あなたが打当を離れたあとも、忠助さん、わたしの家の庭仕事とか、外回りの手伝いをずっとしてくれているの。幸之助も、主人より忠助さんによくなついていたくらいだから――そう、もし、あの子が訪ねるとしたら、忠助さんの家しかないわ」

「ほうが。忠助の家だばすぐ其処《そご》だ、寄ってみっぺし」

果たして、またしても文枝の予想は当たった。

ふいの来客に、不審げな顔つきで出てきた忠助の顔が、富治を前にして、まずは幽霊を見ているような呆けた表情になり、次いで文枝へと視線が泳ぐや、狼狽の色へと変わった。

土間に立った忠助の背後で、囲炉裏を囲んだ家族が縄綯《なわな》い仕事をしていた。そこに混じっている詰襟《つめえり》を着た若者が、幸之助だったのである。

「母さん――」

若者の手から綯《な》いかけの縄がぽろりと落ちた。

「久しぶりだなす」

富治に言われた忠助は、慌てふためいた様子で、しかし、それ以外になす術《すべ》がないといった顔で「お、おう」と頷き、富治と文枝、そして幸之助の間に、視線を行ったり来たりさせた。

「やっぱり、あなたが幸之助を匿《かくま》っていたんですね」

落ち着いた声で文枝が言うと、忠助が口を開く前に、若者が板の間の上で立ちあがった。

「僕が無理にお願いしたんです、忠助さんは悪くありません！」

「あなたは黙ってなさい」

ぴしゃりと息子の口を封じた文枝が、忠助に向き直って、有無《うむ》をいわさぬ口調で言った。

「すみません、どこか空いている部屋を貸してください。三人だけで話したいことがありますので」

「な、納戸すか空いてねえけんど――」

「そこでけっこうです」

頷いた文枝は「幸之助さん、あなたも一緒に来なさい」と息子に命じ、うろたえが収まらない様子の忠助に案内させて、奥にある納戸へと向かった。

文枝親子に続いて納戸へ入ろうとした富治の袖口を忠助が引っぱった。声をひそめて尋ねてくる。

「何故《なして》おめえが此処《ここ》さ」

「事情は知《す》ってんだべ？」

「だいたいは」

「んだらいいべ」

「したかて」

「いいがら、すばらぐの間、かまわねえでけろ」

困り果てたという顔をしている忠助の肩を叩き、富治は、文枝と幸之助——実の息子——が待つ納戸へと体を滑り込ませた。

しかし、忠助の女房が運んでくれた火鉢の向こうで畏《かしこ》まって座っているのが、紛れもなく自分の息子だという実感は、富治には、どうしても湧いてこなかった。

少年のあどけなさや線の弱さを残してはいるものの、まっすぐな目をした、心延《こころば》えのよさそうな若者だと思う。が、これが初めて会う俺の息子なのかという、驚きに近い思いがあるだけで、それ以上の感動や感慨といったものは、正直なところなかった。

自分が女親なら、また違った思いを抱くのかもしれないが、男とは、どうやらそういう生き物らしい。あるいは、目の前にいるのが息子ではなく娘だったら、もう少し別な感情が噴き出してくるのかもしれない……。

そんなことを考えながら富治が二人を見ていると、文枝が幸之助に問いただした。

「富治さんの奥さまと一緒に、あなたは阿仁まで来たのですね」

「はい」

悪びれることなく、母の目を見て息子は答えた。

「イクさんは、今どこにいるのです?」

「約束なので言えません」

「約束も何もあるものですか。正直に言いなさい」

「言えません」

強情というよりは、一度決めたことはぜったいに翻《ひるがえ》さないという頑《かたく》なさが、幸之助の声にはあった。

「それなら——」と頷いた文枝は、「なぜ、あなたとイクさんは、一緒に打当まで来たかを説明

なさい。あなたには、それを富治さんに話す義務があります」

幸之助が富治を見た。

思い詰めたような視線に、富治のほうが気後れした。

「父さん」

そう幸之助は言った。

あまりの唐突さに、気後れどころか、えもいわれぬほど狼狽した。

「いきなりなんということを。富治さんに失礼です、謝りなさい」

文枝が飛ばした叱責を払いのけるように、富治に体を向け、幸之助はひと息に言った。

「お願いします、僕をマタギにしてください。息子として認められないとおっしゃるのなら、弟子でもかまいません。父さんの狩猟組に入れてください。そして、僕に猟を教えてください。だめでしょうか」

よいも悪いも、父さんと呼ばれただけで泡を食ったというのに、いったいこの若者は、何を思ってこんな突拍子もないことを口にするのか……。

驚いたのは文枝も同じだったらしく、しばらく声を失くして息子の顔を見入ったあと、前にも増して尖った声をあげた。

「何を言い出すんですか、あなたは。マタギになりたいのはともかく、富治さんにそんなことを頼めた義理ではないのが、わかるでしょう、ほんとうにあなたは――」

「ちょっと待ってけろ」

手をあげて文枝を制し、富治は幸之助に尋ねてみた。

「何故《なすて》、わざわざ俺の狩猟組でマタギばやりてえなどと言うんだえ？　マタギばしてえだば、この阿仁さはなんぼでもいるべしゃ。忠助だかてそうだ」

「父さんの下で修業したいんです」

「ほだから何故」

「そうすれば――」そこで文枝を見やった幸之助は、「――母さんが幸せになれる」と言って唇を嚙んだ。

「馬鹿も休み休み言いなさい。あなたが富治さんの組で猟師になるのと、わたしの幸せが、いったいどう関係してるというの」

文枝は言ったが、息子の言葉で何かを悟ったらしい。

「母さん」

幸之助が文枝の顔を覗き込む。

「あの時、母さんは言ったじゃないか。どれだけ二人が好きあっていたかを、僕に話してくれたでしょう。それなのに別れなければならなくなって、どんなに辛い思いをしたか、今でも僕の本当の父さんをどれほど好いているか、あの時、涙を流して話してくれたじゃないか。だから僕は考えた。父さんを捜し出してから、母さんを呼んで一緒に暮らそうって」

「富治さんには、イクさんというちゃんとした奥さまがいるんです。そんなこと、できるわけがないでしょう」

「そう、実際に八久和に行ってみたら、それがわかって、僕もがっかりした。でも、イクさんが言ってくれたんです。僕と母さんのために別れてくれるって。そのかわり、打当にある父さんの家がどこなのか教えてくれって頼まれた。僕だって、イクさんには申し訳ないと思った。だから、直接案内してあげたほうがいいと思って、一緒に阿仁へ戻ることにしたんです。僕は、僕のために不本意な結婚をしなくてはならなかった母さんに、どうしても幸せになってほしくて――」

鋭い音が、狭い納戸の中に反響した。

文枝が幸之助の頬を打った音だった。

「それでわたしが喜ぶと、あなたは、ほんとうに思ったんですか。自分がどれほどむごいことをしているのかわかっているの？　そんなことがわからないような育て方をした覚えはありませんっ」

頰に手をやった幸之助の顔が、見る間に紅潮し、彼の口から悲鳴にも近い叫びが漏れた。

「あれだけひどく殴られたり蹴られたりして、母さんはどうして我慢していられるんだよっ。あんなやつとこれ以上一緒にいたら、母さんはいつか殺されてしまう！」

文枝の顔が青ざめた。それは富治も同様だった。

「そ、そんなことまで、あなたは話したの――イクさんに」

嗚咽《おえつ》を漏らしはじめた幸之助の頭が、かくんと縦に動いた。

「富治さん」

涙をためた瞳を向けて、文枝が言った。

「すいません、しばらく息子と二人だけにしてください、お願いします」

「わ、わがった――」

そう答えて、母子を残し、納戸をあとにするしかなかった。

久しぶりの再会だというのに、さっぱり弾まぬ会話を忠助と交わして待ち続けること小一時間あまり、息子との話を終えた文枝が、ひとりだけで居間に戻ってきた。

気を利かせた忠助が、女房や子どもと一緒に座を外してくれた。

二人だけになった囲炉裏端で、富治は、文枝が口を開いてくれるのを待った。

「わたしが愚かだったんです」と文枝は漏らした。

「さっきあの子が言ったように、わたしは、富治さん、あなたのことがずっと忘れられなかった。

だからなのでしょう、三人の子どもたちの中で、幸之助はやっぱり特別でした。それが主人にも伝わっていたのでしょうね。父が死んだあたりから主人の女遊びが派手になったことはこの前話しましたが、ささいなことで、わたしに手をあげるようにもなって――」

「さっきの幸之助の喋り方だど、よほどひどいように聞こえだども」

「お恥ずかしい話です。気を失うまで折檻《せっかん》されたことも、一度や二度じゃありません」

「そごまでされで、何故《なして》我慢ば――」

「我慢するしかなかったから。他に、子どもたちを育てる術《すべ》がなかったからです」

「誰が、助けを求《もと》められる者はいながったんがえ」

「助けをって誰に？　主人は、今や地元の名士なの。誰もわたしの話にとりあってくれるはずがありません。それに、そんな家の恥をさらすようなことを、他人に言えるわけがないじゃないですか。でも、主人とわたしとの諍《いさか》いを見ながら育った幸之助が、どんなにか心を痛めていたかを思うと――」

「おめえの亭主、殺すてやりでえくれえだ」

思わず富治が呟くと、文枝は、ふっと不可解な笑みを浮かべた。そして言った。

「殺そうとしたことはあるのよ」

ぎょっとして文枝の顔を覗き込む。

「主人が寝入っている寝所の枕元に、包丁を手にして立っていたことが、少なくとも三度は。今でも、自分の枕の下には小刀を忍ばせているんです。いざとなったら、刺してやろうと――でも、できないでしょうね、きっと」

どう言ったらよいやら、ひとつも言葉が見つからない。

「だから、幸之助の気持ちはよくわかるんです。あなたとイクさんに別れてもらい、わたしたち

なりに真剣に思い詰めた末のことだということは、よくわかるんです」

　唇を嚙んだ文枝は、いっそう表情を曇らせて続けた。

「さっき幸之助から聞いてはじめて知りましたが、物心ついていくらもしないうちに、主人が自分の本当の父親ではないと、やはりあの子は気づいていたそうです。だから、自分がどんなに主人から邪険にされても、わたしが折檻されるのを見ても、いつか、本当の親子三人で暮らせる日がやってくるはずだという希望にすがって、幼いころから耐えていたみたいです。それが、この前の主人との大喧嘩のあと、富治さん、あなたという存在を、わたしの口からあの子ははじめて聞いた。わたしが馬鹿だったんです。言ってはならなかったんです。たとえ話したとしても、あなたのことをひどい男だとなじり倒せばよかった。でも、本心を口にしてしまった」

　富治にも、幸之助が家を飛び出して今回の行動に走った理由は理解できるように思えた。しかし、貧しい子ども時代だったとはいえ、父や兄を立派な先輩マタギとして尊敬し、母の温もりに包まれて育った富治には、幸之助という若者が抱えることになった心の闇は、容易に想像できるものではなかった。

「ここまで話したからには、もうひとつ正直に言いますね――」

　わずかに逡巡を見せてから、文枝は言葉を継いだ。

「実はわたし――幸之助を追って家を出た時、身勝手な思いを胸に秘めてたんです。富治さんを捜し出すことができて、もし、あなたがまだ独り身だったら――いえ、違うわ、たとえあなたに家族があっても、ご家族からあなたを奪ってしまおうって、本気でそう考えていたのです。比立内の家であの主人と暮らすのは、もう限界でした。結局、幸之助と同じことを考えてしまうのだから、馬鹿な女としか言いようがないです。でもね、自信はあったの」

文枝の瞳の中に、今までとは違った色の炎が、ちろちろと揺れた。

「わたしって、ほんとうは、いやらしくてずるい女なんです。昔あなたにひどい仕打ちをしたくせに、誘えばあなたは、ぜったいわたしに傾くと思っていたの。だからあなたが鶴岡の宿に来てくれた時、ひそかに勝ったと思った。あとはわたしの体をあげちゃえば、思い通りになると思った。もう少しでうまくいくところだった。それなのにあなた――」

そこで文枝は口許を弛め、責めるような目で富治に言った。

「いざという時、役立たずになってしまうんですもの。どれだけわたしががっかりしたか、わからないでしょ？」

「わ、わがるも何も、あれはあれで、別におめえに魅力がねえどが、そんなことずぁなくて――」

いきなり文枝は、けらけらと笑いだした。

「ほんとに馬鹿正直なのね、あなたって。そういうところが好きなんだけど――」そこで目尻に浮かんだ涙を拭い、真顔に戻って「――がっかりしたのと同時に、負けたと思ったの」

「負げだって何に」

「イクさんに決まってるじゃない。あなたが身も心もイクさんのものになっているということが、あの時、いやというほどわかった。完全にわたしの負け。そうなんでしょ？　実際」

「んだべの」

間の抜けた返事だと思ったが、今はためらいなく頷くことができた。

はあ、と文枝が肩を落として溜め息をついた。そのあとで背筋を伸ばし直し、富治に尋ねた。

「お遊女をしてたんでしょ？　イクさん」

「なしてそいづを」

喜三郎の奴、そんなことまで口を滑らしたのかと一瞬思ったが、違っていた。

「イクさんが幸之助に教えたそうです」

「いや、なんともお恥《しょ》すいこって――」

富治が口ごもると、いいえ、と文枝は首を振った。

「恥ずかしいことなんかあるものですか。そんなお仕事までできる人に、わたしなんかが敵《かな》うはずがなかったと、そう言いたかったんです。最初から知っていれば、あなたを誘うなんてしなかった」

「そんなもんがえの」

「そう、そういうものです。そして、そのイクさんが、幸之助に言ったそうです。わたしはどこでも生きていけるから、今度はあなたとお母さんが幸せになりなさいって――」

文枝の声が途切れた。

彼女の唇がわなわなと震え、両の目から大粒の涙がこぼれはじめた。

「馬鹿です――イクさんって、ほんとうに馬鹿です――わたしと幸之助のために、そんなことまで考えるなんて――そんな人、見たことも聞いたこともない――」

しばらくは、泣くに任せるしかなかった。

彼女の嗚咽が小さくなるのを待って、富治は訊いた。

「ほだら、幸之助の話を信《しん》ずれば、イクは、死のうとすてるわげではねえんだな」

「だと思います」と、洟を啜りあげて文枝が頷く。

「行く先は、幸之助にもわからないそうです。でも、自分が昔の商売に戻ることにすればなんの問題もないからと言って、昨日の午後、鷹ノ巣駅に向かったそう」

イクが幸之助に語った言葉は、真実だろうと富治は思った。人の人生の切なさや哀れさを、娼

妓になることで身をもって経験し、それでもしたたかに生き抜いてきた女だ。めったなことで命を粗末にするようなことはないと思った。そう信じたかった。

ただしそれは、彼女の娼妓に戻ろうという決意が、現実のものとなっての話である。

せめて、目の前にいる文枝ほどの器量がイクにもあればと、富治はやるせない思いで妻を思った。そうであれば、たとえあの歳でも使ってくれる妓楼はあるかもしれない。そうすれば、富治が居所を捜し出すまで、命を繋いでくれるはずだ。その間に、イクがたとえ何人の男に体を売ろうと、そんなことはどうでもよかった。だが、娼妓はおろか、立ちんぼの私娼に身を窶《やつ》してさえ、満足に客を取れなかったとしたら、その先に待っているのは……。

「わがった、ほだら俺、あいづば捜してみる」

「捜すあてはあるの？」

「可能性が一番《いづばん》あるのは、やっぱす仙台だな」

そう言って富治は、仙台の小田原遊廓には、きらびやかな妓楼がごまんと軒を連ねていること、若いころのイクはそこで売れっ子だったこと、さらに、たとえ私娼になるにしても、仙台のような都会であれば、田舎町よりずっと商売がしやすいことを文枝に話してやった。

目を丸くしながら、興味深げに話を聞いていた文枝は、富治が話し終わるときっぱりとした口調で言った。

「それならわたしは、もう一度鶴岡の古川旅館に戻っています。イクさんを捜しに、一緒に仙台へ行きたい思いもあるけど、それではかえって足手まといになるでしょうし、それに、もしかしたら、イクさん、富治さんが他を捜している間に、八久和に立ち寄ることもあり得るでしょ？」

「ありがてえこったが、ほんとにいいんけ」

「幸之助のことをわたしからもお詫びしなければならないし、イクさんが見つかるまで、わたし

の好きにさせてください」

「わがった。そいづはいいんだけんど――」

「何？」

「そのあど、おめえはどうするね」

「比立内の家に帰ります」

えっと、富治は驚きの声をあげた。

「したかておめえ、あの家さ帰《けえ》ったらどげなことになるが」

「心配しないで、大丈夫です。主人には折檻されるでしょうけど、まさか殺されはしないはずです」

「そごまでわがってるのに、何故《なして》戻らねばなんねえってな」

「あの家には幸之助の妹と弟がいるから、というのが答えです。主人の血を引いた子どもたちとはいえ、自分のお腹を痛めたことには変わりないんです。一度はあの家を逃げ出そうとしたわたしだけど、やっぱり二人を見捨てることはできそうにないの。あの子たちが一人前になるまで、どんなことにも耐えなくては母親として失格ですから」

「どうにもなんねぐなったら、子どもば連《つ》ぇで、俺のどごさ逃《ぬ》げできたかていいんだど。一緒に暮らすのは無理でも、住むどごろぐれえは見《め》っけられるべ」

「ありがとう、でも、大丈夫です。それに、たとえ子どもを連れて家出するようなことになったとしても、富治さんを頼ることはぜったいにしません」

「何故《なすて》そごまで頑固になるっけな」

「やっぱり、あなたは馬鹿ね」

「へ？」

「そんなことをしたら、わたし、イクさんへの嫉妬で気が狂ってしまいます」

きつい視線で文枝は富治を睨んだ。

返す言葉はなかった。

「ほな、そいづは仕方《すかだ》ねえとして、幸之助は如何《なじょ》すっけな。あいづが家さ帰《けえ》るのはさすがに無理だべしゃ。もすいがったら、俺が面倒こ見でやってもかまわねど。一応、こんでも、あいづの親父なのには変わりねえでの」

しかし、これにも文枝は首を振った。

「あの子には、この先、自分の力で人生を切り開いていってもらいます。可愛いあまりに、あの子を甘やかして育ててしまったのは確かなんです。そのせいで、後先考えずに今度のようなことをしでかしてしまったと、今になってわたしも後悔しています。自分から主人に頭を下げて家に戻るのもよし、そんなにマタギになりたいのなら、自分の力で道を切り開くのもよし。ただし、富治さんを頼ることだけはぜったいにさせません。それでは、いつまでたっても、誰かに甘えて生きていくことになりますから。だから、もしこの先、あの子が富治さんを訪ねていくようなことがあったら、問答無用で追い返してくださいな。鉄砲で脅してもかまいませんので」

「文枝」

「何?」

「俺ぁ、おめえど所帯を持だなくていがったや」

虚を衝かれたような、ぽかんとした表情を浮かべた文枝に、富治は言ってやった。

「イクもおっかねえけんど、おめえのほうが百倍もおっかねえ。おめえど一緒になってだら、俺ぁ尻に敷がれっぱなしだで」

文枝は、表情を和らげて微笑んでくれた。しかし、これから先の彼女の人生を考えると、あま

りに痛々しい微笑みであることは、口に出さずとも互いにわかっていた。

七

仙台の小田原遊廓にほど近い、行商人や日雇いの人夫たちが寝泊まりする安宿の一室で、富治は疲れきった体を横たえていた。

街道と鉄道を使って仙台に辿り着き、このぼろ宿に身を投じてから、すでに五日が過ぎていた。いまだにイクの行方はつかめていない。

最初の二日間をかけて、富治は三十軒以上ある妓楼をしらみつぶしにあたってみた。楽な仕事ではなかった。客でもない男が、ひとりの女を捜し回ってうろついているのだ。どこへ行っても胡散臭《うさんくさ》い目で見られ、時には塩を撒《ま》かれもした。中には同情を寄せてくれた番頭が力になってくれ、娼妓たちに尋ねてもらえたところもあったが、三百人はいるといわれる娼妓のすべてを、ひとり残らず調べあげる事は、特別なつてのない富治には難しいことだった。

それでも二日目の夜には、おそらくこの遊廓にイクはいないだろうと富治は考えるようになった。東北一の花街とうたわれる、この世界では格式高い小田原遊廓は、イクのような年齢の女を、あらたに娼妓として雇うような場所ではないことが、歩くほどにわかったからだ。

三日目からは、人に尋ね歩きながら、もっぱら私娼窟の探索に時間を費やした。確かに歳のいった娼婦でも身を隠せそうな界隈が、駅の周辺を中心に、あることはあった。が、これもまた、ひとりの力で捜し出そうとしても無理があった。仙台にいるすべての私娼に会おうとすれば、半年かかっても不可能だろう。

イクが八久和に戻っていることもなかった。今日の昼、鶴岡にいる文枝に電話をして、それが

わかった。行商のついでに喜三郎が八久和まで足を延ばしてくれ、イクの実家やトキの家に寄って確認したところ、やはり、あれ以来、村には帰っていないということだった。

いったいあいつはどこに姿を隠してしまったのか。

三畳一間の冷え冷えとする部屋でせんべい布団に横たわり、富治は、日ごとにつのってくる焦燥に耐えるのも、そろそろ限界に近いと感じていた。

体は疲れているのだが、目だけは冴えて眠れない。

眠るのをあきらめて厠《かわや》へ立った。

放尿している厠の格子戸から、青白い月の明かりが射し込んでいた。

格子の間から夜空を見あげると、高く懸かったまん丸の月が、富治を見下ろしていた。

「ほうが、今日は満月か――」

何とはなしに声に出して呟いた時、ふと浮かぶものがあった。

――もすかすて……。

いつのことだったと記憶は定かでなかったが、やゑを嫁に出してからしばらく経った晩に、イクと交わした会話を思いだした。

寝床に入る前、痛む膝をさすっているイクを見て、「これで俺達《おらだづ》も身軽になったすな、どや、今度の春山《はるやま》が終わったら、ゆっくりど湯治さでも行ってみねえが」と声をかけたことがあった。

「無理すねえでいがすちゃ」

そうイクは首を振ったが、遠慮するなと富治は言った。

「俺はマタギさ出はった際に時どき浸かってるども、おめえはさっぱりだべしゃ。ゆっくり湯さ浸かれば膝にもいいすな。な、そうすべ」

「ほんとにいいのすか」

「ああ、かまわねえ。ほだら、何処《どご》にすべがな」

少し思案したあとで、イクが答えた。

「ほだら、肘折温泉がいいすなぁ」

「あー、あそごの湯はいいがらのぉ」

「いいのは湯だげでねがすよ」

「湯っこだげでねえって、他に何がいいのや」

「あそごの高台がらは、山の向ごうさ、昇ってくるお月さんみでえに月山が見えっから。あの景色がうんと好ぎなの」

「おー、んだんだ。あの眺めは俺も好ぎだ。よす、決まりだな、そうすべ」

何気ない会話のつもりでいたのだが、思いだしてみると、あの肘折温泉は、イクが飯盛女《めしもりおんな》としてしばらく身を寄せていた地であり、のちに一緒になるとは知らずに、二人が袖をすり合わせた場所でもある。

そんな日々の中で、丸い月が雲間から昇ってくるように見える月山の眺めが、イクの心を和ませてくれたのだろう。

小便を終えて厠から戻った富治は、自分の見込み違いであってもかまわないから、朝になったら肘折温泉に向かってみようと決めていた。

八

富治が肘折温泉に到着したのは、あたりがすっかり暗くなってからだった。

軒を並べる土産物屋の店先からは、すでに明かりが消えており、ここでイクを捜すにしても、

もう一日待ってから取りかかるしかなかった。

とりあえず、今夜の宿を決めなければ。そう考えて、雪に埋もれた温泉街の路地を歩いていた時だった。

ずっと昔に喜三郎と出会った外湯から出てきた、ひとりの男の立ち姿が気になり、富治は月明かりの下で目を凝らした。

こちらに背中を向け、手拭いをぶら下げて歩きだした男に、富治は声をかけてみた。

「失礼だども、もすかすたら、善次郎さんではながんべが」

立ち止まった男が振り向き、訝《いぶか》しげな顔をした。

間違いなかった。目の前に立っている年寄りは、かつての善之助組の頭領《スカリ》、鈴木善次郎その人だった。

富治を見つめる善次郎の瞼が、大きく見開かれた。

「おめえ――富治が？」

「んだす、富治だす。ほんに久しぶりなごどで。まさかこげな処《どご》で会うどは思ってもみながったですが、親父《おや》っさんの立ち姿が昔と同じだったもんで、思わず声ばかげだら、やっぱすそうだった。それにすても、何故此処《なしてこご》さ」

「湯治に決まってるべしゃ。俺には馴染みの場所だすな、ここ五年ほどは、毎年来てるでな」

二十年前とほとんど変わらぬ笑顔を、善次郎は向けてきた。

「おめえごそ、こんたな夜更けに何ばすてんだや。着いだばがりなのが？」

「んだす、先たぁ、着いだばがりだす」

「宿は」

「これがらだす」

「んだら、一緒に行《あ》べぇ。村上屋は覚《おべ》ぇでるべ」

はいと富治は頷いた。善次郎たちと一緒に旅マタギをしていた当時、マタギ宿に使っていた旅館である。

「女将は代替わりはすたども、長《なげ》え付ぎ合いだがらの、宿代くれえ負げでもらえるべしゃ」

もちろん、富治にも異論はなかった。

今夜は俺の奢《おご》りだという言葉に甘え、善次郎が女将に言って運ばせた酒の肴《さかな》をつまみながら、富治は、かつての頭領と、村上屋の湯治棟の一室で杯を酌み交わした。

なぜこんな夜になってからここに来たのかという善次郎の問いには、申し訳ないと思いつつも、ちょっと訳ありで、と言葉をにごすしかなかった。

「まあいい、余計《よげい》な詮索はすんめえ」

「すまんです。それよか、親父っさん、十年も前《めえ》に組ば畳《ただ》んですまったそうですが、何故《なすて》ですか」

「ちょうど、潮時だったのしゃ」

「したかて、親父っさんが引退すても、俺の兄貴か万吉さんにでも継がせればいがったのにって、そう思うんだども」

「いや、マタギ仕事そのものが、潮時だと思ったんでの」

「どういうことだす」

「直接のきっかけは――」と言って、善次郎は目を細めて、手にした杯を傾けた。

「大正十四年の狩猟法の改正だすな。あの時、アオシシが狩猟獣がら外されだべ」

「したかて、獲物はアオシシだげでねえでしょう」

「そらそうだ。んだげどな、富治、あの時、俺は思ったのしゃ。俺達《おらだづ》マタギは、アオシシに限ら

ず、森の獣ば獲りすぎだなあてな。阿仁のマタギが旅マタギさこぞって出はるようになったのも、阿仁の山がらアオシシがいねぐなってきたがらだつうことは、おめえもわがってるべ。このままだば、やがて森には獣がいなぐなってすまう。獣が棲まねえ森は、見た目が森でも、もはや森ではねえ」

「それはわがるども、飯食《まま》うためには仕方《すかだ》ねえことだし、獣ば獲り尽くしてなんねえことは、俺達マタギが一番よく知ってるべしゃ。悪いのは、毛皮だげを目当てに入り込んでくる里の猟師連中だべ。何も善次郎さんがマタギば止めなくともよがんべに」

「本当にそう思うのが」

穏やかだった善次郎の目が、ほんの少しきつくなった。

「本当にって――」

富治が口ごもると、善次郎が尋ね直した。

「本当に俺達マタギは、森の掟ば守り通してきたと、おめえは思うが」

そこまで問われると、自信を持ってそうだと言い切れない己がいた。確かに、全面禁猟となったにもかかわらず、つい先日、敬二郎を連れてアオシシを獲ってきたばかりだった。もちろんこれは、立派な密猟である。

「富治や」

「はい」

「俺は、何も法律のことば語ってるんでねえ。人間《ぬんげん》が作った法律よりも先にある、自然の掟のことば語ってるのしゃ」

「はあ――」

「例《たと》えばよ、すばらぐ前から、あつこつの農家で、ウサギだのイタチだの、盛んに飼育してるべ

や。何故《なして》がはおめえもわがってるべ」

富治が八久和でマタギ仕事を再開した大正七年は、帝国陸軍によるシベリア出兵の影響で、軍用毛皮の需要が急激に高まった年でもあった。それがあったからこそ、自分の狩猟組を作ることができたのは確かだ。

そして、ウサギやイタチといった毛皮獣を飼育するよう、政府が全国の農家に奨励しはじめたのもそのころだった。

「軍隊が必要とする毛皮を生産する、あるいは、外貨を稼ぐためにアメリカやヨーロッパさ毛皮ば輸出する。それは、お国のためだば仕方《すかだ》のねえことかもわがんね。だどもな、本来、ウサギの幸せは野山を駆け回ることだべ。そうすた幸せを最初から奪っておいで殺すのは、決していいことではねえのしゃ。そうまですて獣ば殺さねばなんねえ今の世の中は、徐々に狂ってきてるように、俺には思えてなんねえんだ。俺達《おらだづ》マタギも、自分らでもわがらねえうちに、欲ば大っきぐすてすまったような気がする。したがら、俺は組ば畳《ただ》むことに決めだのしゃ。あったげ獣の命ばもらって暮らしてきたさげ、これ以上の殺生はもう十分だど思ったんだなす」

じっと考え込んでる富治を見て、善次郎はひと息に酒をあおり、ははは、と笑った。

「俺も、おめえど一緒に狩りばしてだころは、まだまだ若《わげ》がったすな。こったなことは考えでながったども、やっぱす、歳なんだべなあ」

「親父っさん」

「何っしゃ」

「俺は、このままマタギば続げでいいものだべが」

「それはおめえ自身が決めることだ。俺がとやかく言うことではねえ」

「はあ――」

「だどもな」

「はい」

「おめえの潮時がいづになるがは、心配《すんぺえ》ねえ、ちゃあんと山の神様が教ぇでくれるべよ。おめえのお父《ど》の場合と一緒だ」

「お父と？」

「んだ。おめえのお父がタテば収めだのは、ミナグロば撃ってすまったがらだったべ」

「はい」

「ミナグロだのミナシロだの、あるいはコブグマだのな、マタギさ伝わる獲ってはわがんねえクマが現れるのは、山の神様がらの人間さ対する警告なのしゃ。森や獣の何かがおがしぐなりはじめている時に、奴らは姿を現すに違《つげ》えねえんだ。俺を獲るのはかまわねえ、しかし、俺と刺し違えてマタギとしてのおめえも死ね。そう語ってんだべな、たぶん」

　善次郎の言葉に、富治は重苦しい不安を覚えた。この前の五日山の帰りがけに、重之が目にしたコブグマのことを思いだしたからだった。

　あれは、善次郎が言うように、山の神様の警告なのだろうか。そろそろおまえのマタギ仕事も潮時だと、山の神様が送りつけてきた回状だったのだろうか……。

「如何《なじょ》すた、そったら難《むず》すい顔すて。さあ、飲むべ、飲むべ。久しぶりの再会だがらの。芸者はあげらんねども、酒こだげはなんぼでもあるっけがら、遠慮すねえでぐっと空げろ」

　手にした杯で、善次郎が勧める酒を受けているうちに、富治の心には、今まで一度も考えたことのない思いが唐突に浮かんだ。

　イクが無事に自分のもとへ戻ってくれるのなら、タテを収めてマタギ仕事から足を洗うことになってもいっこうにかまわない。

自分でも驚くほど無垢《むく》な気持ちでそう考えていることに気づき、頭上にのしかかっていた漬物石がごろりと転がり落ちる音を聞いたような気がした。

九

翌朝、嘘のようにすっきりとした気分で、富治は目覚めた。

その奇妙ともいえる高揚がどこからくるものなのか、村上屋の軒先に出て、二羽のトンビが弧を描く、すっきりと晴れ渡った空を見あげた時、富治には、はっきりとわかった。

雪の回廊となった路地を抜け、朝市の喧騒で賑わう店々の軒先を、目指す場所に向かって、ゆっくりと歩いていく。

急がなくとも大丈夫だという確信があった。

やがて、一軒の土産物屋の前で、富治は立ち止まった。

売り子のひとりが、こけしが並んだ棚に向かって、せっせとはたきをかけていた。

店先から、売り子の背中に声をかける。

「お姉さん、その肘折こけし、俺さもひとつ売ってくれねえかの」

ぱたぱたとはためいていたはたきの動きが止まり、売り子の女が振り向いた。

「この店で、二十年ばかり前《めえ》に、こけしば売りつけられそうになったことがあっての。その時は買わねえですまったんだども、どうすても、女房さ買ってやりだぐなってなあ。わざわざこうすて買いに来たのしゃ」

売り子の顔が、複雑な表情に歪んだ。

「如何《なじょ》すたっけな、早《はえ》ぇどご、ひとつ包《つつ》んでけろ。俺の大事な女房さ買ってやるんだすけ、お姉

さんがいっとう気に入ってるのでいいがらよ。そいづば包み終わったら、此処《こご》でのお姉さんの仕事はおしまいだべしゃ。早々《ちゃっちゃ》ど家さ帰《けえ》んねばな」

「富治さん――」

「何語《かだ》る。俺を呼ぶ時は、お父《ど》だべよ」

胸の前ではたきの柄を握り締めて立ち尽くしている女に近寄り、富治は穏やかに笑いかけた。

彼女の顔がいっそう歪み、下瞼から涙が伝いだした。

妻の頬に手のひらをあてがい、親指を使って、あふれ出てくる涙を拭ってやる。

周囲の客や店の者が、不思議そうな顔をして、二人をじろじろ眺めはじめた。

今の富治には、好奇の色を宿した野次馬の視線など、何ひとつ気にならなかった。

第十章　山の神

一

雪崩よけの呪《まじな》いとして、炒り豆を三粒、口に放り込んだ富治は、ゆっくりと奥歯で嚙み砕いてから、土間に立った。

「だば、行ってくる」

振り返らずに言うと、夫を猟に送り出す妻の、深々と頭《こうべ》を垂れる衣擦れの音が、背後でした。

今まで幾度となく繰り返されてきた日常的な光景ではあったが、この日の富治にとっては、特別な意味を持った出猟だった。

山の神様の声を聞く。

それが目的だった。

三月ほど前、肘折温泉からイクを連れ戻したあと、すでに寒マタギに出かけていた小太郎たちを、富治は追わなかった。かわりに、自分のもとに帰ってくれた妻を抱き、彼女の体を隅々まで貪った。

女の体に触れたマタギに、直後の山入りは許されない。だから、衝動的な性欲や、縒《よ》りを戻せた安堵で、イクを抱いたわけではなかった。

女房を選ぶか、猟を選ぶかの選択を己に課し、覚悟を決めた上でのことだった。

タテを収めてマタギをやめる。

もう迷いはない。

そのはずだった。

ところが、そう決めた富治に翻意を促したのは、他ならぬイクだった。

一週間前の夜のことだった。

寝床に潜り込んだ富治が伸ばした手を、乳房に触れる寸前に、イクが手荒く払いのけた。

「あ痛《だ》だっ、いぎなり何すっけな」

月明かりが射し込む薄暗がりで、布団の上に正座したイクが、寝巻きの襟元を合わせながら言った。

「女子《おなご》ば触《ちよう》すたら、今度の山入りさ行がれなぐなるすべ。来週、熊田の人方《ひとかた》と一緒にクマば巻く予定だと、昨日《きんな》、小太郎が語《かだ》ってましただ」

「この前《めえ》、語ったべや。俺はタテば収めることにすたってよ」

「富治さん」

「やめれぇ、その呼び方は」

「いいえ、やめません」

イクの真剣な口調に気圧《けお》され、富治は自らも布団の上に胡坐《あぐら》をかいて、彼女と正対した。このところのあれこれで、妻が自分を名前で呼ぶ時には、よほど考えることがあってのことだと、嫌になるくらいわかっていたからだ。

「すたら、なにが？　おめえは、俺さ猟さ出はれと言いでえのがや？」

直接そうだとは言わずにイクは語りだした。

「女子《おなご》には猟のことはわがらねえです。男衆のすることさ口出しをすてはなんねえとも思っています。だども、お父《どおら》が俺のためにマタギ仕事ばやめるのだどすたら、それは間違っていると、それだけは、俺の頭でもわがりますでの――それに――」

うつむいて言葉を切ったイクは、少ししてから顔をあげた。

「文枝さんと交わした約束を、俺は守らねばならね」

「約束も何も、あの時のおめ達《だづ》は――」

鶴岡の古川旅館で、二人の女がはじめて顔をあわせた時のことを思いだす。

文枝さんには会っておきたい。そう答えたイクを伴い、安否の報せを待っている文枝を訪ねるため、肘折から鶴岡へと向かった。

文枝がとっている部屋で膝を突き合わせた二人の女は、数分間も無言で見つめ合っていた。言葉の接ぎ穂を探しているような表情を浮かべている二人を見かね、というよりは間が持たなくなって、富治が口を挿もうとした時だった。

イクの顔から迷いの表情が消え、すっと目が細められた。と思いきや、彼女の手が一閃《いっせん》して部屋の中に鋭い音が響いた。イクが文枝の頬を容赦なく張った音だった。一瞬の間ののち、再びぴしゃりと音がした。今度は、文枝がイクの頬を張り返したのである。さらにもう一度ずつ、互いの頬を張り合う音が続いた。

あっけにとられた富治が二の句を継げずにいると、文枝はくるりと背を見せ、壁に向かって硬い声で言った。

「お二人とも、これでもうお帰りください。わたしがお二人を訪ねることは二度とありませんか

ら、ご安心ください」

安心するもなにも、こんな形で別れたのでは……。

そう思い、文枝を振り向かせようとにじり寄った富治の袖を、イクが強く引いた。

妻の懇願の表情が富治を押しとどめた。そして、イクにほとんど引きずられるようにして、文枝の部屋をあとにした。

二人の女の間で、何かがぶつかり合い、火花を散らしたらしいことは富治にもわかったが、それですべてが清算されたかのようなその後の振る舞いは、不可解きわまりなかった。むろん、いったいあれはどういうことだったのかと、旅館を出たところでイクに問いただした。が、訊かれたイクは答えなかった。そして、はっきりした説明のないままに八久和での生活に戻り、一日、また一日と、時が流れていった。

「――約束どころか、おめ達はひと言も言葉ば交わさなかったでねえか」

あの時のことは口にしたくないのだろう。そう思っていたので、八久和に帰ってからはあらためて訊かずにいたが、約束したという言葉を耳にするに及んで、どうしても問わずにはいられなくなった。

「あれは――」とイクは、眉根に皺《しわ》をよせた。

「――俺ど文枝さんにしかわからねえことです」

「だどして、如何《どげ》な約束ばしたって言うんね」

「マタギの女房として富治さんと添い遂げるのがあんだの務めだ、そうでねば承知すねえと、文枝さんはあの時、確かに語《かだ》ってましただ。んだがら、俺のせいでマタギ仕事ばやめでもらうわげには、如何《なじょ》したっていがねえのです」

訳がわからん、と溜め息が漏れる。

「わがった、そのことばいつまでも喋ってだかて、埒《らつ》が明がねえ。ほだら、それはそれでいいどすて、いいがイク。俺がマタギ仕事ばやめれば、危険な目に遭わねえですむようになるんだど。そすたらおめえも安心《あんすん》だべしゃ」

「何が安心なものですか」

怒ったようにイクが言う。

「寒マタギさ出はってねえお父《ど》は、腑抜けもいいところだったす。このままマタギ仕事ばやめでしまったら、酒《さげ》こばかり食らう、どうしようもねえ甲斐性なしさなるのは、目に見えでいるでの。そっつのほうがなんぼ心配だがわがんねえ」

身も蓋もない言いようではあったが、ぐうの音《ね》も出ないというのが事実だった。

確かにイクの言う通りなのである。自ら決意して出猟を断念したはずだった。しかし日を重ねるごとにいらいらがつのった。この瞬間にも、獲物を追って小太郎たちが雪山を歩いていると思うと、自分ではどうにもならない焦燥にかられ、マタギ装束に手を伸ばさずにすませるためには、昼間から酒に手を出し、不貞寝《ふてね》をするしかなかった。

かといって、一度決めたことを簡単に翻《ひるがえ》すわけにもいかず、富治はむっつりと黙りこくって考えた。

——おめえの潮時がいづになるがは、心配《すんぺぇ》ねえ、ちゃあんと山の神様が教ぇでくれるべよ——。

肘折温泉で再会した善次郎の言葉を思いだす。

しばらくしてから、富治は詰めていた息を静かに吐き出した。

「イク、確かにおめえの言う通りだの。このままだば、俺は酒の勢いでおめえさ辛ぐ当だってしまいそうだ」

「したら」

「わがった。俺はもういっぺん狩りさ出はってみることにする。そうすれば、今がタテを収める本当の潮時なのがどうが、山の神様が教ぇでくれるべよ」

善次郎に言われたことを繰り返すと、イクは心底ほっとした様子で頷いた。

「それがいがすちゃ。山の神様さ尋ねでみるのが一番だす」

「その結果、やっぱりやめれという声が聞こえたら、今度こそほんとうにタテば収める。それでいがすな」

「人間《ぬんげん》は神様の仰せには逆《さが》らえねえものだす」

厳《おごそ》かとさえ思える響きを声に含ませてイクが答えた。

それから一週間、富治は朝と晩に水垢離《みずごり》をとって身を清めた。なまった足腰を鍛え直すために、近場の山々を歩いた。日ごとに、猟師としての感覚が研ぎ澄まされていくのが実感できた。そうして精進を重ねるうちに、今度の巻き狩りで、必ず山の神様は何らかの答えを自分にもたらしてくれる、と確信するようになった。

山の神様といっても、明確な姿形を持っているわけではない。嫉妬深い醜女《しこめ》の女神というのが、おおむねマタギに伝わる山の神様の姿ではあるものの、その場その時によっていかようにも姿形を変えるのが、山の神様の本質であると、歳を重ねた富治は思うようになっていた。ある時は動物に姿を変え、またある時は木々や森となり、風にも雲にも変化する。ありとあらゆる空間に遍在しつつ、その時のマタギにとって最もわかりやすい姿になって助けてくれるのが、山の神様の実体である。そう富治は思っていた。

ただし、山の神様の息遣いを感じたり声を聞いたりするためには、人間のほうもそれ相応の準備を怠ってはならない。マタギとして山に入り、山の神様に守ってもらうためには、人間の性《さが》である欲深さを封じ込め、意識や感覚をできうる限り獣の領域まで近づけなくてはならない。その

ための女断ちであり、水垢離であり、そして、山歩きであるのだ。

その一週間も昨日で終わった。

見送るイクをあえて振り返らずに、雪解けの季節を迎え、新緑を促す陽射しが降り注いでいる戸外へと、富治は足を踏みだした。

村の外れで小太郎たちが待っていた。

彼らと一緒に熊田へと向かって残雪を踏みはじめたころには、富治の顔つきはマタギの頭領《スカリ》そのものへと変わっていた。

二

滝沢鉄五郎が住む熊田の集落からほぼ半日を費やして歩いた、山形と新潟の県境付近、ブナの若葉が一斉に萌え出す寸前の山、まだら模様に残雪が張りつく猟場《クラ》の一点で、富治は動かぬ立ち木と化し、鳴り声を待っていた。

冬から続いてきた狩猟期の、最後を飾る春のクマ巻きが、鉄五郎と富治の狩猟組によってはじまろうとしていた。

猟の全体を統率する向棚《ムコダナ》には、熊田の親方、鉄五郎が立っていた。向棚の位置は、クマを追い上げる斜面《ヒラ》の真向かい、あるいは斜め向かいの峰か尾根上にあり、猟場の全体を見渡せる。つまり、阿仁マタギのムカイマッテが立つ位置や役割とほぼ同様である。一方、猟場を取り巻く稜線から少しだけ下りた位置、待場《マチバ》には、総勢で十名を超える射手が、一定の間隔を保ってずらりと配置についている。その中で、最もクマが登ってくる確率が高い中央の尾根、本待《ホンマチ》——阿仁マタギの場合のウケに相当する——についているのは、熊田でも鉄砲の腕が一番優れている三左衛門《さんざえもん》

てもらうのは当然だった。

だ。もともと熊田のマタギ衆の猟場での巻き狩りであるから、重要な二つの持ち場を彼らで固めてもらうのは当然だった。

だが、熊田の面々の太っ腹なところは、たとえよその猟師であっても、いったん合同で出猟すると話がつけば、なんの分け隔てなく仲間《ナカマ》として迎え入れてくれることだった。結果、富松組からは富治と敬太郎が本待の両隣、いわゆる取切《トリキリ》の位置でクマを待つことになった。

阿仁で言う勢子《セコ》と同義の鳴子《ナリコ》たちは、できる限り本待へとクマを追い上げようとするが、必ずしも思惑通りにいくとは限らない。おうおうにして本待の直前で方向をそらし、射手の包囲網をかいくぐって逃げようとする。その際、クマの逃走を阻止し、逃がす前に仕留める役割を果たすのが取切である。

上手《かみて》の取切に佇《たたず》んでじっと待ち続けるうちに、自分でもなぜかはわからなかったが、今回の猟でどのようにして山の神様が語りかけてくるか、富治は自明のものとして頷ける心境になっていた。

山の神様はクマに姿を変えて、必ず自分の前に現れる。そのクマを自らの鉄砲で仕留めることができれば、まだマタギは続けてよいという仰せ。撃ち損じるか、他の射手の手で仕留められることになれば、タテを収める潮時だという印。そう考えるのが自然のように、というより、それ以外には考えられなかった。理屈ではなかった。理屈やものの道理を超えたところで思うのだから、それを信じるしかなかった。

同時に、今の富治は、山の神様の存在をひどく近いところに感じていた。確かにこの猟場《クラ》には山の神様がいる。そして、どの頃合いで姿を現してみせようかと、山の神様自身が、何だろう――そう、楽しんでいる……。

このように肌で感じるのは、富治の長い経験の中でも、めったにないことだった。そうして神

経だけは研ぎ澄まし、立ち枯れをしている樹木のように気配を消し、森の一部へと同化したところで、向棚《ムコダナ》に立つ鉄五郎が手にする笠が掲げられ、彼の頭上で大きな円が描かれた。

「やーほうっ」

「よーほうっ」

「ほぉーい」

鉄五郎の合図で、残雪の猟場に一斉に鳴り込みの声が谺《こだま》しはじめた。すべての猟師の体に流れる血液を、一瞬にして沸騰させる追い込みの声だった。

富治とて例外ではない。マタギの血がふつふつと泡立ち、血流が勢いを増すさまを、体中の細胞が感じ取った。が、それも束の間のこと。待場《マチバ》を受け持つ射手としての意志の力で自らの興奮を静め、木立から、さらには石ころへと存在そのものを消してゆく。それは、クマを自分のもとへと誘《いざな》うための祈りでもあった。

疎《まば》らに並ぶブナに紛れて石化しながらも、自分が受け持つ射程内の斜面《ヒラ》と、鉄五郎が指示を出す向棚の間を、視線だけは忙しく行き来させる。

阿仁マタギの巻き狩りと熊田のそれとは、おおむね同じ猟法で行われるのだが、細部ではいろいろと違いがあった。最も大きな相違は、頭領《スカリ》——熊田では親方と呼ぶ——による指示の出し方である。

阿仁のムカイマッテは、声によってクマの位置を射手に知らせ、勢子を誘導するのだが、熊田の場合、よほど危急の局面にぶつからない限り、向棚に立つ親方は声を出さない。代わりに、身に着けている蓑《みの》と笠を使って、すべての情報を待場と鳴子に伝えるのである。

熊田の衆と一緒に巻き狩りをするようになって、最初のころこそ戸惑ったが、慣れてみると悪くはなかった。なぜそうした差異が生じたのか、本当のところは富治にもわからなかったものの、

ひとつの要因として考えられるのは、熊田の衆が巻き狩りに臨む猟場は、どこからでも向棚が目視できる地形を選んで決定されるからかもしれない。実際、阿仁の周辺と比較し、そうした猟場が豊富に選べる山の相であることは確かなようだ。

そのめったに声を出さないはずの鉄五郎が、鳴り込みがはじまってからいくらもしないうちに、鳴り声を圧倒するほどの声で、突然叫んだ。

「梅吉《うめきち》！　おめえのほうさ行っただ、逃《ぬ》がすんでねえ！」

梅吉というのは、富治とは反対側、比較的鳴子《ナリコ》に近い下《しも》の待場《マチバ》についている、熊田の若い猟師だ。

向棚《ムコダナ》から発せられた声を耳にした瞬間、手違いとまではいかなくとも、クマが予想外の動きをしたことはわかった。が、配置を解けの合図がない限り、自分の持ち場から動くわけにはいかない。

鉄五郎の声がしてからほぼ一分後、突如、猟場《クラ》の上空を一発の銃声が横切った。

——仕留めたのか？

耳をすまして待ち続ける。しかし、いくら待っても「オテンガラー！」という、クマを仕留めた時の、熊田に特有の勝負声《ショウブゴエ》は聞こえてこない。

さらに十分ほど待っただろうか。待場からの合図を確認した鉄五郎が、空に向けて銃を放った。続いて笠と蓑によって、各自の持ち場を離れて梅吉の待場に集まれ、の指示が繰り返された。この時点になってもオテンガラの声が聞こえてこないということは、どうやら獲物を取り逃がしてしまったらしい。

緊張を解いた富治は、腰だめに保持していた村田銃から実包を抜き取り、稜線伝いに走りだした。

それから三十分はかからずに、鳴子を含めて全員が梅吉の周りに集まった。

「すまねえ、後ろさ回られるまで、ひとつも気づがねがった――」

悔しそうに、そして申し訳なさそうに梅吉が頭を下げた。

「あったげ利口なクマだば仕方《すかだ》ねえべ。油断すてだ俺の責任だで、おめえが気を落どすことはねえ」

梅吉を慰めるように、鉄五郎は言った。

向棚から一部始終を見ていた鉄五郎と、鉄砲を撃った梅吉の話を重ね合わせることで、目的のクマがいかに巧妙に包囲網をかいくぐったかが、富治にも手に取るようにわかった。

今回の巻き狩りは、目当ての猟場にはクマがついているはずだという見当をつけて開始するクロマキだった。

鳴り込みがはじまった直後、思惑通りクマがいるのを鉄五郎は確認した。かなりの大グマだったという。が、二十間四方ほどの雪渓を横切るや、藪に飛び込まれて姿を見失った。通常のクマであれば、かまわず鳴り込みを続けていれば耐え切れなくなり、尾根《ナガネ》のほうへと追い上げられていく。ところがそのクマは、再び姿を見せたと思ったら、斜面《ヒラ》を横巻きにする形で動いた。そして、射手のうちでは最も下手に位置していた梅吉と、まだ最初の位置にとどまっている鳴子との間を目指した。包囲網の中ではもっとも手薄な場所がそこだと知っているかのように、一直線に駆けだしたのだという。

それを見て慌てて鉄五郎は叫んだのだが、時すでに遅しだった。姿を見るどころか、梅吉がなんの気配も感じないでいる間に、クマは包囲網から脱出した。

それだけであれば、いつの間に逃げおおせたのか、ずいぶん利口なクマだと、首をひねるだけで終わっていただろう。

ところが今回のクマは違っていた。

いったいどこにいるのだと目を凝らしている梅吉の背後で、人間をあざ笑うかのように、そのクマは一声咆《ほ》えた。ぎょっとして振り向いた梅吉は、わずか五間先の稜線上に立ち、自分を見おろしている巨グマを見た。

泡を食って鉄砲の筒先をクマに向けた時には、稜線の向こうへと姿を消していた。それでも梅吉は、獲物を追うべく斜面《ヒラ》を駆け上がった。藪の中へと駆け下りていくクマに向けて、かろうじて発砲した。が、どこ吹く風とばかりに、そのクマは姿を消してしまったという。

「考えられる奴の行き先は、そう多くはねえでの。おそらぐは、此処《こご》から山二つ越えだ猟場《クラ》に明日《あす》は遊《た》んでるべよ。先回りすて今夜は野宿《ノソグ》するべ。明日、朝一番で巻きはじめれば絶対《ぜってえ》獲れる。いがすな、皆の衆」

周辺の山々を熟知している鉄五郎が、男たちの士気を鼓舞する口調で力強く言った。

誰にも異論はなかった。ここまで相手に小馬鹿にされて、おめおめと引き下がるような者はひとりもいない。

だが、鉄五郎の言葉に頷きながらも、富治は一抹の不安を感じていた。

野宿場所を目指して山越えをしながら、鉄五郎の隣に肩を並べた富治は、他の者には聞こえないようにと、声を潜めて尋ねてみた。

「なあ、あのクマっこは尋常な相手ではねえど。正直なところ、鉄五郎さんはどう思うよ」

しばらく無言で歩を進めていた鉄五郎は、やがてぼそりと呟いた。

「奴は、たぶんヌシだべの」

「やっぱりそうが」

ヌシという言葉で、富治はすべてを了解した。

ミナグロやコブグマのように、阿仁の山には様々な伝説のクマがいる。この熊田も例外ではな

く、鉄五郎たちは、地元に噂が伝わる大グマのことを、敬意を込めてヌシと呼んでいた。足跡《トアト》を見た者は数あれど、誰もその姿を直接見たことはないという。

富治も、熊田の酒宴に呼ばれた席で、ヌシの話はさんざん聞かされていた。

――親父の代からこの周辺に棲み着いでいる大グマなのしゃ。つうごとは、なんぼ年寄りなんだがわがんねども、たぶん、五十は越えでるんでねえがの。

――穴から出はったクマは、糞《くそ》ばひり出すために水芭蕉の若芽ば食べるすべ。ところがの、あのヌシは、あまりに重だくて足が潜ってしまうでな、湿地《すっつ》の真ん中さは入《へぇ》っていがれねえで、水芭蕉の周りばうろうろするしかねえのしゃ。もしかすたら、百貫近くあるんでねえがの。

――ヌシはよ、いぐら巻こうどしてもだめなクマでの。確かに猟場にはついでだはずなのに、巻ぎはじめだ時には、とっくに隣の山さ逃《ぬ》げでるわげよ。あったげ利口なクマはいるもんでねえ。

富治が、熊田の猟師たちが口々に噂するヌシの姿を思い描いていると、熱を帯びた口調で鉄五郎は言った。

「俺ぁ四十年近くもクマば追ってるけんど、奴の姿をこの目で見だのは今日が初《はず》めでだ。間違《まづげ》えねえ、絶対あいづはヌシだでの。明日は本気で知恵比べすねばなんねえ」

「んだすの」

そう同意した富治の隣で、鉄五郎が立ち止まった。

「如何《なじょ》すたね」

「富治さんよ、明日のクマ巻ぎだば、おめえさまが本待《ホンマチ》ば務めでけろ」

驚いて顔を向けた富治の目を、鉄五郎は真っ直ぐに見据えてきた。

「ヌシば仕留められる鉄砲の腕ば持ってるのは、おめえさまだげだべよ。明日は、何としても本待さ追い上げでみせるでの」

鉄五郎の真剣な目を見返しながら、富治は、わかったと静かに頷いた。

三

翌朝、本侍《ホンマチ》を富治が受け持つことに対し、異論を挿む者はひとりもいなかった。一晩たって新たな猟場《クラ》へと出発するころには、これから相手にしなければならないクマが、紛れもなくヌシと呼ばれる存在であると、誰もが認識していたからだ。

相手がヌシとあっては、人間側も総力をあげての真剣勝負となる。

巻き狩りによるクマ撃ちの際、鉄砲の腕というのは、遠くの的に命中させる射撃の腕前を言うのではない。むろんそれも技術のひとつなのだが、最も重要なのは、どれだけクマを近くまでひきつけて撃つことができるか、という技量である。

ほとんどのマタギが愛用する陸軍払い下げの村田銃は、散弾を使えるようにするため、銃腔内の螺旋を削る加工が施されている。そして、獲物の大小によって散弾の種類を使い分けるのだが、クマ撃ちの場合は、丸玉と呼ばれる一発球を使用する。ところが、ライフルとは違って弾に回転がかからないため、有効な射程距離はせいぜい三十間がいいところ。その程度の能力の銃を使い、射程いっぱいの距離で丸玉を撃つとなると、動く獲物が相手では、どれほど腕がよくても、そうめったに当たるものではない。また、距離があると、たとえ当たっても、誤って貴重な熊の胆《い》を撃ち抜いてしまう恐れがある。

したがって、クマ撃ちではできる限り至近距離で発砲する必要がある。不慣れな射手の場合、クマとの間合いが十間くらいになると、こらえきれなくなって引き金を引いてしまうことが多く、七、八間まで我慢できれば上出来だ。

が、富治の場合、五間まで接近しないうちは決して引き金を絞らないのが常だった。できれば三間、理想は二間と、自分でも思っている。つまり、そこまでクマをひきつけても動じない度胸と、それ以上に、クマに気づかれずに気配を消して待つ技術が要求される。

富治自身は経験の蓄積によるものだと思っているが、他の猟師の話からして、技術というよりは、山の神様から授かった生まれつきの才能、としたほうが正しいのかもしれなかった。

ともあれ、相手がヌシとあっては、富治が本待を務めるべきと、誰もが自明のものとして頷いた。手強《てごわ》い獲物の場合、その時々の狩猟組織で、最も成功率が高い分担をするのが本来の姿であり、それが獲物に対する礼儀でもあった。

この猟場には必ずヌシが潜んでいる。そう確信を持って言う鉄五郎の指示で、富治たちはまだ夜が明け切らないうちに、各々の持ち場についた。たいていのクマは、空がうっすらと白《しら》みはじめると同時に活動を開始する。ヌシが動き出す前に、昨日よりさらに緊密な包囲網を敷けるかどうかが、成否の鍵を握っていた。

本待についた富治は、周囲をゆっくり見回してから、根開きがはじまり、幹の周囲で五寸ほど雪が溶けている、一本のブナの傍らに立った。樹木の背後に隠れることはしない。そうしてしまうと、クマを撃つ際に、どうしても隠れた幹から飛び出すという動作が必要になり、照準を合わせるまでによけいな時間を食ってしまう。もとより、自分が木立、あるいは岩へと同化してしまえばすむことである。

さらに、相手が登ってくるだろう足下の斜面《ヒラ》を見下ろして満足した。左右を残雪に挟まれて密生するクロモジの藪が、富治の立つ位置から十間先まで繋っている。

野生動物は、自分の姿を人目に晒すことを極端に嫌う。巻き狩りによって追い上げられているクマの場合はなおさらで、できる限り藪に隠れての逃走を図るのが常だ。もし、鳴り込みによる

追い上げが首尾よく成功し、本待に向かって相手が逃げてくるとすれば、十中八九、この藪から顔を出す。

東の山並みが白みだした。

頭上の空が薄い雲に覆われているために朝霧は出ておらず、クマ巻きとしては絶好の日和《ひより》だった。

総勢で二十名の射手と鳴子《ナリコ》による包囲網も、今日はどこにも遺漏《いろう》はない。この猟場《クラ》にヌシがついているならば、どんなに狡知に長《た》けたクマでも、逃げおおせることは不可能だろう。そして、何の巡り合わせか、今、本待《ホンマチ》に立っているのは、この自分である。こうなるようにと、山の神様が導いてくれたとしか思えなかった。

あとは鉄五郎の腕を信じ、小太郎たちが首尾よく本待にヌシを追い上げてくれるのを祈るだけ。

そう富治が胸中で頷いた時、向棚《ムコウダナ》に立つ鉄五郎の笠が翻り、いよいよ鳴り込みがはじまった。

山肌に反響する、いやーほうっ！　という鳴り声には、いつも以上に力がこもっている。総力をあげての勝負と覚悟を決めた鳴子の声には、鬼気迫るものがあった。これでは、いくら図太い神経をしているクマでも、うろたえ、怯えるに違いない。

ひときわ野太い小太郎の鳴り声を耳にして、にやりと口許を弛めた富治は、腰に巻いた弾帯から、まだ一度しか使っていない実包を選び、村田銃へと装塡した。

都会の金持ちのハンターとは違い、多くのマタギは自分で装弾を作る。鉛を溶かして弾丸も作るし、火薬も自ら調合する。ただし、薬莢《やっきょう》だけは手に負えない。したがって、残った薬莢は必ず回収し、幾度も使いまわしせざるを得ないのだが、発砲回数を重ねると、どうしても不具合が生じてくる。もちろん、一番まずいのは不発だが、経験を積めば不発弾を作ってしまうようなへまをやらかすことは、ほとんどない。最も起こりがちなのは、初弾を撃ったあと、仕留め損ねれば

素早く二発目の弾込めをしなければならないのだが、最初の薬莢が薬室から排出できなくなる、という不具合である。

その不具合は、薬莢の材質が真鍮製《しんちゅう》であることにより引き起こされる。つまり、何度も繰り返して使っているうちに、火薬の圧力で真鍮が膨張し、わずかな薬室との隙間に合わせて変形して、引っかかりを起こしてしまうのだ。

めったにないこととはいえ、富治にも二度ほどその経験があった。初弾で仕留めれば問題はないが、やはり相手はヌシだ。用心にこしたことはない。

それゆえ富治は、一度しか使っていない、新品に近い薬莢で作った弾を込めたのである。さらに、二発目の弾もできるだけ新しいものを選び出して、薬指と小指で挟んだ。もし、この二発で仕留めることができなかったとすれば、相手のほうが一枚上手だったということになる。その時は、いさぎよくタテを収めて、マタギをやめる。

自分でも驚くほどすがすがしい気分で覚悟を決めた富治は、少しずつ方角を変えて届いてくる鳴り声を聞きつつ、徐々に己の気配を消しはじめた。

そうして開始された追い込みだったが、予想以上に難航した。

猟場にヌシがいることは、鉄五郎の身振りにより、かなり早い段階でわかった。そこまではよいのだが、尾根《ナガネ》を半分ほど登ってきたところで、ヌシはまったく動かなくなってしまった。

若グマの場合、一刻も早く逃げたいあまりに、人間側の思惑通り、まんまと待場《マチバ》へと追い上げられることが多いのだが、年老いた知恵の回るクマとなると、なかなか容易ではない。簡単には包囲網を突破できないと見るや、深い藪に隠れてぴたりと動きを止めてしまうことが、おうおうにしてあるのだ。

そこから、クマと人間との間で、本当の根競べと知恵比べがはじまる。どちらにしても、焦っ

たほうの負けだ。最初にクマが根負けして動きだせば問題はない。人間側が焦り、むやみに鳴子が位置を変えると、どうしても手薄な箇所ができてしまい、その隙をついて逃げられてしまう。さらに強《したた》かなクマとなると、日没までじっとして動くまいとする奴もいる。

したがって、こういう場合には、鳴子《ナリコ》どうしの間隔を保ち、陣形を崩さずに動いて、じりじりと追い上げていくしかない。これがけっこう難しい。うまくいくかどうかは、それぞれの鳴子の技量と経験、そして、彼らと向棚《ムコダナ》との連携にすべてがかかっている。

その間、待場《マチバ》の射手は、神経を尖らしたまま、咳払いやくしゃみはもちろん、身じろぎひとつせずに待ち続けなければならない。時には、銃声が轟くまで半日近くもかかることがある。

富治にしても、足下から冷えてくる残雪の上でじっと待ち続けるという難行を、若いころには辛いと思った。だが、周囲の木々や岩、そして雪と溶け込み、その一部として同化する術《すべ》を身に着けた今は、何日だろうとひとところで固まっていられるような気もするし、実際、待つことの苦痛は髪の毛ほども感じなかった。

人間とはつくづく不思議な生き物だと思う。村里にいる時は、あれだけ強欲《ごうよく》だったり下賤《げせん》だったり色欲から逃れられなかったりする人間が、ひとたび獣を追って山に入れば、意志の力で、獣はおろか、石にも木にもなれてしまう。そして、そんな世界を自分はこよなく愛しているが、その世界に背を向けなければならなくなるか否か、今日のうちに決着がつく。そう思うと、ふいに目頭が熱くなりかけた。

いかん、と音は立てずに舌打ちし、里人《さとびと》のものに戻りかけていた意識を、苦労して山人《やまんど》のものへと引き戻した。

気づくと、猟場《クラ》には変化が起きていた。

いったんクマが止まってしまってから、二時間は経過している。

小太郎を先頭に、鳴り声が少しずつ尾根を登りはじめていた。

向棚に目をやると、下から上へと、鉄五郎の蓑がさかんに振られている。

ようやくクマが動きだした。

しばらく向棚を注視していた富治は、獲物が真っ直ぐ本待《ホンマチ》に上がっていると了解した。

いよいよだ。

クロモジの藪に視線を張りつかせながらも、視野の隅では両側の雪渓に気を配る。だが、クマが現れるとすれば、必ず目の前の藪を割ってのはずだ。

鉄砲を構えて、十分、二十分と待つうちに、なんの前触れもなく藪が割れ、黒い塊が唐突に出現した。

無意識に唾を飲み込んだ。これほど巨大なクマは、いまだかつてお目にかかったことがなかった。

まさしくヌシだった。

さすがに百貫とまではいかないが、六十貫以上はあろうかという大グマだった。通常は、四十貫もあれば、めったにない大グマと呼ぶことを思えば、このクマの巨大さは尋常なものではなかった。

その山のヌシが、最後の逃走を試みようと、唯一残された逃げ道を求め、全身の体毛を膨らませて登ってきた。

明らかに、しつこくまつわりつく人間に対して怒っている。

怯えているクマは耳を伏せ、全身を縮こまらせて、足取りもおろおろとしているものだ。しかし、このクマにはそんな様子は微塵《みじん》もない。

見ているうちにも、十間先の藪からクマの全身が抜け出した。風向きの関係もあり、相手はこ

ちらに気づいていない。

鼻を突き合わせるくらいの距離まで接近しないと、クマのほうが富治の存在に気づかないのはいつものことだった。

だいぶ昔、悪戯心で試してみたことがある。殺気を消したままじっとしていれば、最後までクマは気づかないのではあるまいかと考え、実際にそうしてみたのだ。その時のクマは、富治自身呆れたが、最後までこちらに気づかず、すぐそばを素通りしてしまった。クマの脇腹の毛先が富治の太腿に触れたにもかかわらず、まるで、立ち木に触っただけであるかのように、そのまま背後へと消えていった。

鉄砲の命中率が飛躍的に上がったのは、それからだった。

五間以内までひきつけたところで、それまでは抑えていた殺気を、体はひとつも動かさずに、ありったけ解き放ってやるのだ。そこではじめて、クマは富治の存在に気づき、人間のようにぎょっとした素振りをする。

その後のクマの行動はひとつしかない。右か左か、たいていは高いほうへと、進路を変えて駆けだすのだ。結果、脇腹を富治へと向けることになり、至近距離から狙い撃てば、熊の胆《い》を傷つけることもなく、ほとんど百発百中で仕留めることができる。

クマが横を向く前に撃たないのは、いくら大きなクマでも、真正面から見ると、案外、的が小さいものだからである。目の前で立ちあがってくれでもすれば別だが、本当に観念して攻撃に転じてくるのでもない限り、そうそう都合よい動きはしてくれない。前脚に当てても致命傷になどならないし、たとえ弾が頭に当たったとしても、前頭部の分厚い頭骨に弾かれてしまうことがある。

十間あったクマとの距離が瞬く間に縮んだ。

――さあ、俺に気づけ！

五間まで間合いが詰まった刹那、心の中で叫んだ。

クマが歩を止め、富治を見た。

が、巨大なクマは、予想もしなかった振る舞いをした。

小さな目で富治を睨《にら》んだまま、口の端を吊りあげて、にっと笑ったのである。

クマが笑うなどとは、あり得ないことだった。しかし富治には、人間を馬鹿にするように意地悪く笑ったとしか見えなかった。

直後にクマは、富治を見据えたまま、信じられない速さで、真っ直ぐに後ずさりした。これもまた、ふつうのクマにはあり得ない動きだった。

呆然としている富治が、引き金にかけた指先に力を入れる間もなく、再びクロモジの薮へと尻から潜り込み、かさりという音を残しただけで、巨グマの姿が消えた。

我に返った富治はクロモジの縁まで走り、黒い塊を探した。しかし、見通せる範囲にクマの姿はない。

さらに追おうとして、かろうじて思いとどまった。これ以上深追いしてはならないと気づいた。もしそうしたら、両隣の取切《トリキリ》との間隔を広げることになり、クマの逃げ道を作ってしまう。

――畜生、それが奴の狙いだ。

なんと狡猾《こうかつ》なクマなのか。

ぞっとしながらも再び元の位置に戻り、鉄砲を構える。

あらためて仕切り直すしかなかった。鉄五郎が今の様子を見ていれば、どこかの待場《マチバ》に再び追い上げてくれるはずだ。

だが……。

再度追い込めたとして、そこでもあのクマは予想外の動きを見せ、射手を攪乱《かくらん》するに違いない。

自分でさえああだったのだから、それに惑わされずに仕留められる者がいるとは思えなかった。もう一度、機会を与えられれば、今度こそ仕留める自信はあった。しかし、あのクマがまたしても本待《ホンマチ》に登ってくることはないだろう。

そう思いはしたが、まだ気を抜くことはできなかった。こちらの裏の裏をかき、急に目の前に出現する可能性も皆無ではないし、場合によっては、包囲網をかいくぐったクマを追うため、尾根《ナガ》を駆ける必要が出てくるとも限らない。

気を引き締め直して向棚《ムコダナ》を見やる。

鉄五郎は指示の動作を止めていた。そればかりでなく、尾根に飛び交っていた鳴り声もやんでいる。

完全にクマの姿を見失ったのか、それとも、鉄五郎自身が混乱しているのか……。

猟場《クラ》には静寂が戻っていた。

猟場にいる全員が向棚を注視し、次の指示を待っているはずだった。

じりじりとした思いで待ち続けていると、あらたな指示が出る前に、いきなり銃声がした。間髪入れずに、うぉーっ！　という、雄叫《おたけ》びとも悲鳴ともつかない人の声が、尾根を這って富治のもとに届いた。

顔面から血の気が引いた。声がした方角がよくなかった。待場《マチバ》ではなく、鳴子《ナリコ》のほうから届いてきたのである。

両手で筒を作り、向棚に向かって声をはりあげた。

「沢さ下りでいぐどっ！」

異変が起きた現場に駆けつけなければと直感したのだ。

「わがったあ！」

すぐに鉄五郎の叫びが返ってきた。

鳴子がいる沢に参集しろの合図を鉄五郎が出しはじめるのを待たずに、富治は身を躍らせた。切り立った崖を迂回し、村田銃の銃床で制動をかけつつ、雪渓の上を駆けるというよりは、一気に滑り降りていく。

富治にしては珍しく、めったにないほど気が急いていた。さっきの声が小太郎のものに聞こえたのだ。

果たして予感は的中した。現場に到着してみると、鉄砲を放ったのも声をあげたのも、小太郎本人だった。しかも、最悪に近い状況が、富治と、駆けつけてくるマタギたちを待っていた。

幸いにも、小太郎は命を落とさずにすんだ。意識ははっきりと保っていた。ただし、ひどいありさまだった。

あの大グマに襲われたのは、本人の説明を聞くまでもなかった。爪をかけられた左半分の頭の皮がべろりと剝《む》け、耳の下まで垂れ下がっていた。さらに、左手の小指が喰いちぎられ、こちらは完全に根元から失われていた。

小太郎は、指の傷口を止血してもらいながら、富治に向かって気丈にも言った。

「へへっ、兄貴。結局俺は、指詰めしなけりゃならねえ運命だったたってわけでさあ。しかし、よりにもよって、こんな山ん中でクマ公に喰われて指詰めすることになるとは、思ってもみませんでしたぜ」

そう笑ってみせた小太郎の形相は、しかし、凄《すさ》まじすぎた。なにせ、頭半分が血みどろで、毛髪がついたままの頭皮が、だらんとぶら下がっているのだ。もともといかつい人相が、百倍も恐ろしげになっている。

その見た目ほどには、頭の傷は深刻なものではなかった。骨や太い動脈に損傷はなく、出血も

少しずつ止まりかけている。とはいえ、できるだけ早く麓に下ろして縫合してもらわなければ、泣く子も黙る人相になってしまうのは間違いない。

応急処置ということで、とりあえず頭皮を元の位置に貼り付け直し、裂いたさらしでぐるぐる巻きにしてから、本人の気分を萎《な》えさせないようにと、冗談めかして言ってやった。

「医者に診てもらえばなんとかくっつくだろうが、まあ、ますます男前になるのは確かだな」

「そりゃそうですとも。クマ公と渡りあってこさえた傷だと教えてやりゃあ、廓《くるわ》の姉《あね》っ子どもにもてもてですぜ。これ以上もてちまったら、身が持ちませんや」

山中で女の話をぽろりとこぼしてしまった小太郎に、周りにいた男たちは顔をしかめたが、これだけ元気なら大丈夫だろうと、富治は思った。

苦笑しながら、肩を貸して小太郎を立たせてやる。

「歩けそうか？　なにせ、おめえの体格じゃあ、柴橇《しばぞり》を作って乗せてやるにしても難儀だからな」

すると小太郎は、「平気でさあ」と言って富治の肩から身を離し、自力で立って足踏みをしてみせた。

その様子を見ていた鉄五郎が皆に向かって言い渡した。

「ほなら、近道で村さ戻るでな。まだ早いで、日が暮れる前《めえ》には帰《けえ》れるべの」

「鉄五郎さん」と小太郎。

「俺はひとりでも帰れますだ。こんなこって猟ば中止にさせるのでは申し訳ねえです。俺にはかまわねえで、あのクマっこば追ってくだせえ」

うんにゃと首を振った鉄五郎が、小太郎にやんわりと言った。

「なあに、村のシシ祭りだば、先週獲った一頭で十分出来るで、おめえさんが気に病むこたあね

え。それにの、今回は、俺ら人間《ぬんげん》側の負げということだべしゃ。そげに山の神様が語《かだ》っているつうことだ。山の神様が語ることさ逆《さが》らってはわがんねえ」

「申し訳ねえです」

顔を曇らしたまま頭を下げた小太郎に、鉄五郎は「んだら、きばってもうひと踏ん張り歩いでもらうがらの。んでも、きつくなったらいづでも語れ。柴橇ば作《こし》ぇでやるでな、クマっこになった気分で乗さってみるのも、たまにはいいべ」と笑いかけてから、あらためて一同に声をかけた。

「さあ、撤収だ。誰が二人ばがり小太郎さんさついでやって、先頭ば歩げ。いがすか皆の衆、とっとど帰《けえ》るどっ」

頷いた男たちが、列を作って動きだした。

獲物を仕留めた時とは違い、彼らの足取りに高揚感はないものの、事故に遭遇しても命を落とす者を出さずにすんだという安堵は見られた。あわせて、やはりヌシは手強かったという畏敬の念からくるのだろう潔さも、各々の背中にはあると、富治には感じられた。

「如何《なじょ》すたね、富治さん」

佇んだまま動かないでいる富治に向かって、鉄五郎が訝《いぶか》しげに尋ねた。

「申し訳ねえけんど、このまま奴ば追《ぼ》わせてくれんかの」

「追うって、ヌシをが？」

「んだ」

「おめえさんひとりで？」

「んだす」

たまげたという顔つきでしばらく富治を見ていた鉄五郎は、やがてあきらめたように、はあ、とひとつ溜め息をついた。

「如何《なじょ》すても、そうすねばなんねえんだべの」

この男なら自分の考えていることをわかってくれるはずだと思い、よけいな説明はせずに、そうだと頷くだけにした。

「ほだら、しっかど、気ぃつけでの」

「わがってる。だども――もしもの時は、やゑばよろしぐお願えしますだ」

深々と頭を垂れた富治の肩を、鉄五郎がぱんぱんと親しげに叩いた。

「それよか、イクさんのことば一等に考えれ」

顔をあげた富治に向かって、鉄五郎はさらに続けた。

「猟でも何でも山仕事は女人禁制だがらの、ふだんは口にしねえけんど、俺らが必死になってする山の神様へのお祈りは、実は、無事に女房のどごさ帰《けえ》してけろっていう祈りだど、俺は思うている。んだがらよ、いよいよの時は、イクさんのことを思えばいい。したら、必ず力が湧いでくるべしゃ」

その通りかもしれないと、富治は思った。そして、山の中にいるにもかかわらず、あえてそれを口に出して言ってくれた鉄五郎に、深く感謝した。

「んだら、三日もあればかたがつくと思うで、まだあとでの」

言い残した富治は、鉄五郎に背を向け、小太郎を襲ったクマが残雪の上に残していった足跡《トアト》を辿り、さらなる山中を目指して歩きはじめた。

ヌシと呼ばれる巨大なクマの足跡には、はっきりとしたひとつの特徴があった。

右の前足、その内側が、もうひとつの肉球がついているかのように、こんもりと盛りあがっていた。それは、数カ月前、小太郎や清次郎たちと一緒に八久和の近くで見た、あのコブグマのものと寸分違わぬ足跡だった。

四

自分の目で足跡を見て、熊田の衆がヌシと呼ぶクマとあのコブグマが一緒だと気づいた時、クマが本待《ホンマチ》で浮かべた笑いの意味を、富治は悟った。

一対一で俺と勝負しろ。

そう言っていたに違いないのだ。だからこそ、ヌシは小太郎に襲いかかって猟を中止に追い込み、富治ひとりを誘い出した。

むろん、クマがそんなことを言ったり企んだりするわけはない。クマの体を借りた山の神様がああしてヌシを動かしている。そう富治には思われた。いくら知恵の回るクマでも、獣であることに変わりはない。単なる動物が、薄ら笑いを浮かべたり、あそこまで狡猾に人間——しかも手だれのマタギたち——の裏をかいたりすることはあり得ない。だから、あのヌシには山の神様が乗り移っていると解釈するしかなかった。

それにしても、何ゆえ、山の神様は、そうまでして自分を試そうとするのか。

タテを収める潮時かどうか、こちらのほうから尋ねようとしたことが気に入らないのだろうか。たぶんそうなのだろうと思った。

邪念を捨てて、ただ一心にマタギ仕事に臨んでいれば、やがて、今がそうだと山の神様のほうから諭《さと》してくれるというのが、本来のあり方なのだろう。それを待たずに、こしゃくにも回答を迫ろうとした人間に対して、山の神様が腹を立てたとしても不思議ではなかった。

俺は山の神様を怒らせてしまった。

一度怒らせてしまった山の神様の心を鎮めるためには、ただひたすらひれ伏し、水垢離《みずごり》を繰り

返して許しを乞うのがふつうである。

だが、自分はそれを選択しなかった。

なぜか。

わかっていた。

富治のほうも、山の神様に対して腹を立てていたのである。

お伺いを立てようとしたのがそれほど癪《しゃく》に障ったのなら、直接俺に襲いかかればよかったではないか。なぜ、関係のない小太郎を爪にかける必要があったのか。

同時に、あのヌシ、一生で一度しか巡り合わないであろうコブグマと対決し、この手で引導を渡してやりたいという猟師としての本能的な欲求が、木流しを塞《せ》き止めている杭をへし折らんばかりに、体の中で暴れまわっていた。

山の神様は執念深い。怒りに触れてひれ伏すことで、一時は赦してもらえたかに思えても、忘れたころに災いがやってこないとも限らない。いつもたらされるかわからない災いに怯《おび》えて暮らすことも、山の神様による、人間に対する仕置きのひとつだ。

そうさせないための方法が、ひとつだけあると、富治は考えた。山の神様が乗り移っているうちにクマを仕留め、殺したクマの魂に乗せて、山の神様自身を本来の居場所に送り返してやればよいのだ。

正々堂々と渡りあって自分を打ち負かした人間に対しては、その技量を認め、その後はいっそうの援助をしてくれるようになる。はっきりとは口にしなかったものの、近い意味のことを、ずっと昔、富治が小マタギだったころに、善次郎が言っていた。頷ける話だと自分でも思う。

そうして山の神様のあれこれを真剣に考える一方で、富治には、時おり胸に去来する不安、いや、疑念があった。

もしかしたら、山の神様など、どこにもいないのではあるまいか。

マタギとしてはあまりに不埒《ふらち》な疑念だけに、浮かんだとたん慌てて消し去るのが常だった。だが、若いころからずっと心の隅に巣くい続けてきたものであることも事実だった。

はじめてそれを意識したのは、まだ阿仁にいて、文枝との密通を重ねていたころだ。

ある時、どうしても抑えきれない性欲に負け、山入りの前日に文枝を抱いたことが、一度だけあった。当然、びくびくしながら善次郎たちと一緒に猟に出た。ところが、災いがもたらされるどころか、見事な雄グマを自分の鉄砲で仕留めることができた。山の神様が、今度だけはということで見逃してくれたのかと最初は思った。が、山を下りてきてから、本当のところはどうなのだろうという疑念を覚え、消すに消せなくなってしまったのである。

さすがに再び同じことを試してみる勇気はなかったものの、八久和に移り住み、小太郎たちと猟をするようになってからは、別な意味で、同様の疑念がよぎりだしていた。

先代の頭領《スカリ》から授けられるべき巻物を持たず、つまり、解体《ケボカイ》や雪崩除けの際に唱えなければならない呪文を、正確には知らないままに猟をし続け、自らが狩猟組の頭領にもなった。さらには、一度山入りしたら山言葉以外は使ってはならないという、阿仁にいたころは絶対だった掟も、だいぶおろそかになっている。というより、富治自身、覚えたはずの山言葉の多くを忘れてしまっていた。

にもかかわらず、常に獲物は獲れてきたし、自分も仲間も、いまだに命を落としたり、大きな怪我をしたりしたことがない。

山の神様が、寛容にも、それでもよいと言ってくれているとも思えたが、最初から山の神様など存在しない証拠なのだと考えることもできる。

何が真実なのかわからない、というのが正直なところだ。

だが、そうした疑念への回答も含めて、すべてが明らかになる時が今なのだと、富治は感じていた。あのコブグマと身ひとつで対決することで、結果がどうなるにせよ、心の靄《もや》をすっかり晴らすことができるに違いなかった。

渦巻く思念があちらへこちらへと行きつ戻りつしつつも、富治の目は足跡《トアト》を追い、逃げ去ったコブグマの痕跡を忠実に辿っていた。

久しぶりの単独での忍び猟だった。降った雪がうっすらと山全体を覆う初冬の季節とは違い、雪渓からそれられると足跡は判別しにくくなり、実際、しばらくの間、足跡がまったく頼りにできない場面にも頻繁にぶつかった。しかし、相手の行く先を見失わない自信が、富治にはあった。たとえ山の神様が乗り移っているにしても、動いているのは生身のクマの肉体である。ものを食わなければ生きてゆけない。おまけにあの巨体だ。起きている時間のほとんどを食い物探しに費やすはずだから、そうそう移動距離が延びるものではない。

そして、冬ごもりから明けたばかりのこの季節、クマの食い物は限られている。前の年に落ちたブナやドングリの実を拾うか、顔を出しかけているフキノトウを探し当てるか、あるいはクロモジの若芽でもむしるか。いずれにしても、まだ食い物が豊富な季節にはなっていない。

したがって、足跡を見失ってしまった場合には、クマの身になり、どこで食い物にありつけそうかと、周囲の森の様相にじっと目を凝らせば、ほぼ間違いなく見当をつけることができた。すると、案の定、歩いているうちに、再びあの特徴のある巨大な足跡に出くわした。

そうして丸々一日歩き続け、日が翳《かげ》りだしてきたところで、いったん追跡をやめて野宿《ノツグ》の準備にとりかかった。

雪崩の心配がない適当な雪面を見つけ、少しだけ掘り下げてから、山刀《ナガサ》で払ってきた柴を敷いて寝床にする。土が露《あら》わになっている部分だと、雪解けがはじまっているこの季節では、冷たい

水が滲みてきて、かえって具合が悪い。天候が崩れる心配はなかったので、無理に雪洞を掘る必要もなかった。

寝床の確保が終わってから、集めた枯れ枝に火を点け、溶かした雪と一緒に携えてきた米を飯盒に入れて飯を炊いた。炊きあがった米をすべて使うと、全部で六個の握り飯ができた。そのうち四つは、雪の下から掘り出したチシマザサに包んで明日の食料とし、残った二つに味噌を塗りながら食った。

食い終わったころには、空は暗くなり、頭上に星々が瞬きはじめていた。麓では春の夜空も、この深い山中では、まだまだ冬の輝きをもった星が、皓《こう》々と空を埋め尽くしている。

指についた味噌を舐めながら思う。

明日が勝負の日だ。

ほとんど手が触れそうなところまで、コブグマに近づいているという感触があった。もしかしたら、相手もどこからか、この焚き火を見ているかもしれない。

たぶんそうだろう。

俺がここにいることを奴は知っている。

互いにそれがわかっていて、今はこうして身を休めていると思うと、明日殺そうとしているクマに対し、不思議な親しみを覚えてしまう。

クマのほうでも、同じような感慨を俺に対して抱いているのだろうか。

そうであれば嬉しいのにという願いと、どんなに心が近づけたかに思えても、クマの本当の気持ちなどしょせん人間にはわかりはしないのだという、冷たく醒めた思いが、アオシシの毛皮の内側で体を丸める富治の胸に、交互に去来していた。

五

前日に作った握り飯で腹ごしらえしてからコブグマの追跡を再開した富治は、午後もだいぶ遅くなった時刻になって、見下ろす雪崩跡に、一頭のアオシシの死体が埋もれているのを見つけた。場所は、熊田と大鳥を隔てる県境の稜線下。追っているコブグマは、昨日の時点でいったんは南下したものの、途中から気が変わったのか、今日になって、少しずつ標高を上げながら北上しはじめていた。

この一帯は、急峻《きゅうしゅん》な崖があちこちに散在する、雪崩の頻発地帯だった。

その地形を目にして、なるほど、と富治は頷いた。

越冬穴から出た直後、たいがいのクマは、まずは高所へと移動する。頻繁に雪崩が起きる雪崩地には、太い木が育たず、低木や草が繁っているだけのことが多い。そのため、春先にはいち早く土が露出する。ブナなどの若葉が開く前は、そうした場所がクマの採食場となるのである。

ただし、雪解けが本格的になってくるこの時期、稜線の風下に張り出した雪庇《マブ》が崩落して引き起こされる底雪崩《ナデ》は、時には雪面下の土石もろとも流れ落ちるため、音もなく滑りはじめる厳寒期の表層雪崩《ワシ》と同様に、危険で恐ろしい。春の硬雪《かたゆき》のせいで足下が締まっているだけに、気づいてみると雪庇の上にいた、ということもしょっちゅうだ。

あのアオシシも、雪庇が弛んでいるのに気づかず上に乗り、底雪崩で揉みくちゃにされて死んだのだろうと、富治は想像した。

が、目を凝らしているうちに、それにしては少し奇妙だと思いはじめた。毛皮を染める血の跡が気になったのである。

もしやと思い、雪が崩落したあとから顔を覗かせている繁みの部分を慎重に迂回し、アオシシの死体が埋もれている場所まで下りてみた。

予想した通りだった。

雪崩に巻き込まれて死んだのは間違いなかったが、雪崩だけでは決して負わない傷を、そのアオシシは負っていた。

腹腔が破られ、内臓が食い荒らされていたのである。犯人が何者かは、アオシシの周りにある無数の足跡《トアト》を見れば、考えるまでもなかった。

跪《ひざまず》いてアオシシの死体を検《あらた》めていた富治は、ふいに襲ってきた怖気《おぞけ》に身を縮めた。

クマという生き物は、一度手に入れた食い物に対しては、強い執着心を持つ。食える部分がこれだけ残っている死体を放置して、どこかに立ち去ってしまうとは考えられなかった。

山を歩いてきた火照りによるものではない汗が、つーっと一筋、脇腹を伝い落ちた。

不気味なほどの静寂に身を置いて富治は思った。

ごく近くに、奴はいる。

凝固したまま視線を左右へと巡らせるが、視野の中に生き物の影は入ってこない。

もしや、後ろか……。

振り向きたくなる衝動をこらえ、ゆっくりとした動作で肩に吊るしていた村田銃を手元に引き寄せると、弾帯から実包を抜き取った。

耳の神経を自分の背後へと集中させ、できるだけ音を立てないようにして、手にした実包を装塡する。

レバーを引いて弾を薬室に送り込むのと同時だった。

先ほど迂回した雪崩跡の繁みで、がさりと音がした。

片膝立ちで振り返った富治の目に、わずか五間先の藪から飛び出してくる黒い塊が映った。富治を罠にかけようとして藪に身を潜めていたのか、あるいは、食い物を横取りしようとしているかに見えた人間を排除しようとしただけなのか、どちらが真実かはわからない。が、雪面を滑り降りるようにして一直線に突進してきた塊が、追っていたコブグマであるのは見間違いようがなかった。

鉄砲を構える暇もなかった。背後を振り向いたのとほとんど同時に、目の前いっぱいに黒い毛並みが広がった。その時になってやっと発したコブグマの咆哮《ほうこう》を聞きつつ、胸板に強い衝撃を受けた富治は、村田銃を手にしたまま後方へともんどりうった。

その一撃で殺《や》られなかったのは、足場が急斜面だったという、ただ一点に尽きる。尻餅をついて倒れた人間にいなされる形になったクマは、勢いあまって、さらに十間あまりも斜面を転がり落ちた。

長い山での暮らしの中で、猟ではない山仕事のために森に入り、鉄砲なしでクマとばったり出くわしてしまったことも幾度かあった。その際、クマのほうからこちらを襲ってくることはなかった。仰天したクマのほうが一目散に逃げ出すのが常だった。

最も危険だといわれる子連れの母グマの場合も同様である。確かに、威嚇《いかく》を受けたことはあった。が、人間めがけて突進してきたかに見えても、必ず数歩手前で立ち止まり、毛を膨らませ、牙を剝《む》き出して脅すにとどまる。実際に爪や牙をかけられたことはなかった。だから、クマが人間を襲うのは、本当に進退窮まった時、たとえば、昨日のクマ巻きのように、もはや逃げ場がないまでに追い詰められた時に限られる。

そういうふうに、実は極めて臆病な動物だというのが、経験上、富治が把握しているクマの習性だった。

だから、十間先まで転がり落ちたコブグマが、そのまま逃げ出そうとはせずに、再び自分に向かってくるのを見た時、このクマは本気だと思った。コブグマの全身から、人間に対する殺意が放たれていた。

もはや、山の神様が乗り移っていようがいまいが関係なかった。立ち向かってくる相手を撃ち殺すだけだった。

狙いを定めて初弾を放ったあと、富治はすかさず二発目の弾を装塡した。本気になったこれだけ巨大なクマを、一発だけで仕留められるとは、端《はな》から思っていなかった。

案の定、ほとんど変わらぬ足取りで、コブグマが接近してくる。

眉間に照準を合わせて、轟音とともに二発目を発射する。が、それでもクマは倒れなかった。命中はした。そのはずなのだが、ぶるっと頭をひと振りしたあと、前にもまして悠然とした足取りで詰め寄ってきた。互いの距離はすでに五間まで狭まっている。

それを見た富治は、弾帯から銃へと忙《せわ》しなく手を動かし、構え直す手間をはぶいて腰だめのまま、さらに三度、引き金を絞った。

そしてぞっとした。

いっこうにクマが倒れないのである。

もう一発、弾を込め直そうとして、今度は頭の中が白くなった。最後に撃った五発目の空薬莢が、薬室に引っかかって排出できなくなった。

一秒刻みで削られていたクマとの間合いが、すでに皆無になっていた。ちらりと後悔が脳裏を掠《かす》めた。自分の鉄砲の腕を過信していた。山刀《ナガサ》を利用してあらかじめ熊槍《タテ》を作り、鉄砲が役に立たなくなった時のために携えておくべきだった。

くっきりと胸に刻まれた月の輪を見せてコブグマが立ちあがるのと同時に、富治は弾詰まりを

起こした村田銃を両手で掲げ、相手の攻撃を防いだ。

が、並みのクマではなかった。あっけなく手から鉄砲が弾き飛ばされ、続いて、平手打ちを食らわせるかのように一閃したコブグマの前足で、左耳のあたりをしたたかに殴られた。

その一撃で、完全に意識が飛んだ。

飛んでいた意識が戻ったのは、右足のふくらはぎを襲った激痛のせいだった。

自分が雪の上に俯《うつぶ》せになっているのがわかった。

その富治の右足を、あろうことか、コブグマが喰っていた。

きつく巻いた脛当《ハバキ》などなんの役にも立っていなかった。がちがちと咬み合わされるコブグマの牙が、富治のふくらはぎの肉を喰いちぎり、脛《すね》の骨を砕いていた。

悲鳴が漏れた。生まれてはじめて、純粋な恐怖による悲鳴をあげた。

クマにしてみれば、試しに人間の足を齧《かじ》っていただけなのかもしれない。自分で発していても異様に聞こえる富治の悲鳴に、コブグマも驚いたようだった。

咥《くわ》え込まれていた顎の力がわずかに弛んだ。無事な左足でクマを蹴りつけ、必死になって右足を引き抜いた。

しかし、それ以外になす術《すべ》はなく、富治は胎児のように体を丸めて雪の上にうずくまった。

だが、いったんは離れたクマの、ハッハッという息遣いが、すぐに耳元でした。富治は本能的に両手を首の後ろで組み、いっそう小さく身を丸めた。

クマの鼻先が、体のあちこちを突っつきはじめた。

肩が咬《か》まれた。

腕が咬まれた。

尻も咬まれた。

頭も咬まれた。

ところかまわず、体が咬まれた。

それでも富治は、きつく目を瞑《つぶ》り、再び漏れ出そうになる悲鳴を呑み込んでうずくまり続けた。ただただ、クマが諦めて、あるいは飽きてしまって自分から離れてくれることを願い、こらえ続けた。それしか助かる方法がないことを、武器を失ったひ弱な動物としての人間は、古い記憶として体の中に保持しているのかもしれなかった。

時間の経過がわからないままに、どれだけそうしていただろうか。ふと気づくと、自分の体を弄《もてあそ》んでいたコブグマの気配が消えていた。

体中が血だらけになっているはずだったが、不思議と痛みは感じなかった。

──助かったのか……。

思いながら、おそるおそる目を開けた。体は丸めたまま、動く範囲で首を巡らし、周囲を見た。少なくとも、見える範囲にクマの姿はなかった。そのように思えた。

しかし、それが思い違いだったことを、意を決し、体を起こした直後に知った。

やはりコブグマはいた。巧妙に死角に回り込み、富治が動きだすのを待っていた。わずか三間にも満たない位置で、岩のようにうずくまり、自分の玩具が動きだすのを待っていた。ただし、コブグマ自身も富治の鉄砲で受けた傷で血を流し、苦しげに喘いでいるのがわかった。

ぼろ布《きれ》のようになった体を、血が染み込んだ雪の上に投げだしてコブグマと対峙《たいじ》した富治は、もういい、と思った。もういいから早く俺を殺してくれ、と思った。

山の神様がコブグマに宿っているのかどうかは、相変わらずわからなかった。わからなかったが、クマに喰われて死ぬのが自分の運命だったことだけはわかった。

いつの間にか恐怖は消えていた。

言葉が通じないクマに、富治は呼びかけようとした。

口を開いたものの、声が出ないので、胸の中でコブグマに向かって喋った。

――俺はおめえの仲間をさんざん殺《あや》めてきたからの。かまわねえがら俺を喰え。俺を喰って力ばつけて生きながらえろ。この山のヌシとして、いつまでも生き続けろ。したら、俺も本望だべしゃ……。

言葉が通じたのだろうか。

うずくまっていたコブグマが、のっそりと立ちあがり、富治のほうへと歩きだした。

抵抗する気も、身を守る気もなかった。できるだけすみやかに、クマが自分の息の根を止めてくれることだけを願って、富治は待った。

足を速めたコブグマが、ついに飛びかかってきた。

仰向けに組み敷かれる刹那、夕焼けに染まりだした空がやけに綺麗に見えた。その空の真ん中に、家に残してきたイクの顔がぽっかりと浮かんだ。

切なげな色を浮かべるイクの瞳が、富治の中に残っていた何かに火を点けた。彼女のもとに帰りたいという強烈な思いが、体を勝手に動かした。

浮かんでいたイクの顔に取って代わり、人間の頭の倍はあろうかという、鼻先だけを赤く染めた真っ黒な顔が目前に迫っていた。

「獣なんぞに殺されてたまるか！」

さっきの思いとは裏腹に、富治は腹の底から怒りの声を絞り出した。

コブグマの口が大きく開けられ、涎にまみれた黄色い牙の向こうに、桃色の口腔が見えた。そこをめがけて、自分の左拳を突き入れた。ガハッという声を出して、クマがたじろいだ。その隙に右手を腰に這わせ、山刀《ナガサ》を探り当てて引き抜いた。

クマの口に突っ込んだ左腕を渾身《こんしん》の力を込めて肘までねじ入れ、右手で握り締めた山刀を月の輪の中央に当て、下から上へと突き上げた。肋骨に当たった切っ先が跳ね返された。もう一度、刃先をずらして突き刺すと、肋骨の間を縫って、山刀の刃がクマの体内に柄の部分まで潜り込んだ。最後の力を振り絞って手首を返し、心臓の壁をひと息に突き破る。

富治の上に覆いかぶさっていたクマの体が、びくんと痙攣《けいれん》した。

クマが力を失った。

ただの黒い塊となって、下敷きになっている富治に重みをかけてきた。

絶命したクマの口から腕を引き抜き、下から這い出すのに、残った体力と気力のほとんどを使い果たした。

このまま気を失ったら、足からの失血のせいで、クマと並んで屍《しかばね》になってしまうことは嫌というほどわかっていた。

クマの死体に背を預けて、どうにかこうにか上体を起こすことができた。

喰われた右足は、見るも無残な状態だった。あらかた肉を失い骨が露出している自分の足を見て、吐き気を覚えた。

たちまち目の前が暗くなった。

思い切り舌を噛んで正気を取り戻し、上着を縛ってある紐を、苦労して解いた。

一時は消えていた痛みが舞い戻り、焼き鏝《ごて》を押し付けられているような激痛が、足といわず、クマに咬まれたすべての部分で暴れまわっている。

繰り返し襲ってくる痛みに耐え、右膝の上できつく紐を縛って止血する。

それで完全に力を使い果たした。

血が流れているのは右足だけではないが、これ以上はどうすることもできなかった。

ここまでしても、やっぱり俺は死ぬのだろうか……。

そう思ったのを最後に、今度こそほんとうに、富治の意識は途切れた。

六

クマを殺すと雨が降る。

マタギに伝わる伝承を忠実に守るかのように、晴れていたはずの空が激しく泣いた。

霙《みぞれ》まじりの冷たい雨に頬を打たれて、富治は意識を取り戻した。

死んだクマの脇腹に、自分の背中を預けた姿勢でいることはわかった。

だが、何も見えない。

視力を失ったのかと一瞬うろたえた。かすかに浮かぶ森の輪郭を目が捉え、すでに夜になったのだと知った。

落ちてくる雨で喉を湿らせようとして口を開いた。左の頬が膠《にかわ》で固められたように突っ張り、思うように口が開かない。

クマに張り手を食らったことを思いだした。舌で頬の内側を探ってぎょっとした。舌先が簡単に肉襞にめり込み、外側へと突き出たのである。頬が裂けて、ばっくりと傷口が開いているらしいことがわかった。

その時になって、自分の右足がクマに喰われたことも思いだした。

その記憶は嘘だという、否定の思いが湧いてくる。咬まれたのは確かだとしても、牙にやられて穴があいた程度ではないのか……。

爪先を動かそうとしてみたが、痺れた感覚があるだけで、実際にはどうなっているのかわから

ない。

右手が動くのを確かめてから、そーっと手を下ろしていく。

指先が、表面がぬらりとした硬いものに触れた。そのまま指を滑らせてみる。最初に触れた硬いものに、紐のようなものが絡まっているのがわかった。いったいこれは……。

あまりに唐突に、瞼の裏側に紫色の火花が散った。弾かれたように右手を引っ込めると同時に、うぎゃあっという絶叫が、自分の口からほとばしった。

体を貫く激痛で頭の血管がどくどくと脈打ち、気分が悪くなって意識が途切れかける。

しばらくして息を喘がせながら、確かめようとして伸ばした右手の指が、露出した脛骨と、まだ生きていた神経に直接触れたのだと理解した。やはり、右足は、膝から下が喰われてしまい、ごっそり肉を失っていた。

タテを収めるも収めないもなかった。

足はマタギの命である。生きて助かっても、絶対元のように歩けるようにはならないと思うと悲しくなってきた。痛みと悲嘆に、年甲斐もなく富治は泣いた。泣いているうちにしだいに眠くなり、半ば失神するようにして、またしても意識を失った。

七

再び目覚めた、いや、意識を取り戻した時、富治は自分がまだ生きていることに驚きを覚えた。

雨はあがっていた。

夜空に星は見えなかったが、薄い雲を通した月明かりで、森全体が陽炎《かげろう》のようにぼうっと青白く浮かんでいた。

雨に打たれたせいで、体中がびしょ濡れになっていた。寒いのかどうかもわからないほど、皮膚の感覚は失われていた。

とうに死んでいてよいはずだった。それなのにまだ生きているのはなぜなのだろうと、不思議でならなかった。

生き続けろと山の神様が言っているのだろうか……。

だとすれば、あまりにきつい仕打ちだと思った。それほどまでに山の神様は自分を憎んでいるのかと、絶望的な気分になった。

どのみち、この体では動けない。どうせ死ぬのなら、背中の下のクマに喰われて死んだほうがまだましだった。よけいな苦痛を感じずに、あっさりと命を落としたほうがよっぽど楽だった。

それなのに、なぜ俺はこいつを殺してしまったのか……。

自分の行為を悔いて空を見あげた。

月が懸かっている付近の雲が、そこだけ丸く、おぼろげに揺れていた。

その輪の中にイクが現れ、富治に向かって微笑んだ。

目を瞬《しばた》いた。

イクの顔は消えていた。

かわりに、別れ際の鉄五郎の言葉が蘇った。

――いよいよの時は、イクさんのことを思えばいい。したら、必ず力が湧いでくるべしゃ。

今、八久和の家で、イクは何をしているのだろうと考えた。

亭主が、クマを追って、ひとりで山に向かったことは聞いているのだろうか。聞いているとすれば、一心に夫の無事を祈りながら、針仕事でもしているのだろうと思った。知らなくても、やはり同様にして、自分の帰りを待っているはずだった。

八久和に帰りたかった。

帰って、妻の手を握りたかった。

それがために、自分はクマを殺したのだった。

これから戦わなければならない苦痛を考えると怖気《おじけ》づきそうになったが、どこまでできるか試してみようと、富治は決めた。生き延びようと決意した。

気を抜くと混濁しそうになる頭で、どうしたらよいかを必死になって考えた。

朝が来るまで待っていたら、ここで死んでしまうことは明らかだった。すでにかなりの血を失ったうえ、雨に打たれたために、自分で感じている以上に体温は低下しているはずだった。なかなか考えがまとまらないのはそのせいだ。とにかく、できるだけ早く、体を動かす、つまり歩きはじめる必要があった。

が、歩くどころか、立ちあがることさえ不可能に思えた。体のどこにもそんな力は残っていない。

腹が減っているせいではないかと、ふと思った。物を食えば急にしゃんとすることが、山歩きではおうおうにしてある。

夕べ作った握り飯が、まだ二つ残っているはずだった。

たすきにかけている編み袋を探ると、包んだ笹の中から、潰れた握り飯が出てきた。

食えるかどうかわからなかったが、口に運んで齧ってみた。

食えそうな気がした。

硬くなりかけている握り飯に苦労してかぶりつき、咀嚼《そしゃく》しようとすると、左頬に開いた穴から飯粒がこぼれた。右手で握り飯を持ち、左手で頬の穴を塞いで、ひとつ目の握り飯を、すべて胃の中に押し込んだ。

気力が戻り、靄《もや》がかかっていた頭が少しはっきりしたように思えた。

もう十分だと思ったものの、二つ目の握り飯には味噌を塗りたくり、同じようにして無理やり飲み下した。味噌の塩けのせいで頰の傷がひりひりと痛んだ。そのせいで、かえって意識がしゃんとした。

吐いてしまうかと思い、そのまましばらくじっとしていた。大丈夫だった。立ちあがれそうな気もしてきた。

問題は、右足だった。骨が折れたくらいならば、添え木を巻きつければなんとかなる。しかし、このありさまではどうしたって無理だし、這っていくことも難しい。

手ごろな枝を切り出して杖を作り、右足は使わずに歩くしかないと思った。

腰に手を伸ばしてみると、驚いたことに、クマの心臓に突き刺したはずの山刀《ナガサ》が、ちゃんと鞘に戻っていた。自分では覚えていなかったが、クマの下から這い出る時、無意識に山刀を抜き取ったに違いなかった。

どんな時でも山刀だけは手元から離すなというマタギの教えが、骨の髄まで染み付いていたことに感謝した。

覚悟を決め、クマから離れるために、体を反転させて、凍りはじめている雪の上に腹這いになろうとした。そのとたんに絶叫した。疼《うず》くだけに収まっていた右足の痛みが蘇り、悶絶せずにはいられないほどの激痛に見舞われた。意志に反して尿道が弛み、じょろじょろと失禁するとともに、すーっと意識が遠のいていく。

今度意識を失ったらおしまいだということだけはわかっていた。歯を食いしばり、ただひたすら痛みに耐えた。

再びクマの体に背を預け、ぜいぜいと喘ぎながら、時間をかけて確かめてみて、右足の本当の

状態がわかった。

ふくらはぎの肉が喰われただけではなかった。足首の上のあたりで、脛の骨そのものがクマの牙に咬み砕かれてぐしゃぐしゃに折れていたのである。足首を繋ぎとめているのは、かろうじて残された何本かの筋《すじ》と、薄い皮膚だけでしかなかった。

深い絶望を感じた。これでは、たとえ杖と左足で立てたとしても、歩こうとする度に右足がぶらぶらして同じ激痛に襲われ、一歩も前に進めないだろう。もはや自分の右足は、邪魔もの以外の何ものでもなかった。

いっそこんな足など……。

浮かんだ考えにぞっとした。

ぞっとはしたが、それ以外に方法はなさそうだった。

腰に手をやり、山刀を抜き取った。

宙を仰いで二度、三度と、森の匂いがする空気を大きく吸い込み、息を止めた。

薄明かりを頼りに切断すべき箇所に視線を貼り付け、右腕を頭上に振りかぶった。

森の生き物たちが思わず身をすくめるほどの、うぉーっという太い雄叫びをあげながら、富治は、きつく握った山刀を振り下ろした。

八

自らの手で右足を切断した富治は、金《カネ》カンジキを履いた左足と杖だけで、硬雪を頼りに八久和を目指して歩いていた。

二本の足で歩けば半日もあれば辿り着くはずの行程が、一生かかっても無理かと思うほど長い

ものに感じられた。

痛みの感覚は消えていた。というより、あるべき感覚がひとつひとつ死んでいっているように思えた。

最初に、森の匂いがわからなくなった。違和感を覚えて意識を凝らしてみて、鼻が利かなくなっていることを知った。ふだんなら無意識に嗅いでいる雪の匂いや、芽吹こうとしているブナの若葉の匂い、この時期ならばあちこちに薄く漂っているはずのフキノトウの匂いが、いつの間にか消えていた。

次いで聴力がおかしくなった。鈍い耳鳴りは絶えずしているのだが、カンジキの爪が雪を嚙む音はおろか、自分の喉から漏れる呻きさえも、どこか遠くで聞こえる潮騒のように、曖昧模糊《あいまいもこ》とした雑音にしか聞こえなくなりだしていた。

そして、手足の感覚がほとんど失せた。踏んでいるはずの硬雪の感触や、しがみついているはずの杖の手応えが、よほど意識を集中させない限り伝わってこない。ほんとうに自分が歩いているのか、前へと進んでいるのか、わからなくなることがしばしばだった。

なのに、一番初めに鈍ってよいはずの視力が、いまだに生きていた。むしろ、鋭くさえなっているような気がした。

歩きだしたころには高く昇っていた、雲の向こうの月が、今は傾き、左手にある西の稜線の背後へと隠れていた。だから、あたりには、漆黒に近い闇が降りてもよいはずだった。にもかかわらず、富治には、周囲に佇むブナの木立がはっきりと見え、歩くべき雪渓が白く浮かびあがって、目に痛いほど眩しかった。

己の肉体が、最後の力を振り絞っているのだろうと、富治は考えた。残った力のすべてを、方角を定めるために必要な視力だけに、自分の体は注いでいるのだと思った。

富治は、歩きながら、穴がたくさん開いたバケツを思い浮かべた。ひとつひとつの穴が、視覚や聴覚や嗅覚、あるいは痛みの感覚だ。すべての穴から水が漏れれば、あっという間にバケツの水は空になる。ひとつだけ穴を残して、残りを絆創膏か何かで塞いでやれば、空になるまで時間がかせげる。

バケツにたとえなくとも、確かに、人間は、穴だらけの動物だなと思う。目や鼻や耳や口だけでなく、尻にも陰茎にも穴が開いている。臍《へそ》だって穴のようなものだし、よく考えれば、毛穴だって、穴であることに変わりはない。自分の体の穴という穴から、ぴゅうぴゅうと水が漏れだして止まらないさまを思い描き、なんだか可笑しくなった。

しかし、たったひとつまで穴を減らしても、溜まっていた水が涸《か》れてしまえば、いくら逆さに振っても、何も出てこなくなる。

自分の中にはどれだけ水が残っているのか知らないが、最後の一滴が涸れた時、今は異様に鋭くなっている視力が、ロウソクの炎を吹き消したように真っ暗になってしまうのだろう。

ロウソク、という言葉が浮かぶと、今度は目の前にロウソクがちらついて仕方がなくなった。一本のロウソクが二本にわかれ、さらに四本、八本、十六本と、瞬く間にねずみ算式に増え、列をなして富治の前に並びはじめた。

ああそうか、とそれを見てわかった。このロウソクの列に沿って歩いて行けばよいわけだ。そうすれば、近道で八久和の村に辿り着くことができるはず……。

富治がロウソクの回廊に足を踏みだそうとした時だった。

聴力が失われていたはずの耳に、だめだ、そっちではない、という鋭い声が聞こえ、驚いて歩みを止めた。

一瞬にしてロウソクの列が掻き消えた。

自分が幻覚を見ていたことに気づいた。あのロウソクの回廊は、黄泉《よみ》の世界への入り口に違いなかった。

方角を確認しようとして、困り果てた。

あれだけはっきり見えていたはずの周囲の様子がさっぱりわからなくなっていた。かろうじて判別できるのは、自分が立っている先に続くおぼろげな雪の白さと、山と空とを分かつ稜線の影だけになっていた。

ついに力尽きたのだとわかった。

体を支えている杖を放そうと思った。

杖を放し、雪の上に膝をつけば、二度と立ちあがれない。

——イク、どうか堪忍《かんにん》すてけろ。俺はもう此処《ここ》で終わりだでな……。

ここまで頑張れば、イクも許してくれるだろうと思った。できれば、自分の屍《しかばね》を誰かに発見してもらいたいと強く願った。この切断された足を見れば、最期の最期まで頑張り抜いたうえで命尽きたのだと、イクも納得してくれると思った。

富治は、歩くことを断念し、手にしていた杖を雪に突き刺した。

杖を頼りに、雪面に腰をおろしかけた時、視界の隅で何かの影が動いた。

杖にすがりつき、体を支え直してそちらを見やる。

富治が立っている位置から三間ほど先の雪渓の上に、闇に溶け込みかけて、一頭のクマが立っていた。そのクマは、こちら側に尻を向け、首だけ後ろへねじって、じいっと富治の目を見つめていた。

巨大なクマだった。

巨大なだけではなかった。どう見ても、自分が殺し、雪崩跡に残してきたはずのコブグマと同

じクマだった。

あれだけしっかりした手応えがあったのに、息を吹き返してしまったのだろうか……。

あらぬ事に思えたが、あのヌシであれば、そうしたことがあってもおかしくないような気がした。そう思うと同時に、深い安堵に満たされた。

山の神様が宿っていようがいまいが、山の中で、一対一で対峙した時、野生の生き物のほうが人間に勝《まさ》ってしかるべきなのだ。それが自然の姿であるべきなのだ。

それをヌシは自ら示してみせたと思うと、なぜか無性に嬉しくなった。

――さあ、今度こそ綺麗に俺を喰ってけろ。

そうヌシに呼びかけた。

が、目の前のクマは、富治の言葉に耳を貸そうとはしなかった。ねじっていた首をもとに戻すと、先へ向かってのっそりと歩きだした。

「待ってけろ！」

思わず声が出た。声と一緒に再び杖を手にして歩いていた。

立ち去りかけたクマを追おうとしただけなのだが、まだ歩ける余力があると知って驚いた。

クマがまた振り向いた。

それでよいのだと、クマが頷いたように見えた。

再び、ゆっくりとクマが歩きだした。

クマの歩調にあわせて富治も歩いた。

暗く沈む森の中で、つやつやしたクマの毛並みだけは、はっきりと見えていた。

前を行くクマに従い体を前へ。

杖に体重を預けて左足を前へ。

左足に体重を移して杖を前へ。

それだけを考えて、富治は体を動かし続けた。

幾度も尾根を登ったような気がした。

何度も谷を下りたように思えた。

雪解けの水が流れる沢も渡った。

ふと気がつくと、富治は、とある峰の上に立ち、足下に広がる谷間を見おろしていた。

うっすらと空が明るくなっていた。

いつの間にかクマは姿を消していた。

かわりに、朝靄がたなびく谷あいでは、妻のいる小さな村が、いつもと変わらぬ佇まいで春の訪れを待っていた。

【参考文献】

『狩猟伝承研究　後篇』千葉徳爾（風間書房）
『マタギ――消えゆく山人の記録』太田雄治（慶友社）
『秋田マタギ聞書』武藤鉄城（慶友社）
「列島開拓と狩猟のあゆみ」田口洋美（『東北学』vol 3・赤坂憲雄責任編集）東北芸術工科大学／東北文化研究センター
『マタギ――森と狩人の記録』田口洋美（慶友社）
『マタギを追う旅――ブナ林の狩りと生活』田口洋美（慶友社）
『第十四世マタギ――松橋時幸一代記』甲斐崎圭（中公文庫）
『日本の鉱夫――友子制度の歴史――』村串仁三郎（世界書院）
『富山の薬売り――マーケティングの先駆者たち』遠藤和子（サイマル出版会）
『図録　性の日本史〔増補版〕』笹間良彦（雄山閣）
「近世以降における熊狩りの形態とその意義」村上一馬（平成十二・三年度　宮城県教育委員会大学院研修派遣研修報告書）
『阿仁町史』阿仁町史編纂委員会（阿仁町）
『朝日村史　下巻』朝日村村史編さん委員会（朝日村）

【初出誌】

「別冊文藝春秋」二〇〇二年一月号〜二〇〇三年七月号

熊谷達也（くまがい・たつや）

1958年、宮城県仙台市生まれ。東京電機大学理工学部数理学科卒業。中学校教員、保険代理店業を経て、97年「ウエンカムイの爪」で第10回小説すばる新人賞を受賞して作家デビュー。2000年、凶悪犯罪の陰に見え隠れするニホンオオカミを追った「漂泊の牙」で第19回新田次郎賞受賞。著書に「まほろばの疾風」「山背郷」「マイホームタウン」がある。東北地方に伝わる伝承や民話をベースにした作品群は、民俗学会からも注目されている。

邂逅《かいこう》の森《もり》

発行日	2004年1月30日〔第1刷〕 2004年7月20日〔第3刷〕
著　者	熊谷達也《くまがいたつや》
発行者	白幡光明
発行所	株式会社文藝春秋 〒102-8008　東京都千代田区紀尾井町3-23 電話（03）3265-1211
印　刷	凸版印刷
製　本	加藤製本

定価はカバーに表示してあります。
万一、落丁、乱丁の場合は送料当方負担でお取替えいたします。
小社営業部宛お送りください。

ISBN4-16-322570-6

平岩弓枝

初春《はる》の客

御宿かわせみ傑作選

通巻三十巻に迫る人気長寿シリーズ「御宿かわせみ」。初期十巻の中、著者自ら厳選した九篇を収録。各篇にカラー挿絵満載の豪華版

文藝春秋刊

小池真理子

雪ひらく

秘めた関係を断ち切って故郷に戻った女の心の空ろを、細やかな筆致で描く表題作他五篇を収録。独りで生きる女の恋情鮮やかな短篇集

文藝春秋刊

藤田宜永

左腕《ひだりうで》の猫

自宅で心筋梗塞で死んだ義母の喉にあった傷。
腹を空かせた猫が、刺身のニオイに気づいて
嚙みついたものだった……六篇を収録

文藝春秋刊

山之口　洋

瑠《る》璃《り》の翼

史上最悪の作戦・ノモンハン事件。凄惨な地上戦を援護した〈稲妻部隊〉を率いた将校・野口雄二郎と名パイロット達の苦闘を描く長篇

文藝春秋刊

西田俊也

やんぐとれいん

青春18きっぷでの同窓会――集まったのは異色の六人。卒業から十四年、今では遠い友との短い旅が日常に倦んだ心を温かくゆらす

文藝春秋刊